다크타워 3 [상]

 britg.kr

종이책의 감성을 온라인으로
황금가지의
온라인 소설 플랫폼

인기 출판소설 무료 연재 중!

STEPHEN KING

다크타워 3

스티븐 킹 장편소설 | 장성주 옮김

황무지 [상]

황금가지

THE DARK TOWER Ⅲ :
THE WASTE LANDS
by Stephen King

Copyright © Stephen King 1991
All rights reserved.

Korean Translation Copyright © Minumin 2010, 2017

Korean translation edition is published by arrangement with
Stephen King c/o The Lotts Agency, Ltd. through Danny Hong Agency.

이 책의 한국어판 저작권은 대니홍 에이전시를 통해
The Lotts Agency, Ltd.와 독점 계약한 ㈜민음인에 있습니다.
저작권법에 의해 한국 내에서 보호를 받는 저작물이므로 무단 전재와 무단 복제를 금합니다.

차례

전편 줄거리   11

제1부_ 제이크-먼지 한 줌 속의 공포   19

제1장 / **곰과 턱뼈**   21

제2장 / **열쇠와 장미**   166

제3장 / **문과 악마**   275

부록 / 『알쏭달쏭 수수께끼! 다 함께 도전하는 난공불락 퍼즐!』해답편   402

❖ 일러두기 ❖

1. 이 책은 2003년에 개정 출판된 『Dark Tower Ⅲ: The Waste Lands』를 저본으로 삼아 우리글로 옮겼습니다.
2. 제3부 『황무지』는 제2부 『세 개의 문』과 마찬가지로 현실 세계의 미국 뉴욕 시와 환상 세계를 오가며 펼쳐집니다. 뉴욕 시의 남북으로 뻗은 길은 'ㅇ번 대로'로, 동서로 뻗은 길은 'ㅇ번가'로 옮겼습니다.
3. 본문 중 스티븐 킹이 의도한 행 바뀜 혹은 어긋난 표기법이 있습니다.
4. 원서에서 강조된 문구는 이탤릭, 고딕 등으로 표기되었습니다.
5. 본문에 나오는 수수께끼에 관한 설명은 각 권 마지막 장에 부록으로 설명되어 있습니다.
6. 이 책에 쓰인 본문 종이 E-light는 국내 기술로 개발된 최신 종이로, 기존에 쓰이던 모조지나 서적지보다 더욱 가볍고 안전하며 눈의 피로를 덜게끔 한 단계 품질을 높인 고급지입니다.

기나긴 이야기의 셋째 권을
감사하는 마음으로 바친다.
나의 '케프'이자, '카'이며, '카텟'인
내 아들 오언 필립 킹에게

19

구원

전편 줄거리

『황무지』는 『다크 타워』라는 긴 이야기의 제3부에 해당한다. 『다크 타워』 자체는 로버트 브라우닝이 쓴 이야기 시 『롤랜드 공자 암흑의 탑에 이르다(*Childe Roland to the Dark Tower Came*)』에서 영감을 받았고, 내용상으로도 얼마간 신세를 졌다.

제1부 『총잡이』는 변질해 버린 세계의 마지막 총잡이 롤랜드가 검은 옷의 남자, 즉 월터라는 이름의 마술사를 뒤쫓다가 마침내 그를 붙잡는 이야기이다. 월터는 '중간 세계'가 아직 통합을 유지하던 시절에 자신이 롤랜드의 아버지와 친구 사이였다고 거짓 주장을 폈다. 이 인간의 탈을 쓴 주술사를 붙잡는 일은 롤랜드의 최종 목적이 아니라 단지 암흑의 탑에 이르는 길의 이정표 가운데 하나일 뿐이다. 강력하고 신비로운 그 탑은, 시간의 축 위에 서 있다.

롤랜드는 과연 누구인가? 변질해 버리기 전 그의 세계는 어떤 곳이었는가? 암흑의 탑은 무엇이고 그는 왜 그 탑을 찾는가? 우리가 아는 답은 자잘한 것들뿐이다. 롤랜드는 틀림없이 기사와 비슷한 존재로서 세상을 그의 기억 속에 남은 모습대로, 즉 '사랑과 빛이 가득한' 상태로 유지할(어쩌면 구원할) 책임이 있는 사람이다. 그러나 롤랜드가 자기 세계의 실제 모습을 얼마나 정확히 기억하는지는 무척이나 미심쩍다.

자기 어머니가 월터보다 훨씬 강력한 마술사인 마튼의 정부가 된 사실을 알고 나서 롤랜드가 때 이른 성인식에 도전할 수밖에 없었음을, 우리는 이미 알고 있다. 마튼은 롤랜드로 하여금 어머니의 부정을 발견하도록 일부러 수작을 부렸으며, 이는 애초에 롤랜드가 성인식을 통과하지 못하고 '서쪽 황무지로 추방당하리라'고 넘겨짚은 탓이었다. 롤랜드가 시험을 통과하여 마튼의 계략을 완전히 분쇄했음을, 우리는 이미 알고 있다.

또한 총잡이의 세계와 우리 세계가 기괴하지만 근원적인 방식으로 연결되어 있으며, 가끔 두 세계를 오갈 수도 있다는 사실도 밝혀졌다.

오래전 인적이 끊긴 사막의 역마차길, 그 길가에 서 있는 간이역에서, 롤랜드는 우리 세계에서 죽은 제이크라는 소년을 만났다. 실제로는 뉴욕 맨해튼 한복판의 길모퉁이에서 질주하는 차 앞으로 떠밀린 아이였다. 제이크 체임버스는 검은 옷의 남자(월터)가 내려다보는 가운데 숨을 거두었다가 롤랜드의 세계에서 되살아났다.

둘이 함께 검은 옷의 남자를 따라잡기에 앞서 제이크는 또다시 죽음을 맞는데…… 이번에는 인생에서 두 번째로 가혹한 선택에 직면한 총잡이가 자신의 상징적인 아들을 희생시키기로 마음먹은 탓이었다. 탑과 아이 가운데 하나를 택하도록 강요당했을 때, 롤랜드는 탑을 택한다. 제이크는 심연으로 추락하기에 앞서 마지막으로 총잡이에게 이렇게 말한다.

"됐어요, 가세요. 여기 말고 다른 세계도 있으니까요."

롤랜드와 월터는 썩어가는 뼈다귀가 즐비한 묘지에서 마지막 대화를 나눈다. 이곳에서 검은 옷의 남자는 타로카드 한 벌을 꺼내어 롤랜드의 앞날을 점쳐 준다. 몹시도 괴이쩍은 카드 세 장, 즉 '사로잡힌 남자', '그늘 속의 여인', 그리고 '사신("하지만 자네 몫은 아니야, 총잡이.")'이 뽑혀 나와 롤랜드의 눈길을 잡아끈다.

제2부 『세 개의 문』은 서쪽 바닷가에서 롤랜드와 월터의 대화가 끝난 지 얼마 안 된 시점에 시작한다. 총잡이가 오밤중에 기진맥진한 채로 깨어나 보니 기어다니는 육식동물('가재괴물')들이 밀물을 따라 들이닥친다. 가재괴물들의 좁은 공격권에서 벗어나기 전, 롤랜드는 그만 오른손 검지와 중지를 잃는 치명상을 입고 만다. 게다가 놈들의 독에 중독되기까지 한 상태에서 서쪽 바닷가를 따라 북쪽으로 향하는 총잡이는 시름시름 앓는 중이며…… 어쩌면, 죽어가는지도 모른다.

롤랜드는 바닷가에 제멋대로 솟아 있는 문 세 개와 맞닥뜨린다. 문들은 저마다(오직 롤랜드 한 사람을 위하여) 우리 세계와 연결되어 있다. 문이 열린 곳은 알고 보니 제이크가 살던 도시 뉴욕이었다. 롤랜드는 우리 세계의 시간 축에서 보면 외따로 떨어져 있는 세 시점의 뉴욕으로 뛰어든다. 그의 목적은 자기 목숨을 구하는 것, 또 탑에 이르는 여정을 함께할 세 동료를 구하는 것이다.

'사로잡힌 남자'는 1980년대 후반의 뉴욕에 사는 헤로인 중독자 에디 딘이다. 롤랜드는 자기 세계의 바닷가에 서 있는 문으로 걸어

들어간 다음, 엔리코 발라자르라는 사내의 코카인 운반책으로 일하는 중인 에디의 정신 속에 나타나 뉴욕 JFK 공항에 내린다. 둘이 하나 되어 처절한 싸움을 벌인 끝에 롤랜드는 얼마 안 되는 페니실린을 손에 넣고 에디 딘을 자기 세계로 데려오는 데 성공한다. 자신이 마약 없는(없기로 따지면 파파이스 통닭도 마찬가지인) 세계로 납치되었음을 깨달은 약쟁이 에디는 분해 미칠 지경이다.

두 번째 문은 롤랜드를 '그늘 속의 여인'에게로 인도하는데…… 실제로는 한 몸에 깃든 두 여인이다. 이번에 롤랜드가 도착한 곳은 1960년대 초의 뉴욕, 상대할 사람은 휠체어를 탄 젊은 흑인 민권운동가 오데타 홈스이다. 오데타 속에는 교활하고 악독한 여인 데타 워커가 숨어 있다. 이 이중인격 여인이 롤랜드의 세계로 건너오는 바람에 에디는, 또한 병세가 악화일로를 치닫는 롤랜드도, 일촉즉발의 위기에 빠진다. 오데타는 자신에게 일어나는 일을 꿈 아니면 망상으로 여긴다. 한편 오데타보다 훨씬 더 잔인하고 약삭빠른 인격인 데타는 다짜고짜 롤랜드와 에디를 백인 고문자로 여기고 이들을 죽이는 데 몰두한다.

'사신'은 세 번째 문(1970년대 중반의 뉴욕) 뒤에 숨은 연쇄살인마 잭 모트였다. 모트는 오데타 홈스/데타 워커가 알지도 못하는 새에 여인(들)의 삶을 두 번이나 송두리째 바꾸어놓았다. 희생자를 밀치거나 희생자 위에 무언가를 떨어뜨리는 수법을 즐겨 쓰며 광기 어린(그러나 몹시도 세심한) 범죄 이력을 써 나가던 그가, 오데타에게는 두 가지 수법을 모두 사용했던 것이다. 오데타가 아이였을 적에 모트는 그 여인의 머리에 벽돌을 떨어뜨려 혼수상태로 몰아넣었고, 이와 동시에 오데타의 비밀스러운 자매 데타 워커를 탄생시켰다. 수

년 후, 즉 1959년에, 모트는 그리니치빌리지에서 다시 만난 오데타를 돌진하는 지하철 앞으로 밀쳤다. 오데타는 이번에도 모트의 습격에서 목숨을 건졌으나 대가를 치러야 했다. 돌진하는 열차에 양 무릎 아래를 잃고 말았던 것이다. 오직 용기 있는 젊은 의사(그리고 어쩌면, 추하기는 해도 결코 굴하지 않는 데타 워커의 영혼) 덕분에 목숨을 건졌는데…… 실은 그렇게 보였을 뿐일지도 모른다. 롤랜드가 보기에 두 사건의 상호관계에는 단순한 우연보다 훨씬 커다란 힘이 작용하는 듯싶다. 그는 암흑의 탑을 에워싼 거대한 힘이 또다시 모여드는 중이라고 믿는다.

롤랜드가 짐작하기에 모트는 또 다른 수수께끼의 중심인물이었는데, 그 수수께끼 또한 소름 끼치기는 마찬가지이다. 롤랜드가 모트의 인생에 끼어들었을 때 그가 뒤쫓던 다음 희생자는 다름 아닌 제이크, 즉 롤랜드가 간이역에서 만나 산맥 지하에서 내팽개친 바로 그 아이였던 것이다. 롤랜드는 제이크가 우리 세계에서 어떻게 죽음을 맞았는지, 또 아이를 죽인 자가 누구인지 의심할 까닭이 조금도 없었다. 당연히 월터여야만 했으므로. 제이크는 자신이 쓰러져 죽어가는 동안 몰려든 군중 속에서 신부복 비슷한 검은 옷을 입은 범인을 보았고, 롤랜드는 아이의 말을 조금도 의심치 않았다.

지금도 의심치 않기는 마찬가지이다. 월터는 거기에 있었다, 틀림없이 있었다. 그러나 질주하는 캐딜락 앞으로 제이크를 밀친 범인이 월터가 아니라 잭 모트였다면? 그런 일이 가능할까? 롤랜드는 자신할 수 없지만, 확신할 수 없지만, 만약 그랬다면 제이크는 지금 어디에 있을까? 죽었을까? 살았을까? 시간 축 어딘가에 걸려 있을까? 또 만약 1970년대 중반의 뉴욕에 제이크 체임버스가 멀쩡하게 살아 있다면, 롤랜드는 *어째서 지금도 그 아이를 기억할까?*

이처럼 혼란스럽고 조마조마한 와중에도 롤랜드는 문이 부과한 시험에서(또 세 동료를 모으는 과업에서) 성공을 거둔다. 에디 딘은 '그늘 속의 여인'과 사랑에 빠진 나머지 순순히 롤랜드의 세계에 머무르기로 한다. 세 동료 가운데 두 사람, 즉 데타 워커와 오데타 홈스는 총잡이가 마침내 그들 두 인격으로 하여금 상대를 인정하도록 몰아붙였을 때 각자의 성격 요소들을 한데 모아 동일한 인격으로 합쳐진다. 이 혼성 인격은 에디의 연정을 받아들여 그와 사랑에 빠진다. 그리하여 오데타 수재나 홈스와 데타 수재나 워커는 새 여인이자 셋째 여인, 바로 수재나 딘이 된다.

잭 모트는 십오륙 년 전에 오데타의 다리를 들고 튄 바로 그 열차(전설의 A선 열차)의 바퀴 아래서 숨을 거둔다. 그로서는 그리 억울한 일이 아니다.

그리고 기나긴 세월이 흐른 후에 처음으로, 마침내 길르앗의 롤랜드는 암흑의 탑을 쫓는 원정길에서 혼자가 아니다. 이제 에디와 수재나가 먼저 떠난 그의 옛 친구들, 즉 커스버트와 알레인의 자리를 대신하게 되었으나…… 총잡이는 자기 친구들에게 독약 노릇을 하는 버릇이 있다. 그는 실로 지독한 독약이다.

『황무지』는 이 세 순례자가 바닷가의 마지막 문 앞에서 대결을 끝내고 중간 세계로 접어든 지 몇 개월 후의 이야기를 담고 있다. 그들은 이미 내륙 쪽으로 꽤 멀리 이동했다. 휴식 기간은 막을 내렸고, 이제 수련 기간이 시작됐다. 수재나는 사격술을, 에디는 조각술을…… 그리고 총잡이는, 정신을 조각조각 잃어가는 기술을 수련하는 중이다.

(추신. 뉴욕 독자들께서는 알아보실 텐데, 저는 이 책에서 몇몇 지명을 자유로이 바꾸었습니다. 이 점 부디 양해해 주시기를.)

*

　　부서진 우상들의 산, 땡볕 두들기는 곳,
　　죽은 나무 그늘 드리우지 않고, 귀뚜라미 위안 주지 않으며,
　　마른 바위는 물소리도 내지 않는다. 오직
　　이 붉은 바위 아래의 그늘뿐,
　　(이 붉은 바위의 그늘 아래로 들어오라),
　　그리하면 나 그대에게 보여주는 것 무엇과도 다르리라
　　아침 햇살 속 그대 뒤 성큼 걷는 그림자 아니라
　　저녁노을 속 그대 만나러 치솟는 그림자 아니라
　　나 그대에게 먼지 한 줌 속 공포를 보여주리라

　　　　　　　　　　　　　　　— T. S. 엘리엇, 「황무지」

*

　　혹여 비쭉배쭉한 엉겅퀴 줄기가 뻗쳐오르면
　　또래들 위에서, 대가리가 잘리었다. 줄기들은
　　서로 시기했다. 무엇이 저 구멍과 금들을
　　잡초의 거칠고 거무스레한 이파리에 새겨, 멍들어 포기케 했는가
　　푸르고자 했던 온 소망을. 필시 야수가 걸어가며
　　그 목숨을 앗아갔으리라, 야수의 의지로써.

　　　　　　　　　　　　— 로버트 브라우닝, 「롤랜드 공자 암흑의 탑에 이르다」

*

　　"무슨 강이지?" 밀리센트가 멍하니 물었다.
　　"그냥 개울이야. 뭐, 개울보다는 크려나. '황무지 강'이라고 불러."
　　"정말로?"
　　"그럼." 위니프레드가 답했다. "그렇고말고."

　　　　　　　　　　　　　　— 로버트 에이크먼, 「막역한 사이」

제1부

제이크
먼지 한 줌 속의 공포

제1장
곰과 턱뼈

1

　여인이 실탄을 쏘기는 이번이 세 번째…… 그러나 롤랜드가 채워준 총집에서 총을 뽑기는, 이번이 처음이었다.
　실탄은 무척이나 많았다. 에디 딘과 수재나 딘이 뽑혀오기 전에 살던 세계에서 롤랜드가 300발 넘게 들고 돌아온 덕분이었다. 하지만 실탄이 넉넉하다고 해서 마음껏 쏴도 된다는 뜻은 아니었다. 실은 정반대였다. 신들은 낭비꾼을 마뜩찮아 하는 법이다. 롤랜드는 먼저 그의 아버지로부터, 또 나중에는 그의 가장 훌륭한 스승 코트로부터 그렇게 믿도록 교육받았고 그래서 지금도 그렇게 믿는다. 신들이 당장 벌하지 않는다 해도 죗값은 언젠가 치러야 하는 법…… 그리고 기다림이 길어질수록 벌은 더 무거워지는 법이다.
　어쨌거나 처음에는 실탄이 전혀 필요치 않았다. 롤랜드는 휠체어를 탄 이 아름다운 갈색 피부 여인이 믿지 못할 만큼 오랜 세월 동안 총부림을 한 사람이었다. 롤랜드는 우선 자기가 세운 표적에 빈 총을 쏘는 여인의 모습만 보고 자세를 교정해 주었다. 여인은 빨리 배웠다. 여인과 에디 둘 다 빨리 배웠다.

롤랜드가 짐작한 대로, 둘 다 타고난 총잡이였다.

이날 롤랜드와 수재나는 일행이 두 달 가까이 머물던 숲의 야영지에서 1킬로미터 남짓 떨어진 공터에 나와 있었다. 하루하루가 한결같이 평온하게 흘러갔다. 총잡이가 스스로 몸을 추스르는 동안 에디와 수재나는 총잡이에게서 배워야 할 것들을 배웠다. 총 쏘는 법, 사냥하는 법, 사냥물의 속을 바르고 손질하는 법. 가죽을 펴고 말리고 손질하는 방법. 잡은 짐승을 한 부위도 버리지 않고 다 쓰도록 가능한 한 철저히 쓰는 방법. 노인성을 보고 북쪽을, 또 노모성을 보고 남쪽을 찾는 방법. 서쪽 바다에서 100킬로미터쯤 떨어진, 지금 그들이 머무는 이 숲의 소리에 귀 기울이는 기술 등등. 에디가 이날 뒤에 남겠다고 했는데도 롤랜드는 당황하지 않았다. 가장 오래 남는 교훈은 늘 스스로 깨달은 것인 줄 롤랜드는 이미 알기 때문이었다.

그러나 과거에 최고로 중요하던 교훈은 이때에도 최고로 중요했다. 그것은 총을 쏘는 방법과 쏠 때마다 과녁을 맞히는 방법이었다. 바로 살인 기술이었다.

공터 가장자리는 달콤한 냄새를 풍기는 암녹색 전나무들이 덥수룩한 반원 모양으로 둘러싸고 있었다. 땅이 끊긴 공터 남쪽은 부스러져가는 난간 모양 이판암과 갈라진 절벽이 100미터 가까이 아래로 이어져 흡사 거인의 의자처럼 보였다. 숲에서 흘러나온 맑은 개울이 구멍투성이 땅과 부슬거리는 바위 틈새의 깊은 물길을 지나 공터 한복판을 가로질러 흐르다가 나중에는 땅이 끝나는 곳의 우둘투둘한 암반 위로 쏟아져 내렸다.

　개울물이 계단 모양 절벽을 따라 폭포수처럼 흘러내린 덕분에 깜찍하게 일렁거리는 무지개가 여러 개 만들어졌다. 절벽 언저리 건너편은 까마득히 깊은 골짜기였고, 이쪽보다 더 울창한 전나무들 사이에 나이 든 느릅나무 몇 그루가 꿋꿋이 버티어 서 있었다. 초록색 잎이 무성하고 키가 높다란 그 느릅나무들은 롤랜드가 자란 땅이 아직 어렸을 적에도 이미 원숙했으리라. 롤랜드는 이 골짜기에 언젠가 한 번은 벼락이 떨어졌으리라 짐작했지만, 불탄 흔적은 보이지 않았다. 벼락 말고도 위험은 존재했다. 오래전 이 숲에는 사람이 살았다. 지난 몇 주간 롤랜드는 그들의 자취를 몇 차례 목격했다. 대개 원시적인 도구들이었으나 개중에는 오로지 불 속에서만 구울 수 있는 도기의 파편도 있었다. 그리고 불은 자신을 창조한 손에서 달아나며 희열을 느낀 사악한 것이었다.

　이 그림 같은 풍경 위에 티 없이 맑은 하늘이 걸려 있었고, 그 하늘 저 멀리서 까마귀 몇 마리가 걸걸한 쇳소리를 내며 맴돌았다. 새들은 폭풍이라도 다가오는 양 부산스러웠으나 롤랜드가 들이쉰 공기에 빗기운은 없었다.

　공터의 개울 왼편에 바위 한 개가 서 있었다. 롤랜드가 그 위에 돌조각 여섯 개를 늘어놓았다. 저마다 운모로 뒤덮인 돌조각들이 따뜻한 오후 햇살 속에 렌즈처럼 반짝였다.

　"이것이 마지막 기회요."

　총잡이가 말했다.

　"총집이 털끝만큼이라도 불편하면, 지금 말하시오. 우리는 총알을 낭비하러 여기 온 게 아니오."

차갑게 쏘아보는 여인의 눈에서 총잡이는 한순간 데타 워커를 보았다. 눈빛이 꼭 쇠막대에 반사된 아찔한 햇살 같았다.

"총집이 불편한데도 말을 안 하면 어쩔 건데요? 혹시 내가 저 조막만 한 돌멩이 여섯 개를 다 빗맞히면요? 옛날 당신 스승이 그랬던 것처럼 내 머릴 후려칠 건가요?"

총잡이가 빙긋 웃었다. 그는 최근 5주 동안 지난 5년 동안보다도 많이 웃었다.

"내가 그리 못할 줄 당신도 알잖소. 우선, 그때 난 아이였소. 아직 성인식도 통과하지 않은 아이였지. 아이라면 사내아이든 계집아이든 후려쳐서 가르친다지만……"

"내가 살던 세계에선 애한테 손을 대면 상류층의 빈축을 사게 마련이었죠."

롤랜드가 어깨를 으쓱했다. 그로서는 그런 세상을 떠올리기가 쉽지 않았지만('자식을 망치기 싫거든 회초리를 아끼지 말지어다.' 위대한 책에도 그렇게 적혀 있지 않던가?), 수재나가 거짓말을 할 성싶지도 않았다.

"당신네 세계는 아직 변질되지 않았소. 이쪽하고 다른 것이 많더군. 내가 이 두 눈으로 못 봤을 것 같소?"

"봤을 테죠."

"어쨌거나, 당신과 에디는 애가 아니오. 애처럼 다뤘다가는 내 허물이 될 거요. 또 당신들이 거쳐야 할 시험이 있었다 쳐도, 둘 다 이미 통과했소."

입 밖에 내지는 않았지만 롤랜드는 바닷가 일이 어떻게 마무리되었는지 떠올리는 중이었다. 그때 수재나는 뒤뚱거리는 가재괴물 떼가 롤랜드와 에디의 살을 발라내기 전에 모조리 지옥으로 날려 보냈다. 롤랜드는 화답하듯 씩 웃는 수재나를 보고 같은 기억을 떠올렸으리라 짐작했다.

"그래서 내가 못 맞히면 어쩔 건데요?"

"지켜볼 거요. 내가 할 일은 그뿐인 듯싶소."

수재나는 골똘히 생각하고 나서 고개를 끄덕였다.

"어쩜 그럴지도."

그러고는 총집을 다시 점검했다. 겨드랑이에 매는 총집처럼 가슴 위로 비스듬히 걸린 모양이 꽤 단출했지만(롤랜드가 스프링식 총집을 보고 고안한 방식이었다.), 그래봬도 몇 주에 걸쳐 시행착오를 거치고 무척이나 공들여 수선한 끝에 제대로 만든 것이었다. 총띠와 기름 먹인 낡은 총집에서 닳아빠진 백단향 손잡이를 내밀고 있는 리볼버는 일찍이 총잡이의 것이었다. 그의 오른쪽 허리춤에 매달려 있던 총집이었다. 총잡이는 지난 5주 동안 고민한 끝에 앞으로 다시는 그 자리에 총집을 매달 일이 없다고 결론 내렸다. 가재괴물 덕분에 그는 이제 완전한 왼손잡이였다.

"그런데 총집은 좀 어떻소?"

총잡이가 재차 물었다. 이번에는 수재나가 웃음을 터뜨렸다.

"롤랜드, 이 구닥다리 총집은 더 이상 편할 수가 없을 만큼 편해요. 그러니까 이제 쏴도 돼요? 아님 그냥 저 멀리서 깍깍대는 까마귀 소리나 들으며 죽치고 앉아 있을까요?"

총잡이는 자그마한 새끼손가락들이 살갗 아래서 간질거리는 듯한 초조함을 느끼다가 문득 생각했다. 과묵하고 퉁명스러웠던 스승 코트 또한 지금 같은 상황에서 같은 기분을 느꼈으리라. 총잡이는

제1장 곰과 턱뼈 25

여인이 우수하기를 바랐고…… 반드시 우수해야만 했다. 그러나 얼마나 간절히 바라는지 겉으로 드러냈다가는, 일이 완전히 어그러질지도 몰랐다.

"그대가 배운 교훈을 다시 말해 보시오, 수재나."

여인은 짐짓 짜증스러운 듯 한숨을 쉬었으나…… 말하는 동안 웃음기는 사라졌고, 고운 갈색 얼굴은 엄숙해졌다. 그리고 총잡이는 입술 사이로 흘러나오는, 여인의 입 속에서 새로이 만들어진 태곳적의 교리문답을 들었다. 여성의 목소리로 듣게 되리라고는 결코 생각지도 못한 말이었다. 목소리는 몹시도 자연스러웠으나…… 또한 몹시도 낯설고 위험스러웠다.

"나는 손으로 겨누지 않으리. 손으로 겨누는 자, 제 아비의 낯을 잊었나니.

나는 내 눈으로 겨누리라.

나는 손으로 쏘지 않으리. 손으로 쏘는 자, 제 아비의 낯을 잊었나니.

나는 내 정신으로 쏘리라.

나는 총으로 죽이지 않으리……"

수재나는 총을 번쩍 쳐들고 바위 위에서 반짝이는 돌조각들을 겨누었다.

"죽이기는 뭘 죽인다고, 그냥 쪼그만 돌멩이들인데."

조금은 건방지고 조금은 짓궂은 수재나의 표정은 마치 롤랜드가 안절부절못하기를, 어쩌면 격노하기를 바라는 듯 보였다. 그러나 롤랜드도 한때는 지금 이 여인과 같은 처지였다. 견습 총잡이들이 천방지축이고 혈기왕성하며 산만할 뿐 아니라 때를 모르고 물어뜯는 존재임을 롤랜드는 잊지 않았고…… 예상치 못했던 그 자신의 재능 또한 발견한 참이었다. 그는 가르칠 줄을 알았다. 한 술 더 떠 가르치기를 즐겼으며, 가끔은 코트 역시 그러했을지 궁금했다. 아마도 코트 역시 그러했으리라.

이윽고 두 사람 뒤편의 숲에서 더욱 많은 까마귀들이 시끄럽게 깍깍거렸다. 새로 들리는 까마귀 소리는 다툼뿐 아니라 동요 때문이기도 하다는 정보가 롤랜드의 의식 한편에 입력되었다. 새들은 저희가 뜯어먹던 먹잇감한테 겁을 먹고 달아나기라도 하는 양 깍깍댔다. 그러나 당장은 까마귀 떼에게 겁을 준 것의 정체보다 더 중요한 것을 생각해야 했기에, 롤랜드는 그 정보를 제쳐놓고 다시금 수재나에게 집중했다. 안 그랬다가는 제자에게 다시 물어뜯으라고 청해야 하는데, 그랬다가는 영 흥이 안 나는 법이었다. 그리되면 누구의 책임일까? 스승 말고 누가 있을까? 여인에게 물어뜯기를 가르치는 이는 총잡이가 아니던가? 그는 두 사람 '모두'에게 물어뜯기를 가르치는 중이 아니던가? 일련의 엄숙한 의식 몇 가지와 흡사 장식음 같은 엄격한 교리문답을 벗겨내고 나면, 총잡이란 바로 그러한 존재가 아니던가? 그(또는 그녀)는 오로지 명령에 따라 물어뜯는 인간 매가 아니던가?

"아니, 저들은 돌멩이가 아니오."

총잡이가 말하자 여인은 눈을 살짝 크게 뜨고 다시금 빙긋 웃었다. 그녀는 비로소 자신이 뭉그적거리거나 딴청을 피울 때 가끔 그랬던 것과 달리 이번에는 총잡이가 화내지 않을 것임을 눈치 챘고 (적어도 아직까지는), 그러자 그녀의 두 눈에 또다시 데타 워커의 번쩍이는 눈빛이 떠올랐다.

"아니라고요?"

목소리에 밴 장난기가 아직은 온순했지만, 총잡이는 자신이 도발하기만 하면 여인이 비열해지리라고 생각했다. 여인은 긴장했고, 초조했으며, 이미 발톱을 반쯤 내뻗은 상태였다.

"그렇소, 돌이 *아니오*."

총잡이는 여인의 비웃음에 맞서 이렇게 말했다. 그의 얼굴에도 웃음이 배어나왔으나 차갑고 딱딱한 웃음이었다.

"수재나, '니미럴 횐둥이놈들'을 기억하오?"

여인의 웃음이 스르르 사그라졌다.

"옥스퍼드타운의 니미럴 횐둥이놈들 말이에요?"

여인의 얼굴에서 웃음기가 가셨다.

"그 니미럴 횐둥이놈들이 당신과 당신 친구들한테 무슨 짓을 했는지 기억하오?"

"나 아니에요. 그건 다른 여자였어요."

여인의 눈에 주눅 들고 시무룩한 빛이 떠올랐다. 총잡이는 그 눈빛이 싫었지만 한편으로는 마음에 들었다. 그것은 올바른 눈빛, 즉 땔감이 잘 타는 중이며 머잖아 더 굵직한 불쏘시개가 활활 타리라는 신호였다.

"그렇소, 다른 여인이었소. 좋든 싫든 간에 그 여인은 세라 워커 홈스의 딸, 오데타 수재나 홈스였소. 지금의 당신이 아니라 과거의 당신이었소. 소방 호스를 기억하오, 수재나? 놈들의 금니를, 놈들이 옥스퍼드타운에서 소방 호스로 당신과 당신 친구들을 괴롭힐 때 봤던 금니를 기억하오? 놈들이 웃을 때 반짝이던 그 금니를?"

그것은 여인이 들려준 이야기, 꺼져가는 모닥불 앞에서 기나긴 여러 밤에 걸쳐 일행에게 들려준 이야기였고, 이야기는 그것 말고도 많았다. 총잡이는 다 알아듣지는 못해도 귀 기울여 들었다. 그리고 기억했다. 어차피 고통 또한 일종의 연장이었다. 때로는 최고의 연장이었다.

"뭐 잘못 먹었어요, 롤랜드? 왜 내 머릿속의 쓰레기 더미를 들쑤시는 거죠?"

시무룩하던 눈이 이제 총잡이를 향해 위험스럽게 번득였다. 그 눈을 보고 총잡이는 온순하던 알레인이 버럭 성낼 때의 눈빛을 떠올렸다.

"저 돌멩이가 그놈들이오."

롤랜드의 목소리는 차분했다.

"당신을 옥에 가두고 스스로 몸을 더럽히도록 한 그놈들이오. 몽둥이를 차고 개를 앞세우는 그놈들이오. 당신을 검둥이 갈보년이라고 부른 그놈들이오."

롤랜드가 돌멩이들을 가리키며 왼쪽에서 오른쪽으로 손가락을 움직였다.

"당신 가슴을 꼬집으며 낄낄대던 놈이 저기 있소. 당신이 엉덩이에 뭘 박아뒀는지 확인해야겠다고 지껄이던 놈이 저기 있소. 당신을 500달러짜리 드레스를 걸친 침팬지라고 부르던 놈이 저기 있소. 당신이 이러다가 미쳐버리겠다 싶을 때까지 휠체어 바퀴살에 곤봉을 굴려 시끄럽게 하던 놈이 저기 있소. 당신 친구 리언을 빨갱이 호모새끼라고 부르던 놈이 저기 있소. 그리고 수재나, 맨 끝에 있는 놈은, 잭 모트요.

바로 저기요. 저 돌멩이들이오. *그놈들이오.*"

여인은 어느새 숨을 몰아쉬는 중이었다. 총알을 묵직하게 매단 총잡이의 총띠 아래 여인의 가슴이 짧은 간격으로 바삐 오르내렸다. 두 눈은 총잡이를 떠나 운모가 반짝이는 돌조각들을 노려보고 있었다. 두 사람 뒤편 멀리서 나무 한 그루가 부러져 쓰러졌다. 하늘에서는 아까보다 더 많은 까마귀들이 깍깍댔다. 그러나 두 사람은 더 이상 놀이가 아닌 놀이에 몰입한 탓에 이를 눈치 채지 못했다.

"그래요?"

수재나가 숨을 들이쉬었다.

"그렇단 말이죠?"

"그렇소. 이제 그대가 배운 교훈을 말해 보시오, 수재나 딘. 진실되게 말하시오."

이번에 여인의 입술 새로 나온 말들은 얼음 알갱이 같았다. 휠체어 팔걸이에 놓인 오른손이 공회전하는 엔진처럼 덜덜 떨렸다.

"나는 손으로 겨누지 않으리. 손으로 겨누는 자, 제 아비의 낯을 잊었나니.

나는 내 눈으로 겨누리라."

"좋소."

"나는 손으로 쏘지 않으리. 손으로 쏘는 자, 제 아비의 낯을 잊었나니.

나는 내 정신으로 쏘리라."

"늘 그리하시오, 수재나 딘."

"나는 총으로 죽이지 않으리. 총으로 죽이는 자, 제 아비의 낯을 잊었나니.

나는 내 마음으로 죽이리라."

"이제 놈들을 죽이시오, 그대의 부친을 욕되게 하지 마시오! 놈들을 모조리 죽이시오!"

여인의 오른손이 휠체어 팔걸이와 롤랜드의 리볼버 사이에서 번득였다. 왼손은 순식간에 아래로 내려와 벌새의 날개처럼 빠르고 우아하게 격철을 젖혔다. 차가운 발사음이 골짜기에 여섯 번 울려퍼졌다. 바위에 놓인 돌조각 여섯 개 중 다섯 개가 시야에서 사라졌다.

메아리가 이리저리 튀다가 사그라지는 가운데 두 사람 모두 한동안 입을 열지 않았고, 숨조차 못 쉬는 듯 보였다. 그 동안은 까마귀 떼조차도 숨을 죽였다.

총잡이가 단조롭지만 기이할 만큼 힘찬 다섯 음절로 그 침묵을 부수었다.

"아주 잘했소."

수재나는 손에 쥔 총을 처음 보는 것인 양 내려다보았다. 바람 한 점 없이 고요한 가운데 연기 한 줄기가 총구에서 수직으로 피어올랐다. 뒤이어 가슴 아래 걸린 총집에 총을 천천히 꽂아넣었다.

"잘하긴 했지만, 완벽하진 않아요." 이윽고 수재나가 입을 열었다. "한 놈을 놓쳤어요."

"놓쳤다고?"

롤랜드가 바위로 걸어가 남아 있는 돌조각을 집어들었다. 그는 돌을 흘낏 보고 나서 수재나에게 던졌다.

수재나는 왼손으로 돌을 잡았다. 오른손은 총집에 꽂힌 총 곁을 떠나지 않았고, 총잡이는 이를 흡족하게 바라보았다. 수재나의 사격 솜씨는 에디보다 정확하고 능숙했으나 총에서 손을 떼지 않는 훈련만큼은 에디보다 더뎠다. 만약 발라자르의 술집에서 벌어진 총격전에 함께했더라면 달랐으리라. 롤랜드가 보기에 수재나는 이제 그것도 배워가는 중이었다. 수재나는 돌을 살펴보다가 위쪽 귀퉁이에 손톱 끝만큼 팬 자국을 발견했다.

"가녘을 맞힌 것뿐이오." 롤랜드가 수재나 쪽으로 걸어오며 말했다. "허나 총부림 도중에는 그것만으로도 충분할 때가 있소. 상대의 가녘을 맞혀 조준이 틀어지게 하면……"

롤랜드가 말을 멈추었다.

"왜 그런 눈으로 보는 거요?"

"몰라서 그래요? 정말 몰라요?"

"모르오. 난 가끔 당신 마음을 못 읽겠소, 수재나."

거리낌이 전혀 없는 총잡이의 목소리에 수재나가 분통 터지는 듯 고개를 저었다. 눈 깜짝할 새에 오락가락하는 여인의 인격 때문에 총잡이는 때때로 낙담하곤 했다. 마음에 있는 말 외에는 아무 말도 할 줄 모르는 총잡이의 무능함 역시 그녀에게 똑같은 기분을 선사하기에 손색이 없었다. 총잡이는 여인이 이때껏 만난 가장 고지식한 사내였다.

"좋아요. 내가 왜 그런 눈으로 봤는지 얘기해 줄게요. 그건 당신이 비열한 거짓말을 했기 때문이에요. 당신은 내가 빗맞혀도 안 때린다고, 못 때린다고 했지만…… 그 말이 거짓말이었거나 아니면 당신이 바보천치이거나 둘 중 하난데, 당신이 바보천치가 아닌 줄은 내가 알아요. 사람이 꼭 손으로만 때리는 건 아니에요, 그건 나 같은 흑인이라면 누구나 증언할 수 있어요. 내가 살던 곳에 이런 노래가 있어요. '몽둥이랑 돌멩이는 내 뼈다귀를 부러뜨려도……'"

"'……그러나 조롱은 나를 상처 입히지 못하리.'"

롤랜드가 마무리를 지었다.

"흥, 똑같진 않아도 거의 비슷하네요. 그래봤자 다 말장난이지만. 사람들이 아까 당신이 한 말을 꾸지람이라고 부르는 데에는 이유가 있어요. 난 당신 말 때문에 상처받았다고요, 롤랜드. 그런데도 거기 멍청히 서서 그럴 줄 몰랐다고 할 건가요?"

휠체어에 앉은 수재나는 강직한 눈을 반짝이며 흥미로운 듯 롤랜드를 올려다보았고, 롤랜드는 수재나의 세계에 살던 니미럴 흰둥이 놈들이 무척이나 용감했거나 아니면 무척이나 멍청했으리라고 새삼스레 생각했다. 감히 그녀를 거스르려 하다니, 휠체어 신세건 아니건 간에. 그리고 실제로 놈들과 부대낀 경험에 비춰보면, 용감해서 그런 것은 아닌 듯싶었다.

"당신이 상처받을 줄은 생각 못했소. 또 신경도 안 썼소."

롤랜드가 꾹 참고 대답했다.

"난 당신이 이를 드러낸 것을 보고 물어뜯으리라 여겼고, 그래서 당신 입에 재갈을 물렸소. 그리고 성공했지…… 안 그렇소?"

그러자 수재나의 표정에 상심과 경악이 함께 드러났다.

"망할 인간 같으니!"

총잡이는 대답하는 대신 여인의 총집에서 총을 꺼내더니 오른손에 남은 두 손가락으로 탄창을 열고 왼손으로 재장전하기 시작했다.

"당신은 세상에 온갖 건방지고 오만한 놈들 중에서 제일……"

"당신은 물어야만 했소."

총잡이가 예의 그 참을성 있는 목소리로 말했다.

"그리 안 했더라면 모조리 빗맞혔을 거요, 눈과 정신과 마음 대신 손과 총으로 쐈을 테니. 그것이 속임수요? 오만이오? 내 생각엔 아니오. 수재나, 내 생각엔 당신이야말로 마음속에 오만을 지녔소. 당신이야말로 속임수에 능한 정신의 소유자요. 난 그 점을 걱정하지 않소. 실은 정반대요. 이가 없는 총잡이는 총잡이가 아니므로."

"젠장, 난 총잡이가 아니에요!"

롤랜드는 그 말을 무시했다. 간단했다. 여인이 총잡이가 아니라니, 그렇다면 롤랜드는 개너구리였다.

"우리가 놀이를 하는 중이라면 나도 달리 행동했을 거요. 그러나 이것은 놀이가 아니오. 이것은……"

총잡이가 온전한 손으로 이마를 짚더니 왼쪽 관자놀이에 손가락을 붙이고 가만히 서 있었다. 수재나의 눈에 살며시 떨리는 손끝이 보였다.

"롤랜드, 어디 아파요?"

수재나가 나지막이 물었다.

총잡이의 손이 서서히 내려왔다. 그는 탄창을 제자리로 밀어넣고 나서 총을 다시 여인이 찬 총집에 꽂아넣었다.

"아무것도 아니오."

"아무것도 아니긴요. 내가 다 봤어요. 에디도 봤고요. 바닷가를 떠나자마자 아프기 시작했잖아요. 어딘가 안 좋아요, 게다가 더 나빠지는 중이고요."

"아무것도 아니오."

총잡이가 되뇌었다.

수재나가 손을 뻗어 그의 손을 잡았다. 그녀는 잠시나마 화를 가라앉혔다. 그러고는 진지하게 그의 눈을 올려다보았다.

"롤랜드, 에디하고 난…… 다른 세상에 와 있어요. 당신 없이는 아마 여기서 죽고 말거예요. 물론 우리한텐 총이 있고 그 총을 쏠 줄도 알아요, 당신이 잘 가르쳐 줬으니까요. 그래도 죽기는 마찬가지예요. 우린…… 우린 당신한테 기대는 처지예요. 그러니까 어디가 안 좋은지 얘기해 줘요. 내가 돕게 해달라고요. '우리'가 돕게 해줘요."

롤랜드는 스스로를 깊이 이해하는 사람이었던 적도, 그러기를 즐긴 적도 없었다. 자기 인식이란(자기 분석은 제쳐놓고) 그에게 낯선 개념이었다. 행동이야말로 그의 방식이었다. 그는 자기 내면의 신비롭기 짝이 없는 셈법을 재빨리 참조하고 곧장 행동했다. 그는 누구보다도 완벽하게 만들어진 존재, 자신의 지극히 낭만적인 심장을 본능과 실용주의로 만든 살벌하도록 단순한 상자 속에 숨겨둔 사내였다. 이번에도 그는 평소처럼 재빨리 자기 속을 들여다보고 나서 여인에게 모조리 털어놓기로 마음먹었다. 아무렴, 그는 어딘가가 잘못되었다. 정말로 그랬다. 그의 정신 속 무언가가 잘못되었다. 그의 본성만큼이나 단순한 어떤 것, 또 그 본성이 그에게 강요한 괴이하고 종잡을 수 없는 삶만큼이나 이상한 어떤 것이었다.

롤랜드는 입을 열고 이렇게 말하려 했다. '수재나, 내 어디가 안 좋은지 얘기하겠소, 그것도 단 세 마디로 말하리다. 나는, 미쳐가는, 중이오.' 그러나 미처 말을 꺼내기도 전에 숲속에서 나무 한 그루가 또 쓰러지며 거대한 굉음이 들려왔다. 이번 것은 한결 더 가까웠고, 이번에는 두 사람도 수업의 탈을 쓴 의지의 시험에 몰입해 있지 않았다. 두 사람 다 나무 쓰러지는 소리와 뒤이어 깍깍대는 까마귀 소리를 들었으며, 그 나무가 야영지 가까이서 쓰러진 사실 또한 알아차렸다.

수재나는 소리가 나는 쪽으로 고개를 돌리고 있었으나 휘둥그레 놀란 그녀의 두 눈은 어느새 총잡이의 얼굴을 보고 있었다.

"에디!"

그녀가 외쳤다.

두 사람 뒤편의 짙푸른 밀림에서 포효가 터져나왔다. 성나서 울부짖는 소리였다. 나무가 한 그루 더, 또 한 그루 더 쓰러졌다. 들이치는 박격포탄 같은 소리를 내며 쓰러졌다. '마른 나무로군.' 총잡이는 생각했다. '말라죽은 나무들이야.'

"에디!"

수재나가 이번에는 크게 외쳤다.

"뭔진 몰라도 에디 가까이 있어요!"

수재나는 두 손으로 쏜살같이 휠체어 바퀴를 틀어잡고 힘들여 방향을 돌리기 시작했다.

"그럴 시간 없소."

롤랜드가 여인의 양 겨드랑이를 붙잡고 들어올렸다. 전에도 휠체어가 못 갈 만큼 험한 길이 나오면 (그와 에디 둘 다) 이런 식으로 들어 나르곤 했지만, 총잡이의 초인적일 만큼 무지막지한 속도는 여전히 경악스럽기만 했다. 방금 전까지 수재나는 1962년 가을에 뉴욕 최고의 의료기기 상점에서 구입한 휠체어에 앉아 있었다. 다음 순간 그녀는 치어리더처럼 그의 어깨 위에 앉아 아슬아슬하게 균형을 잡으며 근육질 허벅지로 그의 목을 꽉 조였고, 롤랜드는 두 손바닥을 머리 위로 뻗어 그녀의 허리를 받쳤다. 휠체어 바퀴 자국 사이로 바늘 모양 이파리들이 흩어진 땅을 장화로 박차고, 그는 여인을 떠받친 채로 달리기 시작했다.

"오데타!"

상황이 어찌나 급박했던지 롤랜드는 그만 맨 처음 알게 된 여인의 이름을 외쳤다.

"총을 챙기시오! 그대의 부친을 욕되게 하지 마시오!"

롤랜드는 어느새 나무 틈새로 달리는 중이었다. 그가 성큼성큼 내달리는 동안 레이스 같은 그림자와 사슬처럼 이어진 쨍쨍한 햇살이 움직이는 모자이크가 되어 두 사람 위로 스쳐갔다. 이제 둘은 내리막길에 접어들었다. 나뭇가지가 총잡이의 어깨에 부딪혀 구부러졌다가 얼굴을 향해 달려들자 수재나가 왼손을 들어 쳐냈다. 이와 동시에 오른손은 아래로 내려 총잡이의 낡은 리볼버 손잡이를 쥐었다.

'1킬로미터 반.' 수재나는 생각했다. '달려가는 데 얼마나 걸릴까? 롤랜드가 이렇게 전력으로 질주하면 얼마나 걸릴까? 오래는 안 걸릴 거야, 미끄러운 침엽수 이파리 위를 이 속도로 달려갈 수만 있다면…… 하지만 너무 늦을지도 몰라. 하느님, 그 사람을 지켜주세요. 에디를 지켜주세요.'

이에 대답이라도 하듯, 보이지 않는 맹수의 포효가 또다시 들려왔다. 우렁찬 소리가 꼭 천둥 같았다. 종말 같았다.

2

놈은 일찍이 '서부 대삼림'으로 불렸던 이 숲에서 가장 커다란 생물이자 가장 나이 든 생물이었다. 앞서 롤랜드가 본 골짜기의 늙은 느릅나무 거목들이 대개 땅에서 갓 솟아난 잔가지에 지나지 않았을 무렵, 그 곰은 배회하는 야만인 왕처럼 바깥 세계의 알 수 없는 어둠으로부터 걸어나왔다.

오래전 이 서쪽 숲에는 옛사람들이 살았으나(지난 몇 주간 롤랜드가 가끔 발견한 것들은 그들의 흔적이었다.) 거대한 불사신 곰을 두려워한 끝에 사라졌다. 옛사람들은 이 새 땅에 정착한 후에 자신들이 혼자가 아닌 줄을 깨닫고 곰을 죽이려 했지만 그들의 화살은 곰을 성나게만 할 뿐, 치명상을 입히지 못했다. 게다가 숲의 다른 짐승들과 달리, 심지어 서쪽 모래 언덕에 터를 잡고 새끼를 낳는 들고양이도 그러지 못했건만, 곰은 자기 고통의 원천이 무엇인지를 헛갈리지 않았다. 아니, 이 곰은 화살이 어디에서 날아오는지를 알았다. *알고 있었다.* 터부룩한 모피로 덮인 살에 화살이 한 대 꽂힐 때마다 곰은 세 명, 네 명, 또는 대여섯 명씩 옛사람들을 덮쳤다. 걸리기만 하면 아이들도 덮쳤다. 아이가 없으면 여성을 덮쳤다. 그러나 전사들은 덮치지 않았고, 그것이야말로 더없는 모욕이었다.

마침내 곰의 진정한 본성이 드러나자 옛사람들은 곰을 죽이기 위한 사투를 그만두었다. 당연한 얘기지만, 놈은 악마의 현신…… 아니면 신의 그림자였다. 옛사람들은 놈을 미르라고 불렀는데 이는 그들 말로 '세계 아래의 세계'라는 뜻이었다. 몸을 쭉 펴고 서면 20미터도 넘는 덩치로, 열여덟 세기가 훌쩍 지나도록 서쪽 숲에서 무소불위의 지배를 일삼은 끝에, 미르는 이제 죽어가는 중이었다. 어쩌면 미르의 직접적인 사인은 먹이나 물에 섞여 있던 미생물일 수도 있었다. 어쩌면 노령 때문일 수도 있었다. 어쩌면 그 둘이 결합했을 공산이 더 컸다. 어차피 사인은 중요하지 않았다. 중요한 것은 최종 결과, 즉 미르의 두뇌를 파먹으며 급속히 번식하는 기생충 무리였다. 긴 세월에 걸쳐 빈틈없는 짐승의 정신을 유지해 왔던 미르는 결국 미쳐버리고 말았다.

그런 미르가, 인간들이 또다시 자기 숲에 들어왔음을 알아차렸다. 놈은 광활한 숲을 지배하면서도 거기서 일어나는 중요한 일은 무엇 하나 놓치지 않고 금세 알아차렸다. 놈은 새 방문자들한테서 떨어져 지냈으나 이는 그들한테 볼일이 없기 때문이었고, 그들 역시 놈한테는 볼일이 없었다. 그러다가 기생충 무리가 저희 할 일을 시작했고, 놈은 머릿속이 광기로 물들어 가는 가운데 옛사람들이 다시 찾아왔다고, 함정을 파고 숲을 불태우던 그들이 다시 돌아왔으며 머잖아 그 옛날의 어리석은 악행을 또다시 저지를 거라고 확신했다. 새 손님들의 야영지로부터 50킬로미터쯤 떨어진 마지막 보금자리에 드러누워 날이 갈수록 악화되는 병에 시달리기만 하던 놈은, 옛사람들이 드디어 효과적인 악행 수단을 발견했다고 믿기에 이르렀다. 바로 자신을 괴롭히는 독이었다.

미르는 결심했다. 이번에는 인간들에게 경상을 입혀 보복할 것이 아니라 독 때문에 숨이 끊어지기 전에 그들을 아예 짓뭉개버리기로 마음먹었는데…… 숲을 돌아다니던 도중에, 그만 사고가 완전히 정지하고 말았다. 미르에게 남은 것은 격렬한 분노, 정수리에 달린(오래전에는 소리 없이 부드럽게 돌아가던) 장치에서 나는 녹슨 경보음, 그리고 한 치의 오차도 없이 세 순례자의 야영지로 그를 인도하는 기이할 정도로 예민해진 후각뿐이었다.

미르와 전혀 상관없는 본명을 지닌 그 곰은 흡사 고층건물처럼, 적갈색 눈이 달린 털북숭이 탑처럼 숲 속을 누볐다. 두 눈이 열과 광기로 번들거렸다. 부서진 나뭇가지와 바늘 모양 이파리를 화관처럼 매단 거대한 대가리가 쉬지 않고 양옆으로 흔들렸다. 곰이 이따금씩 흐릿한 폭발음 같은 재채기(흐에취!)를 터뜨리면 콧물이 흐르던 콧구멍에서 하얀 기생충 덩어리가 튀어나와 꿈틀거렸다. 1미터나 되는 구부정한 발톱이 달린 앞발이 나무들을 찢어발겼다. 곰은 똑바로 서서 걸으며 숲 바닥의 보드라운 검은 흙에 깊숙한 자국을 남겼다. 곰에게서는 싱그러운 나무 향기와 오래되어 시큼한 변 냄새가 함께 풍겼다.

곰의 정수리에 달린 장치는 윙윙 돌다가 소음을 냈고, 소음을 내다가 다시 윙윙 돌았다.

곰이 나아가는 길은 거의 변하지 않았다. 그 길은 직선, 감히 이미르의 숲으로 돌아와 감히 미르의 머릿속에 암녹색 고뇌를 채워넣은 자들의 야영지로 이어지는 직선이었다. 옛사람이건 새사람이건, 그자들은 죽을 터였다. 이따금씩 말라죽은 나무가 보이면 곰은 직선 길을 멀리 벗어나 그 나무를 쓰러뜨렸다. 곰은 나무가 쓰러질 때 나는 버석거리는 굉음을 들으며 즐거워했다. 끝내 부러진 나무의 썩은 줄기가 숲 바닥을 때리거나 다른 나무에 기대어 눕고 나면, 곰은 자욱이 피어오르는 나무 먼지 속에 사선으로 쏟아지는 햇살을 가르며 앞으로 나아갔다.

3

이로부터 이틀 전, 에디 딘은 다시 조각을 시작했다. 열두 살이었을 때 이후로 무언가를 조각하기는 이번이 처음이었다. 에디가 기억하기로 그는 조각하기를 즐겼으며 솜씨도 무척이나 좋았다. 그 시절의 기억은 분명하지 않았으나 적어도 조각에 관한 한 뚜렷한 증거가 하나 있었다. 헨리 형이 그가 조각하는 꼴을 무척이나 보기 싫어했던 것이다.

'아이고, 이 암사내 자식 보게.' 헨리는 이렇게 말하곤 했다. '오늘은 또 뭘 만드냐, 이 암사내 자식아? 인형 집이냐? 네 쪼그만 고추 전용 요강이냐? 아이고…… 귀여워서 아주 돌아가시겠다!'

헨리는 결코 대놓고 에디에게 무언가를 못하게 하지 않았다. 결코 동생한테 다가가서 이렇게 얘기하지 않았다. '동생아, 그 짓 좀 그만두지 않으련? 꽤나 잘하긴 하는데, 네가 뭔가 잘하는 꼴을 보면 이 형님은 불안해진단 말이야. 왜냐면, 봐라, 이 집에서 뭔가 잘하는 사람은 나여야만 해. 나 말이야. 헨리 딘. 그러니까 동생아, 내 생각에 이 형님께서 하실 일은, 네가 한 짓을 야단치는 거야. 난 대놓고 이렇게 얘기하진 않을 거야. "하지 마 자식아, 그럼 내가 불안하단 말야." 왜냐면 너도 알다시피 그딴 식으로 씨불대면 맛이 좀 간 놈 같잖아. 그치만 널 야단칠 수는 있어, 왜냐면 그것도 형이 할 일이니까, 그치? 그것도 다 형님의 할 일 가운데 한 부분인 거지. 난 널 야단치고 못살게 굴고 놀릴 거야, 그러니까 네가…… 그…… 네가 그 짓을 *관둘 때까지* 이 새끼야! 불만 있냐?'

뭐, 딱히 불만이 없지는 않았지만 딘 씨 댁의 가정사는 대개 헨리가 원하는 대로 풀리게 마련이었다. 게다가 바로 얼마 전까지만 해도 그런 방식은 옳은 듯 보였다. 불만이 없지는 않았지만 옳았다. 굳이 파고들자면 그 둘 사이에는 작지만 중요한 차이가 있었다. 옳은 듯 보인 이유는 두 가지였는데 하나는 표면상의 것, 하나는 이면적인 것이었다.
 표면상의 이유는 딘 부인이 직장에 있는 동안 헨리가 에디를 지켜보았기 때문이었다. 헨리는 늘 에디를 지켜보아야 했는데 굳이 파고들자면 예전 딘 씨 댁에 딸이 하나 있었기 때문이었다. 살아 있었으면 에디보다 네 살 위고 헨리보다는 네 살 아래였을 테지만, 다들 아시다시피 문제는, 그 아이가 살아 있지 않은 점이었다. 아이는 에디가 두 살이었을 적에 술 취한 운전자가 몰던 차에 치였다. 사고가 일어났을 때 아이는 보도에서 비사치기를 구경하는 중이었다.
 어릴 적 에디는 멜 앨런 아나운서가 전하는 '양키 베이스볼 네트워크' 방송의 야구경기 실황 중계를 들으며 가끔 누나를 떠올리곤 했다. 누군가가 크게 한 방 날리면 멜은 이렇게 고함쳤다. "아이고 저런, 확실히 쳤군요! 굿바이예요!" 하긴, 그 주정쟁이도 셀리나 딘을 확실히 치었고, 아이고 저런, 굿바이였다. 이제 셀리나는 하늘 위 저 높은 곳에 있었는데 이는 그 아이가 운이 없었기 때문도 아니었고, 앞서 이미 세 차례나 음주운전을 한 그 얼간이의 면허를 뉴욕 주정부가 취소하지 않았기 때문도 아니었으며, 사고 당시 하느님이 잠시 땅콩을 주우려고 허리를 굽혔기 때문도 아니었다. 그 사고가 일어난 까닭은(딘 부인이 두 아들에게 뻔질나게 말했듯이) 근처에 셀리나를 지켜보는 사람이 아무도 없었기 때문이었다.
 헨리가 할 일은 그 비슷한 일이 에디한테 일어나지 않도록 보장하는 것이었다. 그것이 헨리의 일이었고 헨리는 자기 일을 했지만, 쉬운 일은 아니었다. 헨리와 딘 부인은 다른 것은 몰라도 그 점에 관해서만은 의견 일치를 보았다. 두 사람이 에디한테 뻔질나게 상기시켜 준 것이 있었으니, 바로 고주망태 운전자와 노상강도와 약쟁이와 어쩌면 천국 근처에서 여행 중일 사악한 외계인, 즉 유에프오에 서 핵추진 제트스키를 타고 내려와 에디 딘 같은 꼬맹이를 유괴하 려고 마음먹을지도 모르는 그 외계인들로부터 헨리가 에디를 지키 려고 얼마나 많이 희생하느냐 하는 것이었다. 그러니 이 끔찍한 의 무 때문에 이미 곤두서 있는 헨리의 신경을 그 이상 곤두서게 하는 짓은 나쁜 짓이었다. 만일 에디가 헨리를 불안케 하는 짓을 저지르 는 중이라면, 즉시 그만두어야 했다. 이는 에디를 지켜보는 데 들인 시간에 대해 헨리에게 보답하는 길이었다. 이런 관점에서 생각하면, 무언가를 헨리보다 더 잘 해내는 짓은 몹시도 부당한 행위였다.

그리고 이면적인 이유도 있었다. 실은 그 이면적인 이유(이를테 면 세계 아래의 세계)가 더욱 강력했는데 왜냐하면 절대로 입 밖에 낼 수 없기 때문이었다. 에디는 무엇을 하든 대개는 자신이 형보다 낫 다는 사실을 밝힐 수가 없었는데 왜냐하면 헨리는 잘하는 거라곤 아무것도 없기 때문…… 아, 물론 에디를 지켜보는 일은 예외였다.

헨리는 그들이 살던 아파트 근처 운동장에서 에디에게 농구를 가 르쳐주었다. 생활보조금 수표가 왕 노릇을 하던 그 콘크리트 투성이 주택가의 운동장에서는 맨해튼의 마천루들이 꿈속 풍경처럼 보였 다. 에디는 헨리보다 여덟 살 아래였고 덩치도 훨씬 작은 반면, 움직 임은 훨씬 빨랐다. 에디한테는 타고난 운동신경이 있었다. 일단 갈 라지고 울퉁불퉁한 시멘트 농구장에 공을 들고 들어서기만 하면 에 디는 신경 말단에 불이 붙은 사람처럼 움직였다. 에디는 헨리보다 훨씬 빨랐는데 문제는 속도가 아니었다. 문제는 바로 이것이었다. 에디는 헨리보다 *잘했다*. 에디는 가끔 즉석에서 사람을 모아 벌인 경기 결과를 보고, 아니면 집에 돌아가던 길에 헨리가 보여준 잡아

먹을 듯한 눈빛이나 위팔뚝에 사정없이 내지르던 주먹맛을 보고 이를 깨달았으리라. 헨리의 주먹질은 원래 악의 없는 장난이어야 했건만, 즉 "두 방 먹어라 겁쟁이 자식!" 하고 유쾌하게 소리치며 한 손을 뻗어 에디의 이두박근을 '툭툭' 쳐야 했건만, 주먹맛이 장난이 아니었다. 그 주먹은 경고인 듯싶었다. 마치 헨리 나름의 방식으로 이렇게 말하는 듯했다. '이 형님을 제쳐서 병신 만들지 마라, 동생아. 널 지켜봐주는 사람이 나란 걸 명심하는 게 좋아.'

읽기…… 야구…… 편 갈라 술래잡기…… 산수…… 심지어 계집애들 놀이인 줄넘기도 마찬가지였다. 그 모든 것을 에디가 형보다 잘한다는 사실, 또는 잘할 수 있다는 사실은, 무슨 일이 있어도 지켜야만 할 비밀이었다. 왜냐하면 에디가 동생이었으므로. 왜냐하면 헨리가 에디를 지켜보았으므로. 그러나 이면적인 이유에서 가장 중요한 부분은 또한 가장 단순한 부분이기도 했다. 비밀을 지켜야 하는 까닭은 헨리가 에디의 형님이기 때문이었고, 에디가 그 형님을 몹시도 좋아하기 때문이었다.

4

다시 이틀 전, 수재나가 토끼 가죽을 벗기고 롤랜드가 저녁을 짓기 시작할 무렵, 에디는 야영지 남쪽 숲 속에 있었다. 새로 생긴 나무 그루터기에 우스꽝스러운 모양으로 돋아난 옹이가 보였다. 에디가 생각하기에 사람들이 기시감이라고 부를 법한 기이한 느낌이 그의 온몸을 휩쓸었고, 문득 정신을 차리고 보니 형편없이 만든 문손잡이처럼 생긴 그 옹이를 뚫어져라 쳐다보는 중이었다. 입 안이 바싹 마른 느낌이 아스라이 들었다.

몇 초 후에 에디는 자신이 눈으로는 그루터기에 튀어나온 옹이를 보면서 머릿속으로는 헨리 형과 함께 살던 아파트 뒷마당을, 엉덩이 아래의 뜨뜻한 시멘트 바닥과 뒷골목 귀퉁이의 대형 쓰레기통에서 풍겨오던 시금털털한 냄새를 떠올리고 있음을 깨달았다. 기억 속의 그는 왼손에 나무 도막을 들고 오른손에는 개수대 서랍에서 꺼내온 과도를 쥐고 있었다. 나무 그루터기에 튀어나온 옹이가 에디 머릿속에서 그가 나무 조각에 푹 빠졌던 짧은 기간의 기억을 되살렸던 것이다. 너무나 깊이 파묻혔던 기억이었기에 처음에는 못 알아본 것뿐이었다.

에디가 조각에서 제일 좋아했던 부분은 '보기'였는데 이는 실제로 시작하기도 전에 이미 일어나곤 했다. 가끔은 승용차나 트럭이 보였다. 개나 고양이일 때도 있었다. 에디가 기억하기에 한번은 우상의 얼굴인 적도 있었다. 학교에서 본 《내셔널 지오그래픽》 잡지에 실렸던 이스터 섬의 으스스한 거석상이었다. 그러나 다 끝내고 보니 근사한 조각상이었다. 관건은 나무 도막을 망치지 않고 앞서 본 형상을 얼마나 온전히 조각해 낼 수 있을지 알아내는 것이었다. 완벽하게 깎아내기는 불가능했지만, 아주 세심하게 하면 가끔은 꽤 그럴듯하게 조각했다.

그루터기 옆면에 돋아난 옹이 속에 무언가가 있었다. 에디는 롤랜드의 단검으로 그 무언가를 꽤 그럴듯하게 조각할 수 있으리라 여겼다. 그 칼은 에디가 이제껏 써본 것 가운데 가장 예리하고 편리한 도구였다.

나무 속의 그 무언가는 누군가가(바로 에디 같은 사람이!) 다가와서 꺼내주기를 느긋이 기다리고 있었다. 해방시켜 주기를 기다리고 있었다.

'아이고, 이 암사내 자식 보게. 오늘은 또 뭘 만드냐, 이 암사내 자식아? 인형 집이냐? 네 쪼그만 고추 전용 요강이냐? 큰 애들처럼 토끼 잡는 척하려고 새총 만드냐? 아이고…… 귀여워서 아주 돌아가시겠다!'

에디는 치솟는 수치심과 죄책감을 느꼈다. 무슨 일이 있어도 지켜야 했던 비밀의 생생한 느낌이 기억났고, 뒤이어 인생 막바지에 위대한 현자 겸 못말리는 약쟁이로 전락한 헨리 딘이 죽었다는 사실도 (새삼) 기억났다. 그 깨달음은 여전히 충격을 간직한 채 다양한 방식으로, 즉 가끔은 슬픔으로, 가끔은 죄책감으로, 또 가끔은 분노로 에디를 강타했다. 곰이 숲 속의 초록빛 길을 따라 쳐들어오기 이틀 전 그날, 깨달음은 가장 충격적인 방식으로 에디를 강타했다. 그가 느낀 것은 안도감, 그리고 벅차오르는 환희였다.

에디는 자유로웠던 것이다.

에디는 롤랜드한테서 단검을 빌렸다. 그 단검으로 튀어나온 옹이를 조심스레 잘라다가 나무 아래 앉아 이리저리 돌리며 살펴보았다. 에디가 보는 것은 옹이가 아니었다. 그는 옹이 '속'을 들여다보는 중이었다.

수재나가 토끼 손질을 끝냈다. 고기는 불 위에 걸린 솥 안에 넣고 가죽은 막대기 두 개에 걸쳐 롤랜드의 걸낭에서 빼낸 생가죽끈으로 묶어두었다. 저녁을 먹은 후에 에디가 깨끗이 긁어서 손질할 가죽이었다. 수재나는 두 손으로 땅을 짚으며 에디가 기대어 앉은 높다란 노송 쪽으로 가볍게 미끄러지듯 나아갔다. 모닥불 곁에서는 롤랜드가 뭔지 모를(그러나 맛있는 것만은 분명한) 숲 속 풀을 솥 안에 넣는 중이었다.

"뭐 해요, 에디?"

에디는 나무옹이를 등 뒤로 감추고 싶은 강렬한 충동을 자신이 억누르고 있음을 깨달았다.

"그냥, 저기, 조각을 좀 해볼까 하고요."

그러고는 입을 다물었다가 이내 덧붙였다.

"썩 잘하는 건 아니지만요."

말투가 왠지 수재나에게 사실을 재확인시키려는 듯했다.

수재나는 영문도 모른 채 에디를 바라보았다. 그녀는 잠시 무언가 말하려는 듯 보였으나 그냥 어깨만 으쓱거리고 에디를 혼자 내버려두었다. 그저 소일거리로 나무를 깎은 것뿐인데(수재나의 아버지는 늘 하던 일이었는데) 왜 부끄러워하는지 좀체 알 수가 없었지만, 해야 할 얘기라면 에디가 직접 하려니 하고 짐작했다.

에디는 이런 죄책감이 어리석고 무의미한 줄 이미 알고 있었다. 그러나 한편으로는 롤랜드와 수재나가 야영지를 비운 틈에 조각을 할 때 마음이 더 편하다는 것도 알고 있었다. 가끔은 세 살 적 버릇이 여든까지 가는 듯싶었다. 헤로인 끊기는 어릴 적 버릇 끊기에 비하면 애들 장난이었다.

두 사람이 사냥을 가거나 사격을 가거나 롤랜드식 특별 강습에 참가하러 자리를 비우면 에디는 자기 몫의 나무 도막에 빠져들었고, 그럴 때면 샘솟는 기쁨과 눈부신 솜씨가 그와 함께했다. 나무 도막 속에 형상이 있었다, 틀림없었다. 에디가 옳았다. 오싹할 정도로 수월하게 깎아내는 롤랜드의 칼이 그 단순한 형상을 해방시키는 중이었다. 에디가 보기에 이제 거의 다 완성된 그 새총은 정말이지 쓸 만한 무기가 될 것 같았다. 롤랜드의 큼지막한 리볼버에 비하면 별 것 아닐지 몰라도, 어쨌거나 그가 직접 만든 것이었다. 그의 것이었다. 그렇게 생각하니 마음이 몹시 흡족했다.

맨 처음 까마귀 떼가 겁에 질려 깍깍대며 날아올랐을 때, 에디는 그 소리를 듣지 못했다. 그는 머잖아 활의 형상이 깃든 나무가 눈에 띄지는 않을까 상상하는 중이었다. 그러기를 바라는 중이었다.

5

곰이 다가오는 소리는 에디가 롤랜드와 수재나보다 앞서 들었으나, 실은 그리 이른 것도 아니었다. 그 어느 때보다도 달콤하고 강력한 창작욕이 몰고 온 황홀경에 빠져 있었기 때문이었다. 그가 평생토록 참아왔던 욕구가 마침내 그를 송두리째 사로잡았다. 그리고 에디는 기꺼이 사로잡혔다.

에디를 황홀경에서 불러낸 것은 나무 쓰러지는 소리가 아니라 남쪽에서 들려온 우레 같은 45구경 리볼버 속사음이었다. 그는 문득 고개를 쳐들고 빙긋 웃으며 나무 거스러미가 묻은 손으로 이마에 흘러내린 머리카락을 쓸어올렸다. 그 순간, 익숙해진 공터의 높다란 소나무에 등을 기대고 앉아 있던 에디는, 신록 사이로 비스듬히 내리비친 금빛 햇살이 이리저리 교차한 에디의 얼굴은, 정말로 준수해 보였다. 그는 훤칠한 이마에 헝클어진 흑발이 드리운 젊은이, 날렵

하고 튼튼한 입매와 연갈색 눈을 지닌 젊은이였다.
 근처 나뭇가지에 걸어둔 총띠와 거기 꽂힌 롤랜드의 또다른 리볼버를 가만히 바라보며, 에디는 롤랜드가 그의 끝내주는 무기를 둘 다 풀어놓은 채로 어딘가에 간 것이 도대체 얼마 만일지 궁금해졌다. 궁금증의 답은 두 가지였다.
 에디와 수재나를 그들의 세계와 '시대'로부터 끌고 온 이 사내는, 도대체 몇 살일까? 이보다 더 중요한 문제는, 그의 어디가 잘못된 것일까?
 수재나가 그 얘기를 꺼내보겠다고 했으나…… 그것도 총을 잘 쏴서 롤랜드의 성질을 돋우지 않을 때나 가능한 일이었다. 에디는 롤랜드가 대번에 털어놓지는 않으리라 여겼지만 이제는 자신들도 뭔가 잘못된 낌새를 눈치 챘노라고 그 늙은 꺽다리 못난이한테 알려 줄 때였다.
 "신께서 물이 있으라 하시면 물이 있을 터."
 에디가 중얼거렸다. 그러고는 입가에 엷은 웃음을 띠고 다시 나무 조각에 집중했다. 그와 수재나는 어느새 롤랜드의 자잘한 표현을 따라 하기 시작했고, 그 반대도 마찬가지였다. 그들은 마치 하나로 모여야 완벽해지는 조그만 조각들처럼……
 그때, 가까운 숲에서 나무 한 그루가 쓰러졌다. 에디는 한 손에 반쯤 깎은 새총을 들고 다른 손에는 롤랜드의 단검을 쥔 채 벌떡 일어섰다. 소리가 들려온 공터 저편을 건너다보는 동안 그의 심장은 쿵쾅거렸고, 온 감각은 바짝 곤두섰다. 무언가가 다가오는 중이었다. 덤불을 거침없이 짓밟는 소리를 그제야 들으며 에디는 자신이 얼마나 늦게 눈치챘는지를 통감했다. 마음속 깊숙한 곳에서 당해도 싸다고 나지막이 속삭이는 목소리가 들렸다. 헨리보다 잘난 대가로, 헨리를 불안케 한 대가로 이런 꼴을 당하노라고 했다.

우지직 소리에 이어 또다시 나무 한 그루가 털썩 쓰러졌다. 에디가 높다란 침엽수 사이로 난 오솔길을 응시하고 있노라니 고요한 대기 중에 나무 부스러기가 구름처럼 피어올랐다. 그 구름을 일으킨 짐승이 별안간 포효했다. 분노한 소리, 속이 철렁 내려앉게 하는 소리였다.

정체가 무엇이든 간에, 더럽게 커다란 놈이었다.

에디는 나무 도막을 내던지고 왼편 4미터쯤에 서 있는 나무를 향해 롤랜드의 단검을 던졌다. 공중에서 두 바퀴 회전한 칼이 나무에 칼날 절반 깊이만큼 박혀 부르르 떨었다. 에디는 나무에 걸린 롤랜드의 45구경 리볼버를 꺼내어 격철을 젖혔다.

맞서야 할까, 아니면 달아나야 할까?

그러나 더는 궁리할 여유가 없었다. 그 짐승은 커다랄 뿐 아니라 날쌔기까지 했고, 도망치기는 이미 늦은 터였다. 공터 북쪽으로 난 샛길에서 거대한 형상이, 숲에서 가장 키 큰 나무들을 빼고 모든 것 위에 우뚝 선 그 형상이 서서히 뚜렷해졌다. 놈은 에디 쪽으로 곧장 어슬렁거리며 다가오다가 그를 발견하고 다시금 포효했다.

"망했다, 젠장."

에디가 중얼거리는 사이에 나무가 또 한 그루 휘어지더니 박격포탄 같은 소리와 함께 부러져 숲 바닥에 쓰러졌다. 흙먼지와 마른 침엽이 구름처럼 피어올랐다. 뒤이어 에디가 서 있는 공터를 향해 똑바로 어슬렁거리며 다가온 놈의 정체는, 킹콩만큼이나 커다란 곰이었다. 발을 옮길 때마다 땅이 흔들렸다.

'어쩔 테냐, 에디?' 문득 롤랜드의 목소리가 들렸다. '*생각해라! 네가 저 맹수보다 나은 점은 오로지 그것뿐이다. 어쩔 테냐?*'

놈을 죽일 방법은 없었다. 바주카포가 있으면 모를까, 총잡이의 45구경으로는 힘들 것 같았다. 달아날 수는 있겠지만 저 맹수는 마음만 먹으면 무척이나 빨리 달릴지도 몰랐다. 에디 생각에 거대한 곰의 앞발에 짜부라져 잼이 될 공산이 못해도 절반은 되었다.

그렇다면 어느 길을 택해야 할까? 총을 쏘며 맞서야 할까, 아니면 머리에 붙은 불이 엉덩이까지 태워먹을까 두려워하는 사람처럼 달아나야 할까?

문득 제3의 길이 떠올랐다. 나무 위로 올라가면 그만이었다.

에디는 앞서 기대어 앉았던 나무 쪽으로 돌아섰다. 나이 든 아름드리 소나무, 필시 이 근방 숲에서는 가장 키 큰 나무였다. 수풀 위 2미터 높이로 뻗은 맨 아래 가지가 초록색 깃털 부채처럼 보였다. 에디는 리볼버의 격철을 제자리로 돌려놓고 허리춤에 꽂았다. 그러고는 훌쩍 뛰어 맨 아래 가지를 거머쥐고 죽을 둥 살 둥 턱걸이를 했다. 그 뒤편에서 공터에 들이닥친 곰이 또 한 번 울부짖었다.

곰이 그대로 에디를 붙잡아 소나무 맨 아래 가지에 에디의 때깔 좋은 내장을 주렁주렁 걸어놓으려던 찰나, 예의 그 발작 같은 재채기가 또다시 곰을 엄습했다. 곰은 타고 남은 모닥불을 걷어차 먹구름을 일으키고 엉거주춤 서 있었다. 거대한 앞발로 굵다란 넓적다리를 짚고 서 있는 모습이 얼핏 모피 외투를 입은 노인, 감기 걸린 노인처럼 보였다. 곰이 거듭 재채기를(에취! 에취! 에취!) 하는 바람에 허연 기생충 덩어리가 주둥이에서 터져나왔다. 가랑이에서는 뜨뜻한 오줌이 줄줄 흘러나와 땅에 흩어진 불씨를 꺼트렸다.

에디는 자신에게 주어진 구사일생의 기회를 허투루 쓰지 않았다. 장대 타는 원숭이처럼 나무 위쪽으로 올라가는 동안 그는 총이 허리춤에 단단히 꽂혀 있는지 보려고 딱 한 번 멈추었다. 겁에 질린 나머지 꼼짝없이 죽었다고(달리 뭘 바라겠는가, 이제 지켜봐줄 헨리도 없는데?) 반쯤 확신했건만, 머릿속에서는 신들린 웃음소리가 계속 울려퍼졌다. '예, 끝장이군요!' 에디는 생각했다. '어떻습니까, 야구팬 여러분! 괴물 곰한테 몰려서 끝장났어요!'

괴물이 다시 대가리를 쳐들었다. 놈의 정수리에서 빙빙 돌던 장치가 햇빛을 받아 반짝이는가 싶더니, 놈이 이내 에디가 매달린 나무를 향해 돌진했다. 놈이 한쪽 앞발을 치켜들더니 에디를 솔방울처럼 떨어뜨릴 작정으로 홱 내리긁었다. 에디가 바로 위 가지로 뛰어오르자마자 놈의 앞발이 그가 방금 서 있던 가지를 부러뜨렸다. 에디의 운동화 한 짝도 덩달아 긁혀 발에서 벗겨졌고, 두 조각으로 찢어져 날아갔다.

'괜찮아. 신발이 탐나거든 두 짝 다 가지렴, 곰돌아. 어차피 닳아 빠진 거야.'

곰이 울부짖으며 나무를 난타하자 오래된 줄기가 깊숙이 팼고, 그 자리에서 말간 송진이 배어났다. 에디는 쉬지 않고 나무를 탔다. 올라갈수록 가느다래지는 가지를 붙잡고 용기를 내어 아래를 돌아본 그의 눈앞에, 곰의 흐릿한 두 눈이 똑바로 마주 보였다. 한껏 쳐든 놈의 대가리 저 아래로 보이는 공터가 마치 모닥불 흔적을 중심으로 만든 과녁 같았다.

"내가 잡힐 것 같냐, 이 털북숭이 개새……"

에디가 입을 열자마자 곰이 대가리를 한껏 쳐들고 그를 올려다본 채로 재채기를 했다. 뜨끈뜨끈한 콧물이 순식간에 에디를 뒤덮었다. 콧물 속에서 자그맣고 하얀 벌레 수천 마리가 버글거렸다. 벌레들이 셔츠에, 팔뚝에, 목에, 얼굴에 달라붙어 미친 듯이 꿈틀거렸다.

에디는 경악과 혐오가 뒤섞인 비명을 터뜨렸다. 눈과 입을 닦아 내려다 그만 균형을 잃고 때마침 옆에 있던 가지에 가까스로 팔을 걸쳤다. 가지를 붙잡은 채로 살갗을 긁어대며 벌레 범벅 콧물을 가능한 한 깨끗이 닦아냈다. 곰이 으르렁대다가 다시금 나무를 강타했다. 소나무가 폭풍을 만난 돛대처럼 흔들렸으나…… 발톱 자국이 새로 난 곳은 에디가 딛고 선 줄기보다 적어도 2미터는 낮았다.

벌레들은 죽어가는 중이었다. 필시 괴물 몸속의 오염된 늪지대를 벗어나면 곧바로 숨이 끊어지는 듯했다. 그 덕에 기분이 좀 나아진 에디가 다시 나무를 타기 시작했다. 4미터 가까이 올라가고 보니 더 높이 오를 엄두가 나지 않았다. 밑동 지름이 거의 2미터 반쯤 되던 소나무 줄기가 여기서는 고작 50센티미터도 안 될 만큼 가늘었다. 두 가지를 따로 디뎌 체중을 분산시켰는데도 발밑에서 가지가 후들거리는 기척이 느껴졌다. 이제 저 아래 물결치는 숲과 경사진 서쪽 땅이 마치 돛대 위 망루에서 내려다보는 풍경처럼 보였다. 다른 때였더라면 즐거이 감상할 법한 경치였다.

'엄마, 여기가 세상 꼭대긴가 봐요.' 이렇게 생각하며 다시 한 번 곰의 낯짝을 내려다본 에디는 오로지 놀라움 때문에 한동안 머릿속의 조리 있는 생각이 말끔히 사라졌다.

곰의 두개골에서 무언가가 뻗어나와 있었다. 에디가 보기에 레이더 접시 같았다.

그 장치가 햇살을 되비추며 덜커덩덜커덩 돌아가는 동안 에디의 귀에도 덜커덩거리는 소음이 희미하게 들려왔다. 원래 살던 시대에 구닥다리 차(앞유리에 아첨하듯 *정비 박사를 위한 특가 상품*이라고 적어서 중고차 매장에 세워놓은 차)를 몇 대 몰아본 에디가 듣기에는 서둘러 갈지 않으면 멈춰 설 베어링 소리 같았다.

곰이 걸걸하게 그르렁거리는 소리가 오랫동안 이어졌다. 벌레가 한가득 꾸물거리는 싯누런 거품이 놈의 앞발에 짓이겨져 꾸덕꾸덕하게 굳었다. 만약 에디가 발광의 정점에 이른 얼굴을 그때껏 본 적이 없었더라면(에디는 있다고 믿었다, 세계 정상급 쌍년 데타 워커를 수차례 똑바로 마주 본 경험을 토대로) 바로 지금 그의 눈앞에 있는 셈이었으나…… 다행히도 그 낯짝은 저 아래 10미터 넘게 떨어져 있었고, 치명적인 발톱 또한 아무리 높이 뻗어봤자 신발 밑창으로부터 4미터나 못 미쳤다. 게다가 놈이 공터로 다가오면서 분풀이로 쓰러뜨린 나무들과 달리 이 나무는 튼튼했다.

"멕시칸 스탠드오프다, 곰돌아."

에디가 헐떡거리며 중얼거렸다. 그는 콧물이 끈적거리는 손으로 이마의 땀을 훔치고 괴물의 낯짝을 향해 손을 휙 털었다.

그러자 옛사람들이 '미르'로 부른 그 괴물이 큼지막한 앞발로 나무를 끌어안고 흔들기 시작했다. 소나무가 시계추처럼 이쪽저쪽으로 흔들리는 동안 에디는 하나뿐인 목숨을 지키려고 나무줄기를 부여안았다. 질끈 감은 두 눈이 마치 푹 팬 흉터 같았다.

6

롤랜드가 공터 가장자리에 멈춰 섰다. 그의 어깨에 걸터앉은 수재나는 못 믿겠다는 눈빛으로 탁 트인 공간을 응시했다. 45분 전 두 사람이 공터를 떠날 당시 에디가 기대고 앉아 있던 나무 둥치에, 지금은 괴물이 서 있었다. 괴물의 몸뚱이는 빽빽한 나뭇가지와 짙푸른 바늘 모양 이파리에 가려 드문드문 보일 뿐이었다. 놈의 한쪽 발치에 롤랜드의 총띠가 보였다. 수재나가 보니 총집이 비어 있었다.
"맙소사."
수재나가 중얼거렸다.
미친 여자처럼 한바탕 울부짖은 곰이 다시 나무 흔들기를 시작했다. 나뭇가지들은 된바람을 만난 듯 요동쳤다. 수재나의 눈길이 나무를 따라 죽 훑고 올라가다가 꼭대기쯤 매달린 검은 형상에서 멈췄다. 로큰롤 가락처럼 흔들리는 나무를 바싹 끌어안은 에디였다. 수재나가 보고 있는 가운데, 에디의 한쪽 손이 나무를 놓치고 쥘 곳을 찾아 버둥거렸다.
"어떡해요?" 수재나가 롤랜드를 내려다보며 악을 썼다. "저 자식이 에디를 떨어뜨릴 거예요! *어떡하냐고요!*"
롤랜드는 방법을 찾아보려고 애썼으나, 예의 그 기이한 느낌이 다시금 그를 엄습했다. 이제 항시 롤랜드와 함께하는 그 느낌은 긴장할 때 더욱 강해지는 듯했다. 마치 두개골 한 개를 공유하는 두 사람이 된 기분이었다. 저마다 온전한 기억을 지닌 그 둘은 일단 다투기 시작하면 서로 자기 기억이 진짜라고 우겨댔고, 총잡이는 둘로 쪼개지는 기분을 느꼈다. 이제 그는 자신의 반쪽들이 서로 화해하도록 필사적으로 노력했고…… 잠시나마 성공했다.

"놈은 열둘 가운데 하나요! 열두 지킴이 가운데 하나란 말이오! 틀림없소! 하지만 내가 알기론……"

곰이 또다시 에디를 향해 으르렁거렸다. 이제 놈은 기진맥진한 권투선수처럼 나무를 두들기는 중이었다. 부러진 가지가 나무 둥치에 수북이 쌓였다.

"뭐라고요? 끝까지 말을 해요!"

롤랜드는 눈을 감았다. 머릿속에서 어떤 목소리가 외쳤다. 〈그 애 이름은 제이크다!〉 다른 목소리가 맞받아 외쳤다. 〈애 따윈 없었어! 그런 건 없었어, 너도 알잖아!〉

둘 *다 꺼져!* 롤랜드는 속으로 호통 친 다음 우렁차게 외쳤다.

"쏘시오! 놈의 볼기짝을 쏘시오, 수재나! 놈이 이리로 돌아서서 달려들 거요! 그때 놈의 정수리에 뭐가 있는지 잘 보시오! 그건……"

곰이 또 한 번 포효했다. 뒤이어 나무 때리기를 그만두고 다시 나무 흔들기를 시작했다. 우두둑, 뚜두둑 하는 불길한 소리가 이제 나무 위쪽에서도 들려왔다.

곰의 포효가 잦아들자마자 롤랜드가 다시금 소리쳤다.

"그건 모자처럼 생긴 장치요! 조그마한 쇠모자요! 그걸 쏘시오, 수재나! 빗맞히지 마시오!"

수재나의 마음속에 공포가 차올랐다. 그 공포와 함께 찾아온 감정을, 그녀는 조금도 예상치 못했다. 솟구치는 외로움이었다.

"안 돼요! 난 못 맞힐 거예요, 롤랜드 당신이 쏴요!"

수재나는 롤랜드에게 줄 생각으로 자기 총띠에 꽂힌 리볼버를 더듬거리기 시작했다.

"그럴 수 없소!" 롤랜드가 외쳤다. "각도가 안 좋소! 당신이 해야 하오, 수재나! 이것이 진짜 시험이오, 반드시 통과해야 하오!"

"롤랜드!"

"놈은 나무 꼭대기를 날려버릴 작정이오!"

롤랜드가 수재나를 윽박질렀다.

"저 꼴이 안 보인단 말이오?"

수재나는 손에 쥔 리볼버를 내려다보았다. 공터 저편을, 뾰족뾰족한 초록색 구름에 가린 거대한 곰을 건너다보았다. 메트로놈처럼 이쪽저쪽으로 흔들리는 에디를 올려다보았다. 에디한테도 롤랜드의 총이 한 자루 있을 터였지만, 그가 푹 익은 자두처럼 나무에서 떨어지기 전에 총을 쏠 수 있을지 어떨지 알 길이 없었다. 게다가 제대로 맞힌다는 보장도 없었다.

수재나가 리볼버를 들어올렸다. 뱃속이 불안으로 그득 찼다.

"꽉 잡아요, 롤랜드. 꽉 안 잡았다간……"

"내 걱정은 마시오!"

수재나는 롤랜드가 가르쳐준 대로 방아쇠를 조여 두 발을 쐈다. 묵직한 총성이 나무를 뒤흔드는 곰의 포효를 채찍처럼 갈랐다. 곰의 왼쪽 볼기짝에 총구멍 두 개가 손가락 한 마디도 안 될 만큼 가까이 뚫렸다.

곰은 경악과 고통과 분노로 얼룩진 울부짖음을 토했다. 빽빽한 가지와 침엽 속에서 거대한 앞발이 튀어나와 상처를 짚었다. 상처에서 떨어져 나온 앞발이 진홍색 피를 뚝뚝 흘리다가 또다시 시야에서 사라졌다. 수재나의 머릿속에 피 묻은 발바닥을 살펴보는 곰의 모습이 그려졌다. 뒤이어 요란하게 바스락거리는 소리, 가지 부러지는 소리가 들리는가 싶더니 곰이 돌아서 있었고, 어느새 전력 질주를 할 작정으로 네 발을 땅에 짚고 있었다. 비로소 놈의 낯을 본 수재나는 가슴이 철렁 내려앉았다. 주둥이에 거품이 허옇게 끼어 있었다. 큼지막한 두 눈은 전등처럼 이글거렸다. 털이 무성한 대가리가 왼쪽으로…… 다시 오른쪽으로…… 그러다가 수재나를 어깨에 태운 채 우뚝 버티어선 롤랜드 쪽을 보고 멈추었다.

천둥처럼 울부짖으며, 곰이 달려들었다.

7

'교훈을 말하시오, 수재나 딘. 진실되게 말하시오.'
곰이 지축을 울리며 그들 쪽으로 뛰어왔다. 좀이 슨 널찍한 양탄자를 뒤집어쓰고 폭주하는 공장 기계 같았다.
'모자처럼 생긴 장치요! 조그만 쇠모자요!'
수재나는 그 장치를 발견했으나…… 찾고 보니 모자 같지가 않았다. 레이더 접시처럼 보였다. 그 장치는 듀라인(미 공군의 원거리 조기 경계망—옮긴이)이 소련의 기습 공격으로부터 어떻게 미국 시민들을 보호하는지 보여준 뉴스 영화에 나왔던 레이더의 축소판이었다. 앞서 그녀가 날려버린 바위 위의 돌멩이들보다 크기는 컸지만 거리는 더 멀었다. 돌아가는 접시 위에서 햇빛과 그림자가 어지럽게 교차했다.
'나는 손으로 겨누지 않으리. 손으로 겨누는 자, 아비의 낯을 잊었나니.'

난 못해!
나는 손으로 쏘지 않으리. 손으로 쏘는 자, 아비의 낯을 잊었나니.
빗나갈 거야! 빗나갈 게 뻔해!
나는 내 총으로 죽이지 않으리. 총으로 죽이는 자'
"쏘시오!"
롤랜드가 소리쳤다.
"쏘란 말이오, 수재나!"
방아쇠를 채 당기기도 전에, 수재나는 보았다. 총알은 제자리를 찾아 꽂혔다. 총구에서 과녁까지 인도한 힘은 오로지 총알이 진실된 길을 따라 날기만 바라는 그녀의 강렬한 욕망이었다. 공포는 모조리 사그라졌다. 오직 사무치는 냉랭함만 남은 가운데 한순간 이런 생각이 떠올랐다. '이게 롤랜드가 항상 느끼는 기분이구나. 하느님 맙소사…… 이런 걸 어떻게 참아?'
"나는 내 마음으로 죽인다, 이 니미럴 것아."
수재나가 중얼거렸고, 뒤이어 총잡이의 리볼버가 불을 뿜었다.

8

곰의 두개골에 박힌 쇠막대 위에서 회전하던 은빛 접시는 수재나가 쏜 총알을 한복판에 맞고 수백 조각으로 부서져 반짝거렸다. 한순간 푸른 전류가 솟구쳐 지지직거리다가 그물 모양으로 퍼져나가 쇠막대를 휘감았고, 한동안 곰의 낯짝마저 뒤덮었다.
곰은 뒷발로 일어서서 단말마의 포효를 내지르며 앞발로 하염없이 공중을 내질렀다. 널찍한 원을 그리며 빙빙 돌면서, 날아오르기라도 하려는 듯 앞발을 펄럭거렸다. 곰은 또다시 울부짖으려 했으나 들리는 소리는 공습경보 사이렌처럼 덜덜 떨리는 기이한 진동음뿐이었다.

"아주 잘했소."

롤랜드가 지친 목소리로 말했다.

"잘 쐈소. 실로 정확했소."

"한 발 더 쏠까요?"

수재나가 미심쩍은 듯 물었다. 곰은 여전히 휘청거리며 빙빙 도는 중이었지만, 이미 비스듬히 기운 몸뚱이는 자신이 그리는 원 안쪽을 향해 차츰 무너져 내렸다. 곰은 키 작은 나무를 들이받고 튕겨서 거의 쓰러질 뻔했으나 이내 다시 빙빙 돌기 시작했다.

"그럴 필요 없소."

롤랜드가 답했다. 수재나는 자신을 들어 내리려고 허리를 감싸는 그의 손을 느꼈다. 다음 순간 그녀는 넓적다리를 포개고 잔디에 앉아 있었다. 에디가 후들거리는 다리로 천천히 나무를 내려왔으나 그녀는 보지 못했다. 곰한테서 눈을 뗄 수가 없었던 탓이었다.

수재나는 일찍이 코네티컷 주 미스틱 근교의 해양수족관에서 본 고래가 이 괴물 곰보다 크리라고, 아마도 훨씬 크리라고 짐작했지만, 그래도 그녀가 본 육상동물 중에서는 가장 거대한 놈이었다. 그리고 틀림없이 죽어가는 중이었다. 포효는 부드럽게 가르랑거리는 소리로 잦아들었다. 두 눈은 뜨고 있는데도 안 보이는 듯했다. 곰은 야영지 주변을 휘젓고 돌아다니다가 가죽 건조대를 넘어뜨리더니, 수재나와 에디가 함께 지내던 보금자리를 짓밟고 나무에 부딪혀 휘청거렸다. 곰의 대가리에 솟은 쇠막대가 수재나의 눈에 띄었다. 그녀가 쏜 총알이 놈의 골을 태워버리기라도 한 듯, 쇠막대 주위에서 가느다란 연기가 피어올랐다.

에디는 그의 목숨을 구해준 맨 아래 가지로 내려와 후들후들 떨며 걸터앉았다.

"천주의 성모 마리아님, 눈으로 보면서도 도저히 믿을 수가……"

곰이 또다시 에디 쪽으로 돌아섰다. 에디는 재빨리 나무에서 뛰어내려 수재나와 롤랜드 쪽으로 달렸다. 곰은 그런 줄도 모른 채 에디가 올라갔던 나무를 향해 비틀비틀 걸어갔고, 나무를 부여잡으려다 실패하고 그대로 무릎을 꿇었다. 이제 곰의 몸속에서 다른 소리가 새어나왔다. 에디가 생각하기에 거대한 트럭이 기어를 바꾸는 소리 같았다.

곰이 경련을 일으키더니 등을 뒤로 홱 젖혔다. 앞발로는 미친 듯이 얼굴을 쥐어뜯었다. 기생충이 바글거리는 피가 터져나와 흩날렸다. 곰은 이내 쓰러져 온 땅을 한바탕 뒤흔들고 나서야 움직임을 멈췄다. 몇 세기에 걸쳐 기이한 삶을 산 끝에 마침내, 옛사람들이 미르('세계 아래의 세계')로 부른 그 곰은, 죽었다.

9

에디는 수재나를 안아들고 끈적거리는 손을 그녀의 허리에 꼭 감은 채로 진한 입맞춤을 나누었다. 에디에게서 땀내와 송진 냄새가 났다. 수재나는 그의 볼과 목을 어루만졌다. 땀에 젖은 머리칼을 쓰다듬었다. 그가 진짜라는 확신이 들 때까지 그의 몸 구석구석을 만지고 싶은 충동이 아찔할 정도로 치솟았다.

"거의 잡힐 뻔했어요. 꼭 고장 난 놀이기구에 탄 것 같았어요. 어떻게 그렇게 잘 쏠 수가! 세상에, 수즈! 정말 잘 쐈어요!"

"다신 그러고 싶지 않아요, 다시는."

수재나가 말했으나…… 그녀 마음속 깊숙한 곳에서, 이의를 제기하는 목소리가 들렸다. 목소리는 그녀가 다시 그러고 싶어 '못 견딜'거라고 했다. 차가운 목소리였다. 차가웠다.

"저건 도대체……"

에디가 말을 꺼내며 롤랜드 쪽으로 돌아섰다. 그러나 롤랜드는 이미 그 자리에 없었다. 그는 털이 북슬북슬한 무릎을 세운 채 땅에 자빠져 있는 곰을 향해 천천히 걸어가는 중이었다. 놈의 몸뚱이 속에서 정체 모를 내장이 서서히 작동을 멈추는 동안, 희미하게 그르렁거리는 소리와 쿨럭거리는 소리가 끊이지 않고 새어나왔다.

롤랜드는 에디의 목숨을 살린 상처투성이 나무 근처에서 자신의 칼이 깊숙이 박힌 나무를 발견했다. 그는 칼을 뽑아들고 보드라운 사슴가죽 셔츠에 깨끗이 닦았다. 바닷가를 떠날 당시 걸치고 있던 누더기를 대신한 셔츠였다. 그는 곰 옆에 서서 안쓰러움과 경이로움이 담긴 눈으로 내려다보았다.

'안녕하신가, 낯선 이. 이보게, 나이든 친구. 난 사실 자넬 진짜로 믿은 적이 없어. 알레인은 믿었을 게야, 커스버트는 당연히 믿었고. 녀석은 뭐든지 믿었으니까. 허나 이 몸은 냉정하다네. 난 자네를 그저 동화에나 나오는…… 내 어릴 적 유모의 텅 빈 머릿속을 맴돌다가 결국엔 수다스러운 입으로 새어나온 한 자락 바람으로 여겼네.

그런데 자넨 쭉 여기 있었군. 간이역에서 본 펌프처럼, 산 아래의 낡은 기계들처럼, 자네도 저 옛 시대에서 도망 나온 존재야. 폐허를 숭배하던 그 느림보 돌연변이들은 자네의 분노를 피해 결국 달아나고 만 이 숲 주민들의 마지막 자손인가? 난 모르겠네. 앞으로도 모를 테지…… 허나 기분은 괜찮군. 그래. 친구들과 함께, 드디어 내가 왔네. 새 운명의 친구들, 내 옛 운명의 친구들을 꼭 빼닮아가는 그들과 함께 왔다네. 우리 자신과 우리가 손대는 모든 것을 마법진으로 에워싸며, 독이 든 실을 친친 감으며 왔거늘, 자네는 이렇게 우리 발치에 쓰러져 있군그래. 세계는 변질해 버렸다네, 그리고 말일세, 나이든 친구, 이번에 뒤에 남겨지는 건 바로 자넬세.'

괴물의 몸뚱이에서 여전히 불길한 열기가 피어올랐다. 주둥이와 너덜너덜한 콧구멍에서 기생충 무리가 기어나왔으나 녀석들은 곧바로 숨이 끊어졌다. 곰의 대가리 양쪽으로 허여멀건 기생충 더미가 줄줄 흘러내렸다.

에디가 슬금슬금 다가왔다. 아이를 업은 엄마처럼 수재나를 한쪽 옆구리에 안은 채였다.

"저게 뭐야, 롤랜드? 당신은 알아?"

"내 기억에 아까 '지킴이'라고 불렀던 것 같아요."

"그렇소."

롤랜드는 어리둥절한 나머지 느릿느릿 대답했다.

"모두 사라진 줄 알았거늘, 마땅히 모두 사라졌어야 하거늘…… 그조차도 늙은 아낙들의 이야기 속에 나오는 존재가 아닌 다음에야 가능하거늘."

"정체가 뭐든 간에 진짜 미친놈이었어."

롤랜드는 에디가 중얼거린 말을 듣고 씩 웃었다.

"이삼천 년이나 살다 보면 너 역시 미친놈이 될 게다."

"이삼천 년…… 맙소사!"

"이거 곰이에요? 정말로? 그럼 저건 뭐죠?"

수재나가 물었다. 그녀는 곰의 볼기짝에 붙은 네모난 금속 명찰 비슷한 것을 가리키고 있었다. 억센 털에 거의 가리다시피 했으나 스테인리스강에 비친 오후 햇살이 그것의 존재를 드러냈다.

에디는 땅에 무릎을 대고 조심스레 명찰로 손을 뻗었다. 그러다가 나자빠져 있는 괴물의 몸속에서 희미하게 짤깍대는 소리를 듣고 롤랜드를 돌아보았다.

"계속해라. 놈은 이미 끝났다."

에디는 총잡이의 말을 듣고 털을 한쪽으로 젖힌 다음 몸을 더 가까이 숙였다. 금속판에 글자가 새겨져 있었다. 녹이 꽤 심하게 슬었으나 자세히 보니 읽을 만했다.

노스 센트럴 양자공학 주식회사

그래니트 시

노스이스트 코리도

형식	4 지킴이
일련번호	AA 24123 CX 755431297 L 14
유형/품종	곰
	샤딕

☢ 아원자력 전지 교체 금지 ☢

"하느님 맙소사, 이거 로봇이잖아."

에디가 나지막이 말했다.

"그럴 리 없어요, 에디. 내 총에 맞고 피를 흘렸잖아요."

"아닐 테죠, 아마도. 그치만 흔히 보이는 평범한 곰이 대가리에 레이더 접시를 달고 다니진 않아요. 게다가 내가 알기론, 흔히 보이는 평범한 곰이 이삼천 년씩 살 리가……"

에디는 롤랜드를 보고 갑자기 입을 다물었다. 다시 입을 열었을 때 나온 목소리에는 노기가 서려 있었다.

"롤랜드, 뭐 하는 짓이야?"

롤랜드는 대답하지 않았다. 대답할 필요가 없었다. 그가 무슨 짓을 하는지는 분명했다. 칼로 곰의 한쪽 눈알을 도려내는 중이었다. 수술은 신속하고 깔끔하고 정확했다. 수술을 끝마친 롤랜드는 물컹거리는 갈색 공 모양 젤리를 칼날에 올려놓고 살피다가 한쪽으로 휙 던졌다. 곰의 휑한 눈구멍에서 벌레 몇 마리가 기어나와 주둥이 쪽을 향해 꿈지럭거리다가, 죽었다.

총잡이는 거대한 지킴이 곰 샤딕의 눈구멍 위로 몸을 숙이고 안을 들여다보며 말했다.

"이리 와서 보시오, 두 사람 모두. 내 그대들에게 말세의 경이를 보여주리다."

"내려줘요, 에디."

에디가 수재나의 말대로 했다. 수재나는 손과 넓적다리를 땅에 짚고 축 늘어진 곰의 너부데데한 얼굴을 굽어보는 총잡이 쪽으로 서둘러 움직였다. 에디도 그들 뒤로 다가가 둘의 어깨 사이에 섰다. 세 사람은 1분 가까이 꿀 먹은 벙어리처럼 바라보기만 했다. 들리는 소리라고는 여태껏 하늘을 맴돌며 깍깍대는 까마귀 울음뿐이었다.

곰의 눈구멍에서 굵은 핏줄기 몇 가닥이 흐르다가 잦아드는 중이었다. 그러나 에디가 보기에 흐르는 것은 피뿐만이 아니었다. 익숙한 냄새를 풍기는 말간 액체도 흘러내렸다. 바나나 향이었다. 촘촘하게 얽혀 눈구멍을 이룬 힘줄 속으로 그물처럼 뒤엉킨 실이 눈에 띄었다. 그 너머로 보이는 바닥에서 붉은 불꽃이 깜박거렸다. 불꽃이 비춘 자그마한 기판에서 반짝이는 것들은 틀림없이 납땜 자국이었다.

"곰이 아니야, 이건 씨발 소니 워크맨이잖아."

에디가 중얼거리자 수재나가 그를 돌아보았다.

"뭐라고요?"

"아뇨, 별 거 아니에요."

에디는 롤랜드 쪽으로 눈을 돌렸다.

"저기다 손 넣어도 괜찮을까?"

롤랜드가 어깨를 으쓱했다.

"아마도. 속에 악령이 깃들었다 해도 이미 도망쳤을 게다."

에디는 전기가 조금이라도 통하면 홱 뺄 생각으로 마음을 졸이며 새끼손가락을 넣어보았다. 먼저 거의 야구공만 한 눈구멍 안쪽의 축축한 살을, 다음으로 실 한 가닥을 건드려보았다. 실이 아니었다. 거미줄처럼 가느다란 철사였다. 손가락을 빼내는 에디의 눈에 영영 꺼지기 전 마지막으로 깜박이는 붉은 불꽃이 보였다.

"샤딕이라."

에디가 중얼거렸다.

"아는 이름인데 어디서 들었는지 기억이 안 나네. 수즈, 뭐 생각나는 거 없어요?"

수재나가 고개를 저었다. 에디는 힘없이 웃으며 말을 이었다.

"그런데 왠지…… 토끼하고 상관이 있는 이름 같아요. 미친 소리 같죠?"

롤랜드가 일어섰다. 무릎에서 총성 같은 따닥 소리가 났다.

"야영지를 옮겨야겠군. 이 땅은 더럽혀졌소. 어쩌면 우리가 총을 쏘러 가는 그 공터로……"

롤랜드는 휘청거리며 두 걸음을 내딛고 털썩 무릎을 꿇었다. 그의 두 손은 욱신거리는 머리를 움켜쥐고 있었다.

10

에디는 수재나와 겁에 질린 눈빛을 흘깃 주고받은 다음 롤랜드 곁으로 뛰어갔다.

"롤랜드, 왜 그래? 어디 아파?"

"아이가 있었다."

롤랜드가 흐릿한 목소리로 중얼거렸다. 그러고는 곧바로 이렇게 말했다.

"아이 같은 건 *없었다.*"

"롤랜드?"

수재나가 그를 불렀다. 그녀는 롤랜드 곁으로 다가와 그의 어깨를 팔로 감싸안고 부들부들 떠는 그의 몸을 느꼈다.

"롤랜드, 왜 그래요?"

"그 소년."

수재나를 응시하며, 롤랜드가 말했다.

"그 아이였소. 늘 그 아이였소."

"아이라니, 도대체 누구 말하는 거야?" 에디가 미친 듯이 악을 썼다. "어떤 아이 말이냐고?"

"됐어요, 가세요." 롤랜드가 중얼거렸다. "여기 말고 다른 세계도 있으니까요."

그러고는 기절했다.

11

그날 밤, 에디가 '인형 사격장'으로 부르는 공터로 자리를 옮긴 세 사람은 에디와 수재나가 함께 피운 커다란 모닥불 가에 둘러앉았다. 골짜기 쪽으로 트여 있어서 겨울에는 야영하기 불편한 곳이었으나 당장은 괜찮았다. 에디가 짐작하기에 롤랜드의 세계는 아직 늦여름이었다.

머리 위로 펼쳐진 검은 천구가 마치 온 은하수를 그러모은 듯 반짝였다. 시커먼 강처럼 보이는 골짜기 너머 거의 정남향으로, 에디는 어딘지 모를 머나먼 지평선에서 떠오르는 노모성을 보았다. 흘깃 돌아보니 이 따뜻한 밤에 모닥불 앞에 웅크리고 있으면서도 가죽 세 장을 겹쳐 두른 롤랜드가 보였다. 그는 곁에 놓인 음식 접시는 건드리지도 않은 채 손에 턱뼈를 쥐고 있었다. 에디는 다시 하늘로 눈을 돌리고 총잡이가 들려준 이야기를 떠올렸다. 세 사람이 해변을 떠난 후 산을 지나 마침내 이 깊은 숲 속에서 임시 거처를 찾을 때까지, 그 기나긴 나날 가운데 어느 날 총잡이가 그와 수재나에게 들려준 이야기였다.

롤랜드 말에 따르면, 일찍이 시간이 존재하지 않던 시절에 노인성과 노모성은 젊고 기가 센 신혼부부였다. 그러던 어느 날 두 사람이 크게 다투었다. 노인성(본명은 아폰)이 카시오페이아라는 아리따운 처녀에게 수작을 걸다가 그만 노모성(먼 옛날 그 시절에는 본명인 리디아로 알려졌던 여인)에게 걸리고 말았던 것이다. 부부는 머리를 쥐어뜯고 눈을 후벼파고 그릇을 집어던지며 요란뻑적지근하게 싸웠다. 집어던져 깨뜨린 그릇 가운데 한 조각이 지구가 되었다. 그보다 작은 사금파리 하나는 달이 되었다. 부엌 아궁이에서 튀어나온 석탄은 해가 되었다. 결국에는 신들이 끼어들어 분기탱천한 아폰과 리디아가 아직 제대로 태어나지도 않은 우주를 부서뜨리지 못하도록 막아섰다. 싸움의 원흉인 탕녀 카시오페이아는("아무렴, 잘못은 항상 여자 탓이죠." 이 대목에서 수재나가 끼어들었다.) 별자리로 만든 흔들의자에 영원토록 유배당했다. 이렇게까지 했건만 문제는 풀리지 않았다. 리디아가 기꺼이 싸움을 재개할 기세였는데도 아폰은 여전히 옹고집에 자존심만 세웠다.("아무렴, 욕먹는 건 항상 남자 몫이죠." 이 대목에서는 에디가 끼어들었다.) 그리하여 둘은 갈라섰고, 이제는 얽히고설킨 미움과 그리움 속에서 자신들의 이혼이 낳은 은하수 너머로 상대를 바라보는 중이었다. 총잡이는 아폰과 리디아의 싸움이 3억 년 전 일이라고 했다. 두 사람은 이제 북쪽의 노인성과 남쪽의 노모성이 되어 서로를 응시하면서도 화해를 청하기에는 둘 다 자존심이 너무 강했고…… 한쪽으로 물러난 카시오페이아는, 흔들의자에 앉아 기우뚱거리며 둘 모두를 비웃는 중이었다.

에디는 팔에 살짝 와 닿은 손길을 느끼고 화들짝 놀랐다. 수재나였다.

"뭐 하고 있어요, 롤랜드한테 얘기를 시켜 봐야죠."

에디가 수재나를 안아들고 모닥불 앞으로 다가가 롤랜드 오른편에 조심스레 내려놓았다. 에디 자신은 롤랜드 왼편에 앉았다. 롤랜드는 먼저 수재나를 돌아보았고, 다음으로 에디를 돌아보았다.

"지독히도 딱 붙어 앉았군. 마치 연인처럼…… 아니면, 감옥의 간수처럼."

"이제 얘기할 때가 됐어요."

수재나의 목소리는 낮고, 맑고, 낭랑했다.

"롤랜드, 만약 우릴 동료로 생각한다면…… 일단은 동료처럼 보여요, 당신 맘에 들든 안 들든 간에 말이죠. 그러니까 우릴 동료로 생각한다면, 이제 슬슬 동료 대접을 해줄 때가 됐어요. 말해 봐요, 도대체 어디가 아픈지……"

"……또 우리가 어떻게 도울 수 있는지도."

말을 맺은 사람은 에디였다.

롤랜드가 깊은 한숨을 내쉬었다.

"어디서부터 얘기해야 할지 모르겠군. 너무나 오래됐다. 동료와 함께한 지도…… 또 얘기를 해본 지도……."

"우선 곰 얘기부터 시작하지그래."

에디가 말했다. 수재나는 몸을 숙여 롤랜드가 쥐고 있던 턱뼈를 만져보았다. 겁이 났지만 그래도 만져보았다.

"마지막엔 이 턱뼈 얘기도 해줘요."

"그렇지."

롤랜드는 턱뼈를 눈높이로 들어올려 지그시 바라보다가 다시 무릎에 내려놓았다.

"이 녀석 얘기는 꼭 해야지, 안 그렇소? 이거야말로 사건의 핵심이니."

그러나 곰 얘기가 먼저 나왔다.

12

"이건 내가 어릴 적에 들은 얘기요. 만물이 파릇파릇하던 시절, 위대한 선인(先人)들이 열두 지킴이를 만들어 저마다 세계를 오갈 수 있는 열두 관문을 지키도록 했소(그들은 신이 아니었소, 그러나 신의 지혜를 지닌 이들이었소.). 이따금 들은 바에 따르면 그 관문은 자연히 생겨났다고 하오. 하늘에 보이는 별자리처럼, 또는 서른 날이나 마흔 날에 한 번씩 거센 증기를 뿜는 까닭에 '용의 무덤'으로 불리는 바닥 모를 구덩이처럼 말이오. 그러나 어떤 이들은, 퍼뜩 떠오르는 이는 우리 아버지의 성에서 일하던 수석 주방장 핵스인데, 그이들은 관문이 자연계의 것이 아니라고 했소. 위대한 선인들이 올가미 같은 교만으로 자신들의 목을 졸라 지상에서 사라지기 전에 직접 창조한 것이라고 했소. 핵스는 열두 지킴이가 위대한 선인들의 마지막 피조물이라고 얘기하곤 했소. 그들이 서로에게, 또 대지에게 저지른 크나큰 잘못을 사함받고자 창조했다고 말이오."

"관문이라." 에디가 중얼거렸다. "그러니까 '문'이다, 이거지. 또

문으로 돌아간 셈이군. 그럼 세계를 오갈 수 있는 그 관문이란 것도 수즈랑 내가 살던 세계로 열리는 거야? 우리가 바닷가에서 찾은 문짝들처럼?"

"나도 모른다. 아는 것 한 가지 속에는 모르는 것이 백 개 있는 법. 너는, 아니 두 사람 모두, 이 사실을 받아들여야 하오. 이 세계는 이른바 변질했소. 거대한 썰물처럼 변질이 일어난 후에 남은 것은 오직 폐허뿐이고…… 그 폐허는, 이따금씩 지도처럼 보이기도 하는 법이오."

"모르면 짐작이라도 해보란 말이야!"

에디가 고함을 쳤다. 몹시도 애가 탄 그 목소리에서 총잡이는 여태 자기 세계로(또한 수재나의 세계이기도 한 그곳으로) 돌아갈 생각을 버리지 못한 에디의 마음을 읽었다. 완전히 버린 것이 아니었다.

"그러지 마요, 에디. 이 사람은 짐작 같은 거 안 하잖아요."

"그렇지 않소. 가끔은 이 사람도 짐작을 하오."

롤랜드의 말에 두 사람 모두 깜짝 놀랐다.

"할 거라곤 짐작밖에 안 남았을 때 가끔 하지. 허나 앞서 물은 질문에 대답하자면 아니라고 해야겠소. 내 생각에, 아니 내 짐작에, 그 열두 관문은 바닷가에서 본 문하고는 다르오. 우리가 알아볼 수 있는 시공으로 이어질 것 같지 않소. 내 생각에 바닷가에서 본 문은, 그러니까 그대들의 세계로 이어진 문들은, 아이들이 타고 노는 흔들 판자의 중심축 같은 거요. 그게 뭔지 아오?"

"시소 말이에요?"

수재나가 손을 올렸다 내렸다 하며 흉내를 냈다.

"그거요!" 롤랜드는 흡족한 표정으로 동의했다. "바로 그거요. 그러니까 소시 한쪽 끝에는……"

"시소겠지."

에디가 씩 웃으며 끼어들었다.

"그래. 시소 한쪽 끝에는 내 '카'가 있다. 맞은편 끝에는 검은 옷을 입은 사내, 즉 월터의 카가 있지. 바닷가의 문은 서로 맞선 두 운명 사이의 긴장이 만들어낸 중심축이었다. 허나 열두 관문은 월터, 나, 그리고 우리 셋이 만든 조그마한 우정 따위보다 훨씬 커다란 존재일 게다."

"그러니까 당신 말은, 지킴이들이 버티고 선 그 관문이란 게 카 바깥에 있다는 뜻인가요? 카를 초월했다고요?"

"나는 그렇게 믿는다는 말이오."

수재나가 다급하게 묻자 롤랜드는 특유의 짤막한 미소를 지으며 대답했다. 불빛에 비친 입가가 가느다란 낫 같았다.

"그렇게 짐작한다는 말이지."

롤랜드는 잠시 입을 다물고 있다가 막대기를 집어들었다. 뒤이어 촘촘히 깔린 솔잎을 쓸어내더니 막대기로 땅바닥에 그림을 그렸다.

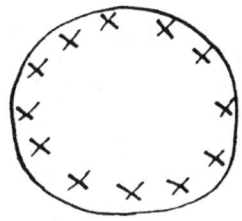

"나는 어릴 적에 세계가 이렇게 생겼다고 들었소. 가위표는 세상의 끝을 따라 둥글게 서 있는 관문을 가리키고 있소. 이제 선을 여

섯 줄 그어 이 관문들을 한 쌍씩 이어보면, 이렇게……"

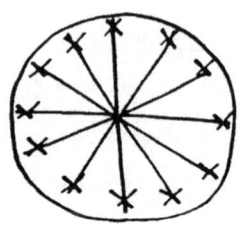

롤랜드가 고개를 들었다.
"선들이 교차하는 중심점을 알아보겠소?"
에디는 등줄기부터 팔까지 소름이 돋는 느낌이었다. 별안간 입이 바싹바싹 탔다.
"롤랜드, 저거 그거야? 저거 설마……"
롤랜드가 고개를 주억거렸다. 그의 기다란 주름투성이 얼굴이 엄숙해 보였다.
"이 교차점 위에 거대한 관문이, 이 세계뿐 아니라 모든 세계를 지배하는 열세 번째 관문이 자리하고 있다."
롤랜드가 원 한가운데를 막대기로 툭툭 쳤다.
"내가 한 평생 찾아온 암흑의 탑이 바로 이곳에 있다."

13

총잡이가 다시 이야기를 시작했다.
"위대한 선인들은 하위 관문 열두 곳에 각각 지킴이를 배치했다.

어릴 적에는 내 유모와 주방장 핵스가 가르쳐준 노래를 따라 열두 지킴이의 이름을 모두 외웠지만…… 그 시절도 이제 까마득한 옛일이구나. 곰은 당연히 들어가고, 물고기…… 사자…… 박쥐가 있었다. 그리고 거북이도. 거북이는 중요한 놈이지."

총잡이는 별빛 총총한 하늘을 올려다보며 깊은 생각에 잠긴 듯 눈썹을 지그시 찡그렸다. 뒤이어 그의 얼굴에 놀랍도록 환한 웃음이 퍼져나가는가 싶더니, 그가 노래를 시작했다.

"보라, 거북이의 거대한 몸통을!
등딱지에 지고 있네 이 대지를.
머리는 느려도 항상 친절해,
모두를 품고 있어 그 마음속에.
등딱지 위에서 모든 서약이 맺어져도,
꼭 도와주진 않아 진실을 알아도.
거북이는 사랑해 땅과 바다를,
그리고 또 사랑해 나 같은 아이를."

롤랜드는 즐거운 듯 피식 웃었다.

"핵스가 가르쳐준 거다. 그 노래를 부르며 케이크에 바를 설탕반죽을 젓다가, 나한테 숟가락 끄트머리에 묻은 반죽을 한 입 맛보라고 주곤 했지. 기억이란 참 대단하지, 안 그런가? 어쨌거나, 난 나이를 먹어가면서 지킴이가 실제로 존재하지 않는다고 믿게 되었다. 실재가 아니라 상징이라고 믿은 게지. 내가 틀렸던가 보다."

"내가 아까 로봇이라고 했잖아, 근데 실은 아닌 것 같아. 수재나 말이 맞아. 총에 맞은 로봇이 흘릴 거라곤 퀘이커스테이트 10-40 윤활유밖에 없으니까 말이지. 롤랜드, 내 생각에 저건 우리 세계 사람들이 사이보그로 부르는 물건 같아. 일부는 기계고 일부는 생물인 놈 말이야. 내가 전에 영화를 하나 봤는데…… 내가 그 영화 얘기 해줬지, 안 했던가?"

롤랜드가 씩 웃으며 고개를 주억거렸다.

"음, 영화 제목은 「로보캅」인데, 거기 나오는 주인공이 수재나가 죽인 곰이랑 별로 다를 게 없어. 근데 당신은 수재나가 어디를 쏴야 할지 어떻게 알았어?"

"핵스가 해준 옛날이야기에서 떠올렸다. 얘기해 준 사람이 핵스가 아니라 유모였더라면, 에디, 넌 지금쯤 곰 뱃속에 들어가 있을 게다. 네가 살던 세계에서도 고민하는 아이한테 머리를 빌려준다는 말을 쓰나?"

"그럼요." 수재나가 대답했다. "당연히 쓰죠."

"여기서도 마찬가지요, 그리고 지킴이 이야기에도 똑같은 말이 있소. 지킴이들은 저마다 머리 위에 또 하나의 머리를 갖고 다닌다고 했소. 모자 속에 담아서 말이오."

총잡이가 귀기 서린 섬뜩한 눈으로 둘을 바라보며 또 한 번 미소 지었다.

"별로 모자처럼 보이지는 않더군, 안 그런가?"

"누가 아니래. 하지만 얘기 자체는 정확했으니까 우리가 목숨을 건진 거 아냐."

"생각해 보면 나는 여행을 시작한 순간부터 이제껏 열두 지킴이 중 하나를 쫓아온 것 같다. 이 샤딕이 지키는 관문을 찾으면, 놈이 남긴 흔적을 거슬러 가기만 하면, 마침내 우리를 인도할 길이 나타날 게다. 관문을 뒤로 하고 곧장 앞으로 나아가야 한다. 원의 중앙에는…… 탑이 있다."

에디는 이렇게 말할 작정으로 입을 열었다. '그래, 그 탑 얘기 좀 해보자고. 드디어, 딱 한 번만이라도, 탑 얘기 좀 해보잔 말이야. 도대체 그게 뭔지, 무슨 의미가 있는지, 아니 무엇보다, 거기 도착하면 우리가 어떻게 되는지.' 그러나 아무 소리도 나오지 않았기에 에디는 이내 입을 다물고 말았다. 때가 아니었다. 아직은, 롤랜드가 저토록 고통스러워하는 지금은. 밤을 몰아낼 힘이 오직 모닥불의 불꽃밖에 없는 지금은.

"그럼 이제 다음 이야기를 할 때로군."

말을 꺼내는 롤랜드의 목소리가 침울하게 들렸다.

"나는 이제야 비로소 길을 찾았다. 그 긴 세월을 보내고 드디어 길을 찾았건만…… 동시에, 제정신을 잃어가는 중인 것 같다. 내 정신이, 빗물에 물러진 높은 강둑인 양 발밑으로 부스러져 내리는 느낌이 든다. 이건 존재한 적 없는 아이를 추락사시킨 죗값이다. 그리고 이 또한 '카'다."

"롤랜드, 아이라니 도대체 누구 말이에요?"

수재나가 물었다. 롤랜드는 에디를 흘깃 쳐다보았다.

"너는 알 텐데?"

에디가 고개를 가로저었다.

"허나 얘기한 적이 있을 게다. 실은 미친 듯이 지껄였을 게야, 감염이 지독하게 악화되어 숨이 넘어갈 뻔했을 때."

뒤이어 총잡이의 목소리가 갑자기 반 옥타브쯤 높아졌고, 그가 에디 흉내를 어찌나 똑같이 냈던지 수재나는 귀신이라도 본 것처럼 겁이 더럭 났다.

"'그 염병할 꼬맹이 타령 당장 그만둬, 롤랜드, 안 그럼 당신 셔츠로 입을 틀어막을 거야! 그놈의 꼬맹이 타령 아주 신물이 난다고!' 네가 했던 말이다. 기억나나, 에디?"

에디는 곰곰이 기억을 더듬어보았다. 둘이서 바닷가를 거슬러 올라가며 '사로잡힌 남자'가 적힌 문부터 '그늘 속의 여인'이 적힌 문까지 고통스러운 여행을 하는 동안 롤랜드는 하고많은 이야기를 들려주었고, 열에 달떠 혼잣말을 할 적에도 하고많은 이름을 불러댔다. 알레인, 코트, 제이미 드커리, 커스버트(그중 가장 자주 부른 이름이었다.), 핵스, 마틴(어쩌면 담비를 뜻하는 '마튼' 같기도 했다.), 월터, 수전, 심지어 졸탄이라는 기분 나쁜 사내 이름도 불러댔다. 에디는 만난 적도 없는(또 굳이 만나고 싶지도 않은) 사람들의 이름을 듣고 있자니 짜증이 솟구쳤지만 당시에는 그 또한 몇 가지 고난을 겪는 중이었으니, 바로 헤로인 금단증상과 단 두 사람 사이에서 일어난 우주적 규모의 문화지체 현상이었다. 게다가 따지고 보면 에디가 롤랜드의 이야기를 지겨워한 만큼이나 롤랜드 역시 에디의 창작 동화를 지겨워했으리라. 그가 헨리 형과 함께 자란 사연, 또 헨리 형과 함께 약쟁이의 길로 접어든 사연 등등.

그러나 롤랜드에게 꼬맹이 타령을 그만두지 않으면 셔츠로 입을 틀어막겠다고 얘기한 기억만은 당최 떠오르지 않았다.

"아무것도 안 떠오르나? 전혀?"

롤랜드가 물었다. 무언가가 있었던가? 희미하게 간질거리는 느낌, 이를테면 그루터기에 튀어나온 옹이 속에서 새총을 보았을 때 느낀 기시감 같은 것이라도? 에디는 떠올리려고 기를 썼지만 그 간질거리는 느낌은 이미 사라지고 없었다. 그는 애초부터 없었다고 결론지었다. 그저 있기를 바랐을 뿐, 롤랜드가 너무나 고통스러워했기에 바랐을 뿐이었다.

"전혀. 미안해, 이 양반아."

"그래도 나는 분명히 얘기했다."

롤랜드의 말투는 차분했으나 그 이면에는 핏줄처럼 맥동하는 다급함이 느껴졌다.

"그 아이 이름은 제이크였다. 나는 월터를 붙잡아 추궁할 마지막 기회를 잡으려고 그 아이를 희생시켰다. 죽였다. 산 지하에서 그 아이를 죽였다."

에디는 이제 비로소 자신이 생겼다.

"글쎄, 어쩌면 그랬는지도 모르지. 하지만 내가 들은 얘기하곤 달라. 당신은 산 지하를 혼자서 통과했다고 했어, 웬 괴상한 핸드카를 타고 말이야. 롤랜드, 우리가 바닷가를 따라 북쪽으로 걸어가는 동안 수도 없이 얘기했잖아. 지하에 혼자 있어서 얼마나 무서웠는지."

"나도 기억난다. 허나 네게 그 아이 얘기를, 그 아이가 철교에서 떨어져 심연으로 추락한 사연을 들려준 기억도 난다. 내 기억을 잡아 찢으려 하는 것이 바로 그 두 기억 사이의 간극이다."

"무슨 말인지 하나도 못 알아듣겠어요."

수재나가 걱정스러운 듯 말했다.

"나도 이 상황을 이제야 이해하기 시작한 듯싶소."

롤랜드가 모닥불로 다가가 나무를 얹었다. 발간 불티들이 굵다랗게 소용돌이 지어 어두운 하늘로 치솟았다. 롤랜드는 두 사람 사이로 돌아와 앉았다.

"그대들에게 진실한 이야기를 들려주리다. 그리고…… 진실해야 하건만, 그렇지 않은 이야기도."

나는 프라이스타운에서 노새를 한 마리 샀소. 그리고 마침내 사막에 이르기 전 마지막 마을인 툴에 도착했을 때, 그때만 해도 노새는 아직 팔팔했는데……"

14

그렇게 총잡이는 그의 기나긴 사연 가운데 가장 최근 부분을 이야기하기 시작했다. 에디는 이미 토막토막 들은 이야기인데도 완전히 홀려서 귀를 기울였고, 생판 처음 듣는 수재나 역시 마찬가지였다. 총잡이는 두 사람에게 술집 이야기를 들려주었다. 술집 한쪽 구석에서 끝도 없이 이어지던 카드놀이, 피아노 연주자 셰브, 이마에 흉터자국이 있는 여인 앨리스…… 그리고 노트, 한 번 죽었다가 검은 옷의 남자 덕분에 반죽음 상태로 되살아난 그 풀쟁이 이야기도 들려주었다. 종교적 광기의 화신 실비아 핏스턴 이야기도, 그리고 그 자신, 즉 총잡이 롤랜드가 마을의 온 남자와 여자와 아이를 살해한 최후의 대학살 이야기도 들려주었다.

"아이고 저런 염병할!" 에디가 떨리는 목소리로 나직이 중얼거렸다. "그러고 다녔으니 총알이 다 떨어졌지, 이 양반아."

"조용! 얘기 끝날 때까지 가만있어요."

수재나가 다그쳤다.

고 믿는다만. 아이는 사내가 한 말을 기억했다. '비켜요, 좀 지나갑시다. 난 신부요.' 그리고 한순간이나마 사내를 보았고…… 다음 순간에는, 내가 사는 세계에 있었다."

총잡이는 입을 다물고 모닥불을 들여다보았다.

"있지도 않았던 아이 얘기는 접어두고 실제로 있었던 일 얘기를 잠시 할까 하는데, 괜찮겠나?"

에디와 수재나는 어쩔 줄을 몰라 흘깃 눈길을 주고받았고, 뒤이어 에디가 롤랜드를 보며 이렇게 말하듯 손짓했다. '자, 형님 먼저!'

"앞서 말했듯이 그 간이역에는 아무도 없었다. 허나 펌프는 그때도 돌아가는 중이었다. 역마차용 말을 매어두는 마구간 뒤편에 있었지. 펌프 소리를 따라가긴 했지만, 소리가 아예 안 들렸어도 어차피 찾아냈을 게다. 나는 물 냄새를 맡을 수 있으니. 사막을 지긋지긋하게 헤매다가 갈증으로 숨이 넘어갈락 말락 할 지경에 처하면, 실제로 그렇게 된다. 그래서 물을 마시고 잠이 들었다. 깨어나서 또 물을 들이켰다. 당장에라도 길을 나서고 싶었다. 그러고 싶은 마음이 열병처럼 치솟았다. 에디, 너희 세계에서 가져온 아스틴은 놀라운 약이다. 허나 세상에는 어떠한 약의 힘으로도 못 가라앉히는 열이 있는 법, 그때 내가 느낀 열 또한 그러했다. 거기서 단 하룻밤 묵고 가는 데 온 의지력을 쏟아부어야 했다, 몸이 휴식을 원하는 줄 알면서도 그러했다. 이튿날 아침, 피로가 풀렸구나 싶어 가죽 물통을 채우고 길을 나섰다. *거기서 물 말고는 아무것도 가져오지 않았다.* 실제로 있었던 일에서 가장 중요한 부분이 바로 그거다."

수재나가 어느 때보다도 조리 있고 명랑한, 그래서 오데타 홈스 같은 목소리로 말했다.

롤랜드는 계속 이야기했다. 헝클어진 딸기색 머리를 거의 허리까지 기른 청년, 그 마지막 변경 주민의 오두막을 지나 사막을 건널 때 그러했듯이 무심하게 이야기했다. 노새가 끝내 숨을 거둔 이야기도 들려주었다. 변경 주민의 애완조 졸탄이 노새 눈을 파먹은 이야기도 들려주었다.

 그는 두 사람에게 들려주었다. 사막의 기나긴 낮과 뒤이은 짧은 밤 이야기를, 월터가 남긴 모닥불의 차디찬 재를 따라간 이야기를, 목이 타 비틀거리며 죽어가다가 마침내 간이역에 도착한 이야기를.

 "그곳은 비어 있었소. 내 생각에 저 커다란 곰이 갓 만들어졌던 시절부터 이미 비어 있었지 싶군. 거기서 하룻밤 묵고 다시 길을 나섰소. 여기까지가 실제 일어났던 일이고…… 이제 다른 이야기를 들려주리다."

 "진실해야 하건만 그렇지 않은 이야기죠?"

 수재나가 물었다. 롤랜드는 고개를 주억거렸다.

 "이 지어낸 이야기 속에서…… 말하자면 이 동화 속에서, 총잡이 롤랜드는 간이역에 이르러 소년 제이크를 만났소. 당신네 세계로부터 온 아이요. 당신이 살던 도시 뉴욕으로부터, 그리고 에디가 살던 1987년과 오데타 홈스가 살던 1963년 사이 어느 시점으로부터."

 에디가 이야기에 열중한 듯 몸을 숙이며 물었다.

 "롤랜드, 그 동화에도 문이 나와? 소년이나 그 비슷한 게 적힌 문이 나오느냔 말이야."

 롤랜드는 고개를 가로저었다.

 "제이크의 통로는 죽음이었다. 등굣길에 웬 사내한테 떠밀려 차로로 떨어졌다가 그만 차에 치였던 게지. 나는 그 사내가 월터였다

제1장 곰과 턱뼈 81

"알았어요, 그게 실제로 일어난 일이라 이거죠. 물통을 채우고 길을 나섰다. 자, 그럼 이제 '안 일어난' 일 얘기를 마저 해줘요."

총잡이는 턱뼈를 잠시 무릎에 내려놓고 꽉 쥔 두 주먹으로 눈을 비볐다. 묘하게도 아이 같은 몸짓이었다. 그러더니 마치 용기를 얻기라도 하려는 듯 다시 턱뼈를 쥐고 얘기를 계속했다.

"나는 거기 없었던 소년한테 최면을 걸었소. 내 총알을 사용하여 그리했소. 오래전에 터득한 기술인데, 아주 뜻밖의 인물한테 배웠지…… 우리 아버지의 궁정 마법사였던 마튼한테서. 소년은 최면에 쉽게 걸려들었소. 무아지경 상태에서 자기가 죽은 사연을 들려주었고, 그 내용은 내가 앞서 얘기한 대로요. 나는 아이를 놀래거나 해치고 싶지 않았기에 들을 얘기를 얼추 다 들었다 싶었을 때 명령을 걸어두었소. 깨어나면 자기 죽음에 관한 기억을 모두 잊도록 말이오."

"누군들 기억하고 싶겠어."

에디가 중얼거렸다. 롤랜드는 고개를 주억거렸다.

"아무렴, 누군들 그러겠나? 아이는 무아지경에서 곧바로 자연수면에 빠져들었소. 나도 따로 잠들었고. 일어나서, 나는 아이한테 검은 옷의 사내를 붙잡고 싶노라고 얘기했소. 누구를 가리키는지 알아듣더구나. 월터도 간이역에 들렀던 게지. 허나 그때 아이는 겁이 나서 몸을 숨겼다. 월터는 분명히 아이가 있는 줄 알았을 테지만, 모르는 척하는 편이 오히려 놈의 의도에 들어맞았을 터. 놈은 아이를 덫처럼 남겨두고 떠났다.

나는 아이에게 먹을거리가 있느냐고 물었다. 내가 보기에 필시 있을 것 같았다. 아이가 건강해 보이기도 했고 또 먹을거리를 저장하는 데만큼은 사막 기후가 최고이니 말이다. 아이는 육포를 조금

갖고 있었는데, 건물에 지하실도 있다고 했다. 하지만 둘러보지는 않았더구나. 무서웠던 게지."

총잡이가 섬뜩한 눈으로 두 사람을 바라보았다.

"무서워한 것도 당연하다. 거기서 나는 음식을 발견했고…… 또 예언하는 악마도 발견했다."

에디는 휘둥그레진 눈으로 턱뼈를 내려다보았다. 턱뼈의 오래된 굴곡과 불길한 치열 위로 주황색 불빛이 춤을 추었다.

"예언하는 악마? 거기 그거 말하는 거야?"

"아니다. 허나 그렇기도 하다. 답은 둘 다다. 내 얘길 들으면 아마 이해할 게다."

롤랜드는 그들에게 지하실 벽 너머 땅에서 들려온 귀곡성 얘기를 들려주었다. 지하실 벽의 낡은 벽돌 두 장 사이에서 모래가 새어나온 광경을 본 얘기도 들려주었다. 제이크가 어서 올라오라고 소리를 지르는 와중에 벽에 난 구멍을 향해 다가갔던 얘기도 들려주었다.

롤랜드가 말하라고 명령하자 악마는 말하기 시작했고…… 들려온 목소리의 주인은 앨리스, 이마에 흉터자국이 있는 여인, 툴에서 술집을 꾸려가던 바로 그 여인이었다. '서랍장을 지나 천천히 나아갈지어다, 총잡이여. 그대가 소년과 함께 여행하는 동안 검은 옷의 사내는 그대 영혼을 제 주머니에 넣고 여행하리니.'

"서랍장이라고요?"

수재나가 흠칫 놀라서 물었다.

"그렇소." 롤랜드는 그녀를 유심히 바라보았다. "뭔가 아는 눈치로군, 안 그렇소?"

"그래요…… 하지만 아니기도 해요."

수재나는 몹시도 망설이며 말했다. 롤랜드가 짐작하기에 고통스러운 얘기를 꺼내기 싫어 망설인 탓도 어느 정도 있지 싶었다. 하지만 망설임보다는 잘 알지도 못하는 얘기를 꺼내어 안 그래도 복잡한 문제를 더욱 복잡하게 만들고 싶지 않은 마음이 훨씬 더 커 보였다. 롤랜드는 그 마음씨를 존중했다. 그녀를 존중했다.

"확신이 서는 만큼만 얘기하시오. 딱 그만큼만."

"알았어요. 서랍장은 데타 워커가 아는 곳이에요. 데타 워커가 '상상하는' 곳이죠. 원래는 일종의 은어인데, 어른들이 현관에 앉아 맥주를 마시며 왕년 이야기를 나눌 때 데타가 들은 말이에요. 못된 짓을 하는 곳, 쓸모없는 걸 버리는 장소, 또는 그 둘 다를 뜻하죠. 서랍장에는, 그러니까 서랍장이라는 생각 자체에 데타를 잡아끄는 뭔가가 있었어요. 그게 뭔지 나한테 물어볼 생각 마요. 전에는 알았다고 해도 지금은 모르니까요. 알고 싶지도 않고.

데타는 파랑이 이모의 도자기 접시를 훔쳤어요. 우리 부모님이 결혼선물로 준 거였는데. 그러곤 접시를 깨부수려고 서랍장으로 들고 갔어요. 자기 서랍장으로. 쓰레기가 가득한 자갈 구덩이였죠. 쓰레기장이었어요. 세월이 지난 후에, 데타는 가끔 도로변 술집에서 청년들을 낚곤 했어요."

수재나는 입을 꾹 다물고 잠시 고개를 숙였다. 그러다가 다시 고개를 들고 이야기를 계속했다.

"백인 청년들을요. 그래놓고선 남자가 주차장에 세워둔 자기 차로 데려가면 할 것처럼 약을 올리다가 도망쳤죠. 그 주차장도⋯⋯ 거기도 마찬가지로 서랍장이었어요. 위험한 짓이었지만 데타는 그짓을 철저히 즐길 만큼 젊었고, 날쌨고, 또 영리했어요. 나중에 뉴욕에서는 좀도둑질까지 했죠…… 당신도 알 테지만요. 당신들 둘 다요. 메이시스, 짐벨스, 블루밍데일스, 항상 화려한 백화점에 들어가서 하찮은 것만 훔쳤어요. 좀도둑 행각을 벌이기로 마음먹으면 이렇게 생각하곤 했죠. '오늘은 서랍장에 가야겠어. 흰둥이 놈들 좀 털어줘야지. 특별한 걸 훔쳐야지, 니미럴 것 확 깨부숴 버려야지.'"

말을 멈추고 모닥불을 들여다보는 수재나의 입술이 부들부들 떨렸다. 그녀가 다시 고개를 돌렸을 때, 롤랜드와 에디는 그녀의 눈에 맺힌 눈물을 보았다.

"내가 운다고 해서 착각할 것 없어요. 난 내가 한 짓을 다 기억해요. 그 짓을 즐겼던 것도 기억해요. 내가 우는 이유는 그 짓을 또 할 거라는 걸 알기 때문이에요. 상황이 허락한다면 말이에요."

롤랜드는 예전의 침착함과 섬뜩한 평정심을 조금이나마 회복한 듯 보였다.

"수재나, 내가 살던 나라에 이런 속담이 있었소. '영리한 도둑은 늘 성공한다.'"

"인조보석나부랭이나 훔치는 짓이 뭐가 영리한지 모르겠군요."

수재나가 쏘아붙였다.

"한 번이라도 붙잡힌 적이 있소?"

"아뇨……."

롤랜드는 '그것 보라'고 말하듯 양 손을 쫙 펴 보였다. 에디가 수재나에게 물었다.

"그럼 데타 워커한테는 서랍장이 안 좋은 곳이었겠군요. 그렇죠? 딱히 기분 좋은 곳도 아니었잖아요."

"안 좋았지만 동시에 좋기도 했어요. 서랍장은 힘이 넘치는 곳이었어요. 그곳은 데타가…… 이를 테면, 자신을 재창조하는 곳이었어요, 하지만 동시에…… 타락시키는 곳이기도 했죠. 그치만 롤랜드의 유령 소년 이야기하곤 상관없어요, 안 그래요?"

"안 그럴지도 모르오. 실은 이쪽 세계에도 서랍장이 있소. 여기서도 은어로 사용하는 말이고 뜻도 꽤 비슷하오."

"당신 친구들 사이에선 무슨 뜻으로 통했는데?"

"장소와 상황에 따라 조금씩 다르게 쓰였지. 쓰레기장을 뜻하기도 했다. 갈봇집, 또는 사내들이 숨어 카드를 치거나 마귀풀을 씹는 곳을 이르기도 했지. 허나 내가 알기로는 가장 간단한 뜻으로 가장 흔히 쓰였다."

롤랜드는 두 사람을 바라보며 말했다.

"서랍장은 황폐한 곳이다. 바로 황무지다."

15

이번에는 수재나가 모닥불에 나무를 던져넣었다. 남쪽 하늘의 노모성은 깜박이지도 않고 밝게 빛났다. 수재나는 학교에서 배운 지식을 토대로 노모성의 정체를 알아보았다. 그냥 별이 아니라 행성이었다. '금성일까?' 궁금했다. '아니면 이 세계가 속한 태양계도 다른 것들이 그렇듯 딴판일까?'

현실이 아닌 듯한 느낌, 이 모든 게 틀림없이 꿈이라는 느낌이 다시금 그녀를 휘감았다. 그녀는 롤랜드를 돌아보며 말했다.

"계속해요. 그 목소리가 서랍장하고 아이에 대해 경고하고 나서 어떻게 됐어요?"

"나는 모래가 흘러나온 구멍에 주먹을 찔러넣었소. 그러한 상황에 처하면 그리하도록 배웠으니까 말이오. 거기서 턱뼈를 꺼냈는데…… 이 턱뼈는 아니오. 간이역 지하 벽에서 꺼낸 놈은 훨씬 더 커다랬소. 위대한 선인의 턱뼈였을 거요, 의심할 여지 없이."

"그 뼈는 어떻게 됐는데요?"

수재나가 조용히 물었다.

"어느 날 밤에 아이한테 줬소."

모닥불이 비춘 롤랜드의 뺨에 주황색 불빛과 그림자가 번갈아 일렁거렸다.

"아이를 지키려고 그랬소. 일종의 부적으로. 나중에 임무를 다했구나 싶어 내버렸소."

"그럼 그 턱뼈는 누구 거야?"

에디가 물었다. 롤랜드는 턱뼈를 들어올려 한참 동안 골똘히 응시하다가 다시 무릎에 떨어뜨렸다.

"나중에, 제이크가…… 그 아이가 죽고 나서…… 나는 내가 쫓던 사내를 붙잡았소."

"월터 말이군요."

"그렇소. 월터와 나는…… 우리는 대화를 나눴소. 긴 대화를. 그러다 어느 순간 잠이 들었고, 깨어나 보니 월터가 죽은 후였소. 죽은 지 최소한 100년은 됐을 거요. 어쩌면 더 됐을지도. 남은 건 뼈밖에 없었는데 꽤 어울리더군. 어차피 우리가 있던 자리에는 뼈다귀가 굴러다녔으니."

"아무렴, 꽤나 긴 대화를 나눴겠지. 어련하시겠어."

에디가 시큰둥하게 말했다. 수재나는 살짝 눈살을 찌푸렸으나 롤랜드는 고개만 주억거릴 뿐이었다.

"길고도 길었다."

총잡이는 모닥불을 응시하며 중얼거렸다. 에디가 물었다.

"당신, 아침에 정신을 차리고 그날 저녁에 서쪽 바닷가에 도착했댔지. 가재괴물이 덮친 것도 그날 밤이었고. 맞지?"

롤랜드가 재차 고개를 끄덕였다.

"그래. 허나 월터와 얘기한 곳을 떠나기 전에…… 어쩌면 그냥 꿈이었는지도 모르지만…… 아무튼 거기서 뭘 했든 간에…… 나는 녀석의 해골에서 이걸 떼어왔다."

그가 턱뼈를 치켜들자 또다시 주황색 불빛이 치열을 따라 미끄러졌다.

'월터의 턱뼈란 말이지.' 에디는 슬쩍 소름이 끼쳤다. '검은 옷을 입은 사내의 턱뼈라. 어이, 에디 동생, 잘 기억해 둬. 이 다음에 롤랜드가 그냥 평범한 아저씨라는 생각이 들면 떠올리게 말이야. 저 인간은 이때껏 내내 저 턱뼈를 지니고 다녔어. 꼭 무슨…… 무슨 식인종이 챙기는 기념패처럼. 마압소사.'

"이걸 챙길 때 무슨 생각을 했는지 기억난다. 또렷이 기억나는구나. 내 속에서 두 갈래로 존재하지 않는 그 무렵의 기억은 오로지 그것뿐이다. 그때 나는 이렇게 생각했다. '아이를 만났을 때 찾았던 턱뼈를 버려서 운이 안 좋았던 게야. 이걸 대신 가져가야겠다.' 그제야 비로소 월터의 웃음소리가 들렸다. 놈의 천박하고 경망스러운 웃음소리가. 놈의 목소리도 함께 들렸다."

"뭐라고 하던가요?"

"'너무 늦었어, 총잡이.' 놈은 그리 말했소. '너무 늦었어. 자네 운은 지금부터 영원토록 안 좋을 걸세. 그게 자네의 카야.'"

16

"알았어."
한참 만에 에디가 입을 열었다.
"애초에 뭐가 모순인지 이해했어. 당신 기억은 둘로 갈라진……"
"갈라진 게 아니다. '하나가 더 생긴' 거다."
"그래, 뭐 대충 똑같은 얘기잖아. 안 그래?"
에디는 잔가지를 주워들고 모래에다 조그맣게 그림을 그렸다.

그러고는 왼쪽 선을 톡톡 두드렸다.
"여기가 간이역에 도착하기 전 당신의 기억이야. 한 줄이지."
"그래."
에디가 오른쪽 선을 톡톡 두드렸다.
"여기는 당신이 산 건너편으로 나와서 뼈가 즐비한 곳에…… 그러니까 월터가 당신을 기다리던 곳에 도착한 후의 기억이야. 여기도 한 줄이지."
"그렇군."
뒤이어 에디는 먼저 가운데 부분을 가리킨 후에 그 주위로 대강 동그라미를 그렸다.

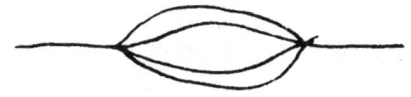

"롤랜드, 당신이 할 일은 바로 이거야. 이 두 갈래 길을 막아버려. 머릿속으로 이렇게 울타리를 쳐놓고 잊어버리는 거야. 아무 의미도 없는 거잖아, 바뀌는 건 아무것도 없어. 지난 일이야, 다 끝난 일……"

"아니, 그렇지 않다."

롤랜드가 턱뼈를 높이 들며 말했다.

"그 제이크라는 아이의 기억이 거짓이라면, 그런 줄은 나도 이미 알지만, 그렇다면 내가 어째서 이 턱뼈를 갖고 있겠나? 이건 버린 턱뼈를 대신하려고 가져온 것인데…… 그런데 버린 턱뼈는 원래 간이역 지하에서 가져온 것이었다. 허나 진실된 기억 속에서 *나는 지하실에 내려간 적이 없단 말이다! 악마와 얘기한 적도 없다! 나는 혼자서 떠났다, 챙긴 거라곤 깨끗한 물 외에 아무것도 없었다!*"

"롤랜드, 내 말 좀 들어봐." 에디는 정색을 하고 설명했다. "당신이 들고 있는 그 턱뼈가 간이역에서 가져온 거라고 하면, 그것도 나름대로 말이 돼. 그치만 말이야, 간이역하고 소년하고 예언하는 악마가 전부 다 환상이었을 가능성은 없을까? 그렇다면 당신이 월터의 턱뼈를 챙겨 온 이유는 아마도……"

"그건 환상이 아니었다."

롤랜드가 말했다. 그는 폭격수처럼 살벌한 연청색 눈으로 두 사람을 응시하다가 둘 중 아무도 생각지 못한 일을 저질렀다. 에디는 롤랜드 스스로도 자기가 무슨 짓을 하는지 몰랐으리라고 맹세할 수도 있었다.

롤랜드가 턱뼈를 불 속에 던져넣었던 것이다.

17

불길한 반쪽짜리 미소를 띤 새하얀 유골은 한동안 불 속에 오도카니 놓여 있었다. 그러다 별안간 새빨갛게 타오르더니 온 공터를 휘황찬란한 핏빛으로 물들였다. 에디와 수재나는 타오르는 불로부터 눈을 가리고 비명을 질렀다.

뼈가 모습을 바꾸기 시작했다. 녹아내리지 않고 변신하는 중이었다. 비뚜름히 늘어선 묘비 같던 치열이 점점 덩어리졌다. 위쪽으로 휘었던 모양이 곧게 펴지다가 이내 멈추었다.

에디는 두 손을 무릎에 축 늘어뜨리고 입을 딱 벌린 채로, 더는 뼈가 아닌 뼈를 바라보았다. 뼈는 이제 달아오른 쇠의 색깔로 변해 있었다. 치열은 거꾸로 선 브이(V) 자 세 개 모양으로 바뀌었고, 그중 가운데 브이 자가 양 옆의 것보다 더 컸다. 에디는 불현듯 턱뼈가 변하고자 하는 것의 형상을 보았다. 옹이 속에 숨은 새총을 보았을 때와 똑같았다.

에디가 생각하기에 열쇠 같았다.

'저 모양을 기억해야 해.' 에디는 필사적으로 되뇌었다. '기억해, 절대 잊으면 안 돼.'

에디는 눈으로 턱뼈의 형상을 좇았다. 브이 자 세 개, 가운데 놈이 양쪽 두 개보다 더 크고 깊은. 홈이 세 개…… 맨 끄트머리에는 흘려 쓴 소문자 에스(s) 자 모양의 곡선…….

이윽고 불 속에 있는 물체의 모양이 또다시 바뀌었다. 열쇠 모양으로 바뀌었던 턱뼈가 안으로 안으로 줄어들며 꽃잎으로 변하여 겹겹이 포개졌다. 꽃은 달도 없는 여름밤처럼 새까맣고 보드라웠다. 한순간 에디는 장미를 보았다. 이 세계가 창조된 새벽에 피어났을 법한 장엄한 장미, 깊이를 알 수 없는 무한한 아름다움이었다. 눈으로 그 장미를 바라보는 동안 에디는 마음이 스르르 열렸다. 롤랜드가 가져온 죽음의 유물에서 온갖 사랑과 생명이 샘솟는 듯했다. 꽃은 불 속에서 의기양양하게 타오르며, 동시에 불에 맞서 경이롭고도 어지러운 항전을 계속하며, 절망은 신기루이고 죽음은 꿈이라고 선언하고 있었다.

'장미야!' 에디는 두서없이 생각했다. '처음엔 열쇠, 그다음엔 장미! 봐! 잘 봐, 탑으로 가는 문이 열리는 중이야!'

모닥불에서 탁한 기침 같은 소리가 났다. 수북한 불티가 용틀임하며 분출했다. 수재나는 비명을 지르며 구르다시피 뒤로 물러난 다음, 불꽃이 별빛 총총한 하늘로 솟구치다 옷에 남긴 주황색 불똥을 두드렸다. 에디는 움직이지 않았다. 그는 자신의 환상에, 그 찬란하고도 두려운 경이감의 요람에 몸을 맡길 뿐, 살갗 위에서 춤추는 불티는 아랑곳하지도 않았다. 이내 불꽃이 가라앉았다.

턱뼈는 사라졌다.

열쇠도 사라졌다.

장미도 사라졌다.

'기억해. 그 장미를 기억해…… 열쇠의 모양을 기억해.'

수재나가 놀라움과 두려움에 사로잡혀 흐느꼈으나 에디는 잠시 그녀를 무시한 채 앞서 롤랜드와 함께 썼던 잔가지를 찾았다. 그가 떨리는 손으로 흙바닥에 그린 모양은 이러했다.

18

"왜 그랬어요?"

한참 후에 비로소 수재나가 물었다.

"세상에, 도대체 왜…… 또 그건 뭐였죠?"

십오 분이 흘렀다. 모닥불은 흩어진 불티가 밟혀 꺼지거나 저절로 숨이 다한 탓에 나직하게 움츠러들었다. 에디는 아내를 팔로 감싸고 앉아 있었다. 수재나는 에디 앞에 앉아 그의 가슴에 등을 기댄 채였다. 롤랜드는 한쪽에 외따로 앉아 무릎을 끌어안은 채 시무룩하니 황적색 불만 바라보았다. 에디가 아는 한 그 둘 중 누구도 턱뼈가 변하는 광경을 보지 못했다. 턱뼈가 무섭게 달아오른 데까지는 두 사람 다 보았고 롤랜드는 그것이 터져나갈 때까지 지켜보았지만(아니면 터져들어갔던가? 에디가 보기에는 이쪽이 더 진실에 가까웠다.), 그게 다였다. 에디가 믿기에는 그 정도였다. 그러나 롤랜드는 가끔 꿍꿍이를 챙기곤 했고 일단 패를 감추기로 작정하면 철저히 감추었으며, 이는 에디가 뼈아픈 경험을 통해 깨달은 바였다. 에디는 두 사람에게 자기가 본 것을(또는 봤다고 생각하는 것을) 얘기해 줄까 하다가, 패를 빈틈없이 감추기로 마음먹었다. 적어도 당분간만이라도.

턱뼈 자체에는 아무 조짐도 보이지 않았다. 금 간 자국 하나도 없었다.

"내 정신 속에서 그리해야 한다 말하는 목소리가 들렸소. 그래서 그리했소. 내 아버지의, 내 모든 선조들의 목소리였소. 그런 목소리를 듣고도 즉시 따르지 않기란 상상할 수도 없는 일이오. 나는 그리 배웠소. 불 속의 그것이 무언지는…… 말할 수 없소, 적어도 지금은. 그저 뼈다귀가 마지막 한마디를 남겼다는 것만 알 뿐. 나는 그 말을 들으려고 그토록 오랫동안 저것을 지니고 있었소."

'아니면 그걸 보려고 그랬거나.' 에디는 뒤이어 속으로 생각했다. '기억해. 장미를 기억해. 열쇠의 모양을 기억해.'

"그것 때문에 홀랑 타죽을 뻔했잖아요!"

수재나의 목소리에 분노와 피로가 섞여 있었다. 롤랜드는 고개를 가로저으며 대꾸했다.

"내 생각에는 영주들이 송년 연회에서 쏘아올리곤 하던 폭죽의 일종 같소. 눈부시고 선뜩하기는 해도 위험하지는 않소."

에디는 문득 떠오른 생각을 롤랜드에게 말했다.

"롤랜드, 당신 머릿속의 두 갈래 기억 말인데…… 사라졌어? 아까 그 뼈다귀가 터졌는지 어쨌는지는 모르겠지만, 그때 같이 사라진 거야?"

에디는 그랬으리라고 거의 확신했다. 그가 본 영화에서는 이런 식의 거친 충격요법이 항상 효과를 거두었다. 그러나 롤랜드는 고개를 가로저었다.

수재나가 에디 품속에서 몸을 뒤척이며 말했다.

"아까 이제야 이해하기 시작한 것 같댔죠."

롤랜드가 고개를 주억거렸다.

"음, 그런 것 같소. 내 생각이 옳다면 난 제이크를 걱정하는 중일 거요. 그 아이가 어디에 있든지, 어느 시대에 있든지, 나는 그 아이가 걱정스럽소."

"그게 무슨 소리야?"

에디가 물었다. 롤랜드는 자리에서 일어나 자기 몫의 가죽이 있는 곳으로 가더니 땅에 펼치기 시작했다.

"하룻밤 치 재미난 이야기는 다 했다. 이제 잘 시간이다. 날이 밝으면 곰의 흔적을 되짚어 가서 놈이 지키던 관문을 찾을 수 있을지 보자. 그리 가는 길에 내가 아는 바를, 그리고 일어났으리라고 믿는 바를 들려주마……. 또 지금도 일어나는 중이라고 믿는 바도."

그 말을 끝으로 롤랜드는 해묵은 모포와 새 사슴가죽을 두른 다음 모닥불로부터 몸을 돌렸고, 더는 말하지 않았다.

에디와 수재나는 함께 잠자리에 들었다. 총잡이가 틀림없이 잠들었다고 확신한 후에 둘은 사랑을 나누었다. 두 사람의 달뜬 기척과 사랑 후의 속삭임을 롤랜드는 뜬눈으로 누운 채 들었다. 대부분 그에 관한 이야기였다. 두 사람의 속삭임이 그치고 두 숨소리가 한 가닥 부드러운 음률로 합쳐지고 나서도, 그는 조용히 누워 뜬눈으로 어둠을 응시했다.

총잡이는 생각했다. 사랑에 빠진 젊음이란, 멋진 것이라고. 묘지로 변해버린 이 세계에서조차도, 그것은 멋지다고.

'즐길 수 있는 동안 즐기려무나, 이 앞에는 더 많은 죽음이 놓여 있으니. 우리는 피가 흐르는 개울에 몸을 담갔다. 이 개울이 같은 빛깔의 강으로 인도할 것임은 의심할 여지가 없는바. 거기서 더 나아가면 같은 빛깔의 바다가 나올 게다. 이곳은 무덤이 입을 벌린 세계, 편히 잠든 망자 따위는 없는 세계이니.'

동녘이 밝아올 즈음 총잡이는 눈을 감았다. 토막 잠을 잤다. 그리고 제이크가 나오는 꿈을 꾸었다.

19

꿈을 꾸기는 에디도 마찬가지였다. 꿈속에서 그는 뉴욕으로 돌아가 손에 책을 들고 2번 대로를 걷는 중이었다.

꿈속은 봄날이었다. 공기는 따뜻했고 거리는 북적였으며, 향수병에 걸린 에디의 마음은 낚싯바늘에 푹 꿰인 근육처럼 욱신거렸다. '이 꿈이라도 즐겨야겠군. 할 수 있는 한 오랫동안 끌어봐야지.' 에디는 생각했다. '만끽하는 거야…… 이거야말로 네가 갈 수 있는 뉴욕의 최댓값이니까 말이야. 에디, 넌 고향에 못 간단다. 그 시절은 끝났어.'

책을 내려다보니 토머스 울프가 쓴 『그대 다시는 고향에 가지 못하리』였으나 에디는 조금도 놀라지 않았다. 암적색 표지에 찍힌 문양은 세 개였다. 열쇠, 장미, 문. 에디는 잠시 멈춰 서서 책을 펼치고 첫 줄을 읽었다. 울프는 이렇게 썼다. '검은 옷의 남자는 사막을 건너 달아났고, 총잡이는 그 뒤를 쫓았다.'

에디는 책을 덮고 계속 걸었다. 교통이 한산한 2번 대로를 보고 아침 아홉 시쯤, 어쩌면 아홉 시 반쯤이구나 생각했다. 경적을 울려

대며 차로를 바꾸는 택시 여러 대의 유리창과 샛노란 차체에 봄날 햇빛이 부딪혀 눈부시게 흩어졌다. 2번 대로와 52번가 교차점에 있던 비렁뱅이가 적선을 청하자 에디는 붉은 표지로 감싸인 책을 그의 무릎에 던져주었다. 비렁뱅이의 얼굴을 보니 엔리코 발라자르였다(에디는 놀라지 않았다.). 발라자르는 마술용품 가게 앞에 책상다리를 하고 앉아 있었다. 가게 창문에 걸린 간판에는 *카드로 지은 집*이라고 적혀 있었고 안쪽의 진열대에는 타로 카드로 지은 탑이 보였다. 탑 꼭대기에 우뚝 선 것은 킹콩 모형이었다. 그 거대한 유인원의 정수리에 조그마한 레이더 접시가 솟아 있었다.

번화가 쪽으로 천천히, 거리 표지판들을 뒤로하며, 에디는 계속 걸었다. 그곳을 보자마자 에디는 자신이 어디로 향하는지를 깨달았다. 2번 대로와 46번가 교차점에 있는 작은 가게였다.

'그래.' 에디는 생각했다. 크나큰 안도감이 벅차올랐다. '여기가 거기야. 바로 거기야.' 가게 진열창 가득 고기와 치즈가 매달려 있었다. 간판에는 이렇게 적혀 있었다. *톰과 제리의 끝내주는 식료품점—파티 출장 요리 전문!*

에디가 가게 안을 들여다보며 서 있는데 그가 아는 사람이 모퉁이를 돌아 다가왔다. 바닐라 아이스크림 빛깔 스리피스 슈트를 입고 왼손에는 검은 지팡이를 든, 잭 안돌리니였다. 얼굴 반쪽이 가재괴물 떼의 집게발에 찢겨 사라진 몰골이었다.

〈들어가 봐라, 에디.〉 잭이 그의 곁을 지나치며 말했다. 〈어차피 여기 말고 다른 세계도 있고, 그 염병할 기차는 모든 세계를 다 누비고 다니니까 말이다.〉

'난 못 들어가. 문이 잠겼거든.'

에디가 대답했다. 어찌된 영문인지는 알 수 없었으나 그는 문이 잠긴 줄을 알았다. 한 점 의심할 여지 없이 알았다.

〈대드, 어, 첨. 더드, 어, 치. 걱정 마라, 너한텐 열쇠가 있잖아.〉

잭이 고개도 돌리지 않은 채로 중얼거렸다. 고개를 숙인 에디의 눈에 열쇠가 보였다. 거꾸로 뒤집힌 브이 자 모양 홈이 세 개 패어 있는 조잡한 열쇠였다.

'비밀은 맨 끄트머리 홈에 붙은 소문자 에스 자야.' 에디는 속으로 생각하며 가게 입구의 차양 아래로 들어가 문에 열쇠를 꽂았다. 열쇠가 스르륵 돌아갔다. 문을 열고 안으로 들어간 에디 앞에 광활한 들판이 나왔다. 뒤를 돌아보니 뉴욕 2번 대로를 달리는 차들이 보이는가 싶었으나, 이내 가게 문이 쾅 하고 닫히더니 나자빠졌다. 그 뒤에는 아무것도 없었다. 아무것도. 몸을 돌려 낯선 환경을 살피던 에디는 눈앞의 풍경에 더럭 겁이 났다. 장대한 전투 끝에 낭자하게 흐른 선혈을 땅이 미처 다 빨아들이지 못한 듯, 들판은 온통 암적색이었다.

이내 에디는 눈앞에 보이는 것이 피가 아님을 깨달았다. 장미였다.

기쁨과 승리감이 뒤섞인 예의 그 느낌이 또다시 노도처럼 밀려와 가슴이 터질 듯 벅차올랐다. 에디는 꽉 그러쥔 두 주먹을 머리 위로 높이 쳐들고 승리의 몸짓을 하다가…… 그대로 얼어붙었다.

수 킬로미터나 뻗은 들판 끝자락에, 야트막하게 경사진 그 지평선 위에, 암흑의 탑이 서 있었다. 그것은 끝을 거의 알아보기 힘들 만큼 하늘 높이 솟은 돌기둥이었다. 새빨갛게 만발한 장미로 둘러싸인 기단부는 육중한 무게와 크기 탓에 외경심을 불러일으켰지만, 위로 갈수록 가늘어지는 탑신은 기이한 아취를 품고 있었다. 탑을 쌓은 돌의 색깔은 에디 생각과 달리 검은색이 아니라 잿빛이었다. 가늘고 기다란 창문이 탑신을 따라 나선 모양으로 줄지어 나 있었고, 창문 아래에는 거의 끝없이 이어진 듯 보이는 돌계단이 위로 또 위로 똬리를 틀었다. 탑은 대지에 뿌리를 박고 핏빛 장미 들판 위로 우뚝 솟은 암회색 느낌표였다. 위를 덮은 하늘은 푸르렀으나 항해하는 선단처럼 뭉실뭉실한 구름이 가득했다. 가없이 이어진 구름 떼가 탑 상공과 주위로 흘러갔다.

'저렇게 멋질 수가!' 에디는 경탄했다. '저렇게 멋지고 괴상할 수가!' 그러나 기쁨과 승리감은 이내 사라졌고, 남은 것은 끔찍한 불안과 닥쳐오는 파멸뿐이었다. 주위를 둘러보다 자신이 탑의 그늘 안에 서 있음을 깨달은 에디는 더럭 겁이 났다. 아니, 그저 서 있는 정도가 아니었다. 산 채로 그늘에 파묻혀 있었다.

에디가 울부짖었다. 그러나 그 울부짖음은 터무니없이 우렁찬 나팔 소리에 묻히고 말았다. 탑 꼭대기에서 울려 퍼진 나팔 소리가 온 세상을 메운 듯싶었다. 그가 서 있는 들판 위로 경고음 같은 나팔 소리가 퍼져나가면서 탑을 친친 감은 창문들로부터 어둠이 솟아나왔다. 창문에서 넘쳐흐른 어둠은 하늘 저편까지 눅실눅실 흘러가 하나로 모여 컴컴한 얼룩이 되었다. 얼룩은 구름처럼 보이지 않았다. 흡사 대지 위에 매달린 종양처럼 보였다. 하늘이 온통 캄캄했다. 뒤이어 에디가 본 얼룩은 구름도 종양도 아닌 어떤 형상, 그가 서 있는 자리를 향해 날아오는 모호하고 거대한 형상이었다. 장미 들판의 상공에서 형체를 갖추는 그 야수로부터 달아나봤자 아무 소용도 없을 것 같았다. 놈이 따라잡고, 틀어쥐고, 끌고 가고 말리라. 에디는 암흑의 탑 안으로 끌려들어가고, 빛의 세계는 두 번 다시 그를 보지 못하리라.
 얼룩 이곳저곳에 틈이 갈라지더니 인간의 것이 아닌 끔찍한 눈들이, 죽어서 숲에 나자빠져 있는 샤딕의 것만 한 눈들이 에디를 내려다보았다. 눈들은 모두 붉었다. 장미처럼 붉고 피처럼 붉었다.
 잭 안돌리니의 생기 없는 목소리가 귀청을 울렸다.
 〈세계는 수천 곳이나 있다, 에디, 수만 곳이나 있어! 그 기차는 모든 세계를 돌아다닌다. 네가 그걸 출발시킬 수만 있다면 말이다. 하지만 출발시키는 데 성공한다고 해도 고생은 그때부터 시작이다. 작동을 종료시키기가 영 지랄 같은 물건이거든.〉
 어느새 잭의 목소리가 기계처럼 단조로워졌다.
 〈종료시키기가 영 지랄 같은 물건이야, 에디 꼬맹아. 명심하는 게 좋아, 그 지랄 같은 물건은〉
 "작동을 종료합니다! 작동 종료까지 1시간 30분 남았습니다!"
 꿈속에서, 에디는 눈을 가리려고 두 손을 번쩍 치켜들었다가……

20

 ……깨어났고, 꺼져버린 모닥불 옆에서 벌떡 일어나 앉았다. 펼친 손가락 사이로 주위 풍경이 보였다. 그런데도 그 목소리가 계속 들려왔다. 확성기에 대고 고래고래 소리치는 경찰특공대 지휘관의 목소리 같았다.
 "위험하지 않습니다! 다시 말씀드립니다, 위험하지 않습니다! 아원자력 전지 5기는 비활성 상태, 2기는 종료 단계 진행 중, 1기는 전

체 용량의 2퍼센트 가동 중입니다. 모든 전지의 수명이 다했습니다! 반복합니다, 모든 전지의 수명이 다했습니다! 지금 계신 곳을 노스 센트럴 양자공학 주식회사로 알려주십시오! 전화번호는 1-900-44입니다! 본 기계의 이름은 '샤딕'입니다. 알려주시는 분께는 후사하겠습니다! 반복합니다, 알려주시는 분께는 후사하겠습니다!"

목소리가 잦아들었다. 한쪽 팔에 수재나를 끼고 공터 가에 서 있는 롤랜드가 에디 눈에 띄었다. 목소리가 들려온 쪽을 바라보고 있으려니 녹음된 알림말이 또다시 들리기 시작했고, 그 덕분에 에디는 비로소 소름 끼치는 악몽의 기억을 떨쳐낼 수 있었다. 그는 자리에서 일어나 롤랜드와 수재나 곁으로 가서 합류했다. 시스템이 완전히 부서진 경우에만 방송되도록 입력된 저 알림말이 과연 몇 백 년 전에 녹음되었을지가 궁금했다.

"본 기계의 작동을 종료합니다! 종료까지 1시간 5분 남았습니다! 위험하지 않습니다! 다시 말씀드립니다······"

에디가 수재나의 팔을 건드리자 그녀가 눈을 돌렸다.

"소리가 들린 지 얼마나 됐어요?"

"15분쯤요. 당신 꼭 죽은 사람처럼 자던데······." 수재나가 말을 끊었다. "에디, 안색이 너무 창백해요! 어디 아파요?"

"아뇨. 그냥 악몽을 좀 꿔서 그래요."

자신을 뜯어보는 롤랜드의 눈이 에디는 영 마음에 안 들었다.

"에디, 때로는 꿈에 진실이 담겨 있는 법이다. 무슨 꿈이었나?"

잠시 생각하던 에디가 이내 고개를 저었다.

"기억이 안 나."

"그럴 리가, 기억하고 있을 텐데."

에디는 어깨를 으쓱하더니 슬쩍 웃으며 롤랜드를 응시했다.

"믿거나 말거나 좋을 대로 하셔. 그건 그렇고, 당신이야말로 좀 어때, 롤랜드?"

"그대로다."

롤랜드가 대답했다. 물 빠진 청바지색 눈은 여전히 에디 얼굴을 뜯어보는 중이었다.

"자, 이제 그만해요."

수재나였다. 유쾌한 목소리였으나 에디가 듣기에 그 아래에 짜증이 깔린 듯싶었다.

"둘 다 그만해요. 아옹다옹하는 애들처럼 말꼬리 잡고 늘어지는 꼴은 보기 싫어요. 죽은 곰이 온 세상이 떠나가라 악을 써대는 오늘 아침에는 특히 그래요."

총잡이는 고개를 끄덕이면서도 에디로부터 눈을 떼지 않았다.

"알았소…… 허나 에디, 정말로 할 얘기가 아무것도 없나?"

그 말을 듣고 에디는 곰곰이 생각해 보았다. 털어놓을까 하고 진지하게 생각했다. 불 속에서 본 것을, 꿈속에서 본 것을. 그는 그 생각을 거스르기로 마음먹었다. 어쩌면 모닥불 속에서 본 장미와 꿈속의 들판을 가득 메우고 흐드러지게 핀 장미는 기억에 불과할 뿐인지도 몰랐다. 그는 자기 눈이 본 그대로, 또 마음이 느낀 그대로 설명할 자신이 없었다. 입 밖에 냈다가는 그 장미의 위엄을 떨어뜨릴 뿐이었다. 그래서 당분간만이라도 혼자 고민하고 싶었다.

'하지만 기억해.' 에디는 자신에게 타일렀으나…… 머릿속에 들리는 목소리는 자기 것 같지가 않았다. 그것은 굵고 나이 든…… 낯선 이의 목소리였다. '기억해, 장미를…… 그리고 그 열쇠의 모양

을.'

"알았어."

"뭘 알았다는 건가?"

에디가 중얼거리자 롤랜드가 물었다.

"얘기한다고. 뭔가…… 엄청 중요할 것 같은 뭔가가 떠오르면, 얘기할게. 둘 다한테 얘기해 줄게. 지금은 아무것도 기억 안 나. 그러니까 어딘가 갈 생각이면 얼른 출발하자고요, 셰인 아저씨(떠돌이 총잡이의 활약을 그린 서부영화「셰인」의 주인공을 가리킨다.— 옮긴이)."

"셰인? 셰인이 누군가?"

"그것도 나중에 얘기해 줄게. 지금은 일단 가자고."

일행은 먼젓번 야영지에서 챙겨온 짐을 다시 꾸리고 수재나를 휠체어에 앉힌 후에 왔던 길로 돌아갔다. 에디 생각에 수재나가 그리 오래 앉아서 갈 듯싶지는 않았다.

21

오래전, 그러니까 세상만사 아무래도 상관없을 정도로 헤로인에 푹 빠지기 전에, 에디는 친구 몇 명과 함께 스피드메탈 밴드인 앤스랙스와 메가데스의 콘서트를 보러 뉴저지 주 메도랜드에 간 적이 있었다. 에디는 쓰러진 곰한테서 끝도 없이 들려오는 알림말이 그때 본 앤스랙스의 콘서트보다는 살짝 덜 시끄럽다고 믿었으나 100퍼센트 확신할 수는 없었다. 먼젓번 야영지까지 1킬로미터쯤 남은 곳에 이르렀을 때, 롤랜드가 일행을 멈춰 세우고 예전 셔츠를 찢어 천

쪼가리 여섯 개를 만들었다. 일행은 그 천 쪼가리로 귀를 막고 계속 걸었다. 천으로 귀를 막았건만 쉼 없이 들려오는 굉음을 막기에는 역부족이었다.

"본 기계의 작동을 종료합니다!"

공터에 돌아와 보니 곰이 고래고래 소리치는 중이었다. 녀석은 마치 받침대에서 떨어진 거상처럼, 에디가 올라갔던 나무의 둥치 곁에 전날 모습 그대로 가랑이를 벌리고 무릎을 세운 채 나자빠져 있었다. 흡사 출산 도중에 숨을 거둔 털북숭이 여자 거인 같았다.

"종료까지 45분 남았습니다! 위험하지 않습니다……"

'아니, 위험해.' 에디는 곳곳에 흩어진 가죽을 주워 모으며 생각했다. 곰이 공격할 때에도, 또 곰이 단말마의 고통에 몸부림칠 때에도 찢기지 않고 무사히 남은 가죽들이었다. '굉장히 위험해. 아주 씨발 귀가 먹을 지경이야.' 에디는 총띠를 주워 롤랜드에게 말없이 건네주었다. 근처에 그가 깎던 나무옹이도 떨어져 있었다. 그는 총잡이가 굵직한 가죽 총띠를 허리에 차고 생가죽끈을 꽉 졸라매는 틈을 타서 옹이를 주워 수재나의 휠체어 뒷주머니에 집어넣었다.

"……는 종료 단계 진행 중, 1기는 전체 용량의 1퍼센트 가동 중입니다. 모든 전지의 수명이……"

수재나는 직접 만든 잡낭을 무릎에 놓고 에디 뒤를 따랐다. 에디가 가죽을 주워 넘겨주면 그녀가 받아서 잡낭에 집어넣었다. 가죽을 다 줍자 롤랜드가 에디의 팔을 툭툭 치더니 배낭을 건넸다. 속에 든 것은 거의 다 사슴 고기였다. 그들은 롤랜드가 실개울을 5킬로미터쯤 거슬러 올라간 곳에서 찾은 돌소금으로 고기를 잔뜩 절여두었다. 롤랜드는 이미 비슷한 배낭을 둘러멘 후였다. 한쪽 어깨에는 이것저

것 잔뜩 집어넣어 다시 불룩해진 걸낭을 비껴 멘 채였다.
 사슴 가죽을 꿰매어 엉덩이 받침을 단 기묘하게 생긴 수제 멜빵이 근처 나뭇가지에서 대롱거렸다. 롤랜드가 멜빵을 내려 잠시 살피더니, 멜빵을 등 뒤로 돌려 메고 가슴 밑에 끈을 묶어 고정시켰다. 이를 보며 언짢아하는 수재나의 표정을 롤랜드는 놓치지 않았다. 곰이 지척에 있으니 아무리 목청을 높여봤자 들리지 않을 듯싶어 굳이 입을 열지는 않았지만, 그래도 롤랜드는 다 이해한다는 듯 그녀에게 어깨를 으쓱하고 두 손을 펴 보였다. '이게 필요한 줄 당신도 알잖소.'
 수재나도 대답하듯 어깻짓을 했다. '나도 알아요, 하지만…… 마음에는 안 드네요.'
 총잡이가 공터 건너편을 손가락으로 가리켰다. 가문비나무 두 그루가 비스듬히 부러진 채 한때 이 근방에서 미르로 알려졌던 샤딕이 공터로 진입한 흔적을 드러내고 있었다.
 에디가 수재나에게 몸을 숙이더니 엄지와 검지를 동그랗게 붙이고 질문을 하듯 눈썹을 위로 씰룩거렸다. '괜찮아요?'
 수재나는 고개를 끄덕이고 두 손바닥으로 귀를 막았다. '괜찮아요. 그렇지만 귀가 먹어버리기 전에 여길 벗어나야겠어요.'
 세 사람은 공터를 건너갔다. 수재나는 가죽이 든 가방을 무릎에 올려둔 채였고, 에디는 그런 수재나의 휠체어를 밀었다. 휠체어 뒷주머니가 다른 물건들로 가득했다. 새총의 모습이 아직 다 드러나지 않은 옹이는 그중 하나일 뿐이었다.
 그들 뒤편에서는 곰이 이승에 보내는 자신의 마지막 전언을 부르짖는 중이었다. 녀석 말에 따르면 작동 종료까지 남은 시간은 40분이었다. 에디는 더 참을 수가 없었다. 서로 마주보듯 비스듬히 부러져 문 모양이 된 가문비나무를 보며, 그는 생각했다. '롤랜드의 시커먼 탑을 향한 여정은 이제부터가 진짜야. 적어도 우리한테는.'

또다시 꿈 생각이 났다. 물먹은 깃발 같은 어둠을 쏟아내던 나선 모양 창문이, 장미 들판 위의 하늘을 얼룩처럼 뒤덮은 어둠이 생각났다. 비스듬히 기운 나무를 지나가면서, 에디는 끔찍한 전율에 휩싸였다.

22

휠체어는 롤랜드 짐작보다 더 멀리까지 굴러갔다. 가지를 넓게 펼친 나이든 침엽수들이 바늘 모양 이파리를 떨어뜨려 대부분의 덤불을 두꺼운 양탄자처럼 덮어준 덕분이었다. 팔 힘이 센 수재나는 (에디보다 더 셌다, 롤랜드 생각에는 머잖아 뒤바뀔 터였지만) 스스로 바퀴를 굴리며 평탄하고 어둑어둑한 숲길을 나아갔다. 곰이 쓰러뜨린 나무가 앞을 막으면 롤랜드가 수재나를 안아들었고, 에디는 장애물 너머로 휠체어를 밀었다.

그들 뒤편에서는 거리가 멀어진 덕분에 아주 조금 작아진 소리로 곰이 얘기하는 중이었다. 놈은 기계 같은 목소리를 한껏 높여 이제 하나 남은 아원자력 전지의 용량이 무시해도 괜찮은 수준이라고 떠들어댔다.

"그 망할 놈의 멜빵을 쓸 일이 없으면 좋을 텐데 말이에요!"

수재나가 총잡이를 보며 소리쳤다.

롤랜드도 동의하는 바였지만, 채 15분도 지나지 않아 땅이 아래로 경사지는가 싶더니 오래된 고목들 사이로 작고 어린 나무가 눈에 띄기 시작했다. 자작나무, 오리나무, 또 서로 땅을 차지하려고 흙 속에서 어지럽게 뿌리를 뻗다 성장을 멈춘 단풍나무 몇 그루가 보였다. 나무 사이의 샛길을 덮어주던 침엽 양탄자가 얇아진 탓에 수재나의 휠체어 바퀴가 억센 덤불에 자꾸 걸리곤 했다. 가느다란 덤불 가지가 스테인리스 바퀴살에 부딪쳐 거치적거렸다. 에디가 손잡이에 몸을 싣고 밀어붙인 끝에 500미터쯤 더 갈 수 있었다. 이윽고 경사는 더욱 가팔라졌고, 지면은 물컹해졌다.

"이제 업힐 때가 됐소, 아가씨."

"조금만 더 타고 갈게요, 예? 더 가면 길이 편해질지도……"

수재나가 항변했지만 롤랜드는 고개를 저었다.

"그걸 타고 이 산길을 내려갔다간 필시…… 에디, 전에 이런 걸 뭐라고 했나……? 돈 내고 돌기?"

에디가 고개를 씩 웃으며 고개를 저었다.

"도넛 돌기야, 롤랜드. 내가 스케이트보드 타느라 청춘을 낭비하던 시절에 배운 말이지."

"뭐라고 부르든 간에 머리부터 처박는다는 뜻이오. 자, 수재나. 이리 타시오."

"이 지긋지긋한 병신 신세."

수재나는 심술궂게 중얼거리기는 했으나 휠체어에서 자신을 들어올리는 에디의 손에 몸을 맡겼고, 그를 도와 롤랜드의 등에 매인 멜빵에 단단히 자리를 잡았다. 일단 자리를 잡고 나서 그녀는 롤랜드의 리볼버 손잡이를 쥐고 에디에게 물었다.

"이거 필요해요?"

에디는 고개를 저었다.

"당신이 더 빠르잖아요. 다 알면서."

수재나는 구시렁거리면서도 오른손으로는 쉽게 뽑을 수 있도록 총 손잡이의 위치를 조절했다.

"내가 당신들 발목을 잡는 줄 나도 다 알아요. 그치만…… 만약에 2차로 아스팔트길이 나오기만 하면, 둘 다 엎어져서 헐떡거리거나 말거나 난 그냥 쌩하고 가버릴 거예요."

"틀림없이 그럴 테지."

롤랜드가 대답하고 나서…… 고개를 번쩍 치켜들었다. 숲이 조용했다.

"하느님 감사합니다, 곰돌이가 드디어 포기했나 봐요."

"내 생각엔 종료까지 아직 7분 남은 것 같은데요."

수재나의 말에 에디가 토를 달았다. 롤랜드는 멜빵끈 길이를 조절했다.

"틀림없이 지난 오륙백 년 동안 놈의 시계가 조금 느려진 탓일 게다."

"롤랜드, 당신이 보기엔 진짜 그렇게 오래된 것 같아?"

롤랜드가 고개를 주억거렸다.

"최소한 그쯤일 게다. 허나 이제 사라졌다…… 우리가 아는 열두 지킴이 가운데 마지막 지킴이가."

"그러게 말이야. 뭐, 나야 콧방귀도 안 나올 일이지만."

에디가 한 대꾸를 듣고 수재나가 깔깔 웃었다.

"멜빵은 좀 편하오?"

"웬걸요, 벌써부터 궁둥이가 욱신거리네요. 그래도 가요. 내가 안 떨어지게 힘 좀 써 봐요."

롤랜드는 고개를 주억거리고 나서 경사진 비탈을 내려갔다. 빈 휠체어를 밀며 두 사람 뒤를 따르던 에디는 땅바닥에 주먹처럼 하나둘 솟은 돌멩이와 너무 세게 부딪히지 않도록 조심했다. 그는 막상 곰이 입을 다물고 나니 숲이 너무 조용하다고 생각했다. 꼭 오래전에 보았던 식인종과 거대한 유인원이 나오는 영화의 등장인물이 된 기분이었다.

23

곰의 흔적은 찾기는 쉬웠으나 따라가기가 힘들었다. 공터를 나선 일행은 늪이랄 것까지는 없지만 그래도 수렁이 많은 저지대를 거의 10킬로미터쯤 지나가야 했다. 다시 단단하게 솟아오른 땅이 모습을 드러냈을 무렵, 롤랜드는 빛바랜 청바지가 무릎까지 젖은 몰골로 길고 거친 숨을 몰아쉬었다. 그러나 고인 물과 시커먼 진흙 속에서 수재나의 휠체어와 씨름하기가 얼마나 힘든지를 깨달은 에디의 몰골에 비하면, 훨씬 나았다.

"이쯤에서 쉬면서 요기를 하자."

"아이고, 배고파 죽겠네."

롤랜드의 말에 에디가 한숨을 내쉬었다. 그는 수재나가 멜빵에서 내리도록 도와준 다음 곰의 발톱 자국이 사선으로 기다랗게 팬 채 쓰러져 있는 나무에 그녀를 앉혔다. 그러고는 반은 쓰러지다시피 그녀 곁에 앉았다.
 "이봐, 흰둥이 총각. 내 휠체어가 진흙투성이잖아." 수재나였다. "내가 다 적어놓을 거야."
 에디가 그녀를 보며 한쪽 눈썹을 움찔했다.
 "다음번 세차장에선 가만히 타고 계세요, 제가 밀면서 세차 터널을 지나갈게요. 거북이표 왁스로 광도 내드리고요. 됐죠?"
 수재나가 슬며시 웃었다.
 "약속한 거야, 잘생긴 총각."
 에디가 허리에 찼던 롤랜드의 가죽 물통을 툭툭 두드렸다.
 "마셔도 돼?"
 "그래, 허나 지금은 너무 많이 마시지 마라. 출발하기 전에 모두 조금씩만 마셔두자. 그래야 복통이 일지 않을 테니."
 "역시 롤랜드야, 오즈의 보이스카우트 대장님다워."
 물통을 끄르며 에디가 킥킥거렸다.
 "그 오즈란 게 뭔가?"
 "영화에 나오는 가상의 세계예요."
 수재나가 대답했다.
 "오즈는 그보다 훨씬 대단한 곳이야. 전에 헨리 형이 가끔 오즈 이야기를 읽어주곤 했어. 언젠가 밤에 시간이 나면, 롤랜드 당신한테도 들려줄게."
 "거 참 기대되는구나. 난 너희 세계를 더 알고 싶어 안달이 날 지경이다."
 대답하는 총잡이의 목소리는 사뭇 진지했다.
 "그치만 오즈는 우리 세계가 아니야. 수재나 말마따나 지어낸 곳인데 말이지······."

롤랜드가 두 사람에게 이름 모를 널찍한 나뭇잎으로 싼 고깃덩이를 건넸다.

"새로운 곳에 관해 가장 빨리 아는 방법은 그곳 사람들의 상상을 들여다보는 거다. 난 오즈 이야기를 듣고 싶다."

"그래, 그것도 약속할게. 도로시랑 강아지 토토랑 양철나무꾼 이야기는 수즈한테 들으면 돼, 나머지는 내가 다 들려줄게."

에디가 자기 몫의 고기를 한 입 베어물더니 만족한 듯 눈을 또르륵 굴렸다. 겉을 쌌던 나뭇잎의 향이 밴 덕분에 고기 맛이 훌륭했다. 비상식량을 허겁지겁 먹어치우는 동안 배에서는 꿀렁거리는 소리가 멈추지 않았다. 에디는 비로소 차츰 숨이 가라앉았고, 기분도 좋아졌다. 실은 굉장히 흐뭇했다. 전신의 근육이 단단하게 부풀어올랐고 결리는 곳 하나 없이 편안했다.

'걱정 마. 말싸움은 오늘 저녁에 다시 시작하면 돼. 롤랜드는 아마도 내가 지쳐 고꾸라질 때까지 몰아붙일걸.'

수재나는 두세 입 먹을 때마다 물을 홀짝이고, 손에 쥔 고기를 이리저리 돌리고, 가장자리부터 야금야금 먹어 들어가는 식으로 훨씬 얌전하게 먹었다.

"저기, 어젯밤에 했던 얘기 있잖아요. 마저 해봐요." 수재나가 롤랜드를 꼬드겼다. "뒤죽박죽이 된 당신 기억을 이해할 수 있을 것 같다고 그랬잖아요."

롤랜드가 고개를 끄덕였다. "그렇소. 내 생각에 두 기억 모두 진짜 같소. 한쪽이 다른 쪽보다 조금 더 진실한 듯하나, 그럼에도 다른 쪽의 진실함을 부정하지는 않소."

"내가 볼 땐 말이 안 되는데. 롤랜드, 그 제이크라는 애는 간이역에 있었거나 아니면 없었거나, 둘 중 하나야."

"그러니 모순이다. 참인 동시에 거짓이기도 하지. 그 모순이 풀리지 않는 한 나는 쪼개진 채로 남을 게다. 그것만으로도 충분히 끔찍하거늘, 이제는 처음의 균열이 점점 넓어지는구나. 난 느낄 수 있다. 그건…… 이루 형용할 수 없는 기분이다."

"당신 생각엔 원인이 뭐 같아요?"

수재나가 물었다.

"얘기했다시피 그 아이는 차 앞으로 떠밀렸소. *떠밀렸단 말이오.* 자, 우리가 아는 이들 가운데 사람 떠밀기를 즐기는 이가 누구요?"

수재나의 표정에 깨달음의 빛이 밝아왔다.

"잭 모트죠. 그러니까 당신 얘기는, 걜 차도로 밀친 범인이 잭 모트란 말이에요?"

"그렇소."

"하지만 어젯밤엔 검은 옷을 입은 남자가 그랬다고 했잖아. 당신 친구 월터 말이야. 그 애도 월터를, 그러니까 신부처럼 보이는 남자를 봤다면서. 그 남자가 하는 말을 듣기까지 했다며. '좀 지나갑시다, 난 신부요.' 그랬다면서?"

"음, 월터도 거기 있었다. 모트와 월터 '둘 다' 그 자리에 있었고, 둘 다 제이크를 밀었다."

"어이쿠, 여기 소라진(정신분열증 환자에게 처방하는 강력한 신경안정제 — 옮긴이)하고 구속복 좀 가져와." 에디가 농을 던졌다. "롤랜드 환자가 발작을 시작했어."

롤랜드는 그 말을 무시했다. 농을 던지고 익살을 부리는 것이 에디 식의 스트레스 해소법인 줄을 그도 슬슬 깨달아가는 중이었다. 이는 예전의 커스버트와 크게 다를 바 없었고…… 수재나 역시, 그녀 나름의 방식대로 알레인과 크게 다를 바 없었다.

"무엇보다도 분통터지는 것은, 내가 마땅히 *알았어야* 한다는 점이다. 어쨌거나 나는 잭 모트 안에 있었고 놈의 의식에 드나들 수도 있었으니 말이다. 에디 네 의식에 그러했듯이, 또 수재나 당신에게도 그러했듯이. 나는 모트 속에 머무는 동안 제이크를 보았다. 모트의 눈을 통해 그 아이를 보았고, *모트가 아이를 떠밀 작정인 줄도 알았다.* 그뿐이 아니다, 놈이 그러지 못하도록 *막기*까지 했다. 놈의 몸뚱이로 들어가기만 하면 그만이었다. 놈은 어찌된 영문인지도 몰랐다, 제 흉계에만 정신이 팔린 나머지 나를 목에 붙은 파리쯤으로만 여겼으니."

그제야 에디가 이해하기 시작했다.

"만약 차도로 떠밀리지 않았다면, 제이크는 안 죽었겠군. 안 죽었다면 이쪽 세계로 오지도 않았을 테고. 그리고 이쪽 세계로 안 왔다면, 간이역에서 당신하고 만났을 리도 없지. 그렇지?"

"그렇다. 심지어 이런 생각이 떠오르기도 했다, 잭 모트가 그 아일 죽일 작정이라면 그리하도록 가만히 두어야 하는 것 아닌가, 하고 말이다. 지금 나를 찢어발기는 바로 이 모순이 생겨나지 않도록 말이다. 허나 그럴 수는 없었다. 나는…… 나는……"

"그 앨 두 번 죽일 수는 없었던 거지, 안 그래?" 물어보는 에디의 목소리는 부드러웠다. "당신을 저 곰이랑 똑같은 기계로 낙인찍으려고 할 때마다 난 번번이 놀라 자빠지곤 해, 왠지 진짜 인간적이거든. 빌어먹을."

"그러지 마요, 에디."

수재나가 말렸다. 에디는 살짝 수그린 롤랜드의 얼굴을 훔쳐보더니 표정이 일그러졌다.

"미안해, 롤랜드. 우리 엄마가 그러셨는데 난 주둥이가 마음을 배신하는 못된 버릇이 있대."

"괜찮다. 전에도 꼭 너 같은 친구가 한 명 있었으니."

"커스버트 말이야?"

롤랜드가 고개를 주억거렸다. 그는 반 토막이 된 오른손을 한참 동안 내려다보다가, 그 손을 고통스럽게 꽉 그러쥐었다가, 한숨을 토하고 다시 고개를 들어 동료들을 바라보았다. 숲 저편 어디에선가 종달새 지저귀는 어여쁜 소리가 들려왔다.

"내가 믿는 바를 들려주마. 잭 모트의 머릿속에 들어갔던 그때, 설령 내가 들어가지 않았더라도 놈은 그날 제이크를 떠밀지 않았을 게다. 그날은 안 했을 게다. 왜냐고? *카텟* 때문이다. 단지 그뿐이다. 함께 원정을 떠났던 친구들이 모두 숨을 거둔 이래 처음으로, 나는 나 자신이 카텟의 한복판에 섰음을 깨달았다."

"콰르텟이라고? 네 명이서 같이 연주하는 거 말이야?"

에디가 미심쩍은 듯 물었다. 총잡이는 고개를 저었다.

"아니, *카*다. 에디 네가 '운명'이라고 생각하는 것 말이다. 허나 여느 귀족어와 마찬가지로 실제 의미는 훨씬 더 복잡하고 정의하기 까다롭다. 그 뒤의 *텟*은 같은 관심사와 목적을 지닌 무리를 뜻한다. 예를 들면, 우리 세 사람이 바로 텟이다. 카텟은 여러 목숨이 숙명에 의해 엮인 장소를 뜻한다."

"「산 루이스 레이의 다리」 같네요."

"그게 뭐요?"

수재나가 웅얼거리는 소리를 듣고 롤랜드가 물었다.

"다 함께 건너던 다리가 무너지는 바람에 떼죽음당한 사람들 이야기예요. 우리가 살던 세계에선 유명했죠."

롤랜드는 알아들은 양 고개를 주억거렸다.

"이쪽 세계에서 나는 제이크, 월터, 잭 모트와 함께 카텟으로 묶인 신세요. 나로서는 잭 모트가 다음번 희생자로 누구를 점찍었는지 깨달았을 때 이미 짐작한 바이오만, 거기에 함정 따위는 없소. 카텟은 일개인의 의지로 바꾸거나 일그러뜨릴 수 없기 때문이오. 허나 카텟을 보고, 알고, 이해하는 것은 가능하오. 월터는 이를 보았고, 또 알았소."

총잡이가 자기 허벅지를 주먹으로 내리치고 쓰디쓴 탄식을 내뱉었다.

"놈은 나한테 붙잡혔을 때 내심 가가대소를 했을 거요!"

"롤랜드, 다시 잭 모트가 제이크를 미행하던 날로 돌아가 보자고. 당신이 놈의 계획을 망치지 않았더라면 어떻게 됐을지 말이야. 그러니까 당신 얘기는, 당신이 모트를 제지하지 않았더라도 누군가가, 아니면 뭔가가 놈을 막았을 거란 뜻이잖아. 그렇지?"

"그렇다. 왜냐하면, 그날은 제이크가 죽을 날이 아니었기 때문이다. 가깝기는 해도 정확한 날은 아니었다. 나 또한 그리 느꼈다. 모트는 필시 계획을 실행하기 직전에 자신을 지켜보는 누군가의 시선을 알아차렸을 게다. 아니면 생면부지가 막아섰을지도 모른다. 그도 아니면……"

"아니면 경찰이 있었든가요. 부적절한 장소에서 부적절한 때에

경찰하고 맞닥뜨렸을지도 모르죠."

"그렇소. 정확한 이유는, 즉 카텟의 동인이 뭔지는 중요치 않소. 모트가 여우처럼 약아빠진 녀석인 줄은 내가 직접 체험해 봤으니 아는 바요. 추호라도 잘못될 기미가 보였다면 놈은 포기하고 훗날을 기약했을 거요.

내가 아는 바는 그뿐이 아니오. 놈은 사냥에 나설 때 변장을 했소. 데타 홈스의 머리에 벽돌을 투하했던 날, 놈은 털모자에 제 치수보다 훨씬 큰 스웨터 차림이었소. 술고래처럼 보이고 싶었던 거요, 왜냐하면 놈이 벽돌을 떨어뜨린 건물이 주정뱅이 소굴이었으니. 이제 알겠소?"

두 사람은 고개를 끄덕였다.

"수년 후 어느 날, 수재나 당신을 열차 앞으로 떠민 그날, 놈은 건설 현장 인부로 변장했소. 저 스스로는 '안전모'로 여기는 큼지막한 노란색 투구를 쓰고 가짜 코밑수염을 붙였더구려. 그러니 제이크를 정말로 차도로 떠밀었던 날, 그리하여 그 아이를 죽였던 날, 놈은 *신부로 변장했을 거요.*"

"맙소사." 수재나의 목소리는 거의 속삭이듯 작았다. "뉴욕에서 제이크를 떠민 범인은 잭 모트였군요. 그리고 그 아이가 간이역에서 본 사람은 당신이 쫓는 그 남자…… 월터였고요."

"그렇소."

"둘 다 검은 옷을 입었으니까 그 어린애한테는 같은 사람으로 보였단 말이죠?"

롤랜드가 고개를 주억거렸다.

"심지어 월터와 잭 모트는 용모마저 닮았소. 형제처럼 닮았다는 말은 아니오. 허나 둘 다 키가 홀쭉하고, 머리는 검은색이며, 낯빛이 창백하오. 게다가 제이크가 모트를 제대로 본 적은 숨이 끊어지는 상황에서 딱 한 번뿐이오. 월터 또한 낯선 곳에서 잔뜩 겁에 질린 채 딱 한 번 봤을 뿐이고. 이를 감안하면 착각할 법도 하니 아이를 탓할 일이 아니오. 여기서 탓할 사람이 있다면, 바로 나요. 진실을 더 일찍 깨닫지 못했으니."

"모트는 자기가 이용당하는 걸 알았을까?"

에디가 물었다. 롤랜드가 머릿속에 쳐들어왔을 때 그가 겪었던 통제 불능의 의식 상태를 되돌아보면 모트가 어떻게 이를 모를 수 있었을까 싶었지만…… 롤랜드는 고개를 저었다.

"월터는 아마도 지극히 교활하게 일을 꾸몄을 게다. 모트는 신부로 변장하려는 생각을 저 스스로 떠올렸다고 여겼을 테지…… 적어도 나는 그리 믿는다. 놈은 자신에게 명령하는 침입자의 목소리를, 즉 월터의 속삭임을 알아차리지 못했을 게다."

"잭 모트란 말이지." 에디의 목소리에 놀라움이 배어났다. "항상 그 잭 모트란 놈이 문제로군."

"그래…… 월터한테 도움을 받아 그랬던 게지. 허나 결국 나는 제이크의 목숨을 구한 셈이다. 모트로 하여금 지하철 승강장에서 몸을 던지도록 했을 때, 나는 모든 것을 바꾸어놓았다."

"그럼 그 월터라는 사람은 원할 때면 언제든 저쪽 세계로 들어갈 수 있었다는 말이로군요. 아마도 자기 전용 문을 통해서 갔을 테지만요. 만약 정말로 그랬다면, 다른 누군가를 시켜서 그 아이를 떠밀었을지도 모르잖아요? 모트한테 검은 신부 옷을 입도록 조종했다면 다른 사람한테도 똑같은 짓을 했을지도…… 왜 그래요, 에디? 왜 고개를 절레절레 젓는 거죠?"

"월터가 일이 그렇게 되길 바랐을 것 같진 않아요. 실은 지금 일어나는 일이야말로 월터가 바랐던 거예요. 롤랜드가…… 제정신을 잃어가는 거 말이에요. 한 조각씩 한 조각씩. 안 그래, 롤랜드?"

총잡이가 고개를 주억거렸다. 에디가 다시 얘기를 시작했다.

"수재나, 월터는 하고 싶어도 그렇게 못했을 거예요. 왜냐면 그 인간은 롤랜드가 바닷가에서 문을 발견하기 한참 전에 이미 죽어버렸으니까요. 롤랜드가 마지막 문을 열고 잭 모트의 머릿속에 들어갔을 때, 월터가 활개치던 시절은 이미 끝난 후였어요."

골똘히 생각하던 수재나가 고개를 끄덕였다.

"이제 알겠어요…… 알 것 같아요. 그 시간여행이란 것 참 더럽게 헷갈리네요, 안 그래요?"

롤랜드는 자기 짐을 주섬주섬 챙겨 제자리에 도로 넣었다.

"이제 출발할 시간이오."

에디도 자리에서 일어나 자기 배낭을 짊어졌다.

"롤랜드, 최소한 이거 한 가지는 위안으로 삼아도 돼. 당신이 그랬든 아니면 그 카텟이란 게 그랬든, 결국엔 그 애의 목숨을 구한 셈이야."

롤랜드는 멜빵의 고정띠를 가슴에 묶는 중이었다. 그러던 그가 고개를 들자 불처럼 이글거리는 눈이 보였고, 이에 에디가 뒤로 흠칫 물러섰다.

"위안이라고?" 총잡이가 서슬 퍼런 목소리로 물었다. "그런 게 있을 것 같은가? 나는 조금씩 미쳐가는 중이다, 한 가지 현실의 두 가지 기억을 품고 살아가려고 발버둥 친단 말이다. 처음에는 어느 한쪽이 사라질 거라고 믿었으나 그럴 기미가 안 보인다. 실은 정반대다. 두 가지 현실이 내 머릿속에서 점점 선명해지는 중인 데다, 머잖아 둘이 맞부딪힐 게 틀림없다. 자, 에디. 어디 한번 얘기해 봐라. 네가 보기에 제이크는 어떤 기분일 것 같으냐? *자신이 한쪽 세계에서는 죽었는데 다른 쪽 세계에서는 살아 있음을 똑똑히 아는 그 아이는, 기분이 어떨 것 같으냐 말이다.*"

다시금 종달새가 지저귀었으나 아무도 알아차리지 못했다. 에디는 롤랜드의 창백한 얼굴에서 이글거리는 연청색 눈을 바라보기만 할 뿐, 할 말이 아무것도 떠오르지 않았다.

24

그날 밤 죽은 곰으로부터 정확히 동쪽으로 25킬로미터쯤 떨어진 곳에서 야영한 일행은 완전히 지쳐 곯아떨어졌고(롤랜드마저도 밤새 잠들었다. 비록 꿈속에서는 악몽의 롤러코스터를 타긴 했지만), 이튿날 동틀 무렵에 자리에서 일어났다. 에디는 입을 꾹 다문 채 조그맣게 모닥불을 지피다가 근처 숲에서 난 총소리를 듣고 수재나 쪽을 돌아보았다.

"아침거린가 봐요."

수재나가 말했다. 3분 후에 롤랜드가 한쪽 어깨에 짐승 가죽을 걸친 채로 돌아왔다. 가죽 위에는 속을 깨끗이 바른 토끼가 걸쳐져 있었다. 요리는 수재나가 했다. 일행은 아침을 먹고 길을 나섰다.

에디는 자신의 죽음을 기억하는 삶이 어떤 기분일지 기를 쓰고 상상해 보았다. 그러나 번번이 움츠러들기만 할 뿐이었다.

25

 정오가 지나고 얼마 안 되어 일행은 나무가 거의 다 뽑히고 가지도 짓뭉개진 곳에 이르렀다. 수년 전에 회오리바람이 덮쳐 부수고 지나간 듯, 휑뎅그렁하고 음산한 오솔길이었다.
 "우리가 찾는 곳이 가까워졌다. 시야를 확보하려고 나무를 죄다 뽑아냈으니 말이다. 우리 친구 곰돌이가 기습당할까 봐 두려워한 게지. 덩치만 컸지 속은 좁아터진 놈이다."
 "혹시 함정을 만들어놓진 않았을까?"
 에디가 물었다.
 "아마도 남겨뒀을 테지." 롤랜드는 씩 웃으며 에디의 어깨를 다독였다. "허나 안심해라. 함정이 있대도 오래된 함정일 게다."
 일행은 이 파괴의 현장을 느리게 지나갔다. 쓰러진 나무는 대개 몹시도 나이 든 고목이었고 개중에는 스스로 박차고 나왔던 흙과 이미 한 몸이 된 것도 많았으나, 그럼에도 어지럽게 뒤엉킨 채 만만치 않은 장애물을 이루고 있었다. 만일 세 사람 모두 장애인이었더라면 몹시도 힘든 길이었을 테지만, 수재나를 등에 업은 총잡이에게는 참을성과 끈기를 요하는 임무에 지나지 않았다.
 쓰러진 나무와 더부룩한 덤불은 곰의 흔적을 가릴 뿐 아니라 일행이 나아가는 속도마저 늦추었다. 정오까지 그들은 이정표처럼 선명한 발톱 자국을 따라 나아갔다. 그러나 출발점에 가까운 이곳에서는 곰의 분노가 아직 정점에 이르지 않았던 탓에 발톱 자국도 좀처럼 눈에 띄지 않았다. 롤랜드는 덤불 사이에 남은 배설물이나 곰이 타고 올라간 나무에 붙은 털 뭉텅이 따위를 찾으며 천천히 나아갔다. 뒤죽박죽이 된 그 잔해를 통과하는 데에 한나절이 꼬박 걸렸다.

오리나무가 나란히 늘어선 곳에 이르렀을 무렵, 에디는 일몰까지 얼마 안 남았다고 확신했다. 오리나무 너머에서 자갈 위로 흐르는 개울물 소리가 들려왔다. 등 뒤에서 저물어가는 해가 일행이 방금 지나온 난장판 위로 불그스레한 햇빛을 비추었고, 그러자 쓰러진 나무들이 마치 한자의 획처럼 어지럽게 교차하는 검은 형상으로 바뀌었다.

롤랜드가 일행을 멈춰 세우고 수재나를 내려놓았다. 등을 쭉 펴고 허리에 두 손을 짚은 그가 몸을 이쪽저쪽으로 틀었다.

"여기서 야영하는 거야?"

에디의 물음에 롤랜드는 고개를 가로저었다.

"수재나, 당신 총을 에디한테 주시오."

수재나는 총잡이 말대로 하고 나서 영문을 모르겠다는 듯 그를 바라보았다.

"따라와라, 에디. 우리가 찾는 곳은 저 나무 건너편에 있다. 가서 살펴보자. 필시 할 일이 있을 게다."

"왜 그런 생각을……"

"가만히 들어봐라."

가만히 듣던 에디의 귀에 문득 기계음이 들려왔다. 뒤이어 그 기계소리가 얼마 전부터 들려왔다는 생각이 떠올랐다.

"수재나를 남겨두고 가긴 싫은데."

에디는 수재나를 내려다보았다.

"가요, 금방 돌아오기만 하면 돼요."

생각에 잠긴 눈으로, 수재나는 앞서 지나온 길을 돌아보았다.

"여기가 위험한지 어떤지는 모르겠지만, 저쪽은 왠지 틀림없이 위험할 것 같은 기분이 들어요."

"어두워지기 전에 돌아오리다."

롤랜드가 수재나에게 약속했다. 그러고는 늘어선 오리나무 쪽으로 걸음을 옮겼고, 잠시 후 에디가 그 뒤를 따랐다.

26

나무들 사이로 10미터 넘게 들어갔을 무렵, 에디는 만들어진 길을 따라가는 기분이 들었다. 틀림없이 곰이 오랜 세월에 걸쳐 닦아놓은 길 같았다. 오리나무가 머리 위로 터널처럼 휘어 있었다. 한층 더 커진 기계소리는 몇 가지로 나뉘어 들리기 시작했다. 하나는 나지막하게 윙윙대는 육중한 소리였다. 그 소리는 발로도 느낄 수 있었다. 땅속에서 거대한 기계가 움직이는 듯 희미한 진동이 전해졌던 것이다. 그 나지막한 소리 위로 더 선명하고 급박한 소리가, 무언가를 시끄럽게 긁어대는 것 같은 반복음이 들려왔다. 윙윙거리는, 삐걱거리는, 딸깍거리는 소리였다.

롤랜드가 에디의 귀에 입을 바짝 대고 말했다.

"조용히 가면 필시 덜 위험할 게다."

5미터쯤 더 가서 롤랜드가 걸음을 멈췄다. 그는 총을 뽑아들고 석양에 물든 이파리가 무성하게 달린 나뭇가지를 한쪽으로 젖혔다. 이렇게 만든 조그마한 틈새를 들여다본 에디의 눈앞에, 긴 세월 곰의 보금자리였던 공터가 나타났다. 놈이 약탈과 위협으로 얼룩진 원정을 수도 없이 나섰던 전초기지였다.

그곳에는 풀 한 포기도 없었다. 오랜 세월 짓밟혀 불모지가 된 땅이었다. 15미터쯤 되는 암벽 아래에서 시냇물이 흘러나와 화살촉 모양 공터를 가르며 흘러갔다. 시냇물을 경계로 두 사람이 있는 쪽의 암벽에 높이가 3미터쯤 되는 금속 상자가 붙어 서 있었다. 둥글게 휜 상자의 지붕을 보고 에디는 지하철역 입구를 떠올렸다. 상자 앞면에 노란색과 검정색 페인트로 사선이 그어져 있었다. 공터 바닥의 흙은 검은색을 띤 이 숲의 표토와 달리 기이한 잿빛이었다. 군데군데 흩어진 뼈를 보고 에디는 이내 깨달았다. 잿빛 흙이라고 여겼던 것은 수북이 쌓인 뼈다귀였다. 너무나 오래된 나머지 바스러져 가루가 된 짐승 뼈였다.

뼛가루 속에서 움직이는 것들이 보였다. 윙윙거리고 삐걱거리는 소리는 그것들이 만들어내는 중이었다. 넷…… 아니, 다섯. 조그마한 금속 장치들이었다. 제일 큰 것이 콜리종 강아지만 했다. 에디는 그것들이 로봇이거나 아니면 로봇 비슷한 무엇임을 알아차렸다. 놈들은 저희끼리, 또 저희가 틀림없이 섬겼을 곰과 딱 한 가지 공통점이 있었다. 저마다 몸뚱이 위에 빠른 속도로 회전하는 조그마한 레이더 접시가 달려 있었던 것이다.

'또 나왔다, 저놈의 모자.' 에디는 생각했다. '젠장, 여긴 도대체 어떻게 생겨먹은 세상이야?'

기계들 가운데 제일 큰 놈은 에디가 여섯 살 아니면 일곱 살 생일에 선물로 받았던 톤카 트랙터 모형과 비슷하게 보였다. 놈이 몸뚱이 아래에 달린 무한궤도로 뼛가루를 파헤치며 돌아다니는 바람에 조그맣게 잿빛 구름이 일었다. 다른 놈 하나는 스테인리스강으로 만든 쥐처럼 보였다. 셋째 놈은 구불텅구불텅 기어서 돌아다니는 꼴이 마치 강철 몸마디를 이어 만든 뱀 같았다. 놈들은 시냇물 건너편 땅에 느슨한 원 모양으로 깊이 팬 경로를 따라 쉼 없이 빙빙 도는 중이었다. 그 기계들을 보고 있으려니 에디는 오래전 어머니가 무슨 까닭에선지 버리지 않고 아파트 현관에 쌓아두었던 《새터데이 이브닝 포스트》 잡지에서 본 만화가 떠올랐다. 그 만화에 나오는 남자는 아내가 출산하기를 초조하게 기다리는 동안 양탄자에 자국이 남을 정도로 담배를 뻑뻑 피워대며 돌아다녔다.

  공터의 단순한 생김새를 대강 파악하고 나서, 에디는 갖가지 형상을 지닌 기계가 다섯뿐만이 아니라 무수히 많이 있음을 알아차렸다. 눈에 보이는 것만 적어도 열 개는 넘었고 곰한테 죽임당하여 수북이 쌓인 짐승들의 뼈 밑에는 훨씬 더 많이 있을 터였다. 다섯을 제외한 나머지는 움직이지 않는 점이 달랐다. 기나긴 세월 동안 곰을 모시던 기계 하인들이 하나씩 숨을 거두고 마침내 이 다섯만 남았으며…… 윙윙거리고 삐걱거리고 녹슨 듯 딸깍거리는 소리를 들어보면, 남은 다섯도 그리 멀쩡하지는 않았다. 그중에서도 기계 쥐의 뒤를 쫓아 빙빙 도는 뱀이 특히 느리고 불편해 보였다. 뱀 뒤를 따르는 기계는 뭉툭한 발이 달린 쇠상자처럼 생긴 녀석이었는데 툭 하면 뱀을 따라잡고 쿡쿡 찔러대는 모양이 마치 이렇게 말하는 듯했다. '빨리 가, 이 망할 자식아.'

  에디는 놈들의 임무가 무엇인지 궁금했다. 방어일 리는 없었다.

샤딕은 제 몸을 지키도록 설계되어 있었고, 에디는 만일 노쇠한 샤딕이 전성기일 적에 그들 셋을 덮쳤더라면 눈 깜짝할 새에 질경질경 씹어 내뱉었으리라고 짐작했다. 이 작은 로봇들은 아마도 샤딕의 정비 요원이거나 수색대이거나 전령이리라. 에디는 로봇들이 위험할지도 모른다고 짐작했으나 오직 제 몸을…… 또는 저희 주인을 지킬 때에만 그럴 듯싶었다. 로봇들은 호전적으로 보이지 않았다.

사실은, 왠지 모르게 짠한 마음이 들었다. 이 수행원들은 거의 다 망가졌고, 주인은 죽었으며, 에디는 그들도 이를 알리라고 확신했다. 녀석들한테서 풍기는 감정은 위협이 아니라 낯선 것, 인간의 것이 아닌 슬픔이었다. 낡아서 거의 다 망가진 몰골로 이 황량한 공터에 파놓은 걱정길을 따라 걷고 구르고 구불텅구불텅 기는 로봇들을 보며, 에디는 녀석들의 생각을 훤히 읽을 수 있을 것만 같았다. '오 맙소사, 오 맙소사, 이제 어떡하지? 주인님께서 가셨으니 이제 우리가 무슨 쓸모가 있지? 주인님께서 가셨으니 이제 누가 우릴 보살펴 주지? 오 맙소사, 오 맙소사, 오 맙소사……'

불현듯 누군가가 장딴지를 잡아당기는 느낌이 들었고, 에디는 놀라고 두려운 나머지 하마터면 비명을 지를 뻔했다. 뒤로 돌아서면서 동시에 롤랜드의 리볼버 격철을 젖힌 에디가 맞닥뜨린 것은, 휘둥그레진 눈으로 자신을 올려다보는 수재나였다. 그는 긴 한숨을 내쉬며 조심스레 격철을 제자리에 돌려놓았다. 뒤이어 무릎을 꿇고 두 손으로 수재나의 어깨를 감싼 다음 뺨에 입을 맞추고 이렇게 속삭였다.

"바보 같으니, 하마터면 머리에 총구멍을 낼 뻔했잖아요. 여기서 뭐 하는 거예요?"

"보고 싶어서 왔어요."

속삭이며 대답하는 수재나의 낯빛에 겸연쩍어 하는 기색은 조금도 없었다. 그녀는 덩달아 에디 곁에 쭈그려앉은 롤랜드 쪽으로 눈을 돌렸다.

"게다가, 저기 혼자 있으려니까 으스스하지 뭐예요."

두 사람의 뒤를 밟으며 기어오느라 곳곳에 긁힌 자국이 생기긴 했으나, 롤랜드는 수재나가 마음만 먹으면 유령처럼 조용하다고 인정할 수밖에 없었다. 그의 귀조차 아무 소리도 못 들었기 때문이었다. 그는 뒷주머니에서 천 조각(마지막으로 남은 예전 셔츠의 흔적)을 꺼내어 그녀의 팔에 점점이 흐르는 피를 닦아주었다. 팔의 피가 멈췄는지 잠시 확인하고 나서는 이마에 난 생채기도 톡톡 두드려주었다.

"보시오, 그럼." 그의 목소리는 입만 벙긋거리는 것이나 다름없을 만큼 작았다. "내 생각에 당신은 볼 자격이 있는 것 같구려."

롤랜드는 주저앉은 수재나의 눈높이에 맞추어 초록색 열매가 달린 덤불을 젖혀 틈새를 만들어준 다음, 그녀가 기를 쓰고 공터를 내다보는 동안 한 손으로 덤불을 잡고 기다려주었다. 그녀가 뒤로 물러난 후에야 그는 틈새가 닫히도록 덤불을 놓았다.

"난 저 기계들이 참 불쌍해요." 수재나가 속삭였다. "말도 안 되는 소리죠?"

"전혀." 롤랜드도 속삭이는 소리로 대답했다. "내가 보기에 놈들은 깊은 슬픔에 잠겨 있소. 놈들 나름의 기이한 방식으로 말이오. 에디가 놈들을 슬픔으로부터 구원해 줄 거요."

에디가 대번에 고개를 저었다.

"아니, 넌 그리할 거다······ 네가 '염병할 산골짜기'라고 부르는 이곳에 밤새 쭈그리고 있기 싫으면, 그리할 거다. 모자를 노려라. 빙빙 돌아가는 조그만 장치 말이다."

"내가 빗맞히면 어떡하려고?"

에디가 화난 표정으로 소곤거렸다.

롤랜드는 어깨만 으쓱했다.

몸을 일으킨 에디가 마뜩잖은 듯 총잡이의 리볼버 격철을 다시 뒤로 젖혔다. 그는 덤불 저편에서 아무 보람도 없이 빙빙 돌기만 하는 자동제어기계들을 바라보았다. 기분이 축 가라앉았다. '이건 꼭 강아지를 쏴죽이는 것 같잖아.' 그러다 걸어다니는 상자처럼 생긴 로봇이 눈에 띄었다. 놈의 몸통에서 징그러운 집게발 같은 것이 나오더니 뱀 모양 로봇을 꽉 집었다. 뱀 로봇은 깜짝 놀란 듯 뻑뻑거리는 소리를 내다가 앞으로 펄쩍 뛰었다. 상자 로봇이 집게발을 거두었다.

'음…… 강아지하고는 좀 다를지도.' 에디가 마음을 정했다. 그는 다시 한 번 롤랜드를 흘깃 돌아보았다. 팔짱을 낀 채 무표정한 얼굴로 마주보는 롤랜드를.

'왜 하필 이럴 때만 사격 훈련을 시키느냐고, 이 화상아.'

뒤이어 에디 머릿속에 수재나가 떠올랐다. 그녀는 앞서 곰의 볼기짝을 쏘아 맞혔고, 곰이 그녀 자신과 롤랜드를 덮치려 하자 곰 대가리 위의 탐지장치까지 산산조각으로 날려버렸다. 그 생각을 하니 조금 부끄러웠다. 그뿐만이 아니었다. 일찍이 '사탑'에서 발라자르와 놈의 깡패 부하들에 맞섰을 때와 똑같이, 에디는 마음 한편으로 저 로봇들을 쓸어버리고 싶었다. 어쩌면 역겨운 충동인지도 몰랐지만, 그럼에도 근본적으로 끌리는 마음은 붙잡을 도리가 없었다. '과연 누가 살아남는지 보자…… 한번 보자, 이거야.'

그랬다, 정말로 역겨운 충동이었다, 정말로.

'그냥 인형 사격장이라고 생각해. 표적을 잘 맞혀서 애인한테 강아지 인형을 안겨주는 거야.' 에디는 생각했다. '아니, 곰 인형이었던가.' 그는 상자 모양 로봇을 가만히 겨누다가 짜증나는 듯 옆을 돌아보았다. 롤랜드가 그의 어깨를 건드렸던 것이다.

"네가 배운 교훈을 말해라, 에디. 진실되게 말해라."

난데없는 훼방에 분통이 터진 에디가 이를 앙다물고 씩씩거렸으나 롤랜드의 눈은 꿈쩍도 하지 않았다. 에디는 숨을 길게 들이마신 후에 머릿속의 모든 생각을 비우려고 애썼다. 한참 전부터 윙윙대고 삐걱대는 로봇들의 소음도, 쑤시고 배기는 육신의 고통도, 수재나가 바로 여기서 손을 땅에 짚은 채 지켜보고 있다는 사실도, 더 나아가 땅바닥에서 가장 가까운 사람이 바로 수재나라는 사실도, 그리고 만일 그가 로봇을 한 놈이라도 놓치면, 그리하여 놈이 복수하려고 마음먹으면, 가장 손쉬운 표적은 바로 그녀라는 사실도.

"나는 손으로 쏘지 않으리. 손으로 쏘는 자, 제 아비의 낯을 잊었나니."

'웃기는 소리.' 에디는 속으로 생각했다. 그에게 아버지는 길에서 스쳐 지나가도 못 알아볼 존재였다. 그럼에도 그가 외운 교훈은 의식을 깨끗이 비우고 신경을 안정시키는 본연의 임무를 다했고, 에디는 이를 느낄 수 있었다. 그는 자신이 총잡이가 될 재목인지 자신할 수 없었다. 발라자르의 나이트클럽에서 총격전이 벌어졌을 때 나름의 몫을 꽤 그럴듯하게 해냈는데도 확신이 서지 않았다. 그러나 총잡이가 가르쳐준 태곳적의 교리문답을 외우는 동안 냉기가 그를 휘감았고, 그는 마음 한편으로 그 냉기를 자못 즐겼다. 냉기와 더불어

만물이 저희 나름의 숨 막히는 명료함을 일시에 드러내는 듯한 느낌이 마음에 들었다. 마음속 다른 한편으로는 이것 또한 치명적인 마약임을, 헨리 형을 죽이고 하마터면 그마저도 죽일 뻔한 헤로인과 별 다를 바가 없음을 알았지만, 그럼에도 가늘고 팽팽한 쾌감은 전혀 사그라지지 않았다. 쾌감은 강풍에 맞서 끊어질 듯 팽팽해진 전선처럼 그의 뇌리에서 요동쳤다.

"나는 손으로 겨누지 않으리. 손으로 겨누는 자, 제 아비의 낯을 잊었나니.

나는 내 눈으로 겨누리라.

나는 총으로 죽이지 않으리. 총으로 죽이는 자, 제 아비의 낯을 잊었나니."

뒤이어, 자신이 무슨 짓을 하는지도 모르는 채로, 에디는 숲에서 걸어나왔다. 그는 공터 저편에서 빙빙 도는 로봇들을 응시하며 중얼거렸다.

"*나는 내 마음으로 죽이리라.*"

끝도 없이 돌던 로봇들이 우뚝 멈췄다. 그중 한 놈한테서 경보음인지 경고음인지 모를 날카로운 벨소리가 울려퍼졌다. 기껏해야 허시 초콜릿 반 토막만 한 레이더 접시들이 에디의 목소리가 들려온 곳으로 일제히 방향을 틀었다.

에디의 총이 불을 뿜기 시작했다.

레이더 접시가 하나씩 하나씩 산탄총 표적처럼 폭발했다. 에디의 마음에서 동정심은 이미 사라지고 없었다. 남은 것은 오직 냉기와 각오뿐, 임무를 끝마칠 때까지 멈추지 않으리라는, 또 멈출 수 없다는 각오뿐이었다.

어슴푸레한 공터를 가득 메운 천둥소리가 널찍한 공터 끝자락의 균열투성이 암벽에 부딪쳐 되돌아왔다. 강철 뱀이 옆으로 두 바퀴 구르고 나서 뼛가루 속에 축 드러누웠다. 에디로 하여금 어린 시절 갖고 놀던 톤카 트랙터를 떠올리게 했던 제일 커다란 로봇은 달아나려고 버둥거렸다. 푹 팬 길에서 벗어나려고 필사적으로 허둥대던 그 로봇의 레이더 접시를 에디가 천국으로 날려보냈다. 로봇은 유리 눈이 박혀 있던 자리에서 파란 불꽃을 튀기며 머리부터 고꾸라졌다.

에디가 놓친 유일한 레이더는 스테인리스 쥐새끼의 등에 달린 것이었다. 쥐새끼를 노리고 쏜 총알은 놈의 강철 등에 맞고 모기 비슷한 날카로운 소리를 내며 튕겨나가 버렸다. 길에서 벗어난 쥐새끼는 뱀 뒤를 따르다가 쓰러진 상자 모양 로봇을 피하려고 반원형으로 돈 다음, 놀랄 만큼 빠르게 공터를 가로질러 달려왔다. 놈이 악에 받친 듯 덜그럭거리며 거리를 좁혀 다가오자 주둥이에 줄지어 나 있는 기다랗고 날카로운 송곳이 에디의 눈에 띄었다. 이빨처럼 보이지는 않았다. 알아보기도 힘들 만큼 빠르게 위아래로 움직이는 재봉틀 바늘 같았다. '강아지는 개뿔.' 에디는 놈들이 강아지하고 조금도 닮은 구석이 없다고 생각했다, 결국에는.

"쏴, 롤랜드!"

에디가 필사적으로 소리치며 고개를 홱 돌렸으나, 롤랜드는 아까와 마찬가지로 팔짱을 낀 채 넋이 나간 듯 평온한 표정을 하고 있었다. 체스를 두다가 다음 수를 고민하는 사람처럼, 아니면 오래전에 썼던 연애편지를 새삼 떠올리는 사람처럼.

쥐의 등에 달린 레이더 접시가 아래쪽으로 홱 고정됐다. 접시는 방향을 약간 틀더니 수재나 딘을 똑바로 겨누고 경보음을 울렸다.

'남은 총알은 한 발뿐.' 에디는 생각했다. '내가 빗맞히면 저 쥐새끼가 수재나 얼굴을 뜯어먹을 거야.'

총을 쏘는 대신, 에디는 앞으로 걸어나가 있는 힘껏 강철 쥐새끼를 걷어찼다. 운동화를 사슴가죽 모카신으로 갈아신은 지 오래였기에 무릎까지 저릿저릿했다. 쥐는 톱니바퀴처럼 거슬리는 소리를 내며 뼛가루 위를 데굴데굴 구르다가 바닥을 보이고 벌렁 드러누웠다. 뭉툭한 기계 발처럼 보이는 부속 여남은 개가 오르락내리락하는 모습이 에디의 눈에 띄었다. 발에는 저마다 날카로운 강철 발톱이 돋아 있었다. 이런 발톱들이 연필 끄트머리의 지우개만 한 발에 붙은 채로 쉬지 않고 빙빙 돌아갔다.

쥐 로봇의 몸통에서 강철 막대가 튀어나오더니 땅을 짚고 로봇을 똑바로 일으켜 세웠다. 에디 머릿속에 왼손으로 총을 받쳐야겠다는 생각이 불쑥 떠올랐지만, 그는 애써 이 생각을 무시하고 롤랜드의 리볼버를 땅으로 향했다. 그가 살던 세계의 경찰한테는 제대로 된 사격술이었으나 이쪽 세계에서는 사정이 달랐다. '총이 거기에 있음을 망각할 때, 총알이 내 손가락에서 나간다는 느낌이 들 때,' 롤랜드가 두 사람에게 해준 말이었다. '그때가 바로 깨달음의 문턱이오.'

에디가 방아쇠를 당겼다. 적의 위치를 파악하려고 다시금 빙빙 돌던 조그마한 레이더 접시가 푸른 섬광과 함께 사라졌다. 쥐는 숨이 막힌 듯 '퐁!' 소리를 내고 옆으로 누워 그대로 죽었다.

에디는 가슴속에서 심장이 두방망이질하는 기분을 느끼며 돌아섰다. 롤랜드의 꿍꿍이속을 알아챈 후로 이처럼 분노한 적이 또 있었는지 기억이 나질 않았다. 롤랜드는 탑을 찾을 때까지, 아니면 못 찾을 때까지…… 바꾸어 말하면 다 함께 구더기밥이 될 때까지, 그를 이쪽 세계에 붙잡아둘 속셈이었다.

에디는 빈총으로 롤랜드의 심장을 겨눈 채 그 자신이 듣기에도 낯설게 들리는 쉰 목소리로 말했다.

"총알이 한 발만 남았어도 그 염병할 탑 걱정을 그만두게 해줬을 거야, 지금 당장 말이야."

"그러지 마요, 에디!"

수재나가 야멸치게 외쳤다. 에디가 그녀를 돌아보았다.

"저 쥐새끼가 노린 건 당신이었어요, 수재나. 당신을 다진 고기로 만들 작정이었다고요."

"하지만 무사하잖아요. 당신이 해치운 덕분이에요, 에디. 당신 덕분이에요."

"하긴, 롤랜드 덕분은 아니죠."

에디는 총을 꽂으려다가 자기한테 총집이 없음을 깨닫고 더욱 기분이 상했다. 총집을 수재나가 차고 있었던 것이다.

"롤랜드 덕분도, 롤랜드의 빌어먹을 교훈 덕분도 아니에요." 에디가 롤랜드 쪽으로 돌아섰다. "똑똑히 말해 두는데, 그딴 건 동전 두 닢 가치도……"

조금은 흥미로워 하는 듯 보이던 롤랜드의 표정이 순식간에 바뀌었다. 에디의 왼쪽 어깨 너머 한 곳으로 시선을 홱 돌리며, 그가 소리쳤다.

"엎드려!"

에디는 아무것도 묻지 않았다. 한순간 머릿속에서 분노와 당혹감이 깨끗이 지워졌다. 땅에 엎드리면서, 그는 총잡이의 왼손이 희뿌연 잔영을 남기며 허리춤으로 사라지는 장면을 목격했다. '하느님 맙소사.' 엎드리는 동안 그는 생각했다. '저렇게 빠를 수가 있다니, 사람이 저렇게 빠를 수가 있다니. 내 실력도 나쁘진 않지만 수재나에 비하면 느려터진 수준인데, 그런데 롤랜드에 비하면 수재나도 경사진 유리판을 기어오르는 거북이나 마찬가지⋯⋯'

무언가가 에디의 정수리를 스치고 지나갔다. 무언가가 바짝 성이 난 듯 윙윙거리며 그의 머리카락을 한 움큼 들고뛰었다. 뒤이어 총잡이가 허리춤에서 세 발을 속사로 쏘자 우레 같은 소리가 울려퍼졌고, 윙윙대는 소리는 멈추었다. 에디가 엎드린 곳과 롤랜드 곁에 무릎을 꿇은 수재나 사이의 공터에 박쥐 로봇처럼 생긴 물체가 툭 떨어졌다. 박쥐는 절호의 기회를 놓쳐 분하다는 듯 녹슨 날개 한 짝으로 힘없이 땅을 치다가 이내 잠잠해졌다.

롤랜드가 낡아서 쭈글쭈글해진 장화를 사뿐사뿐 내디디며 에디한테 다가왔다. 그가 손을 내밀었다. 에디는 그 손을 잡고 롤랜드에게 의지하며 몸을 일으켰다. 숨이 턱 막혀 말 한마디 할 수 없었다. '아니, 차라리 말을 못하는 편이 낫겠다⋯⋯ 입만 열었다 하면 말실수잖아.'

"에디! 괜찮아요?"

엉거주춤하니 서서 고개를 숙인 채로, 두 손으로 허벅지를 짚고 숨을 쉬려고 애쓰는 에디를 향하여, 수재나가 공터를 가로질러 다가오고 있었다.

"괜찮아요."

대답은 쉰 목소리가 되어 흘러나왔다. 에디는 기를 써서 몸을 쭉 폈다.

"그냥 이발 좀 한 것뿐이에요."

"놈은 나무에 숨어 있었다." 롤랜드가 온화한 목소리로 말했다. "처음에는 나도 못 봤다. 이맘때의 햇빛은 사람 눈을 속이게 마련이니."

그는 잠시 입을 다물었다. 그러다가 여전히 부드러운 목소리로 말을 이었다.

"에디, 수재나는 조금도 위험하지 않았다."

에디가 고개를 끄덕였다. 롤랜드라면 총을 뽑기 전에 햄버거 한 개와 밀크셰이크쯤은 뚝딱 해치웠을 거라는 생각이 그제야 들었다. 롤랜드는 그 정도로 빨랐다.

"좋아. 그냥 내가 당신의 지도방침에 불만을 품었다고 쳐, 됐어? 그래도 난 사과 안 할 거니까, 혹시라도 사과받길 기다리는 중이라면 당장 그만두는 게 좋을 거야."

롤랜드는 몸을 숙여 수재나를 일으킨 다음, 그녀의 몸에 묻은 뼛가루를 털어주었다. 그의 몸짓은 마치 뒷마당에서 걸음마를 익히다가 넘어진 딸을 보살펴주는 엄마처럼 스스럼없었다.

"네 사과는 바라지도 않거니와, 딱히 필요치도 않다. 나와 수재나는 이틀 전에 지금 같은 상황에 관해 얘기를 나누었다. 안 그렇소, 수재나?"

수재나가 고개를 끄덕였다.

"스승한테 가끔씩 반항하지 않는 견습 총잡이는 따끔한 맛을 보여줘야 한댔어요, 그게 롤랜드 생각이래요."

에디는 주위의 잔해를 둘러보고 나서 바지와 셔츠에 묻은 뼛가루를 천천히 털기 시작했다.

"어이, 롤랜드 아저씨, 혹시라도 내가 총잡이가 되기 싫다고 하면 어쩔 생각이야?"

"네가 뭘 원하는지는 그리 중요치 않다고 얘기해 주마."

롤랜드는 암벽에 붙어 서 있는 금속 상자를 바라볼 뿐, 대화에는 흥미를 잃은 듯 보였다. 그런 롤랜드의 모습을 에디는 전에도 본 적이 있었다. 얘기를 나누다가 당위성이나 가능성, 또는 필연성과 연관된 문제가 나오면 롤랜드는 으레 흥미를 잃곤 했다.

"*카*란 말이지?"

예의 그 빈정거림이 희미하게 밴 목소리로 에디가 물었다.

"바로 그거다. *카*다."

롤랜드가 금속 상자 앞으로 걸어가더니 전면에 칠해진 노란색과 검은색 사선을 손으로 쓸어내렸다.

"우리는 세상의 끝을 둘러싼 열두 관문 가운데 하나를 발견했다…… 암흑의 탑으로 가는 여섯 통로 가운데 하나를 말이다.

그리고 이것 또한 *카*다."

27

에디는 수재나의 휠체어를 챙기러 갔다. 딱히 부탁받고 한 일은 아니었다. 마음을 다잡으려면 혼자 있을 시간이 필요해서였다. 총질이 끝난 이때, 그는 전신의 근육을 건반악기의 현으로 삼고 한바탕 연주를 끝마친 기분이었다. 그는 두 사람에게 이런 꼴을 보이고 싶지 않았다. 겁먹었다고 오해받기 싫어서가 아니라 둘 중 한 명이, 아니면 둘 다, 진실을 알아챌지도 몰랐기 때문이었다. 그가 느낀 감정의 정체는 주체할 수 없는 쾌감이었다. 그는 그 짓을 즐겼다. 박쥐 로봇이 머리 가죽을 벗겨낼 뻔했는데도, 그것마저도 즐거웠다.
'웃기지 마, 인마. 웃기는 소린 줄 너도 알잖아.'
문제는, 에디가 이를 모른다는 것이었다. 수재나가 곰을 쏴죽이고 나서 깨달은 것을 그도 비로소 깨달았기 때문이었다. 그는 얼마든지 얘기할 수 있었다. 그가 총잡이가 되기를 얼마나 싫어하는지를, 사람이라곤 그들 셋밖에 없지 싶은 이 황당한 세계를 터벅터벅 걷기가 얼마나 짜증나는지를, 또한 그가 무엇보다 간절히 원하는 바는 브로드웨이와 42번가 교차점에 서서 손가락을 꺾어 뚜둑 소리를 내면서, 칠리 얹은 핫도그를 쩝쩝거리면서, 워크맨 이어폰으로 쿵쾅거리는 크리던스 클리워터 리바이벌의 노래를 들으면서 눈으로는 거리에 지나가는 아가씨들을, 새빨갛고 새침한 입술과 미니스커트 아래 쭉 뻗은 다리를 지닌 끝내주게 섹시한 뉴욕 아가씨들을, 구경하는 것임을. 그런 얘기는 숨이 차서 얼굴이 퍼레질 때까지 떠들어댈 수 있었지만 정작 그의 마음이 아는 것은 따로 있었다. 적어도 총질을 계속하며 롤랜드의 총을 손 안의 뇌우처럼 부리는 동안, 그는 동물 로봇을 쏴죽이면서 즐거워했다. 발이 얼얼하게 아프고 속은 똥줄이 탈 만큼 조마조마했는데도 그는 쥐새끼 로봇을 걷어차면서 즐거워했다. 기이하게도 왠지 그 점 때문에, 그 조마조마한 기분 때문에 더더욱 즐거운 듯싶었다.
이 모든 것만으로도 충분히 끔찍했건만 에디는 마음속으로 더욱 끔찍한 무언가를 알고 있었다. 만약 뉴욕으로 이어지는 문이 지금 당장 눈앞에 나타난다고 해도, 그는 어쩌면 문에 들어가지 않을지도 몰랐다. 적어도 암흑의 탑을 자기 눈으로 직접 보기 전에는, 아니

제1장 곰과 턱뼈 137

었다. 롤랜드가 앓는 병은 전염성이 있다는 확신이 그의 머릿속에서 슬슬 자리를 잡아가는 중이었다.

쓰러진 오리나무 가지 사이로 수재나의 휠체어를 꺼내려고 낑낑대며, 눈을 뽑아갈 듯 얼굴을 후려치는 나뭇가지에 욕을 퍼부으며, 에디는 자신이 깨달은 바를 조금이나마 받아들일 수 있을 것 같았다. 그렇게 인정하고 나니 분노가 약간은 가라앉는 듯싶었다. '꿈에서 본 모습 그대로인지 확인하고 싶어.' 에디는 생각했다. '정말로 그렇다면…… 그걸 볼 수만 있다면…… 정말이지 끝내줄 거야.'

에디 머릿속에서 다른 누군가의 목소리가 말했다.

〈내 장담하는데 말이지, 그 친구들도 똑같은 심정이었을 거다, 에디. 아서왕과 원탁의 기사 이야기에서 튀어나온 것 같은 이름을 가진 그 친구들 말이다. 그런데 걔들은 다 뒈졌어. 모조리 다.〉

마음에 들고 안 들고는 상관없이 에디는 목소리의 주인이 누구인지 알아차렸다. 그것은 헨리의 목소리, 그래서 못 알아듣기가 오히려 힘든 목소리였다.

28

수재나를 오른쪽 옆구리에 안아든 채로, 롤랜드는 밤을 맞아 문을 닫은 지하철역 입구처럼 생긴 금속 상자 앞에 서 있었다. 에디는 휠체어를 공터 가장자리에 남겨두고 롤랜드 쪽으로 걸어왔다. 걸음을 옮기는 동안 쉼 없이 윙윙대는 소음과 발밑에서 전해지는 진동이 점점 강해졌다. 소음을 일으키는 기계는 상자 속 또는 상자 밑에 있을 터였다. 에디는 그 소음을 귀가 아니라 머릿속 깊숙한 어딘가로, 또는 뱃속의 텅 빈 공간으로 듣는 기분이었다.

"그러니까 이게 열두 관문 중 하나란 말이지. 롤랜드, 이거 어디로 이어지는 거야? 디즈니월드?"

롤랜드가 고개를 젓고 대답했다.

"어디로 이어지는지 나도 모른다. 어쩌면 어디로도…… 아니면 어디로든. 둘 다 이미 알아차렸을 테지만, 이쪽 세계에는 내가 모르는 것이 수두룩하다. 또 내가 일찍이 알았던 것들 가운데 변한 것도 있다."

"세계가 변질했기 때문에?"

"그렇다."

롤랜드가 에디를 흘깃 쳐다보았다.

"이곳에서 그 말은 한낱 비유가 아니다. 세계는 실제로 변질하고 있고, 그 속도가 더욱 빨라지는 중이다. 그러는 사이에 만물은 닳아 없어지고…… 산산이 흩어져가지……."

그 말을 강조하려는 듯 롤랜드는 상자처럼 생긴 로봇의 시체를 발로 걷어찼다.

에디 머릿속에서 롤랜드가 땅바닥에 대강 그렸던 열두 관문 그림이 떠올랐다. 에디가 겁에 질리다시피 한 목소리로 물었다.

"그럼 여기가 세상의 끝이야? 나는, 내가 보기엔 다른 데랑 별 차이도 없는데." 에디가 피식 웃었다. "절벽이 있다고 해도 내 눈엔 안 보여."

롤랜드가 고개를 저었다.

"그런 식의 끝이 아니다. 여긴 여섯 줄기 '빔(Beam)' 가운데 하나가 시작하는 곳이다. 아니면 내가 그리 배웠을 뿐이거나."

"빔이라니요?" 수재나가 물었다. "무슨 빔 말이에요?"

"위대한 선인들이 세상을 창조한 것은 아니오, 그들은 세상을 재창조했을 뿐이오. 어떤 이야기꾼들은 빔이 세상을 구원했다고 하고, 또 어떤 이들은 빔이 세상을 무너뜨린 화근이라고 하오. 위대한 선인들이 빔을 만들었소. 그것은 일종의 선인데…… 한데 묶는 선이자…… 고정하는……"

"자력(磁力)선을 말하는 건가요?"

수재나가 조심스레 물었다. 그러자 롤랜드의 표정이 환해지면서 그의 꺼칠한 볼과 깊숙한 주름이 놀랍도록 말끔해졌다. 그 순간 에디는 롤랜드가 실제로 탑에 도착했을 때 과연 어떤 표정을 지을지 알 수 있었다.

"그거요! 단순히 자력뿐인 것은 아니지만, 그것 또한 빔의 일부이고…… 그리고 중력도…… 또한 공간과 크기와 차원도 그렇소. 빔은 이 모든 것을 한데 묶는 힘이오."

"이건 또 웬 정신병원에서 물리학 강의하는 소리야."

에디가 나지막이 중얼거렸으나 수재나는 이를 무시했다.

"그럼 암흑의 탑은요? 일종의 발전기 같은 건가요? 빔의 중앙 동력원이라거나?"

"나도 모르오."

"그래도 여기가 에이(A) 지점이란 건 알잖아. 만약 여기서 똑바로 쭉 걸어가기만 하면 세상의 반대쪽 끝에 있는 다른 관문에 도착할 거야, 거길 일단 시(C) 지점이라고 해두자고. 그런데 우린 시 지점에 닿기 전에 먼저 비(B) 지점을 거쳐야 해. 세상의 중심점 말이야. 암흑의 탑."

에디의 말에 총잡이가 고개를 주억거렸다.

"거기까지 가는 데 얼마나 걸려? 혹시 알아?"

"모른다. 허나 무척 멀다는 것은 안다. 또 날이 갈수록 멀어진다는 것도."

에디는 몸을 숙이고 상자 모양 로봇을 살펴보는 중이었다. 그러다가 몸을 일으켜 롤랜드를 응시했다.

"그건 말도 안 돼."

에디는 마치 어린 아이에게 벽장귀신 같은 것은 없다고, 왜냐하면 벽장귀신 같은 것은 실제로 존재하지 않으므로 그런 것은 말도 안 된다고 설명하는 사람처럼 말했다.

"세계는 더 넓어지지 않아, 롤랜드."

"그럴까? 에디, 내가 아이였을 적에 세상에는 지도가 있었다. 그 중 하나는 지금도 또렷이 기억난다. 제목이「서쪽 땅의 거대한 왕국들」이었다. 거기에는 길르앗이라는 이름으로 불리던 내 나라도 실려 있었다. 내가 총을 거머쥔 때로부터 1년 후에 폭동과 내전에 휩싸였던 초원지대 왕국도, 구릉지대도, 사막도, 산맥도, 또한 서쪽 바다도. 길르앗에서 서쪽 바다까지는 먼 길이었다, 아마 1000킬로미터도 넘었을 게다. *허나 아무리 멀다고는 해도 그 거리를 가는 데 20년이 넘게 걸릴 수가 있느냐 말이다.*"

"말도 안 돼." 수재나가 겁먹은 목소리로 내뱉었다. "처음부터 끝까지 걸어갔다고 해도 20년이나 걸릴 리는 없어요."

"뭐, 가끔은 쉬면서 엽서도 쓰고 맥주도 마셔야죠."

에디가 중얼거렸지만 두 사람 다 무시했다.

"걷지 않았소, 거의 항상 말을 타고 이동했소. 가끔은…… 뭐라고 할까, 걸음을 늦췄다고 해야 하나? 이따금씩 그러기도 했지만 대개는 쉬지 않고 움직였소. 나를 키워준 세상을 무너뜨렸던, 또 내 머리를 잘라 장대에 꽂아서 궁정에 세워놓으려고 했던 존 파슨한테서 멀어지려고 말이오. 내 생각에 파슨은 그럴 만한 이유가 충분했소. 그의 추종자들이 무수히 죽은 것은 나와 내 동료들의 책임이었으니. 또 파슨이 몹시도 아끼던 것을 훔치기도 했고."

"그게 뭔데?"

에디가 흥미로운 듯 물었으나 롤랜드는 고개를 저었다.

"그 얘기는 나중에 들려주마…… 어쩌면 영영 안 할지도 모른다만. 지금은 그것 말고 이것만 생각해라. 나는 수천 킬로미터를 가야 했다. 세계가 계속 넓어지고 있기 때문에."

"말도 안 된다니까."

이렇게 되뇌면서도, 에디는 마음이 지독히도 흔들렸다.

"그렇게 되면 지진도 일어날 테고…… 홍수에…… 해일…… 도대체 무슨 일이 일어날지……"

"*보란 말이다!*" 롤랜드가 노기 띤 목소리로 외쳤다. "주위를 한번 둘러봐라! 뭐가 보이냐? 이 세계는 어린애 팽이처럼 점점 느려지는 중이다, 그러면서도 동시에 우리 가운데 누구도 이해 못 하는 방식으로 빠르게 변질되고 있단 말이다!"

그는 시냇물 쪽으로 두 발짝 성큼 걸어가서 강철 뱀을 주워들고 슬쩍 살펴본 후에 에디에게 던졌고, 에디는 왼손으로 뱀을 낚아챘다. 그러자 에디의 손 안에서 뱀이 두 조각으로 부서졌다.

"보이나? 다 닳아빠졌다. 이곳에서 본 피조물들은 하나같이 닳아

빠졌단 말이다. 우리가 오지 않았더라도 머잖아 숨이 다했을 게다. 그 곰의 살날이 얼마 안 남았듯이."

"곰은 병에 걸려서 그런 거잖아요."

수재나의 말에 총잡이가 고개를 끄덕였다.

"기생충이 놈의 몸뚱이 가운데 살아 있는 부분을 공격했던 거요. 허나 왜 일찌감치 공격하지 않았단 말이오?"

수재나는 대답하지 않았다.

에디는 뱀을 살펴보는 중이었다. 곰과 달리 뱀은 전체가 사람의 손으로 만든 것으로서 금속과 회로와 몇 미터(어쩌면 몇 킬로미터)는 될 법한 전선의 집합체였다. 그런데 손에 쥔 반쪽짜리 뱀의 표면에 녹슨 자국이 보였고, 이는 뱀의 배 속도 마찬가지였다. 기름이 새어 나왔는지 물이 스며들었는지 젖은 자국도 보였다. 그 습기가 전선을 부식시킨 탓인지 엄지손톱만 한 회로 기판 몇 개에 이끼 같은 초록색 물질이 끼어 있었다.

에디가 뱀을 뒤집었다. '노스 센트럴 양자공학 주식회사 제품'이라고 적힌 철판이 보였다. 일련번호만 적혀 있고 이름은 없었다. '이름을 붙일 만큼 중요한 물건이 아니었던 거지. 어쩌다 한 번 곰돌이 관장이나 해주고, 제대로 움직이게 뒷바라지 해주고, 뭐 그 비슷한 역겨운 임무를 담당하던 놈이었겠지.'

에디는 뱀을 버리고 바지에 손을 문질러 닦았다.

롤랜드는 트랙터 모양 로봇을 집어들고 서 있었다. 그가 로봇의 무한궤도를 확 잡아당겼다. 궤도가 쑥 벗겨져 나오자 구름 같은 녹가루가 그의 장화 사이로 부스러져 내렸다. 그는 로봇을 한쪽으로 내던졌다.

"이쪽 세계의 만물이 멈춰 서든지 아니면 산산이 부서지는 중이다." 롤랜드의 목소리는 단호했다. "동시에 세계를 하나로 묶고 통일성을 부여하는, 그리하여 시간과 크기와 공간을 통일하는 힘들이, 약해지는 중이다. 우리는 이를 어릴 적부터 알았으나 종말의 때가 과연 어떠할지는 상상도 못했다. 그걸 어떻게 알았겠나? 허나 내가 사는 지금이 바로 그때이며, 무너지는 것은 이쪽 세계만이 아닐 게다. 에디, 수재나, 그대들 세상에도 영향이 미칠 게요. 또 그 밖의 무수히 많은 세계에도. 빔이 부서져 내리고 있소. 그것이 원인인지 아니면 조짐 가운데 하나인지는 알 수 없소, 그러나 진실인 것만은 분명하오. 이리 오시오! 이리 가까이! 잘 들으란 말이오!"

노란 사선과 검은 사선을 번갈아가며 칠한 금속 상자 쪽으로 다가가는 동안, 에디는 사무치도록 불쾌한 기억에 사로잡혔다. 그가 헨리 형과 함께 자랐던 동네에서 2킬로미터 가까이 떨어진 더치힐의 빅토리아 양식 저택이, 그 다 쓰러져가던 폐가가, 근 몇 년 만에 처음으로 그의 머릿속에 떠올랐다. 동네 아이들이 '저택'으로 부르던 그 폐가에는 잡풀투성이가 된 채로 버려진 잔디밭 한 자락이 라인홀드 가 쪽으로 나 있었다. 에디가 짐작하기에 저택에 얽힌 오싹한 이야기를 못 들은 동네 아이는 한 명도 없을 듯싶었다. 뾰족지붕 아래 기우뚱하게 선 그 집은 길게 드리운 처마 그림자 속에 숨어 행인들한테 눈을 부라리는 듯 보였다. 집에 딱 달라붙지 않고도 창문에 돌을 날리는 재주가 있는 것이 아이들이기에 저택의 유리창은 당연히 다 깨지고 없었지만, 아무도 거기서 스프레이 페인트로 낙서를 하거나 떡을 치거나 뽕 가는 주사를 맞거나 하지는 않았다. 무엇보다도 이상한 것은 저택이 계속 남아 있다는 단순한 사실 자체였다. 보험금을 타내거나 아니면 그저 타는 꼴을 구경하려고 누군가 불을 놓을 법도 했건만 아무도 그러지 않았다. 아이들은 당연히 귀신 나오는 집이라고 수군거렸고, 에디와 헨리가 나란히 보도에 서서 바라보던 어느 날(어머니한테는 친구들이랑 달버그 상점에 훗시 장난감 로켓을 구경하러 간다고 둘러댔지만 사실은 소문이 자자한 저택을 보려고 둘이서 일부러 거기까지 찾아간 참이었다.), 저택은 정말로 귀신이 *나올 것만 같은* 집으로 보였다. 그 낡은 빅토리아 양식 저택의 어두운 창문에서, 미치광이의 섬뜩한 눈처럼 그를 뚫어지게 쳐다보던 창문에서 에디는 무언가 강력하고 적대적인 힘이 새어나온다고 느끼지 않았던가? 어디선가 스산한 바람이 불어와 팔과 목덜미의 잔털이 쭈뼛 일어서지 않았던가? 그 집에 발을 들여놓았다가는 등 뒤에서 문이 쾅 하고 닫힌 다음 자물쇠가 철컥 잠길 것이라고, 사방의 벽이 죽은 쥐새끼 뼈다귀를 으스러뜨리며 점점 안으로 밀고 들어와 그의 뼈도 똑같이 바스러뜨릴 것이라고 똑똑히 예감하지 않았던가?

　귀신 나오는 집. 귀신 들린 집.

　금속 상자를 향해 걸어가면서, 에디는 그 해묵은 신비감과 위협을 새삼 느꼈다. 소름이 다리를 따라 올라오고 팔을 따라 내려가며 퍼지기 시작했다. 목덜미의 잔털이 다보록하니 일어나 겹겹이 엉켰다. 공터를 둘러싼 나무의 이파리들은 미동도 하지 않았건만 그는 자신을 스치고 지나가는 그 옛날의 스산한 바람을 느꼈다.

　그런데도 에디는 문을 향해 걸어갔고(물론 그 상자는 문이었다, 또 다른 문, 비록 에디 같은 부류한테는 지금도 잠겨 있고 앞으로도 영원히 잠겨 있을 테지만), 문에 귀가 바짝 닿은 후에야 비로소 걸음을 멈추었다.

　에디는 마치 30분 전에 삼킨 초강력 엘에스디 알약이 드디어 반

응을 일으키기 시작한 듯한 기분이었다. 눈 뒤편의 어둠 속에서 기괴한 색깔들이 흘러다녔다. 웅얼거리는 목소리가 들려오는 듯했다. 돌로 만든 목구멍처럼 생긴 기다란 복도 저편에서, 꺼질 듯이 깜박이는 손전등이 늘어선 여러 개의 홀에서. 일찍이 세상 만물에 휘황한 광채를 흩뿌렸던 현대식 횃불들이 이제는 시퍼런 빛을 품은 음산한 씨앗에 지나지 않았다. 에디는 느꼈다. 공허…… 황폐…… 고독…… 그리고 죽음을.

 기계가 쉬지 않고 윙윙대는 동안에도, 그 기계음 아래에는 무언가 거슬리는 소리가 깔려 있지 않았던가? 윙윙대는 기계음 아래로 병든 심장의 불규칙한 박동처럼 다급하게 맥동하는 소리가 들리지 않았던가? 그 소리를 만들어내는 기계가, 곰의 몸뚱이 속에 든 것보다 훨씬 더 정교한 기계장치가 어찌된 영문인지 저절로 미쳐가는 느낌이 들지 않았던가?

 "사자(死者)의 홀에는 오직 적막만이 있을 뿐." 에디의 귀에 점점 잦아드는, 희미하게 속삭이는 그 자신의 목소리가 들려왔다. "돌로 지은 사자의 홀에는 오직 망각만이 있을 뿐. 보라, 어둠 속으로 뻗쳐오른 계단을. 폐허의 방을. 이곳은 사자의 홀, 거미가 그물을 잣고 거대한 회로가 하나둘 꺼져가는 곳."

 롤랜드가 에디를 거칠게 잡아당겼다. 에디는 몽롱한 눈으로 그를 응시했다.

 "그만해라, 에디."

 "이 안에 뭐가 들었는지는 몰라도 상태가 썩 좋은 것 같진 않아, 안 그래?"

 에디는 롤랜드에게 묻는 자신의 목소리를 들었다. 떨리는 목소리가 마치 머나먼 곳에서 들려오는 듯싶었다. 그는 상자에서 흘러나오는 힘을 여전히 느낄 수 있었다. 힘이 그를 외쳐 부르고 있었다.

"그렇다. 지금 이쪽 세계에 멀쩡한 건 아무것도 없다."

"우리 꼬마 친구들, 오늘 밤 여기서 야영할 작정이라면 난 안 도와줄 테니까 둘이 알아서 해요."

수재나 목소리였다. 얼굴이 저물어가는 노을빛을 받아 희뿌옇게 보였다.

"난 저쪽으로 가볼 거예요. 여긴 저 상자 때문에 기분이 영 안 좋아요."

"다 함께 저쪽에서 묵읍시다. 가자, 에디."

"거 참 좋은 생각이군."

세 사람이 상자에서 멀어질수록 기계음도 차츰 잦아들었다. 에디는 자신을 휘감은 힘이 약해지는 기분을 느꼈으나 그 힘은 여전히 그를 외쳐 부르며 와서 한번 탐색해 보라고 유혹했다. 어둑한 저 복도를, 뻗쳐오른 저 계단을, 거미가 그물을 잣고 계기판이 하나둘 꺼져가는, 저 폐허의 방을.

29

그날 밤 꿈속에서 에디는 또다시 2번 대로와 46번가 교차점에 있는 *톰과 제리의 끝내주는 식료품점*을 향해 남쪽으로 걸어가는 중이었다. 음반 가게 앞을 지나가는데 스피커에서 롤링 스톤스의 노래가 커다랗게 들려왔다.

"빨간 문이 보여, 검게 칠하고 싶어,
다른 색은 절대 안 돼, 시커멓게 칠하고 싶어,
짧은 옷을 걸치고 걸어가는 여자애들이 보여,
내 안의 어둠이 가실 때까지 고개를 돌려야 해……"

에디는 계속 걷다가 49번가와 48번가 사이 블록에 자리 잡은 가게 *거울 속의 당신* 앞을 지나갔다. 진열창에 걸린 거울에 그가 비쳤다. 이렇게 그럴듯한 모습은 오랜만이라는 생각이 들었다. 머리는 조금 길었지만 피부는 잘 그을렸고 몸매도 날씬했다. 그런데 옷이…… 아이고, 맙소사. 머리부터 발끝까지 개판이었다. 감색 블레이저, 흰 셔츠, 진홍색 넥타이, 회색 정장 바지…… 그가 평생 입어 본 적 없는 빌어먹을 여피족 차림이었다.

누군가가 에디를 흔들고 있었다.

에디는 꿈속으로 더 깊이 달아나려고 버둥거렸다. 당장은 눈을 뜨고 싶지 않았다. 식료품점에 도착하여 열쇠로 문을 열고 장미 들판에 들어서기 전에는 깨고 싶지 않았다. 그 모든 것을 다시 한 번 보고 싶었다. 끝없이 펼쳐진 장미 들판을, 흰 구름이 선단처럼 흘러가는 광활한 창공을, 그리고 암흑의 탑을. 그 무시무시한 기둥 속에 도사린 채 누구든 가까이 오면 잡아먹으려고 기다리는 어둠이 두렵기는 했지만, 그래도 다시 한 번 보고 싶었다. 안 보고는 못 배길 것 같았다.

그러나 누군가의 손이 쉬지 않고 에디를 흔들어댔다. 꿈속 풍경은 어둠 속으로 사라져갔고, 2번 대로의 배기가스 냄새도 나무 타는 냄새로 바뀌다가…… 이내 희미해졌다. 모닥불이 거의 다 타버렸으므로.

 에디를 깨운 사람은 수재나였다. 그녀는 겁에 질린 듯 보였다. 일어나 앉은 에디가 그녀를 한 팔로 감쌌다. 세 사람이 야영지로 택한 오리나무 덤불 건너편 땅은 졸졸 흐르는 시냇물 소리가 들릴 정도로 뼈투성이 공터와 가까웠다. 전에는 모닥불이었다가 지금은 발갛게 빛나는 잿더미 너머에, 롤랜드가 자고 있었다. 푹 잠든 모양새가 아니었다. 한 장뿐인 모포는 옆으로 걷어차놓고 무릎은 거의 가슴에 닿을 만큼 바짝 쳐든 채였다. 장화를 벗은 두 발이 허옇고 가느다랗고 무방비해 보였다. 오른발 엄지는 오른손의 일부와 마찬가지로 가재 괴물에게 희생당하고 없었다.
 롤랜드가 알아듣기 힘든 말을 자꾸만 되풀이하며 끙끙거렸다. 에디는 몇 번이나 듣고 나서야 무슨 말인지 알아차렸다. 수재나가 곰을 쓰러뜨린 공터에서 기절하기 전에 롤랜드가 들려준 말이었다. '됐어요, 가세요. 여기 말고 다른 세계도 있으니까요.' 잠시 조용하던 롤랜드가 소년의 이름을 외쳤다.
 "제이크! 어디 있는 거냐? 제이크!"
 그 목소리에 밴 고독과 절망이 에디를 공포로 몰아넣었다. 그는 두 팔로 수재나를 감싸고 꼭 끌어안았다. 따뜻한 밤이었는데도 그녀의 몸이 덜덜 떨리는 느낌이 들었다.
 총잡이가 돌아누웠다. 활짝 뜬 두 눈에 별빛이 비쳤다.
 "제이크, 어디냐?" 그가 밤을 향해 외쳤다. "돌아와!"
 "맙소사, 또 정신이 나갔나 봐요. 어떡하죠, 수즈?"
 "나도 몰라요. 그저 나 혼자선 참고 들을 수가 없었어요. 저 사람, 꼭 멀리 가버린 것 같아요. 이 세상으로부터 멀리요."

"됐어요, 가세요." 총잡이가 중얼거리며 또다시 무릎을 세운 채로 반대쪽으로 돌아누웠다. "여기 말고 다른 세계도 있으니까요."

한동안 그는 가만히 있었다. 그러다가 가슴을 쑥 내밀고 오싹한 목소리로 소년의 이름을 길게 외쳤다. 그들 뒤편의 숲에서 큼지막한 새 한 마리가 무심하게 퍼덕거리며 날아오르더니 더 고요한 세상을 찾아 날아갔다.

"뭐 좋은 생각 없어요? 깨우는 게 낫지 않을까요?"

수재나가 물었다. 휘둥그레진 눈에 눈물이 그렁그렁했다.

"글쎄요."

에디는 총잡이가 왼쪽 허리춤에 차는 리볼버를 바라보았다. 총집에 꽂힌 그 총은 네모반듯하게 접은 가죽 위에 놓여 있었고, 롤랜드가 누운 자리에서 쉽게 손을 뻗을 만큼 가까이 있었다.

"난 도저히 그럴 자신이 없네요."

에디가 한참 후에 덧붙이듯 말했다.

"저러다간 미쳐버릴 거예요."

수재나의 말에 에디가 고개를 끄덕였다.

"우리 어쩌면 좋죠? 에디, 어쩌면 좋아요?"

에디는 알 수가 없었다. 가재괴물한테 물려서 생긴 감염 증상은 항생제 덕분에 이미 다 나은 후였다. 그랬던 롤랜드가 또다시 감염에 시달리는 중이었고, 에디 생각에 지금 그가 앓는 병은 세상 어떤 항생제로도 고칠 수 없는 것이었다.

"나도 모르겠어요. 수즈, 여기 내 옆에 누워요."

에디는 수재나와 함께 가죽 한 장을 나누어 덮었고, 그러자 덜덜 떨던 그녀의 몸이 이내 조용해졌다.

"정신이 나가면 우릴 해칠지도 몰라요, 에디."

"알아요."

에디는 이 께름칙한 생각에 이어 곰을 떠올렸다. 곰의 핏발 선, 증오로 가득한 두 눈을(그 시뻘건 눈 속 깊숙한 곳에는 당황한 빛도 일렁거리지 않았던가?), 그리고 무시무시하게 휘두르던 발톱도. 그는 총잡이의 멀쩡한 왼손으로부터 지척에 놓인 리볼버로 눈을 돌렸다. 그러자 일행을 덮치려 한 박쥐 로봇을 발견했을 때 총잡이가 얼마나 빨랐는지가 기억났다. 어찌나 빨랐던지 손이 사라지는 듯했다. 만일 총잡이가 제정신을 잃으면, 또 만일 에디와 수재나가 광기의 표적이 되면, 두 사람에게는 살아날 길이 없었다. 전혀 없었다.

에디는 수재나의 따뜻한 목에 얼굴을 대고 눈을 감았다.

얼마 지나지 않아 롤랜드의 잠꼬대가 그쳤다. 에디가 고개를 들고 그를 돌아보았다. 총잡이는 편히 잠든 듯 보였다. 다시 고개를 돌리니 수재나도 잠들어 있었다. 에디는 그녀 곁에 누워 봉긋한 가슴에 살짝 입을 맞춘 다음, 눈을 감았다.

'꿈 깨, 인마. 넌 자려면 아직 멀었어, 멀었다고.'

그러나 이틀 동안 쉬지 않고 움직인 에디는 기진맥진한 상태였다. 그는 정신이 몽롱해지다가…… 잠에 빠져들었다.

'그 꿈으로 돌아가야지.' 에디는 가물거리는 정신으로 생각했다. '2번 대로에 다시 돌아갈 거야…… 톰과 제리 식료품점으로. 내가 원하는 건 그거야.'

그러나 그날 밤 에디의 꿈은 돌아오지 않았다.

30

 일행은 해가 뜨자마자 서둘러 아침을 먹고 짐을 꾸리고 장비를 서로 나누어 챙긴 후에 쐐기 모양 공터로 돌아갔다. 환한 아침 햇살 아래에서 보니 별로 으스스하지는 않았지만, 검정과 노랑으로 경고 표시를 칠한 금속 상자에서 멀리 떨어져 있으려고 여전히 애를 쓰기는 세 사람 다 마찬가지였다. 롤랜드는 간밤에 자신을 괴롭혔던 악몽을 기억하는지 어떤지 조금도 내색하지 않았다. 그저 항상 하던 대로 진중하고 무뚝뚝하게 아침 일과를 처리할 따름이었다.
 "여기서부터 일직선으로 이동한다면서요, 방향은 어떻게 유지할 작정이에요?"
 수재나가 총잡이에게 물었다.
 "만약 전설이 옳다면 방향은 문제가 아니오. 당신이 했던 자력 이야기가 기억나오?"
 수재나는 고개를 끄덕였다.
 롤랜드가 걸낭 깊숙한 곳을 한참 뒤지다가 낡아서 부들부들해진 네모난 가죽 쪼가리를 꺼냈다. 가죽에 실로 꿰매인 것은 기다란 은바늘이었다.
 "나침반! 이 양반 진짜 보이스카우트 대장감이네!"
 에디가 소리쳤으나 롤랜드는 고개를 저었다.
 "나침반이 아니다. 물론 그게 뭔지는 안다만, 나는 근래 들어 해와 별을 보고 방위를 찾았다. 지금도 그거면 충분하다."
 "'지금도'라고요?"
 수재나가 다소 언짢은 듯 물었다.

총잡이는 고개를 끄덕였다.

"세계의 방위 또한 변하고 있소."

"맙소사."

에디가 중얼거렸다. 그는 북극점이 슬며시 동쪽이나 서쪽으로 기우는 세계를 상상해 보려고 낑낑대다가 금세 포기하고 말았다. 고층 건물 꼭대기에서 아래를 내려다볼 때처럼 속이 살짝 울렁거렸다.

"이건 그냥 바늘이오, 허나 쇠로 만들어졌으니 나침반처럼 사용할 수 있을 터. 지금 우리가 가야 할 길은 빔이고, 바늘이 그 길을 가르쳐줄 게요."

롤랜드가 다시 걸낭을 뒤지더니 진흙을 구워 만든 조잡한 컵을 꺼냈다. 한쪽에 금이 가 있었다. 그가 예전 야영지에서 찾아내어 금 간 곳을 메우려고 송진을 발라둔 컵이었다. 뒤이어 그는 물가로 걸어가서 시냇물에 컵을 담가 물을 뜬 다음, 수재나가 앉아 있는 휠체어 곁으로 돌아왔다. 그는 휠체어 팔걸이에 컵을 조심스레 내려놓았고, 물 표면이 잠잠해지자 바늘을 떨어뜨렸다. 바늘은 컵 바닥으로 가라앉아 그 자리에 가만히 머물렀다.

"우와!" 에디가 소리쳤다. "멋진데! 절이라도 하고 싶어, 롤랜드! 근데 바지가 구겨질까 무서워서 못하겠네."

"아직 안 끝났다. 수재나, 컵을 단단히 쥐시오."

수재나가 컵을 쥐자 롤랜드는 천천히 그녀를 밀며 공터 쪽으로 움직였다. 문에서 3미터 남짓 떨어진 곳까지 가서 그가 살며시 휠체어의 방향을 돌렸고, 그러자 그녀는 문을 등지고 앉게 되었다.

"에디! 이것 좀 봐요!"

몸을 숙여 진흙 컵을 들여다보며, 에디는 롤랜드가 임시변통으로

제1장 곰과 턱뼈 153

때운 자리에서 물이 새어나오는 줄을 그제야 어렴풋이 알아차렸다. 바늘이 수면을 향해 떠오르고 있었다. 수면에 닿고 나서는 마치 코르크 마개인 양 가만히 떠 있었다. 바늘의 방향은 일행 뒤편의 관문과 저 앞의 늙고 우거진 숲을 가리키는 직선이었다.

"맙소사…… 물에 뜨는 바늘이라니. 이젠 정말이지 별 꼴을 다 보는군."

"컵을 단단히 쥐고 있으시오, 수재나."

롤랜드가 휠체어를 밀며 상자 오른편으로 방향을 꺾는 동안 수재나는 컵을 가만히 쥐고 있었다. 바늘이 지향점을 잃고 잠시 흔들거리다가 다시 컵 바닥으로 가라앉았다. 롤랜드가 휠체어를 원래 위치로 돌려놓자 바늘은 다시 떠올라서 길을 가리켰다.

"만약 쇳가루와 종이가 있었더라면, 종이 위에 쇳가루를 뿌려놓고 그것이 같은 길을 가리키는 광경을 볼 수 있었을 게다."

"이 관문을 떠난 후에도?"

에디가 묻자 롤랜드가 고개를 주억거렸다.

"그뿐만이 아니다. 빔을 실제로 볼 수도 있다."

수재나가 어깨 너머를 돌아보았다. 그 바람에 팔꿈치가 컵을 살짝 건드렸다. 안에 든 물이 출렁거린 탓에 바늘도 목표를 잃고 잠시 흔들렸으나…… 이내 단단히 자리를 잡고 원래 방향을 가리켰다.

"그쪽이 아니오. 아래요, 둘 다 아래를 보시오. 에디는 발을, 수재나는 무릎을."

둘은 롤랜드가 시키는 대로 했다.

"내가 고개를 들라고 하면 똑바로 앞을 보시오, 바늘이 가리키는 방향을 말이오. 무언가를 보려는 생각은 하지 마시오. 무엇이 보이든 그저 눈에 맡기시오. 자…… 고개를 드시오!"

둘은 고개를 들었다. 잠시 동안 에디 눈에는 숲밖에 보이지 않았다. 그는 눈에서 힘을 빼려고 애썼고…… 그러자 불현듯, 일찍이 옹이 속에서 떠오른 새총의 형상처럼, 그것이 눈앞에 있었다. 롤랜드가 어째서 아무것도 보지 말라고 했는지 이해가 갔다. 빔의 힘은 바늘이 가리킨 길을 따라 끊이지 않고 이어졌으나 몹시도 희박했다. 소나무와 가문비나무의 뾰족한 잎사귀들이 길을 가리켰다. 초록색 열매가 달린 덤불들도 살짝 기울어 자라 있었고, 기운 각도가 곧 빔의 방향이었다. 전부 다는 아니었지만, 곰이 시야를 확보하려고 쓰러뜨린 나무들조차도 마치 상자에서 뿜어져 나온 힘에 떠밀리기라도 한 듯 대개는 그 가려진 길을 따라 쓰러져 있었다(길은 동남쪽으로 이어졌다, 에디가 방위를 제대로 파악했다면.). 무엇보다 명백한 증거는 지면에 드리워진 그림자의 방향이었다. 해가 동쪽에 떠 있었으니 그림자는 모두 서쪽을 가리켜야 마땅했건만, 동남쪽을 바라보던 에디의 눈에는 오로지 컵 속의 바늘이 가리키는 방향에만 희미하게 존재하는 쐐기꼴 무늬가 보였다.

"뭔가 보이는 것 같아요." 수재나가 의심스러운 듯 말했다. "그치만……"

"그림자예요! 수즈, 그림자를 봐요!"

에디는 진상을 깨닫고 휘둥그레진 수재나의 눈을 보았다.

"세상에! 있어요! 저기 있어요! 꼭 사람 머리에 난 가르마 같아요!"

이미 본 그 길을 눈에서 지우기는 불가능했다. 공터를 둘러싸고 무성하게 자란 덤불을 가르며 희미하게 뻗은, 일직선으로 이어진 그

통로가, 바로 빔이 지나는 길이었다. 에디는 문득 막대한 힘이 자신을 에워싸고 흐르는 중이라는 확신이 들었고, 왼쪽으로든 오른쪽으로든 물러서고 싶은 충동을 억누르느라 기를 써야만 했다.

"저기, 롤랜드, 빔 때문에 고자가 되진 않겠지? 설마?"

롤랜드가 어깨를 으쓱했다. 입가가 살짝 올라가 있었다.

"꼭 강바닥 같아요." 수재나가 경이로운 듯 말했다. "굉장히 높이 솟아서 잘 안 보이는 강바닥 같지만…… 그래도 분명히 저기 있어요. 우리가 빔의 길에 머무는 한 저 그림자 무늬도 그대로겠죠?"

"그렇소. 하늘의 해가 움직이면 그림자도 당연히 방향을 바꿀 테지만, 그래도 우리는 빔의 길을 볼 수 있을 게요. 빔이 수천 년, 혹은 수만 년 동안 같은 길을 따라 흘렀음을 명심하시오. 이제 둘 다 고개를 드시오, 그리고 하늘을 보시오!"

둘은 롤랜드가 시키는 대로 했다. 하늘의 새털구름도 빔의 길을 따라 쐐기꼴 무늬를 그렸으며…… 힘이 흐르는 길 안에서는 길 양쪽 바깥보다 구름이 더 빨리 움직였다. 구름들은 동남쪽으로 떠밀려가는 중이었다. 암흑의 탑이 있는 쪽으로 떠밀려가는 중이었다.

"보았소? 구름조차도 거스를 수 없는 힘이오."

새 몇 마리가 일행 쪽으로 날아왔다. 빔의 길에 닿은 새 떼가 잠시 동남쪽으로 방향을 틀었다. 에디는 그 광경을 똑똑히 보고도 믿기가 힘들었다. 새 떼는 빔의 가느다란 영향권에서 벗어나자 다시 방향을 바로잡았다.

"흠, 이거 당장 출발해야겠는데. 천 리 길도 한 걸음부터라던가 뭐 그만 소리도 있으니까 말이지."

"잠깐만요."

수재나는 롤랜드를 가만히 응시했다.

"천 리 길이 아니에요, 그렇죠? 지금까지하곤 달라요. 롤랜드, 얼마나 가야 하는 거죠? 5000리? 1만 리?"

"나도 알지 못하오. 굉장히 먼 길이 될 거요."

"그럼 도대체 어떻게 가겠다는 거예요? 당신들 둘이서 이 염병할 휠체어를 밀어야 하는데? 황무지에선 하루에 5킬로미터만 가도 감지덕지해야 할 거예요. 당신도 알잖아요."

"문은 이미 열렸소." 롤랜드는 성질을 억누르는 듯한 목소리로 말했다. "지금은 그걸로 충분하오. 때가 올 거요, 수재나 딘. 당신 생각보다 빨리 움직일 때가."

"아하, 그래요?"

수재나가 롤랜드를 매섭게 노려보았고, 두 사내는 그녀의 눈 속에서 또다시 섬뜩한 춤을 추는 데타 워커를 보았다.

"경주용 차라도 대기시켜 놨나 보죠? 그렇담 질주할 길이 생겼으니 참 잘된 일이네요!"

"우리가 여행할 땅과 길은 전과 같지 않을 거요. 항상 그래왔소."

수재나가 롤랜드 쪽으로 손을 휙 내저었다. 손짓으로 이렇게 말하는 듯했다. '웃기고 있네.'

"꼭 돌아가신 우리 엄마처럼 얘기하네요. 엄마가 그러셨죠. '필요한 건 주님께서 다 주실 거란다.'"

"실제로 주지 않았소?"

롤랜드가 진지하게 물었다.

수재나는 놀란 표정으로 묵묵히 롤랜드를 응시하다가, 고개를 젖히고 폭소를 터뜨렸다.

"글쎄요, 그야 관점에 따라 다르겠죠. 만약 이게 주님께서 주신 거라면 말이죠, 롤랜드, 난 그분께서 우릴 굶기기로 작정하면 도대체 무슨 꼴을 보게 될지 생각도 하기 싫어요. 내가 할 말은 이게 다예요."

"자, 자, 갑시다." 에디가 말했다. "얼른 떠나자고요. 난 여기가 영 맘에 안 들어요."

사실이긴 했지만 비단 그 이유 때문만은 아니었다. 에디는 그 봉인된 길에, 그 숨은 고속도로에 발을 들이고픈 충동을 가슴속 깊이 느꼈다. 한 걸음 한 걸음 내디딜 때마다 장미 들판과 그 들판을 지배하는 탑에 가까워질 판국이었다. 그는 자신이 탑을 볼 작정임을…… 또는 그러다 죽을 작정임을 깨달았고…… 그 깨달음이 조금도 놀랍지 않았다.

'축하해, 롤랜드.' 에디는 속으로 생각했다. '당신이 해냈어. 나도 드디어 탑교 신자로 개종했다고. 할렐루야.'

"출발하기 전에 할 일이 하나 남았다."

롤랜드는 몸을 숙이고 왼쪽 넓적다리에 두른 가죽끈을 풀었다. 그러고는 천천히 총띠를 끄르기 시작했다.

"이건 또 뭔 수작이야?"

에디가 물었다. 롤랜드는 총띠를 완전히 풀어 에디에게 내밀며 나지막이 말했다.

"내가 왜 이리하는지 너는 알 게다."

"당장 도로 차, 이 양반아!"

에디의 마음속은 상반된 감정들이 소용돌이치는 끔찍한 잡탕이었다. 주먹을 불끈 쥐고 있는데도 손가락이 덜덜 떨렸다.

"지금 무슨 짓을 하고 있는지 알기나 해?"

"조금씩 조금씩 제정신을 잃어가고 있지. 나는 내 안의 상처가 아물 때까지…… 그때가 올지 어떨지는 모른다만…… 그때까지, 나는 이것을 몸에 지닐 자격이 없다. 그건 너도 알 게다."

"받아둬요, 에디."

수재나가 나지막이 말했다.

"어제 저녁에 그 박쥐 새끼가 달려들었을 때 당신이 이 염병할 총을 안 차고 있었더라면, 그랬더라면 난 지금 코 위쪽이 다 날아가고 없을 거야!"

총잡이는 한 정 남은 자신의 총을 내민 채 우두커니 서 있는 것으로 대답을 대신했다. 자세를 보아하니 여차하면 온종일 그렇게 서 있을 작정인 듯싶었다.

"알았어! 젠장, 알았다고!"

에디가 소리쳤다. 그는 롤랜드의 손에서 총띠를 낚아채어 자기 허리에 두르고 손을 우악스럽게 놀려 죔쇠를 고정시켰다. 그러나 속으로는 안도할 일이 아니냐고 생각했다. 한밤중에 롤랜드의 손으로부터 그토록 가까이 놓여 있던 이 총을 보며, 그는 만에 하나 롤랜드가 정말로 미쳐버린다면 어떤 일이 벌어질지 고민하지 않았던가? 그와 수재나 둘 모두 고민하지 않았던가? 그러나 안도감은 들지 않았다. 오로지 두려움과 죄책감, 그리고 눈물조차 흘릴 수 없을 만큼 사무치는, 낯설고 고통스러운 슬픔뿐이었다.

총이 없는 롤랜드는 너무나 낯설어 보였다.

너무나 부당해 보였다.

"됐어? 이제 씨발 제자 새끼들은 총을 찼고 사부님께선 무장해제가 되셨으니, 그만 출발해도 될까요? 혹시라도 숲 속에서 뭔가 큼지막한 게 튀어나오면 말이죠, 칼을 던져서 잡도록 하세요, 롤랜드 사부님."

"그래, 그게 있었지." 총잡이가 중얼거렸다. "하마터면 잊을 뻔했구나."

그러더니 걸낭에서 칼을 꺼내어 에디한테 내밀었다. 칼자루를 앞으로 향한 채였다.

"웃기지 말란 말이야!"

에디가 절규했다.

"인생이란 원래 웃기는 거다."

"그래, 엽서에다 그대로 적어서 씨발 《리더스 다이제스트》에 투고해 보셔."

에디는 칼을 총띠에 쑤셔넣고 반항기가 가득한 눈으로 롤랜드를 쳐다보았다.

"이제 가는 거지?"

"할 일이 하나 더 남았다."

"어휴, 이런 염병할!"

롤랜드의 입가에 다시금 미소가 번졌다.

"그냥 농담 한번 해봤다."

그 말에 에디가 입을 떡 벌렸다. 곁에서 수재나가 쿡쿡 웃었다. 종소리처럼 낭랑한 웃음소리가 조용한 아침 공기를 울리며 퍼져나갔다.

31

 곰이 자신을 방어하려고 부수어놓은 곳을 벗어나는 데 아침나절이 꼬박 걸렸다. 그러나 빔의 길을 따라가기는 한결 수월했고, 일단 쓰러진 나무와 덤불을 헤치고 나오자 다시 빽빽한 숲이 나타난 덕분에 일행은 더욱 빨리 나아갈 수 있었다. 일행 오른편으로 공터 끝의 암벽 밑에서 솟은 시냇물이 부지런히 흘러갔다. 도중에 실개울 여러 줄기가 합류하여 물소리가 더욱 커졌다. 이쪽 숲에는 동물도 전보다 더 많은 듯, 일과를 처리하려고 수풀 사이를 오가는 동물 소리가 들렸다. 일행은 수가 몇 안 되는 사슴 무리를 두 번이나 목격했다. 그중 한 무리에는 뿔 달린 머리를 아리송한 듯 갸우뚱하게 튼 수사슴도 끼어 있었다. 100킬로그램은 훌쩍 넘어 보이는 웅장한 뿔이었다. 도중에 오르막이 나타나자 시냇물이 한쪽으로 굽이져 일행이 가는 길로부터 멀어졌다. 이윽고 오후의 햇살이 슬슬 기울어 노을로 바뀔 무렵, 에디는 무언가를 보았다.
 "여기서 멈추면 안 될까? 잠깐 쉬기도 할 겸."
 "왜 그래요?"
 수재나가 물었다.
 "그래, 여기서 쉬자꾸나."
 롤랜드가 말했다. 에디는 불현듯 헨리의 존재를, 어깨에 짊어진 짐 같은 그 기분을 또다시 느꼈다. '아이고, 이 암사내 자식 보게. 나무 속에 뭐가 보이기라도 하냐, 이 암사내 자식아? 조각이라도 하고 싶어? 응? 아이고오, 귀여워서 아주 돌아가시겠다, 자식아!'
 "꼭 안 멈춰도 돼. 별 거 아냐, 난 그냥······."

"……뭔가 본 게지." 롤랜드가 대신 말을 맺었다. "무엇을 봤건 간에 그 나불거리는 입은 다물고 네가 본 거나 가리켜라."

"진짜 아무것도 아니라니까."

에디는 얼굴이 살짝 달아오르는 기분을 느꼈다. 동시에 자신의 눈을 잡아끄는 물푸레나무로부터 시선을 돌리려고 애썼다.

"그렇지 않다. 그것은 너한테 필요한 것이니, 아무것도 아닌 것과는 천지차이다. 에디, 너한테 필요한 것은 우리한테 필요한 것이기도 하다. 우리한테 필요 없는 것은 바로 쓸모없는 짐짝 같은 기억을 못 버리는 사내다."

살짝 달아오르던 얼굴이 후끈해졌다. 에디는 벌게진 얼굴을 숙이고 한참 동안 가죽신만 내려다보았다. 폭격수처럼 예리한 롤랜드의 연청색 눈이 그의 혼란스러운 마음속을 들여다본 것만 같았다.

"에디?" 수재나가 흥미로운 듯 물었다. "왜 그래요?"

에디는 그녀의 목소리에서 자신에게 필요한 용기를 얻었다. 곧게 뻗은 가느다란 물푸레나무 쪽으로 걸어간 그가 허리춤에서 롤랜드의 칼을 뽑아들었다.

"어쩌면 아무것도 아닐 거야."

이렇게 중얼거리고 나서, 에디는 자신을 몰아세우듯이 덧붙였다.

"하지만 대단한 걸 수도 있어. 꽤 대단한 걸지도 몰라, 내가 망치지만 않으면 말이야."

"물푸레나무는 고귀한 나무다. 또한 힘으로 충만한 나무이기도 하지."

등 뒤에서 롤랜드가 말했지만 에디는 거의 듣지 못했다. 비웃고 윽박지르던 헨리 목소리도 사라지고 없었다. 창피함도 함께 사라졌다. 그는 오로지 자신의 눈길을 잡아끈 나뭇가지 하나만을 생각했다. 줄기와 이어진 부분으로 갈수록 점점 굵어지고 우락부락해지는 가지였다. 에디가 원한 것은 바로 그 기이하게 생긴 굵직한 부분이었다.

에디는 그 속에 열쇠의 형상이 숨어 있다고 생각했다. 타다 남은 턱뼈가 장미로 변하기 전에 그가 잠깐 동안 목격한 바로 그 열쇠였다. 뒤집힌 브이 자 모양 홈 세 개, 양쪽 것보다 더 깊고 넓게 팬 가운데 홈. 그리고 끄트머리에는 작은 소문자 에스 자. 비밀은 바로 거기에 있었다.

그가 꾸었던 꿈의 한 자락이 되살아났다. 〈대드, 어, 첨. 더드, 어, 치. 걱정 마라, 너한텐 열쇠가 있잖냐.〉

'그럴지도. 하지만 지금은 완벽해야 해. 지금은 90퍼센트만으로는 안 돼.'

무척이나 조심스럽게, 에디는 그 가지를 꺾어들고 가느다란 끄트머리 부분을 칼로 다듬었다. 남은 것은 20센티미터 남짓 되는 굵다란 물푸레나무 도막이었다. 그의 손 안에서 나무 도막은 묵직하면서도 생기가 넘쳤으며, 꼭 살아 있는 것인 양 자신의 비밀스러운 형상을 기꺼이 드러내려 했으나…… 물론, 그 형상을 파낼 만큼 재주 있는 사람만 볼 수 있었다.

에디가 그 사람일까? 또한 그것은 중요한 문제일까?

에디 딘이 생각하기에 두 질문의 답은 모두 '예'였다.

총잡이가 온전한 왼손으로 에디의 오른손을 감싸쥐었다.

"내 생각에 너는 비밀을 아는 듯싶구나."

"어쩌면 그럴지도."

"얘기해 주겠나?"

에디가 고개를 흔들었다.

"안 하는 게 나을 것 같아. 아직은 아니야."

롤랜드는 그 말을 곱씹어보고 고개를 주억거렸다.

"알았다. 하나만 물어보마. 그러고 나서 얘기를 접자. 너 혹시 내…… 내 문제의 핵심에 다가가는 방법을 찾은 게 아닌가?"

에디는 속으로 생각했다. '이 사람한텐 이 정도가 최대한이겠지, 자길 산 채로 뜯어먹는 절망을 털어놓는 게 말이야.'

"몰라. 지금은 확실히 말 못하겠어. 하지만 나도 그랬으면 좋겠어, 이 양반아. 진짜야, 정말로."

롤랜드는 재차 고개를 끄덕이고 에디의 손을 놓아주었다.

"고맙다. 해가 다 지려면 아직 두 시간 남았는데…… 마저 가는 게 어떻겠나?"

"난 괜찮아."

일행은 다시 길을 나섰다. 롤랜드는 수재나의 휠체어를 밀었고, 에디는 열쇠가 감춰진 나무 도막을 쥐고 앞장서서 걸었다. 나무 도막이 두근거리는 듯했다. 속에 비밀스럽고 강력한 온기를 품은 채로.

32

그날 밤 에디는 저녁을 먹고 나서 총잡이의 칼을 뽑아 나무를 깎기 시작했다. 놀랍도록 예리한 칼은 언제까지고 그 예기를 잃지 않을 것만 같았다. 모닥불이 비춘 빛 속에서 그는 천천히, 또 정성스레 조각을 했다. 물푸레나무 도막을 쥐고 이리저리 돌리며, 길고 단호한 칼질 끝에 드러나는 고운 나뭇결을 응시했다.

수재나는 깍지 낀 손으로 머리를 받치고 누워 밤하늘에서 천천히 움직이는 별들을 올려다보았다.

야영지 끝자락에서는 롤랜드가 모닥불을 등지고 앉은 채로 귀를 기울이는 중이었다. 난장판이 되어 욱신거리는 그의 머릿속에서, 또 다시 광기의 목소리가 울려퍼졌다.

〈아이가 있었다.〉

〈아이 같은 건 없었다.〉

〈있었다.〉

〈없었다.〉

〈있었……〉

롤랜드는 눈을 감고 차디찬 손을 들어 욱신거리는 이마를 감쌌다. 그 자세 그대로 가늠해 보았다. 자신이 혹사당한 활시위처럼 끊어질 때까지 얼마나 버틸 수 있을지를.

'아아, 제이크.' 롤랜드는 생각했다. '어디냐? 대체 어디에 있는 거냐?'

그리고 그들 세 사람 위에서는, 저마다 정해진 자리에 떠오른 노인성과 노모성이 태곳적의 파경이 남긴 반짝이는 잔해들 너머로 서로를 마주보고 있었다.

제2장
열쇠와 장미

1

 근 3주 동안 존 '제이크' 체임버스는 자기 안에서 치솟는 광기에 맞서 의연히 싸웠다. 그러는 동안 제이크는 침몰하는 여객선의 마지막 승객이 되어 소중한 목숨을 지키고자 펌프질을 하는 기분, 배가 가라앉지 않도록 안간힘을 쓰는 기분이었다. 폭풍이 가시고 맑은 하늘이 찾아올 때까지, 그리하여 구조대가…… 누군가가, 구해줄 때까지. 그것이 누구든 간에. 여름방학을 나흘 앞둔 1977년 5월 31일, 제이크는 드디어 아무도 구하러 오지 않으리라는 사실을 직시하게 되었다. 이제 포기할 시간이었다. 폭풍에 휘말려 날아갈 시간이었다.
 제이크를 주저앉힌 마지막 결정타는 영어 작문 시간에 제출할 기말 작문 과제였다.
 거의 친구라고 할 만한 사내아이 너덧 명한테 '제이크'로 불리던 존 체임버스는(이 사소한 사실을 그의 아버지가 알았더라면 벌컥 화를 냈을 테지만) 파이퍼스쿨 사립학교에서 맞는 첫 학년말을 눈앞에 둔 참이었다(미국 학교는 한 학년이 가을에 시작하여 이듬해 여름에 끝난다.—옮긴이). 아이는 열한 살에 6학년이었으나 또래보다 체구가 작았고, 처음 보았을 때에는 제 나이보다 훨씬 어리게 보는 사람도 흔했다. 사실 한두 해 전까지만 해도, 즉 제이크가 머리를 짧게 자르겠노라며 하도 난리법석을 피운 탓에 어머니가 마지못해 허락하기 전에는, 가끔 여자아이로 오해받기도 했다. 물론 아버지는 머리를 짧게 자르는 데 반대하지 않았다. 아버지는 스테인리스 스틸처럼 딱딱한 웃음을 지으며 이렇게 말했다. '녀석이 해병대처럼 보이고 싶어서 그러는 거야, 로리. 바람직한 일이지.'

아버지는 아이를 결코 제이크로 부르지 않았고 존이라고 부르는 경우도 드물었다. 보통은 그냥 '녀석'이었다.

그 전해 여름(미국 독립 200주년 여름, 만국기와 성조기가 휘날리고 뉴욕 항구에는 범선이 가득할 무렵)에 아버지가 제이크에게 설명한 바에 따르면 파이퍼스쿨은 한마디로 '네 또래 사내아이한테는 미국에서 제일 끝내주는 학교'였다. 제이크가 그 학교에 입학하도록 허가받은 사실은 돈과 아무런 상관이 없노라고 엘머 체임버스는 설명을…… 열변을 토하다시피 했다. 그는 이 사실을 노골적으로 자랑스러워했으나 겨우 열 살 난 제이크조차도 그 말이 완전한 진실은 아닐 거라고, 즉 아버지가 점심을 먹을 때나 칵테일을 마실 때 대수롭지 않은 듯 한마디 하려고 꾸며낸 수많은 거짓부렁 가운데 하나일 뿐이라고 의심했다. '우리 애? 아, 그 녀석 파이퍼에 다녀. 그 또래 사내아이가 다니기엔 미국에서 제일 끝내주는 학교지. 알다시피 거긴 돈만 있다고 들어갈 수 있는 학교가 아니야. 파이퍼야 뭐, 머리가

안 받쳐주면 턱도 없지.'

제이크는 똑똑히 알고 있었다. 엘머 체임버스의 머릿속은 맹렬히 타오르는 용광로였고, 그는 소망과 견해를 탄소로 삼아 단단한 다이아몬드를 제련해 놓고서는 그것을 '사실'로 칭했으며…… 격의 없는 자리에서는 '까짓것'으로 부르기도 했다. 그가 가장 즐겨하는 말이자 가끔은 경건하게 하는 말, 또 기회가 있을 때마다 내뱉는 말은 바로 '실은 말이지'였다.

'실은 말이지, 파이퍼스쿨 초등학교는 돈이 있다고 해서 다 들어갈 수 있는 학교가 아니란다.' 독립 200주년 여름, 푸른 하늘과 만국기와 범선으로 기억되는 그해 여름에 아버지는 그렇게 말했다. 제이크가 기억하기에 그해 여름은 행복했다. 아직 정신이 이상해지기 전이었던 데다 걱정거리라고는 이름만 들어도 햇병아리 천재들이나 다닐 법한 파이퍼스쿨에서 부모의 기대에 부응할 수 있을까 하는 것뿐이었으므로. '파이퍼 같은 학교에 들어갈 길은 네 여기 든 것밖에 없어.' 엘머 체임버스는 책상 위로 팔을 뻗어 니코틴에 전 단단한 손가락으로 아들의 이마를 톡톡 두드렸다. '이 녀석아, 무슨 말인 줄 알겠니?'

제이크는 고개를 끄덕였다. 굳이 대꾸할 필요도 없었던 것이, 방송국 편성 책임자이자 '모가지 날리기'의 명수로 이름난 그의 아버지는 누구든(심지어 아내마저도) 아랫사람처럼 대했기 때문이었다. 그저 가만히 듣고 있다가 적절한 대목에서 고개를 끄덕이다 보면 잠시 후에는 보내주게 마련이었다.

'좋아.' 매일 여든 개비씩 피우는 카멜 담배에 불을 붙이며 제이크의 아버지가 말했다. '이제 서로 마음이 통한 것 같구나. 기를 쓰고 공부해야겠지만, 그래도 넌 해낼 거다. 그럴 능력이 안 되면 학교에서 이걸 보내지도 않았을 거야.' 그는 파이퍼스쿨에서 보낸 입학 허가증을 집어들고 흔들었다. 왠지 야만스러운 승리를 자랑하는 듯한 손짓이었다. 입학 허가증은 밀림에서 사냥한 짐승이고, 그는 이제 막 그 짐승의 가죽을 벗기고 먹어치울 작정인 듯 보였다. '그러니까 열심히 공부해라. 성적이 잘 나와야 해. 네 엄마랑 내가 널 자랑스러워할 수 있게 말이야. 학년말 성적표에 에이(A)가 꽉 차면 디즈니월드에 데려가주마. 어떠냐, 이 녀석아, 그 정도면 도전할 만하지?'

  제이크는 좋은 성적을 거두었다. 전 과목 에이를 받았던 것이다 (3주 전까지는, 그랬다.). 함께한 시간이 너무나 적었기에 확언하기는 힘들지만, 어머니와 아버지는 아마도 자랑스러워했으리라. 아이가 학교에서 돌아와 보면 보통은 가정부인 그레타 쇼밖에 없었기 때문에 에이 받은 시험지라고 해봤자 가정부에게 보여주는 것이 고작이었다. 그러고 나면 시험지는 어두운 방 한구석에 처박혔다. 제이크는 이따금씩 시험지를 훑어보며 도대체 무슨 쓸모가 있는지 궁금해했다. 아이는 시험지가 쓸모 있기를 바랐지만, 몹시도 의심스러웠다.

  제이크는 전 과목 에이를 받든 못 받든 올여름 디즈니월드에 못 갈 거라고 생각했다.

  정신병원에 갈 공산이 훨씬 크다고 생각했다.

  5월 31일 아침 8시 45분, 제이크는 파이퍼스쿨 초등학교의 이중문을 지나 학교에 들어가다 말고 문득 끔찍한 장면을 상상했다. 록펠러 플라자 70번지의 사무실에 있는 아버지가 보였다. 화관처럼 둥그렇고 파르스름한 담배 연기 아래에서, 제이크의 아버지는 입가에 카멜 담배를 꼬나물고 책상 위로 몸을 숙인 채 부하 직원에게 뭐라고 말하는 중이었다. 그 너머 저 아래에 온 뉴욕 풍경이 펼쳐져 있었으나 거리의 소음은 서모페인 이중창에 막혀 들리지 않았다.

'실은 말이지, 서니베일 정신요양원은 돈을 처바른다고 해서 들어갈 수 있는 곳이 아니야.' 제이크의 아버지는 몹시도 흡족한 말투로 부하에게 말했다. 그는 손을 뻗어 부하의 이마를 톡톡 두드렸다. '이 속에 뭔가 심각한 문제가 생겨야만 들어갈 수 있는 곳이란 말이지. 그 녀석이 딱 그 짝이 났어. 그래도 꽤 열심히 한다더군. 사람들 말로는 바구니 공예 시간에 1등을 독차지한대. 나중에 녀석이 퇴원하면, 혹시라도 말이야, 그러면 녀석을 데리고 갈 데가 있어. 어딜 가느냐 하면……'

"……간이역이야."

이렇게 중얼거리며, 제이크는 덜덜 떨리는 손을 들어 이마를 짚었다. 또다시 목소리가 들리기 시작했다. 고함치고 다투는 목소리, 그를 미치게 하는 목소리들이었다.

〈넌 죽었어, 제이크. 차에 깔려서 죽었단 말이다.〉

〈바보 같은 소리 하지 마! 봐, 저 포스터 안 보여? *전교 소풍 날짜 잊지 마세요*라고 적혀 있잖아. 저세상에 소풍이 있을 것 같아?〉

〈거야 나도 모르지. 하지만 네가 차에 깔린 건 알아.〉

〈아니야!〉

〈깔렸어. 5월 9일 아침 8시 25분에 그랬지. 그러고는 1분도 안 돼서 죽었어.〉

〈아니야! 아니라고! 아니란 말이야!〉

"존?"

제이크는 화들짝 놀라서 두리번거렸다. 프랑스어 교사인 비셋 선생이 살짝 근심이 깃든 표정을 하고 서 있었다. 그 뒤로 조회에 참석하려고 줄지어 환담실에 들어가는 동급생들이 보였다. 소란을 피우는 아이는 거의 없다시피 했고, 고성은 아예 들리지도 않았다. 아마 그 학생들도 제이크와 마찬가지로 파이퍼스쿨에, 즉 돈이 아니라 오로지 머리가 중요한 이 학교에 다니게 된 자신들이 얼마나 운이 좋은지 부모한테 들었으리라(학비가 한 해에 2만 2000달러나 들기는 했지만.). 아마도 그들 중 여럿은 성적이 좋으면 올 여름 어딘가에 데려가 주겠다는 약속을 받았으리라. 아마도 운 좋게 여행을 따낸 아이들 중에는 부모와 함께 가는 아이도 있으리라. 아마도……

"존, 너 괜찮으냐?"

비셋 선생이 물었다.

"그럼요, 괜찮아요. 제가 오늘 늦잠을 좀 잤거든요. 아직 잠이 덜 깼나 봐요."

비셋 선생이 표정을 누그러뜨리더니 빙긋 웃었다.

"우리 1등도 그럴 때가 있구나."

'우리 아빠 안 그래요. 모자지 날리기의 명수는 절대 늦잠 자는 법이 없거든요.'

"프랑스어 기말고사 준비는 다 했고? 불레부 페르 레그자망 세 타프레미디(오늘 오후에 시험 봐도 괜찮겠어)?"

"괜찮아요."

제이크가 대답했다. 사실은 시험 볼 준비가 됐는지 안 됐는지 알 수가 없었다. 프랑스어 기말고사 공부를 했는지 안 했는지조차도 기억나지 않았다. 이 무렵 아이에게 중요한 것은 오로지 머릿속의 목소리뿐인 듯싶었다.

"한 해 동안 널 가르칠 수 있어서 얼마나 즐거웠는지 다시 한 번 얘기해 주고 싶구나, 존. 너희 부모님께도 말씀드리고 싶었는데 학부형 참관일에 못 오시는 바람에 그만……."

"두 분 다 꽤 바쁘세요."

비셋 선생이 고개를 주억거렸다.

"그래, 네 덕분에 즐거웠다. 그 얘길 해주고 싶었단다. 그리고…… 다음 학기 프랑스어 2 시간에 또 보게 되면 좋겠구나."

"고맙습니다."

대꾸하면서, 제이크는 만일 자기가 이렇게 덧붙이면 비셋 선생이 뭐라고 말할지 궁금했다. '근데 다음 학기 프랑스어 2는 못 들을 것 같아요. 서니베일 요양원에서 우편으로 통신 강좌를 들을 수 있다면 모르겠지만요.'

학교 총무인 조앤 프랭크스 양이 은으로 도금한 작은 종을 손에 들고 환담실 앞 복도에 나타났다. 파이퍼스쿨에서는 모든 종을 손으로 직접 울렸다. 제이크가 생각하기에 학부모 관점에서 보면 그것도 이 학교의 매력 가운데 하나일 듯싶었다. 오래전에 사라진 조그맣고 빨간 단칸 학교의 추억이나 뭐 그런 것처럼. 제이크는 그 소리를 싫어했다. 종소리가 마치 머릿속을 똑바로 파고드는 것처럼……

'전 오래 못 버틸 거예요.' 제이크는 자포자기하는 심정이었다. '죄송해요, 하지만 전 지고 말 거예요. 정말이지, 정말이지 지고 말 거예요.'

비셋 선생이 프랭크스 양의 기척을 눈치챘다. 선생은 그녀 쪽을 한번 돌아보고 나서 다시 제이크 쪽으로 몸을 돌렸다.

"존, 별 일 없는 거지? 요 몇 주 동안 영 딴 데 정신이 팔린 것처럼 보이더구나. 근심 있는 사람처럼 말이야. 무슨 고민이라도 있는 거냐?"

제이크는 비셋 선생의 친절한 목소리를 듣고 하마터면 비밀을 털어놓을 뻔했지만, 이내 자신이 털어놓았다가는 선생님이 어떤 표정을 지을지 상상해 보았다. '맞아요. 고민이 있어요. 까짓것, 참 구역질나는 고민이에요. 뭐냐면요, 제가 죽었는데요, 그러고 나서 다른 세계로 갔어요. 그런데 거기서 또 죽었어요. 그런 일은 일어날 수 없다고 하시겠죠, 선생님 말씀이 옳아요, 저도 머릿속 한편으론 선생님이 옳은 줄 알고요, 그치만 한편만 빼곤 제 온 머릿속이 선생님이 틀렸다고 하는걸요. *진짜* 일어난 일이에요. 전 *정말로* 죽었다고요.'

만일 제이크가 그 비슷한 얘기를 꺼냈더라면 비셋 선생은 당장 엘머 체임버스 씨에게 전화를 걸었을 테고, 제이크가 생각하기에 기말고사 주간을 코앞에 두고 펑 돌아버린 아이들에 관하여 아버지가 늘어놓을 일장연설을 듣고 나면 서니베일 요양원은 아마도 안정요법처럼 보일 듯싶었다. 아니면 점심을 먹거나 칵테일을 마시는 자리에서 자랑거리가 되어주지 못하는 아이들에 관하여. 또는 부모를 실망시킨 아이들에 관해서도.

제이크는 비셋 선생에게 억지로 웃음을 지어 보였다.

"시험 때문에 좀 걱정됐나 봐요. 그게 다예요."

비셋 선생이 눈을 찡긋했다.

"넌 잘할 거다."

프랭크스 양이 전교 조회 종을 올리기 시작했다. 종소리 한 음 한 음이 제이크의 귓속을 파고들어 자그마한 로켓처럼 머릿속을 누비

제2장 열쇠와 장미 173

며 번뜩였다.

"가자." 비셋 선생이 말했다. "이러다 늦겠다. 기말고사 주간 첫날부터 늦으면 안 되지, 그렇지?"

둘은 프랭크스 양과 그녀가 딸랑거리는 종을 지나 걸어갔다. 프랭크스 양은 '교직원 합창단석'이라고 불리는 줄 쪽으로 향했다. 이처럼 근사한 이름이 파이퍼스쿨에는 잔뜩 있었다. 강당은 '환담실'이었고 점심시간은 '외출', 7학년과 8학년은 '상급생'이었으며, 피아노 건너편에 놓인 접이식 의자들(머잖아 프랭크스 양이 은색 종을 울릴 때와 마찬가지로 인정사정없이 포개어놓을 그 의자들)이 바로 교직원 합창단석이었다. 제이크 생각에 모두 전통의 일부 같았다. 학부모들로서는 자기 아이가 학생식당에서 참치 샌드위치를 쩝쩝거리는 대신 정오에 환담실로 외출을 한다고 하면 교육 쪽으로는 다 잘되어 간다는 확신을 갖고 안심할 수 있을 터이므로.

제이크는 슬그머니 강당 뒤편 자리로 가서 앉은 다음, 조회 전달사항을 듣는 둥 마는 둥 했다. 마음속을 끊임없이 내달리는 두려움 때문에 쳇바퀴에 갇힌 생쥐가 된 기분이었다. 더 나은 미래와 밝은 앞날을 기대하며 눈을 들어보면 보이는 것은 오로지 어둠뿐이었다.

제이크의 정신은 배였다. 그런데 그 배가 가라앉는 중이었다.

교장인 할리 선생이 단상으로 다가가 기말고사 주간의 중요성에 대해 언급하며 말문을 열더니, 뒤이어 아이들이 거둔 성적이 그들의 창창한 앞길에서 어떠한 족적으로 남을지를 설명했다. 그는 아이들에게 학교는 여러분을 믿는다고, '나'도 여러분을 믿는다고, 또 여러분 부모님도 여러분을 믿는다고 했다. 온 자유세계가 여러분을 믿는다는 말은 안 했지만 그러할지도 모른다는 가능성을 강하게 내비쳤다. 그는 기말고사 주간 동안에는 종을 울리지 않을 거라는 말로 전달사항을 맺었다(제이크가 그날 아침에 들은 처음이자 유일한 희소식이었다.).

피아노 앞에 앉아 있던 프랭크스 양이 전주 화음을 연주했다. 부모의 취향과 재력을 말해주듯 말쑥하고 단정한 차림을 한 남학생 일흔 명과 여학생 쉰 명이 일제히 일어나 교가를 부르기 시작했다. 제이크는 입만 뻐끔거리며 머릿속으로 자기가 죽은 후에 깨어났던 장소를 떠올렸다. 처음에는 지옥이구나 싶었는데…… 두건이 달린 검은 옷을 입은 사내가 도착했을 때에는, 지옥이 틀림없다고 확신했다.

그리고 나서 다른 사내가 도착했다, 당연한 얘기지만. 제이크가 거의 사랑할 뻔한 사내였다.

'하지만 그 아저씬 내가 떨어지게 놔뒀어. 날 죽였어.'

제이크는 목덜미와 등판에 삐죽삐죽 땀이 배어나는 느낌이 들었다.

"파이퍼 전당이여 영원하라
교기를 높이 휘날려라
파이퍼 만세, 우리의 모교여
파이퍼, 최고가 되리라!"

'와, 뭐 이딴 노래가 다 있담.' 이렇게 생각하다가, 제이크는 문득 아버지가 무척 좋아할 노래라는 생각이 떠올랐다.

2

    1교시는 유일하게 기말고사를 안 보는 영작문 시간이었다. 집에서 기말 작문을 써오는 것이 시험 대체 과제였다. 분량은 1500단어에서 4000단어 사이, 타자기로 작성하여 제출해야 했다. 에이버리 선생이 낸 작문 주제는 '내가 생각하는 진실'이었다. 기말 작문이 이번 학기 최종 성적에서 차지하는 비중은 25퍼센트나 되었다.
    제이크가 교실로 들어와 셋째 줄의 자기 자리에 앉았다. 학생 수는 다 합쳐도 고작 열한 명이었다. 작년 9월 입학식 날이 떠올랐다. 그날 할리 교장 선생은 '파이퍼스쿨은 동부 연안 사립학교들 가운데 학생 대비 교사 비율이 가장 높은 학교'라고 했다. 그 사실을 강조하려고 환담실 맨 앞에 놓인 연설대를 주먹으로 거듭 두드렸다. 제이크는 별 감동을 받지 않았으면서도 아버지에게 그 정보를 알려주었다. 아버지가 감동하리라고 짐작하여 한 일이었고, 아이의 짐작은 어긋나지 않았다.
    제이크는 책가방 지퍼를 열고 기말 작문 과제가 든 파란색 서류철을 조심스레 꺼냈다. 서류철을 책상에 올려놓고 마지막으로 점검하려던 그때, 교실 왼쪽 벽의 문이 눈에 띄었다. 학급 옷장으로 통하는 문인 줄은 이미 아는 바였고, 뉴욕 기온이 21도인 이날은 아무도 외투를 안 입을 테니 잠겨 있을 터였다. 옷장 안에 있는 것이라고는 벽에 줄줄이 달린 놋쇠 외투걸이와 바닥에 죽 깔아둔 장화 보관용 고무 깔개뿐이었다. 뒤쪽 한구석에는 분필이나 답안용지 같은 학용품 몇 상자가 쌓여 있었다.
    별 대단할 것도 없었다.

그럼에도 제이크는 자리에서 일어섰고, 책상 위의 서류철을 덮어 둔 채로, 옷장 문을 향해 걸어갔다. 같은 반 아이들이 소곤소곤 재잘거리는 소리, 또 저마다 기말 과제를 훑어보며 결정적으로 잘못 쓴 수식어나 알쏭달쏭한 문장을 점검하느라 종이 넘기는 소리가 들렸다. 그러나 제이크 귀에는 아득히 멀리서 들려오는 소리 같았다.

제이크의 주의를 잡아끈 것은 바로 문이었다.

근 열흘이 넘도록 제이크 머릿속의 목소리는 커지고 또 커졌고, 제이크는 자꾸만 자꾸만 문에 집착하게 되었다. 어떤 문이나 마찬가지였다. 아이는 집 2층 복도로 난 자기 방 문을 지난 한 주 동안에만 500번은 열어보았을 테고, 방 화장실 문은 1000번쯤 열어 보았으리라. 그럴 때마다 아이는 희망과 기대로 가슴이 부풀었다. 이 문 아니면 저 문 건너편 어딘가에 자신의 문제를 완전히…… 마침내 완전히 해결할 답이 있으리라 생각했다. 그러나 번번이 복도 아니면 화장실, 그도 아니면 현관 계단, 뭐 그런 것뿐이었다.

지난 주 목요일에 제이크는 학교에서 집으로 돌아와 침대로 뛰어든 다음, 잠이 들었다. 남은 피신처는 오로지 잠뿐인 듯싶었다. 그러나 잠든 지 45분 만에 깨어나 보니 화장실 문간에 서 있었고, 재미날 것 하나 없는 변기와 세면대만 멍하니 바라보는 중이었다. 다행히 아무한테도 들키지는 않았다.

이제 학급 옷장의 문을 향해 다가가면서, 제이크는 눈부신 희망과 확신으로 가슴이 벅차올랐다. 문 저편은 플란넬 천과 고무와 젖은 모직 같은 해묵은 겨울 냄새가 밴 컴컴한 옷장이 아니라 다른 세상, 즉 그가 다시 '완전해질 수 있는' 세상이리라. 뜨겁고 환한 세모꼴 빛이 교실 바닥에 쏟아져 점점 넓어지고, 새 떼가 맴도는 하늘의

연청색은 물 빠진 청바지와

(그 남자의 눈과)

똑같으리라. 사막의 바람이 불어와 머리카락을 뒤로 흩날리고 눈썹에 맺힌 진땀을 말려주리라.

문 안으로 걸어 들어가 치유받으리라.

제이크는 손잡이를 돌려 문을 열었다. 안에는 오로지 암흑과 줄줄이 달린 놋쇠 고리뿐이었다. 구석에 쌓인 답안 용지 더미 옆에 잃어버린 지 한참 된 벙어리장갑 한 짝이 떨어져 있었다.

의기소침한 나머지, 제이크는 문득 코를 찌르는 겨울 냄새와 분필 냄새가 밴 어두운 옷장으로 마냥 기어 들어가고 싶어졌다. 구석의 벙어리장갑을 치우고 외투걸이 아래 쭈그리고 앉을 수도 있었다. 겨울에 장화를 올려놓도록 깔아둔 고무 깔개 위에 주저앉을 수도 있었다. 거기 앉아 엄지손가락을 입에 물고, 무릎을 가슴팍에 바싹 당겨 안고, 눈을 질끈 감고, 그리고, 그리고 또……

그냥 포기할 수도 있었다.

제이크는 이 마지막 생각에, 그 생각이 주는 위안에, 믿을 수 없을 만큼 마음이 끌렸다. 그러면 두려움과 심란함과 위화감에 종지부를 찍을 수 있을 듯싶었다. 가장 끔찍한 것은 바로 위화감이었다. 그 지긋지긋한 느낌, 인생이 송두리째 유원지에 있는 거울의 방으로 바뀌고 만 듯한.

그러나 에디와 수재나가 그러했듯이, 제이크 체임버스에게도 강철 같은 배짱이 숨어 있었다. 이제 그 배짱이 내뿜은 시퍼런 빛이 어둠 속의 등대처럼 번뜩였다. 포기 따위는 하지 않으리라. 머릿속에서 날뛰는 무언가가 끝내는 제정신을 앗아가 버릴지라도, 제이크는 끝까지 놈으로부터 한 치도 물러서지 않으리라. 그랬다가는 천벌을 받으리라.

'절대로!' 제이크는 단호히 생각했다. '절대로! 절대……'

"존, 학용품 재고 조사가 다 끝났으면 그만 나와서 자리에 앉지 그러니?"

등 뒤에서 차분하고 교양 있는 에이버리 선생의 목소리가 들렸다.

제이크가 옷장에서 돌아서는 동안 조그맣게 킥킥거리는 소리가 터져나왔다. 에이버리 선생은 교사용 책상 뒤에 서서 기다란 손가락으로 출석부를 살짝 짚은 채로, 차분하고 이지적인 표정으로 제이크를 바라보고 있었다. 이날은 파란색 정장에 머리는 여느 때처럼 뒤로 동그랗게 묶은 차림이었다. 선생의 어깨 너머 벽에 걸린 너대니얼 호손 사진이 찡그린 얼굴로 제이크를 내려다보고 있었다.

"죄송합니다."

제이크가 중얼거리며 옷장 문을 닫았다. 불현듯 다시 옷장 문을 열고 샅샅이 뒤지고 싶은 충동이 제이크를 휘감았다. 이번에야말로 그 다른 세상이, 작열하는 태양과 사막의 풍경이 거기 있지 않은지 확인하고 싶었다.

그러나 제이크는 문을 여는 대신 자리로 돌아가 앉았다. 페트라 제설링이 즐거운 듯 눈을 반짝이며 제이크를 바라보았다.

"다음엔 나도 같이 가자." 페트라가 소곤거렸다. "그럼 내가 좋은 거 보여줄게."

제이크는 심란한 듯 씩 웃고 자리에 앉았다.

"고맙다, 존."

에이버리 선생의 목소리는 변함없이 차분했다.

"자, 작문 과제는 다들 훌륭하고, 깔끔하고, *구체적*으로 썼을 거라고 믿어요. 그럼 과제를 제출하기 전에 먼저 여름방학에 읽을 영어 과목 추천 도서 목록을 나눠주겠어요. 목록에 들어 있는 명저 몇 권에 대해 해줄 얘기가 있는데……"

이렇게 얘기하며, 에이버리 선생은 데이비드 서리에게 등사 인쇄한 종이 뭉치를 건넸다. 데이비드가 종이를 나눠주는 동안 제이크는 '내가 생각하는 진실'에 대하여 쓴 글을 마지막으로 훑어보려고 서류철을 펼쳤다. 실은 보고 싶어서 안달이 날 정도였다. 왜냐하면 프랑스어 기말고사 공부를 한 기억이 없는 것과 마찬가지로 기말 작문을 쓴 기억도 전혀 없었기 때문이었다.

제목이 적힌 표지를 보며 제이크는 어리둥절해졌고, 또 점점 불안해졌다. 종이 한가운데에 타자기로 쓴 「내가 생각하는 진실, 존 체임버스 지음」까지는 괜찮았다. 그런데 어찌된 영문인지 제목 아래에 사진이 두 장 붙어 있었다. 한 장은 문 사진이었고(런던에 있는 다우닝 가 10번지의 문 사진일지도 모른다는 생각이 들었다.) 다른 한 장은 암트랙 기차 사진이었다. 틀림없이 잡지에서 잘라낸 컬러 사진들이었다.

'내가 왜 이랬을까? 언제 이런 거지?'

표지를 넘기고 작문 과제의 첫 쪽을 내려다본 제이크는 눈앞에 보이는 것을 믿을 수도, 이해할 수도 없었다. 충격에 휩싸인 정신으로 이내 하나둘 이해하기 시작하면서, 제이크는 점점 치솟는 두려움을 느꼈다. 결국 일이 터지고 말았다. 제이크는 남들도 충분히 눈치챌 정도로 돌아버렸던 것이다.

3

내가 생각하는 진실

존 체임버스 지음

"나 그대에게 먼지 한 줌 속 공포를 보여주리라."
— T. S. '부치' 엘리엇
"처음 떠오른 생각은, 그의 한마디 한마디가 거짓이라는 것."
— 로버트 '선댄스' 브라우닝

총잡이는 진실이다.
롤랜드는 진실이다.
'사로잡힌 남자'는 진실이다.
'그늘 속의 여인'은 진실이다.
사로잡힌 남자와 그늘 속의 여인은 결혼을 했다. 그것은 진실이다.
간이역은 진실이다.
'예언하는 악마'는 진실이다.
우리는 산맥 지하를 통과했다, 그것은 진실이다.
산맥 지하에는 괴물들이 있었다. 그것은 진실이다.
괴물들 중 한 놈이 가랑이에 아모코 휘발유 펌프를 매달고 그게 자기 성기인 척했다. 그것은 진실이다.
롤랜드는 내가 죽게 내버려뒀다. 그것은 진실이다.
나는 지금도 그를 사랑한다.
그것은 진실이다.

"『파리 대왕』은 아주아주 중요한 책이니까 한 명도 빠짐없이 읽어야 해요."

에이버리 선생이 특유의 낭랑하지만 웬지 기운 없는 목소리로 얘기하는 중이었다.

"이 책을 다 읽고 나면 여러분은 스스로에게 몇 가지 질문을 던져야 해요. 겹겹이 싸인 수수께끼를 품고 있는 작품을 흔히 좋은 소설이라고 하는데, 이 책은 *아주* 좋은 소설이에요. 20세기 후반에 씌어진 가장 훌륭한 소설 가운데 하나죠. 그러니까 먼저 이 책에서 소라 껍데기가 상징하는 바가 무엇인지 스스로에게 물어보도록 하세요. 그다음에는……"

목소리가 멀어졌다. 아득히, 아득히 멀어졌다. 제이크는 종이를 넘겨 작문 과제의 둘째 쪽을 펼쳤다. 떨리는 손이 앞장에 짙은 땀자국을 남겼다.

문이 문이 아닐 때는 언제일까? 알고 보니 무널 때, 그리고 그것은 진실이다.

블레인은 진실이다.

블레인은 진실이다.

네 바퀴로 가는데 날개가 달린 것은 무엇일까? 파리 꼬인 쓰레기차, 그리고 그것은 진실이다.

블레인을 항상 지켜보아야 한다, 블레인은 골칫덩이이다, 그리고 그것은 진실이다.

나는 블레인이 위험하다고 확신한다, 그리고 그것은 진실이다.

온통 까맣고 하얗고 빨간 것은 무엇일까? 온몸이 홍당무가 된 얼룩말, 그리고 그것은 진실이다.

블레인은 진실이다.

나는 돌아가고 싶고 그것은 진실이다.

나는 돌아가야 하고 그것은 진실이다.

돌아가지 못하면 나는 미치고 말 것이고 그것은 진실이다.

돌과 장미와 문을 못 찾으면 나는 집에 못 돌아가고 그것은 진실이다.

칙칙폭폭, 그리고 그것은 진실이다.

칙칙폭폭. 칙칙폭폭.

칙칙폭폭. 칙칙폭폭. 칙칙폭폭.

칙칙폭폭. 칙칙폭폭. 칙칙폭폭. 칙칙폭폭.

나는 두렵다. 그것은 진실이다.

칙칙폭폭.

제이크는 천천히 고개를 들었다. 가슴이 어찌나 세게 방망이질 치던지, 카메라 조명이 터진 것처럼 눈앞에 환한 빛이 보일 지경이었다. 가슴이 방망이질할 때마다 빛이 켜지고 또 꺼졌다.

제이크는 에이버리 선생이 기말 작문을 들고 부모님과 마주앉은 광경을 보았다. 에이버리 선생 곁에는 비셋 선생이 침통한 표정을 하고 서 있었다. 낭랑하고 기운 없는 에이버리 선생의 목소리가 들렸다. '댁의 아드님은 심각한 병에 걸렸습니다. 증거를 원하신다면 이 기말 작문 과제를 한번 보십시오.'

'존은 근 3주 동안 제정신이 아니었습니다.' 비셋 선생이 덧붙였다. '가끔은 겁에 질린 것처럼 보였고 대개는 멍해 보였지요…….

아시겠지만, 정신이 딴 데 가 있었단 뜻입니다. 주 팡세 크 존 에 푸…… 콩프르네부?(제 생각에 존은 미쳤습니다…… 아시겠습니까?)'

다시 에이버리 선생의 말. '혹시 댁에서 기분 전환용으로 처방받으신 약을 존의 손이 닿을 만한 곳에 보관하시는지요?'

제이크는 기분 전환용 약에 관해서는 아는 바가 없었지만, 아버지가 서재 책상 맨 아래 서랍에 코카인 몇 그램을 감춰두는 줄은 알고 있었다. 아버지는 틀림없이 아들이 코카인에 빠졌다고 생각하리라.

"이번엔 『캐치-22』 얘기를 해볼까 해요."

교단에 서 있던 에이버리 선생이 말했다.

"6, 7학년한테는 무척 읽기 '버거운' 책일지도 모르지만, 그렇더라도 일단 이 책의 특별한 매력에 마음을 열고 나면 정말로 황홀한 책이란 걸 깨닫게 될 거예요. 초현실적인 희극이라고 생각해도 좋아요, 여러분이 그러고 싶다면요."

'전 그런 거 안 읽어도 돼요.' 제이크는 생각했다. '실제로 그렇게 살고 있거든요. 근데 전혀 희극 같지가 않네요.'

제이크는 기말 작문 과제의 마지막 쪽으로 넘어갔다. 종이에 아무것도 씌어져 있지 않았다. 대신 사진이 또 한 장 붙어 있었다. 피사의 사탑을 찍은 사진이었다. 그 사진에는 검은색 크레용으로 그린 선이 가득했다. 번들거리는 검은 선들이 정신 사납게 꼬불꼬불 엉켜 있었다.

제이크는 이런 짓을 한 기억이 없었다.

조금도 기억나지 않았다.

이번에는 아버지가 비셋 선생에게 얘기하는 소리가 들렸다. '미쳤다. 그래요, 녀석은 분명히 미쳤습니다. 파이퍼스쿨 같은 학교에 다닐 기회를 걷어차다니 미친 게 *분명하죠*, 안 그렇습니까? 뭐······ 제가 처리할 수 있습니다. 뭐든 처리하는 게 제 일이니까요. 답은 서니베일 요양원입니다. 한동안 거기 처박아두고 바구니나 만들면서 정신을 추스르게 하는 거죠. 선생님들, 우리 아들 녀석은 걱정 안 하셔도 됩니다. 녀석이 도망은 칠 수 있어도······ 영영 숨지는 못할 테니까요.'

정신을 똑바로 차리기는 영 틀렸다 싶은 조짐이 보이기 시작하면, 부모님은 정말로 제이크를 정신병원으로 보내버릴까? 제이크가 생각하기에 답은 '두말하면 잔소리'였다. 아버지가 집 안에 미치광이가 돌아다니도록 놔둘 리가 없었다. 딱히 서니베일은 아니더라도 창문에는 쇠창살이 쳐져 있고 흰 웃옷에 고무창이 달린 신발 차림 청년들이 돌아다니는 곳에 제이크를 처박아둘 터였다. 근육이 우락부락한 그 청년들은 두 눈을 부릅뜬 채로 수면제가 가득 든 주사기를 들고 다니리라.

'남들한테는 내가 딴 데 가 있다고 할 거야.' 제이크는 생각했다. 황망함이 파도처럼 들이닥친 탓에 머릿속에서 고함치던 목소리들이 잠시나마 조용했다. '캘리포니아 주 모데스토의 삼촌 댁에 1년 동안 머물 거라고 하겠지······ 아니면 교환 학생으로 스웨덴에 갔다든가······ 그도 아니면 인공위성 수리하러 우주에 나갔다고 하든가. 엄마는 못마땅해 할 거야······. 울겠지······. 그래도 찬성하긴 하겠지만. 엄마한텐 애인들도 있고, 또 아빠가 결정한 건 뭐든지 찬성하니까. 엄만······ 엄마 아빤······ 난······.'

제이크는 목구멍으로 비명이 치솟는 기분을 느끼고 소리를 내지 않으려고 입술을 꽉 다물었다. 다시금 피사의 사탑 사진에 구불구불

그려진 검은 선을 내려다보며 생각했다. '여기서 나가야겠어. 당장 나가야 해.' 제이크가 손을 들었다.
"그래, 존. 무슨 일이니?"
에이버리 선생이 수업 도중에 말을 끊는 학생한테만 보여주는 살짝 언짢은 표정으로 제이크를 바라보고 있었다.
"가능하면 잠깐 자리를 비우고 싶은데요."
이는 파이퍼스쿨식 용어의 또 한 가지 예였다. 파이퍼스쿨의 학생들은 '오줌 누다'나 '소변 보다' 같은 말을 결코 입에 담지 않았고, '똥 싸러 간다'는 아예 당치도 않은 말이었다. 이는 곧 미끄러지듯 우아하고 고요한 삶을 영위하는 파이퍼스쿨 학생들은 너무나 완벽한 까닭에 배설물을 만들어내지 않는다는 무언의 표현이었다. 어쩌다 한 번씩 '잠깐 자리를 비우고 싶다'고 요청하면 그만이었다.
에이버리 선생이 한숨을 쉬었다.
"꼭 그래야겠니, 존?"
"예, 선생님."
"그러렴. 되도록 빨리 돌아와야 한다."
"예, 에이버리 선생님."
제이크는 자리에서 일어서며 서류철을 덮고 그것을 손에 쥐었다가, 이내 마지못해 다시 내려놓았다. 안 될 일이었다. 뭐 하러 화장실에 기말 작문 과제를 들고 가는지 에이버리 선생이 의아해할 터였다. 자리를 비워도 되느냐고 묻기 전에 망할 놈의 과제를 꺼내어 주머니에 넣었어야 했다. 이제는 엎질러진 물이었다.
제이크는 책상 위에 과제를, 또 책상 아래에는 책가방을 남겨둔 채 교실 출입문 쪽으로 난 통로를 걸어갔다.

"쑥쑥 잘 나오길 빈다, 체임버스."

데이비드 서리가 이렇게 소곤거리더니 손으로 입을 가리고 낄낄댔다.

"데이비드, 그 방정맞은 입 좀 다물렴."

이번에는 에이버리 선생의 목소리에 언짢은 기색이 또렷했고, 곧이어 온 교실이 웃음바다가 되었다.

제이크는 복도로 난 문 앞에 도착하여 문손잡이를 쥐었다. 그러자 마음속에서 다시금 희망과 확신이 샘솟았다. '바로 이거야, 틀림없어. 이 문을 열면 사막의 태양이 내리쬘 거야. 내 얼굴에 마른 바람이 불어올 거야. 이 문을 통과하면 이런 교실 따위 다신 안 볼 거야.'

막상 문을 열고 보니 건너편은 그저 복도였지만, 그래도 이것 하나만큼은 제이크가 옳았다. 제이크는 에이버리 선생이 있는 교실을 두 번 다시 보지 않았다.

4

나무로 벽을 두른 어두컴컴한 복도를 천천히 걸어가는 동안 제이크는 살짝 땀을 흘렸다. 지나가면서 본 교실 출입문마다 투명한 유리창이 나 있지 않았더라면 아마도 열고 싶어 안달이 났으리라. 제이크는 비셋 선생의 프랑스어 2 교실과 크노프 선생의 기하학 입문 교실을 들여다보았다. 두 교실 모두 손에 연필을 쥔 학생들이 펼쳐진 답안지 위로 고개를 숙이고 있었다. 할리 선생이 가르치는 웅변 교실을 들여다보니 (딱히 친구는 아니고 그냥 아는 사람들 중 한 명인) 스탠 도프먼이 기말 웅변 실기를 시작하려는 참이었다. 스탠은 긴장한 나머지 사색이 되어 있었다. 그러나 제이크라면 그 아이에게 이렇게 얘기해 줄 수도 있었다. '넌 아무것도 몰라. 공포가 뭔지, *진짜* 공포가 뭔지.'

〈난 죽었어.〉

〈아냐, 난 안 죽었어.〉

〈그래도 죽었어.〉

〈안 죽었다고.〉

〈죽었다니까.〉

〈안 죽었단 말야.〉

제이크는 *여학생용*이라고 적힌 문 앞에 이르렀다. 문을 밀어젖혀 열면서, 제이크는 사막의 맑은 하늘과 지평선 끝에서 일렁이는 파란 산맥이 보이기를 기대했다. 그러나 눈앞에 나타난 것은 개수대 앞에 서서 거울을 들여다보며 여드름을 짜는 벨린다 스티븐스였다.

"어머나 세상에, 빨리 안 나가?"

"미안, 문을 잘못 봤어. 사막인 줄 알고 그만."

"*뭐가 어째?*"

벨린다가 물었으나 제이크가 이미 놓아버린 문만 경첩에 매달려 흔들릴 뿐이었다. 제이크는 분수식 음수대 앞을 지나 *남학생용*이라고 적힌 문을 열었다. 이 문이었다, 제이크는 알 수 있었다, 확신할 수 있었다, 이번에야말로 제이크를 다시 그곳에 데려다줄……

얼룩 한 점 없이 깨끗한 소변기 세 개가 형광등 불빛 아래 반짝이고 있었다. 세면대 수도꼭지에서 물 한 방울이 숙연하게 떨어졌다.

그뿐이었다.

　제이크는 문을 닫았다. 복도 저편으로 걸어가는 동안 구두 뒷굽이 바닥 타일에 부딪혀 또각또각 소리가 났다. 서무과 앞을 지나가다가 안을 들여다보니 사무실에 프랭크스 양뿐이었다. 회전의자에 앉아 몸을 앞뒤로 꺼덕거리며 손가락으로 머리카락을 배배 꼬는 중이었다. 은으로 도금한 종은 그녀 옆의 책상 위에 놓여 있었다. 제이크는 잠시 기다리다가 그녀가 문 쪽에서 몸을 돌리자 잽싸게 사무실 앞을 통과했다. 30초 후에 제이크는 5월 말의 눈부신 아침 햇살 속으로 걸어나왔다.

　'수업을 빼먹어버렸잖아.' 제이크는 생각했다. 머릿속이 혼란스럽기는 했지만 이런 식의 예상치 못한 전개에는 당황할 수밖에 없었다. '화장실에 갔다가 5분이 넘도록 안 돌아오면 에이버리 선생님이 누굴 보내서 확인하실 텐데…… 그럼 들통날 거야. 내가 학교를 빠져나간 줄 다 알 거야, 수업을 빼먹은 것도.'

　책상 위에 두고 온 서류철이 생각났다.

　'사람들이 그걸 읽으면 내가 미친 줄 알 텐데. *미친 줄 알 거야.* 틀림없어. 당연하지. 왜냐면 난 미쳤으니까.'

　뒤이어 다른 목소리가 말했다. 제이크 생각에는 폭격수의 눈을 지닌 남자, 커다란 권총 두 정을 허리에 나지막이 차고 다니는 남자의 목소리였다. 차가운 목소리였으나…… 그럼에도 위안을 주지 않는 목소리는 아니었다.

　'아니다, 제이크.' 그 남자가 말했다. '넌 안 미쳤다. 어쩔 줄을 모르고 헤매기는 해도, 넌 미치지 않았다. 아침 햇살 속에서 네 뒤에 성큼 걷는 그림자도, 저녁노을 속에서 널 만나러 치솟는 그림자도

두려워 할 것 없다. 집으로 돌아오는 길을 찾으면 돼, 그게 다다.'

"그치만 어디로 가란 말이에요?"

제이크가 소곤거렸다. 파크 대로와 매디슨 대로를 잇는 56번가의 보도에 서 있자니 쏜살같이 지나가는 차들이 보였다. 시내버스 한 대가 툴툴거리며 지나간 자리에 매캐한 냄새를 피우는 푸른색 디젤 배기가스가 가느다랗게 이어졌다.

"어디로 가야 돼요? 그 망할 문은 도대체 어디 있는 거예요?"

그러나 총잡이의 목소리는 이미 사그라졌다.

제이크는 이스트 강 방면인 왼쪽으로 돌아서서 무작정 걷기 시작했다. 어디로 갈지는 조금도 생각하지 않았다. 조금도. 그저 두 발이 올바른 목적지에 데려다주기만 바랄 뿐이었는데…… 그러고 보니 그 두 발이 얼마 전에 데려다준 곳은, 엉뚱한 곳이었다.

5

그 일은 3주 전에 일어났다.

'모든 일은 3주 전에 시작되었다'라고 말하면 안 되는 것이, 그랬다가는 일이 모종의 방식으로 점차 발전한 인상을 주기 때문이며 이는 사실과도 다르기 때문이다. '목소리들'은 점점 강해졌고 또 그들이 저마다의 현실을 우겨대는 난폭한 기세도 마찬가지로 점점 강해졌으나, 나머지는 모두 하루아침에 일어났다.

제이크는 걸어서 등교하려고 8시에 집을 나섰다. 아이는 맑은 날이면 항상 걸어서 등교했고, 5월 그날의 아침은 몹시도 맑았다. 아버지는 이미 방송국으로 출근한 후였고 어머니는 아직 일어나기 전이었으며, 그레타 쇼 부인은 주방에서 커피를 마시며《뉴욕 포스트》를 읽는 중이었다.

"다녀오겠습니다, 그레타 아줌마. 저 학교 가요."

쇼 부인은 신문에 고개를 파묻은 채 제이크에게 손을 들어 보였다.

"좋은 하루 보내렴, 조니."

모두 일상 그대로였다. 그저 삶의 또 한 날일 뿐이었다.

뒤이은 1500초 동안도 마찬가지였다. 그러고 나서 모든 것이 영영 바뀌어 버렸다.

제이크는 한 손에는 책가방을, 다른 손에는 도시락 가방을 들고 가게 진열창을 들여다보며 느긋하게 걸어갔다. 늘 익숙하던 삶의 마지막 순간으로부터 720초를 남겨둔 시점에 제이크는 멈춰 섰고, 모피 외투와 날렵하게 재단한 슈트를 걸친 마네킹들이 대화를 나누듯 딱딱한 자세로 서 있는 브렌디오스 상점의 진열창 안을 구경했다. 머릿속에는 그날 오후 학교가 파하면 볼링 치러 갈 생각뿐이었다. 제이크의 애버리지는 158, 열한 살짜리 치고는 굉장한 실력이었다. 언젠가 볼링 선수가 되어 프로 시합에 출전하는 것이 제이크의 꿈이었다(만일 이 사소한 사실을 아이 아버지가 알았더라면 역시 화를 벌컥 냈으리라.).

바야흐로 닥쳐오는 중이었다. 제이크의 환한 머릿속이 삽시간에 캄캄해질 순간이 닥쳐오는 중이었다.

제이크가 39번가 횡단보도를 건널 때 남은 시간은 400초였다. 뒤이어 46번가 횡단보도에서 *가세요* 표시에 불이 들어올 때까지 기다리고 나니 270초가 남았다. 5번 대로와 42번가 교차점에 있는 장난감 가게를 구경하려고 멈춰 섰을 때 남은 시간은 190초였다. 그리고 이제, 평온한 삶의 종말을 단 3분 앞두고, 제이크 체임버스는 롤랜드가 '카텟'으로 부르는 투명한 우산을 쓰고 걸어가는 중이었다.

기이한 불안감이 스멀스멀 제이크를 뒤덮었다. 처음에는 감시당하는 느낌 같았으나 이내 깨달았다. 감시당하는 것과는 전혀 다른…… 또는 콕 집어 감시당한다고 할 수는 없는 느낌이었다. 전에 와본 곳이라는 느낌이 들었다. 거의 잊다시피 한 꿈을 다시 꾸는 느낌이었다. 제이크는 그 느낌이 가시기를 기다렸으나 그리되지 않았다. 그 느낌이 점점 더 강해지더니 이내 놀라움과 섞이기 시작했고, 그 놀라움을 제이크는 마지못해 두려움으로 받아들였다.

저 앞쪽 5번 대로와 43번가 교차점 근처에서 파나마모자를 쓴 흑인 남성이 프레첼과 탄산음료 가판대를 차리는 중이었다.

'*어이쿠 맙소사, 죽었구먼!* 이렇게 외친 사람이 바로 저 아저씨야.' 제이크는 생각했다.

건너편 모퉁이 쪽에서 다가오는 사람은 블루밍데일스 백화점의 종이가방을 든 뚱뚱한 여인이었다.

'저 아줌만 종이가방을 떨어뜨릴 거야. 가방을 떨어뜨린 다음에 두 손으로 입을 가리고 비명을 지를 거야. 가방은 확 찢어질 거고. 그 안에는 인형이 들어 있어. 빨간색 수건으로 감싼 인형. 난 그걸 차도에서 보고 있을 거야. 내가 흘린 피가 바지를 물들이고 주위로 흥건히 번져가는 동안 난 차도에서 그걸 보고 있을 거야.'

뚱뚱한 여인 뒤로 촘촘한 격자무늬가 있는 고급 회색 슈트 차림에 키가 홀쭉한 남자가 보였다. 남자는 서류가방을 들고 있었다.

'구두에 토한 사람이 저 아저씨야. 서류가방을 떨어뜨리고 자기

구두에 토한 사람. 뭐야, 나 도대체 어떻게 된 거지?'

그러나 제이크의 두 발은 주인을 데리고 멍하니 교차로 쪽으로 걸어갔고, 그곳에서는 기다랗게 무리 지은 사람들이 바삐 길을 건너는 중이었다. 제이크의 등 뒤 어딘가에서는, 신부복을 입은 살인자가, 닥쳐오는 중이었다. 제이크는 알고 있었다, 잠시 후면 신부의 두 손이 뻗어나와 자신을 밀치리라는 것을 알았듯이 이 또한 알고 있었는데도…… 그런데도 주위를 둘러볼 수가 없었다. 모든 것이 정해진 대로만 진행되는 악몽 속에 갇힌 기분이었다.

이제 남은 시간은 53초. 저 앞에서는 프레첼 장수가 수레 옆에 난 쪽문을 여는 중이었다.

'저 아저씬 유후 초콜릿 음료를 한 병 꺼낼 거야. 캔이 아니라 병이야. 병을 흔들어서 단숨에 마셔버릴 거야.'

프레첼 장수가 유후 병을 꺼내더니 세게 흔든 다음 병뚜껑을 돌려 땄다.

남은 시간은 40초.

'이제 신호등이 바뀌겠지.'

흰색 *가세요* 신호등이 꺼졌다. 빨간색 *서세요* 신호등이 빠른 속도로 깜박거리기 시작했다. 동시에 어딘가에서는, 반 블록 거리도 안 떨어진 그곳에서는, 파란 대형 캐딜락 한 대가 5번 대로와 43번가 교차점을 향하여 달려오는 중이었다. 제이크는 알고 있었다, 운전자가 차 색깔과 똑같은 파란색 모자를 쓴 뚱뚱한 남자임을 알았듯이, 이 또한 알고 있었다.

'저 죽어요!'

제이크는 무관심하게 걸어가는 주위 사람들에게 큰소리로 외치고 싶었으나 꽉 닫힌 입이 떨어지지 않았다. 제이크의 두 발은 주인을 신고 교차로를 향하여 차분하게 나아갔다. *서세요* 표시가 깜박거리기를 멈추고 새빨간 경고문을 내보냈다. 프레첼 장수는 다 마신 유후 병을 거리 모퉁이의 철망으로 된 쓰레기통에 던져 넣었다. 뚱뚱한 여인은 종이가방 손잡이를 쥐고 제이크 건너편 길모퉁이에 서 있었다. 격자무늬 양복을 입은 남자는 여인 바로 뒤에 서 있었다. 이제 남은 시간은 18초.

'이제 장난감 트럭이 지나갈 차례지.'

짐칸 옆면에 웃고 있는 꼭두각시 인형과 *투커스 장난감 도매상*이라는 상호를 그려넣은 트럭이 교차로를 지나가다가 차도에 팬 구멍을 밟고 덜커덩거렸다. 제이크는 알고 있었다. 등 뒤에서, 검은 옷의 남자가 슬슬 걸음을 서두르다가, 거리를 좁혀오다가, 드디어 기다란 손을 내뻗는 중이었다. 그러나 뒤를 돌아볼 수는 없었다. 꿈속에서 끔찍한 무언가가 다가오는데도 고개를 돌릴 수 없듯이.

'도망가! 도망 못 가겠으면 주저앉아서 주차금지 표지판이라도 붙잡아! 일이 터지게 가만히 있으면 안 돼!'

그러나 일이 터지지 않도록 '막기'는 역부족이었다. 앞에 보이는 모퉁이 가장자리에 하얀 스웨터와 검은 치마를 입은 젊은 여성이 서 있었다. 그녀 왼쪽에 초대형 카세트 라디오를 든 멕시코계 청년이 보였다. 도나 서머가 노래하는 디스코풍 노래가 막 끝났다. 제이크는 알고 있었다, 다음 곡은 키스가 노래하는 「닥터 러브」였다.

'저 두 사람은 서로 떨어져서 설 텐데……'

이 생각이 떠오르기가 무섭게 여인이 오른쪽으로 한 걸음 옮겨섰다. 멕시코계 청년이 왼쪽으로 한 걸음 옮겨 섰고, 그러자 두 사람 사이에 빈자리가 생겼다. 배신자나 다름없는 제이크의 두 발이 그 빈자리로 주인을 인도했다. 이제 9초 전.

거리 저 뒤쪽에서는 눈부신 5월 햇살이 캐딜락의 보닛 장식에 부딪혀 반짝였다. 제이크는 알고 있었다, 1976년형 세단 드 빌이었다. 6초. 그 캐딜락이 점점 속도를 높였다. 신호등이 바뀔 채비를 하는 사이에 세단 드 빌의 운전자는, 파란색 모자 챙에 마치 뽐내듯이 깃털을 꽂아둔 그 뚱보 사내는, 신호에 걸리기 전에 교차로를 빠져나갈 작정이었다. 3초. 제이크 등 뒤에서 검은 옷의 남자가 앞으로 달려들고 있었다. 청년의 카세트 라디오에서는 「당신을 사랑할 때가 제일 좋아」가 끝나고 「닥터 러브」가 흘러나오기 시작했다.

2초.

캐딜락이 차선을 벗어나 제이크가 서 있는 보도에서 가장 가까운 차로로 진입하더니, 교차로를 향하여 돌진했다. 치명적인 라디에이터 그릴이 으르렁거리듯 번쩍였다.

1초.

제이크의 숨이 목구멍에서 턱 막혔다.

제로.

"아악!"

제이크는 비명을 질렀다. 두 손이 아이의 등을 세게 내질렀고, 아이를 밀쳤다, 차도로 밀쳤다, 이 세상 바깥으로 밀쳤……

그런데 누구의 손도 *없었다*.

그런데도 제이크는 손을 뻗어 허공을 더듬으며 비틀비틀 앞으로 나아갔다. 절망한 나머지 헤 벌린 입이 시커먼 동그라미로 보였다. 카세트 라디오를 든 멕시코계 청년이 손을 뻗어 제이크의 팔을 붙들고 뒤로 끌어당겼다.
"조심해, 꼬마 대장. 차에 깔리면 소시지가 된다고."
캐딜락은 두둥실 흐르듯 지나갔다. 파란 모자를 쓴 뚱보 사내가 앞 유리창으로 내다보는 모습이 제이크의 눈에 언뜻 비쳤을 뿐, 차는 가버렸다.
그 일은 바로 그때 일어났다. 바로 그때, 제이크는 정확히 둘로 쪼개져 두 아이가 되었다. 한 아이는 차도에 쓰러져 죽어가는 중이었다. 다른 아이는 놀란 나머지 멍하니 길모퉁이에 서서 지켜보는 중이었다. *서세요* 신호등은 *가세요*로 바뀌었고, 주위 사람들은 길을 건너기 시작했다. 마치 아무 일도 없었다는 듯…… 정말로, 아무 일도 없었다는 듯이.
〈살았다!〉
제이크의 머릿속 반쪽이 기뻐하며, 안도하며 외쳤다.
〈죽었어!〉 다른 반쪽이 맞고함을 질렀다. 〈차도에서 죽었단 말이야! 사람들이 내 주위로 몰려들고 있어, 나를 밀친 검은 옷의 남자는 이렇게 말하고 있고. '난 신부요. 좀 지나갑시다!'〉
현기증이 파도처럼 들이닥친 제이크의 머릿속은 펄럭이는 낙하산 천이나 다름없었다. 이쪽으로 다가오는 뚱뚱한 여인이 보였고, 여인이 곁을 지나갈 때, 제이크는 그녀의 가방 속을 들여다보았다. 빨간 수건 모서리 위로 빠끔히 내다보는 인형의 파란 눈은 제이크가 이미 알고 있던 바 그대로였다. 그리고 여인은 가버렸다. 프레첼 장수는 '어이쿠 맙소사, 죽었구먼!' 하고 외치지 않았다. 그날 장사를 위해 가판대를 마저 펴면서 멕시코계 청년의 카세트 라디오에서 흘러나왔던 도나 서머의 노래를 휘파람으로 불 뿐이었다.

제이크는 등을 돌려 신부가 아닌 신부를 애타게 찾았다. 그는 거기에 없었다.

제이크는 신음했다.

'정신 차리란 말야! 도대체 왜 이러는 거야?'

제이크는 알 수가 없었다. 아는 것이라고는 다만 자신이 지금 차도에 누워 있어야 한다는 것, 뚱뚱한 여인은 비명을 지르고 격자무늬 양복을 입은 남자는 토악질을 하고 검은 옷의 남자는 모여든 인파를 헤치고 앞으로 나오는 가운데 자신은 죽을 준비를 해야 한다는 것뿐이었다.

그리고 제이크의 머릿속 한편에서, 그 일은 실제로 일어나는 것 같았다.

현기증이 또다시 들이닥치기 시작했다. 제이크가 갑자기 도시락 가방을 보도에 떨어뜨리더니 있는 힘껏 자기 뺨을 때렸다. 출근 중이던 여인이 별일이라는 듯 쳐다보았다. 제이크는 여인의 눈길을 무시했다. 도시락 가방을 보도에 버려둔 채로, 다시 깜박거리기 시작한 빨간색 *서세요* 신호등도 무시한 채로, 제이크는 교차로로 뛰어들었다. 이제 신호등은 상관없었다. 죽음이 이미 한 번 다가왔다가…… 돌아보지도 않고 지나가버렸으므로. 죽음은 그런 식으로 일을 끝낼 작정이 아니었고 제이크 또한 자기 존재의 가장 깊숙한 곳에서 이를 알고 있었지만, 그럼에도 이미 끝난 일이었다.

어쩌면 이제 영원히 살 수 있을지도 모른다.

그 생각에 제이크는 다시금 비명을 지르고 싶어졌다.

6

 그날 학교에 도착할 즈음 제이크의 머릿속은 조금이나마 맑아진 상태였다. 제이크의 의식은 아무 문제도 없다고, 정말로 아무렇지도 않다고 자신을 설득하려고 기를 쓰는 중이었다. 어쩌면 무언가 조금 이상한 일이, 일종의 초자연적 환각이 일어나 미래에 있음 직한 일 한 자락을 잠시 들여다보았는지도 모르지만, 그래서 어쨌다는 건가? 대수로운 일도 아니지 않은가? 실은 꽤 근사한 생각이었다. 그레타 쇼 부인이 제이크의 엄마가 근처에 없음을 확인하고 나서 탐독하는, 즉《내셔널 인콰이어러》나《인사이드 뷰》처럼 슈퍼마켓에서 파는 해괴망측한 신문에 빠지지 않고 실리는 이야기와 매한가지였다. 물론 그런 신문에 실리는 초자연적 환각은 늘 핵공격 경보 수준이라는 점에서 다르기는 했다. 비행기가 폭발하는 꿈을 꾸고 탑승 예약을 취소한 여인 이야기, 또는 중국 식당에서 주는 행운의 과자를 만드는 공장에 형제가 잡혀 있는 꿈을 꾸었는데 알고 보니 사실이었다는 남자 이야기 등등. 그런데 초자연적 환각이라고 해봐야 고작 카세트 라디오에서 나올 다음 노래가 키스의 곡이라든가, 뚱뚱한 여인이 블루밍데일스 백화점 종이가방 안에 빨간 수건으로 인형을 싸서 넣어두었다든가, 프레첼 장수가 마시는 유후가 캔이 아니라 병에 들어 있다는 것이라면, 대단해 봐야 얼마나 대단하겠는가?
 '잊어버려.' 제이크는 자신에게 충고했다. '다 끝났어.'
 멋진 충고였다, 3교시가 되어 제이크가 아직 안 끝났음을 알았다는 점만 빼면. 이제 겨우 시작일 뿐이었다. 대수학 입문 시간, 제이크는 자리에 앉아 칠판에 씌어진 간단한 방정식을 푸는 크노프 선생을 보고 있다가, 의식 표면으로 완전히 새로운 일련의 기억이 떠오르는 것을 깨닫고 다시금 두려움에 휩싸였다. 마치 흙탕물 호수의 수면에 천천히 떠오르는 기이한 물체를 지켜보는 기분이었다.

'난 내가 모르는 곳에 와 있어.' 제이크는 생각했다. '그러니까, 앞으로 알게 될 거야…… 혹시 캐딜락에 치였더라면 이미 알지도 모르지만. 거긴 간이역이야. 그치만 거기 가 있는 내 반쪽은 아직 그걸 몰라. 그 반쪽은 자기가 웬 사막에 와 있다는 것, 그리고 거긴 아무도 없다는 것밖에 몰라. 난 지금껏 울고 있었어, 왜냐면 무서웠으니까. 거기가 지옥일까 봐 무서웠으니까.'

오후 3시, 중간 지대 볼링장에 도착할 무렵에 제이크는 자신이 마구간에서 펌프를 찾아 물을 마셨음을 알았다. 물은 무척이나 차가웠고 센물 맛이 강하게 났다. 머지않아 건물 안으로 들어가 한때 부엌이었던 방에서 얼마 안 되는 쇠고기 육포를 찾으리라. 프레첼 장수가 유후 병을 고를 줄 미리 알았듯이, 또 블루밍데일스 종이가방 안에서 빠끔히 내다보던 인형의 눈이 파란색인 줄 미리 알았듯이, 아이는 이 또한 분명히 그리고 확실히 알고 있었다.

마치 시간을 앞당겨 기억하는 것 같았다.

제이크는 두 판만 하고 볼링을 끝냈다. 첫 판 기록은 96, 다음 판은 87이었다. 카운터로 가서 점수표를 내밀자 티미가 보더니 고개를 절레절레 흔들고 말했다.

"오늘은 우리 챔피언이 쉬는 날인가 보네."

"무슨 일이 있었는지 짐작도 못할걸요."

제이크가 말했다. 티미가 찬찬히 아이를 살펴보았다.

"괜찮아? 얼굴이 영 해쓱한데."

"배탈이 나려나 봐요."

이 또한 거짓말 같지는 않았다. 틀림없이 *어딘가* 탈이 날 것만 같았다.

"집에 가서 자야겠구나." 티미가 충고했다. "맑은 물을 많이 마셔. 진이나 보드카나, 뭐 그런 거 있잖아."

제이크는 마지못해 씩 웃으며 대꾸했다.

"어쩌면요."

제이크는 천천히 집으로 걸음을 옮겼다. 주위로 온 뉴욕이, 어느 때보다도 아름다운 뉴욕 풍경이 펼쳐졌다. 길모퉁이마다 악사들이 자리 잡은 늦은 오후 거리에는 사랑 노래가 흘렀고, 나무들은 하나같이 꽃을 피웠으며, 사람들은 모두 즐거워하는 기색이 역력했다. 제이크도 이 모든 것을 보았으나 아이의 눈에는 그 *이면* 또한 보였다. 검은 옷의 남자가 개처럼 이를 드러내고 마구간 펌프의 물을 받아 마시는 동안 부엌 그늘에 숨어 벌벌 떠는 아이 자신이 보였고, 그 남자가(또는 그것이) 눈치 채지 못한 채 지나가자 안도한 나머지 흐느끼는 자신이 보였으며, 해가 저물고 황량한 자줏빛 사막 하늘에 얼음 조각 같은 별들이 하나둘 떠오르는 사이에 곤히 잠들어버린 자신도 보였다.

열쇠로 복층식 아파트의 문을 열고 들어간 제이크는 먹을 것을 찾아 주방으로 걸어갔다. 배가 고파서가 아니라 버릇 때문이었다. 냉장고 쪽으로 향하던 아이가 식료품 저장실 문을 보고 걸음을 멈추었다. 아이는 문득 깨달았다. 간이역이, 지금 자신이 속해 있는 그 괴상한 저쪽 세상 전체가, 그 문 건너편에 있었다. 아이가 해야 할 일은 문을 열고 들어가 그곳에 이미 존재하는 제이크와 재회하는 것뿐이었다. 머릿속의 기묘한 이중생활이 막을 내릴 터였다. 목소리들, 아이가 이날 아침 8시 25분에 죽었느냐 아니냐 하는 문제를 놓고 끝도 없이 다투던 그 목소리들도 사그라질 터였다.

두 손으로 저장실 문을 밀어 열면서 제이크는 일찌감치 환한 안도의 미소를 지었으나…… 이내 표정이 굳고 말았다. 저장실 뒤편에 발판을 놓고 올라가 있던 쇼 부인이 비명을 질렀던 것이다. 부인이 들고 있던 토마토 페이스트 통조림이 손에서 벗어나 바닥으로 떨어졌다. 제이크는 발판 위에서 휘청거리는 그녀가 통조림과 합류하기 전에 붙들려고 달려갔다.

"어휴, 맙소사!"

쇼 부인이 홈드레스 앞자락을 쓸어내리며 숨을 몰아쉬었다.

"조니, 너 때문에 간 떨어질 뻔했잖니!"

"죄송해요."

제이크는 정말로 미안해하는 한편으로 무척이나 실망했다. 결국에는 저장실 문에 지나지 않았다. 그렇게나 *확신*했건만…….

"그나저나 왜 여기서 어슬렁거리는 거니? 오늘은 볼링 치러 가는 날이잖아! 적어도 한 시간은 더 있다 올 줄 알았는데! 간식은 아직 만들지도 않았으니까, 아예 기대도 하지 마."

"괜찮아요. 별로 배 안 고픈데요, 뭐."

제이크는 몸을 굽혀 부인이 떨어뜨린 통조림을 주웠다.

"문을 열고 쳐들어오는 걸 보니 그런 줄 알겠더구나."

쇼 부인이 구시렁거렸다.

"쥐나 뭐 그런 게 소리를 내는 줄 알았거든요. 아마 아주머니 소리였나 봐요."

"그랬을 테지."

발판에서 내려온 쇼 부인이 제이크한테서 통조림을 받아들었다.

"너 독감이라도 걸린 것 같다, 얘." 부인이 제이크의 이마를 손으로 짚었다. "열은 안 나네, 하긴 꼭 열이 중요한 건 아니지만."

"그냥 좀 피곤해서 그런 것 같아요."

제이크는 대답하는 한편으로 내심 생각했다. '그냥 좀 피곤한 거라면 얼마나 좋을까요.'

"탄산음료 마시면서 잠깐 텔레비전이나 볼게요."

"나한테 보여주고 싶은 시험지 없니? 있거든 빨리 보여줘. 얼른 저녁 차려야 돼."

쇼 부인이 구시렁거렸다.

"오늘은 없어요."

제이크는 대답을 남기고 저장실에서 나와 탄산음료를 꺼낸 다음 거실로 들어섰다. 코미디와 게임 쇼를 섞은 「할리우드 스퀘어스」를 틀어놓고 멍하니 보고 있는 동안 제이크 머릿속에서는 목소리들이 아우성을 쳤다. 먼지투성이 저쪽 세상의 새 기억들도 쉬지 않고 의식 표면으로 떠올랐다.

7

제이크의 어머니와 아버지는 아이한테 무슨 문제가 있는지 전혀 눈치 채지 못했는데(아버지는 아예 9시 30분 전에 귀가하는 법이 없었다.) 제이크에게는 오히려 다행이었다. 10시에 잠자리에 든 아이는 어둠 속에 뜬눈으로 누워 창밖의 도시가 들려주는 소리에 귀를 기울였다. 브레이크 밟는 소리, 경적 소리, 윙윙대는 사이렌 소리.

〈넌 죽었어.〉

〈아냐, 난 안 죽었어. 바로 여기 있잖아, 안전한 내 침대에.〉

〈그딴 건 중요하지 않아. 넌 죽었어, 너도 그걸 알아.〉

끔찍하게도, 제이크는 그 두 가지를 다 알고 있었다.

'난 어떤 목소리가 진실을 말하는지 몰라, 그치만 내가 이대로 못 버틴다는 건 알아. 그러니까 당장 그만둬, 너희 둘 다. 그만 좀 떠들고 날 내버려두란 말이야. 알았어? 응?'

그러나 그럴 리가 없었다. 그럴 수가 없었다, 틀림없이. 뒤이어 제이크의 머릿속에 침대에서 일어나(지금 당장) 화장실 문을 열어야 한다는 생각이 떠올랐다. 거기에 저쪽 세상이 있었다. 거기에 간이역이, 또 마구간에서 해묵은 담요를 덮고 웅크린 채 도대체 무슨 일이 일어났는지 궁금해하며 잠들려고 애쓰는 아이 *자신*의 나머지가 있었다.

'내가 그 애한테 말해주면 돼.' 제이크는 흥분에 휩싸여 생각했다. 이불을 확 젖히며 문득 깨달았다. 책장 옆에 보이는 저 문이 이제는 화장실이 아니라 열기와 자주색 샐비어와 먼지 한 줌 속 공포의 냄새가 밴 세상으로, 지금은 밤의 어두운 날개 아래 누워 있는 그 세상으로 통한다는 것을. '내가 말해주면 되는데…… 근데 그럴 필요가 없겠구나. 왜냐면 난 그 애 안에 있을 테니까, 그 애가 될 테니까!'

제이크는 캄캄한 방을 가로질러 달려가며 안도감에 웃음을 터뜨릴 뻔했고, 문을 벌컥 밀어 열었다. 그리고……

그리고 거기에 화장실이 있었다. 벽에는 마빈 게이의 포스터 액자가 걸려 있고 타일 바닥에는 창 가리개 모양을 따라 빛과 그림자가 나란히 누워 있는, 화장실뿐이었다.

한참 동안 그 자리에 선 채로 제이크는 좌절감을 삼키려고 애썼다. 좌절감은 가시지가 않았다. 게다가 사무치기까지 했다.

사무쳤다.

8

제이크의 기억 속에서 그날로부터 이날까지 이어진 3주 동안은 철저히 메마른 땅이나 마찬가지였다. 평화도, 안식도, 고통을 잊을 위안도 없는 악몽 속의 황무지였다. 유령 같은 목소리들과 기억들이 점점 더 강하게 의식을 옥죄어드는 가운데, 마치 한때 자신이 다스리던 도시가 약탈당하는 꼴을 지켜보는 무력한 죄수처럼, 아이는 지켜보았다. 롤랜드라는 이름을 지닌 사내가 자신을 산맥 아래 심연으로 떨어지도록 내버려둔 시점에서 기억이 끝나기를 바랐건만, 그리 되지 않았다. 끊어지거나 누군가 와서 끄기 전까지는 몇 번이고 반복 재생하도록 설정된 테이프처럼, 아이의 기억은 끝나는 대신 처음으로 되감겨 다시 되풀이되었다.

이 끔찍한 분열이 점점 심각해지면서 그래도 일단은 뉴욕 시의 소년으로서 실제 삶을 살아가던 제이크의 인식체계는 점점 구멍투성이가 되어갔다. 학교에 가거나 주말에 영화 보러 간 일, 또 지난주(아니, 지지난 주였던가?) 일요일에 부모님을 따라 브런치를 먹으러

외출했던 일을 기억할 수는 있었지만, 제이크는 그런 기억을 마치 학질을 앓은 사람이 병세가 가장 치열하고 암울했던 시기를 기억하듯 간직했다. 사람들은 그림자가 되었고 목소리는 메아리가 되어 서로 겹쳤으며, 심지어 샌드위치를 먹거나 자동판매기에서 콜라를 뽑는 것처럼 간단한 일도 악전고투였다. 그 기간 동안 제이크는 고함치는 목소리들과 두 겹이 된 기억 속에서 힘겹게 버텨나갔다. 온갖 문에 대한 집착은 더욱 깊어졌다. 그중 한 문의 저편에 총잡이의 세상이 있으리라는 희망이 결코 사그라지지 않았다. 그리 이상할 것도 없었다, 왜냐하면 제이크에게는 그것만이 유일한 희망이었으므로.

그러나 그 게임도 이날부로 끝이었다. 어차피 제이크가 이길 가망은 아예 없었다. 제이크는 포기했다. 수업을 빼먹었다. 고개를 푹 숙인 채로, 가는 곳이 어디인지 또 거기에 도착하면 무엇을 할지 아무런 생각도 안 한 채로, 제이크는 바둑판처럼 펼쳐진 길을 따라 무턱대고 동쪽으로 걸어갔다.

9

한동안 걸은 끝에, 제이크는 우울하고 멍한 상태에서 벗어나 주위를 살펴보기 시작했다. 어쩌다 거기까지 왔는지 조금도 기억하지 못한 채 렉싱턴 대로와 46번가 교차점에 서 있었다. 정말이지 화창한 아침이라는 생각이 처음으로 들었다. 광기가 시작된 5월 9일도 멋진 날이었지만 이날은 그날보다 열 배는 더 멋졌다. 이날, 봄은 아마도 주위를 둘러보다가 볕에 그은 얼굴에 건방진 웃음을 띠고 지척에 서 있는 건장하고 매력적인 여름을 발견했으리라. 햇살이 도심 건물들의 유리벽에 부딪혀 반짝였다. 지나가는 행인들의 그림자는 저마다 검고 또렷했다. 머리 위의 맑고 새파란 하늘에는 비를 품은 듯 통통한 구름들이 점점이 떠 있었다.

거리 저편의 공사장을 둘러싼 판자벽 앞에 맵시 있게 맞춘 고급 슈트 차림의 직장인 두 명이 서 있었다. 둘은 웃으며 무언가를 주고받았다. 제이크는 호기심이 생겨 두 사람 쪽으로 걸어갔고, 가까이 가서 보니 판자벽에 값비싼 마크 크로스 만년필로 바둑판을 쳐놓고 가위표와 동그라미를 그려 넣으며 '삼목놓기'를 하는 중이었다. 제이크는 말도 안 되는 짓이라고 생각했다. 아이가 다가가는 사이에 둘 중 한 남자가 맨 윗줄 오른쪽 귀퉁이에 동그라미를 그려넣었다. 뒤이어 그 남자가 판 한가운데로 대각선을 그었다.

"또 졌잖아!"

남자의 친구가 말했다. 원기왕성한 중역 아니면 변호사 아니면 거물 주식 중개인처럼 보이는 이 친구는 마크 크로스 만년필을 받아들고 바둑판을 새로 그렸다.

게임에서 이긴 남자가 왼쪽으로 눈길을 돌려 제이크를 쳐다보았다. 그러고는 씩 웃었다.

"꼬마야, 날씨 참 끝내주지, 응?"

"정말 그러네요."

제이크는 자기 말 한 자 한 자가 진심임을 알고 기뻤다.

"학교 가기엔 너무 아까운 날씨지, 응?"

이 말에 제이크는 아예 웃고 말았다. 파이퍼스쿨이, 점심을 먹는 대신 외출을 하고 가끔 자리를 비우기는 해도 절대 똥 싸러 가는 법은 없는 그곳이, 문득 너무도 멀고 조금도 중요치 않은 곳인 듯했다.

"아저씨도 아시는군요."

"너도 한 판 둘래? 여기 있는 빌리는 5학년 시절에도 날 못 이기더니, 지금도 이 모양이구나."

"애는 빠지라고 해." 마크 크로스 만년필을 든 다른 남자가 말했다. "이번에야말로 네 기록에 종지부를 찍어주지."

남자가 윙크를 하자 제이크도 그에게 윙크를 했다. 제이크 스스로도 놀랄 일이었다. 게임을 계속하는 두 사내를 뒤로 하고 제이크는 걸어갔다. 무언가 정말로 멋진 일이 일어나리라는, 어쩌면 이미 일어나기 시작했는지도 모른다는 예감이 점점 더 강해졌다. 이제 제이크는 아예 두 발이 보도 위에 둥둥 떠 있는 기분이었다.

길모퉁이의 *가세요* 신호등이 켜지자 제이크는 렉싱턴 대로를 건너갔다. 그러다 차도 한복판에서 어찌나 급하게 멈춰 섰던지, 하마터면 급행 배달부가 탄 10단 변속 자전거에 치일 뻔했다. 아름다운 봄날이었다. 정말로 그랬다. 그러나 제이크의 기분이 그토록 좋았던 까닭은, 주위에서 일어나는 모든 일을 그토록 갑작스럽게 알아차린 까닭은, 무언가 굉장한 일이 곧 일어나리라고 그토록 확신했던 까닭은, 날씨 때문이 아니었다.

목소리들이 그쳤기 때문이었다.

영영 사라지지는 않았지만(어째서인지 제이크는 이를 알 수 있었다.) 그래도 당분간이나마 그쳤기 때문이었다. 어째서?

문득 제이크는 한 방에서 말다툼을 하는 두 사내를 상상했다. 둘은 탁자를 사이에 두고 마주 앉아 점점 핏대를 올려가며 다투는 중이다. 이윽고 슬슬 상대방을 향해 몸을 숙여가며, 노기등등한 얼굴을 바짝 디밀며, 흥분한 나머지 서로의 얼굴에 분무기처럼 침을 튀겨댄다. 머지않아 주먹질을 시작할 기세이다. 그러나 그렇게 되기 전에 연이어 쿵쿵거리는 소리가, 큰북을 치는 소리가 들려오고, 뒤이어 흥겨운 금관악기 연주음이 들려온다. 두 사내는 말다툼을 멈추고 아리송한 표정으로 서로를 바라본다.
'무슨 소리지?' 한 사내가 묻는다.
'몰라.' 다른 사내가 대답한다. '행진 소리 같기도 한데.'
둘이 창문으로 달려가서 보니 과연 행진 대열이 지나간다. 나팔에 내리꽂힌 햇살이 쨍하게 빛나는 가운데 제복 차림 악단이 발을 맞추어 행진을 하고, 아리따운 아가씨들은 지휘봉을 돌리며 쭉 뻗은 구릿빛 다리를 뽐내듯 활보하고, 꽃으로 장식한 무개차에는 유명인들이 잔뜩 올라타 손을 흔들고 있다.
두 사내는 말다툼을 잊은 채 창밖을 내다본다. 틀림없이 다시 싸울 테지만 적어도 지금은 둘도 없는 친구인 양 어깨를 나란히 하고, 행진 대열이 지나가는 광경을 지켜보는데……

10

경적 소리가 요란하게 울려 퍼졌고, 제이크는 놀란 나머지 깊은 꿈처럼 생생한 그 상상 속에서 끌려나오고 말았다. 정신을 차려보니 신호등이 이미 바뀌었는데도 아직 렉싱턴 대로 한복판에 서 있었다. 자신을 노리고 달려드는 파란 캐딜락이 보일까 싶어 황급히 두리번거렸다. 그러나 경적을 울린 남자는 노란색 머스탱 컨버터블 운전석에 앉아 이쪽을 보며 씩 웃고 있었다. 마치 온 뉴욕 사람들이 웃음 가스를 한 모금씩 들이마신 날 같았다.

　제이크는 머스탱을 모는 남자에게 손을 흔들어주고 길 건너편으로 냅다 달렸다. 남자는 손가락으로 귓가를 휘휘 저어 제이크에게 정신이 살짝 외출한 것 아니냐는 신호를 보내더니, 마찬가지로 손을 흔들어 화답하고 차를 출발시켰다.

　잠시 동안 제이크는 건너편 길모퉁이에 가만히 서서, 5월 햇살 속에 고개를 쳐들고 빙그레 웃으며, 이날을 만끽했다. 제이크는 전기의자에 앉아 사형당할 처지의 죄수들이 임시 집행유예 통보를 받았을 때 꼭 이런 기분이리라고 생각했다.

　목소리들이 잠잠했다.

　문제는, 그들의 주의를 잠시 딴 데로 돌린 행진의 정체가 무엇인가 하는 점이었다. 이 봄날 아침이 보기 드물게 아름답다는 것, 단지 그뿐일까?

　제이크는 그뿐일 리가 없다고 생각했다. *알고 있다*라는 느낌이, 3주 전 5번대로와 46번가 교차점 쪽으로 걸어갈 때 자신을 사로잡았던 바로 그 느낌이 다시금 온몸을 스멀스멀 뒤덮고 몸속까지 파고들었기에 그렇게 생각했다. 그러나 5월 9일 당시에는 닥쳐오는 종말의 느낌이었다. 5월 31일 이날은 따사로운 느낌, 선의와 희망을 담은 느낌이었다. 그 느낌은 마치…… 마치……

　'새하얘.' 이 말이 제이크에게 떠올랐고, 한 점 의심할 바 없이 옳다는 확신이 되어 온 의식 속에 메아리쳤다.

　"새하얀 거야!" 제이크가 소리 높여 외쳤다. "새하얀 게 나타날 거야!"

56번가를 계속 걷다가 2번 대로와 54번가 교차점에 이를 무렵, 제이크는 다시 한 번 '카텟'의 우산 아래를 지나갔다.

11

제이크는 오른쪽으로 돌았고, 이내 멈췄으며, 다시 돌아서서 왔던 길을 따라 길모퉁이로 돌아갔다. 이제 2번 대로를 따라 내려가야 했지만, 아무렴, 의심할 여지 없이 옳은 답이었지만, 이번에도 제이크가 서 있는 곳은 건너편 보도였다. 신호등이 바뀌었을 때 제이크는 허둥지둥 길을 건너 다시 오른쪽으로 돌았다. 그 느낌이, 그
(새하얀)
옳다는 느낌이 점점 더 강해졌다. 기쁘고 안심한 나머지 제이크는 반쯤 미칠 지경이었다. 무사하리라. 이번에는 아무 실수도 하지 않으리라. 제이크는 확신했다. 앞서 뚱뚱한 여인과 프레첼 장수를 알아보았듯이 머잖아 알아볼 만한 사람들이 눈에 띄리라고, 또 그 사람들은 자신이 시간을 앞당겨 기억하는 일을 그대로 행하고 있으리라고, 확신했다.

그러나 사람들 대신 눈앞에 나타난 것은, 서점이었다.

12

맨해튼 마음의 양식 레스토랑, 유리창에 이렇게 씌어져 있었다.

제이크는 문 쪽으로 다가갔다. 문에 칠판이 걸려 있었다. 간이식당이나 구내식당에서 눈에 띄는 칠판과 비슷하게 보였다.

오늘의 특선 요리

플로리다에서 왔어요! 갓 구운 존 D. 맥도널드
  양장본 3부 2달러 50센트
  문고본 9부 5달러

미시시피에서 왔어요! 살짝 지진 윌리엄 포크너
  양장본   시가
  빈티지 라이브러리판 문고본 시가

캘리포니아에서 왔어요! 하드보일드 레이먼드 챈들러
  양장본 시가
  문고본 7부 5달러

책 고픈 마음에 양식을 주세요

제이크는 안으로 들어서며 깨달았다. 이번에는 건너편에 저쪽 세상이 있기를 미친 듯이 바라며 문을 열지 않았다. 3주 만에 처음이었다. 머리 위에서 종이 울렸다. 은은하게 톡 쏘는 헌책 냄새가 확 끼쳐왔다. 왠지 집에 돌아온 느낌을 주는 냄새였다.
 식당 같은 분위기는 서점 안쪽으로도 이어졌다. 벽을 따라 책장이 늘어서 있기는 했으나 분수대 모양 카운터가 실내를 둘로 나누었다. 카운터를 경계로 제이크가 있는 쪽에 작은 탁자 몇 개가 놓여 있었고 각각 철망으로 등판을 댄 간이식당 의자가 딸려 있었다. 손님들이 볼 수 있도록 탁자마다 이날의 특선요리가 놓여 있었다. 트래비스 맥기가 등장하는 존 D. 맥도널드의 소설들, 필립 말로가 등장하는 레이먼드 챈들러의 소설들, 스놉스 집안이 등장하는 윌리엄 포크너의 소설들이었다. 포크너의 책이 놓인 탁자에는 이렇게 씌어진 작은 팻말이 곁들여져 있었다. *희귀 초판본 주문 가능 — 문의 바랍니다.* 카운터에 놓인 또 다른 팻말에는 그저 이렇게만 씌어져 있었다. *둘러보세요!* 손님 두어 명이 이 말을 그대로 따르는 중이었다. 그들은 카운터에 앉아 커피를 마시며 책을 읽고 있었다. 제이크는 의심할 것도 없이 여기야말로 이제껏 가본 서점 중에 최고라고 생각했다.

문제는, 제이크가 어째서 여기에 와 있는가 하는 점이었다. 단지 운이었을까? 아니면 이것 또한 그 부드러우면서도 또렷한 느낌, 즉 제이크가 찾을 수 있도록 남겨진 어떤 흔적(일종의 힘이 충만한 빔)을 따라가는 듯한 느낌의 일부일까?

제이크는 왼편의 작은 탁자 위에 놓인 것을 흘긋 보고 답을 깨달았다.

13

거기에는 어린이 책들이 놓여 있었다. 탁자 위는 공간이 넉넉지 않았던 탓에 고작 열 권 정도뿐이었다.『이상한 나라의 앨리스』,『호빗』,『톰 소여의 모험』등등. 그 가운데 제이크의 관심을 끈 것은 틀림없이 아주 어린 아이를 대상으로 썼음 직한 이야기책이었다. 밝은 초록색 표지에 사람 얼굴을 한 기관차가 연기를 내뿜으며 언덕을 오르는 그림이 그려져 있었다. 기관차 앞에 달린 (밝은 분홍색) 배장기는 흐뭇하게 웃음 짓는 입이었고, 전조등은 활기 띤 눈이었으며, 마치 제이크 체임버스에게 이리 들어와 다 읽어보라고 초대하는 듯 보였다. 제목은『칙칙폭폭 찰리』, 쓰고 그린 이는 베릴 에번스였다. 제이크의 의식 속에 다시 기말 작문 과제가 떠올랐다. 표지에는 암트랙 열차 사진을 붙이고 본문에는 '칙칙폭폭'이라는 단어를 거듭 또 거듭 쳐넣은 작문 과제가.

제이크는 그 책에 손을 뻗었고, 마치 손을 놓으면 책이 날아가기라도 할 것처럼 꾹 힘주어 쥐었다. 뒤이어 표지를 내려다보고 있으려니 칙칙폭폭 찰리의 얼굴에 밴 웃음이 영 미덥지 않다는 생각이 들었다. '넌 행복해 보여, 그치만 내 생각엔 가면을 쓰고 있을 뿐이야.' 제이크는 생각했다. '내 생각에 넌 하나도 행복하지 않아. 그리고 네 진짜 이름은 찰리가 아닐 거야.'

모두 미친 생각이었다. 의심할 것도 없이 미친 생각이었으나, 미쳤다는 느낌은 들지 않았다. 제정신인 느낌이었다. 진짜 같은 느낌이었다.

『칙칙폭폭 찰리』가 놓인 곳 옆에는 너덜너덜한 문고본 한 권이 세워져 있었다. 형편없이 찢어진 겉장을 스카치테이프로 붙였는데 이제는 그마저도 오래되어 누렇게 바래어 있었다. 겉장에는 어리둥절한 표정을 지은 사내아이와 여자아이가 그려져 있고 둘의 머리 위에 물음표가 한가득 떠 있었다. 이 책 제목은 『알쏭달쏭 수수께끼! 다 함께 도전하는 난공불락 퍼즐!』이었다. 지은이 이름은 씌어져 있지 않았다.

제이크는 『칙칙폭폭 찰리』를 겨드랑이에 끼고 수수께끼 책을 집어들었다. 아무 쪽이나 펼쳤더니 이런 문제가 보였다.

문이 문이 아닐 때는 언제일까?

"알고 보니 무널 때."

제이크가 중얼거렸다. 땀이 송골송골 돋는 느낌이 들었다. 이마에…… 팔에…… 온몸에.

"알고 보니 무널 때야!"

"뭐 좀 건졌니, 꼬마야?"

부드럽게 묻는 목소리가 들렸다.

제이크가 뒤를 돌아보니 목깃을 푼 하얀 셔츠 차림의 육덕 푸짐한 남자가 카운터 끝에 서 있었다. 두 손은 낡은 능직 바지의 양쪽 주머니에 꽂은 채였다. 빛나는 돔처럼 벗어진 머리에는 반돋보기 안경이 걸려 있었다.

"아, 네." 제이크는 열에 달뜬 목소리로 대답했다. "이거 두 권이오. 파는 책 맞나요?"

"여기 보이는 책은 다 파는 거야. 이 건물도 팔고 싶단다, 내 거라면 말이지만. 어이구, 세 들어 사는 형편이라니."

남자가 책을 받으려고 손을 내밀자 제이크는 잠시 망설였다. 그러다가 이내 내키지 않는 듯 책을 건넸다. 아이는 머릿속 한편으로 육덕 푸짐한 남자가 책을 들고 달아나리라고 생각했다. 그리고 만일 그러기만 하면, 그럴 낌새가 보이기만 하면, 그에게 달려들어 손에서 책을 뺏어들고 냅다 튈 작정이었다. 아이는 그 책들이 *필요했다*.

"그래, 뭘 골랐는지 한번 보자꾸나. 그건 그렇고, 난 타워('탑'이라는 뜻—옮긴이)다. 캘빈 타워야."

남자가 손을 내밀었다. 제이크는 눈이 휘둥그레져서 저도 모르게 한 걸음 뒤로 물러섰다.

"*뭐라고요?*"

육덕 푸짐한 남자가 흥미로운 듯 제이크를 응시했다.

"캘빈 타워라니까. 오, 하이퍼보리아의 방랑자여, 내 이름의 어떤 단어가 그대의 언어에서 불경함으로 통하는가?"

"예?"

"꼭 누가 널 겁주기라도 한 것 같다, 이 말이야."

"아. 죄송해요."

제이크는 남자의 커다랗고 물컹물컹한 손을 잡으며 그가 더 캐묻지 않기를 바랐다. 그의 이름을 듣고 화들짝 놀라기는 했지만, 어찌 된 영문인지는 알 길이 없었다.

"전 제이크 체임버스예요."

캘빈 타워가 맞쥔 손을 흔들었다.

"멋진 이름을 가졌군, 친구. 서부 소설에 나오는 떠돌이 주인공 같아. 애리조나 주 블랙포크에 홀연히 나타나서는, 마을 쓰레기들을 싹 쓸어버리고 다시 정처 없이 떠나는 주인공 말이야. 아마 웨인 D. 오버홀저가 쓴 책에 나오던가 그럴 거야. 다만 넌 떠돌이 같지가 않아, 제이크. 꼭 날씨가 너무 좋아서 학교에 죽치고 있기 싫다고 마음먹은 아이 같은데."

"아…… 아니에요. 지난 주 금요일부터 방학이에요."

타워가 씩 웃었다.

"아하. 물론 그렇겠지. 그래서 이 두 권을 사고 싶다, 이거지? 그러고 보면 꽤 재미있단다, 사람들이 뭘 원하느냐 하는 것 말이야. 지금 네 경우를 보면…… 딱 보니까 로버트 하워드의 책을 좋아하는 아이 같은데. 도널드 M. 그랜트 출판사에서 나온 멋진 옛날 책들, 로이 크렌켈이 삽화를 그린 그 판본들 말이야. 피가 뚝뚝 떨어지는 칼, 우락부락한 근육, 야만인 코난의 칼에 추풍낙엽처럼 쓰러지는 스티기아 군대가 그려진 책들."

"그거 진짜 재밌겠네요. 이 책은, 어…… 제 동생 줄 거예요. 다음 주가 걔 생일이거든요."

캘빈 타워가 엄지손가락으로 반돋보기를 끌어내려 콧등에 올려놓은 다음 제이크를 더 자세히 뜯어보았다.

"정말이냐? 내가 보기엔 외동아들 같은데. 딱 외동아들이야, 바야흐로 초록색 드레스를 입은 5월 여왕이 풀빛 무성한 6월 골짜기의 들목에 서서 전전긍긍하는 이때, 말없이 하루 휴가를 즐기는 외동아들 말이야."

"저기, 다시 말씀해 주실래요?"

"별 거 아니다. 난 봄만 되면 윌리엄 카우퍼(18세기 영국의 시인이자 찬송가 작사가—옮긴이)가 된 기분이 들어서 말이야. 인간이란 원래 이상하지만 그래도 재미있다네, 무법자 양반. 그렇지?"

"그런 것 같네요."

제이크가 조심스레 대답했다. 이 유별난 남자가 마음에 드는지 안 드는지 판단할 수가 없었다.

카운터에 앉아 책을 읽던 손님 한 명이 의자에 앉은 채로 빙 돌았다. 그 남자는 한 손에 커피잔을 들고 다른 손에는 낡아빠진 문고본 『페스트』를 들고 있었다.

"어이 캘, 애 작작 좀 놀리고 책이나 팔아. 자네가 서둘러야 세상 끝장나기 전에 이 체스 승부를 마무리 지을 짬이 날 거 아냐."

"서두름은 내 본성과 정면으로 대치하는 성질이지."

이렇게 말하면서도, 캘은 『칙칙폭폭 찰리』를 펼치고 면지에 연필로 적어둔 가격을 들여다보았다.

"꽤 흔한 책이긴 한데, 이놈은 상태가 아주 좋은걸. 원래 쪼그만 애들은 제 맘에 드는 책은 굉장히 험하게 보거든. 이건 12달러는 받아야……"

"저런 날강도 같으니."

『페스트』를 읽던 남자가 이렇게 말하자 다른 손님이 껄껄 웃었다. 캘빈 타워는 조금도 아랑곳하지 않았다.

"……하지만 오늘 같은 날 차마 그렇게 뜯어낼 수야 없지. 7달러만 내고 가져가렴, 물론 부가세는 별도지만. 대신 수수께끼 책은 공짜로 주마. 내 선물이라고 생각하렴, 이 마지막 진정한 봄날에 미지의 땅을 찾아 장도에 오를 만큼 슬기로운 소년한테 주는 거라고 말이야."

제이크는 지갑을 꺼내어 조마조마한 마음으로 열어보았다. 집에서 나올 때 혹시 3, 4달러만 갖고 오지 않았나 싶어 걱정스러웠다. 그러나 운이 좋았다. 5달러짜리 지폐 한 장과 1달러짜리 세 장이 들어 있었다. 타워는 제이크가 건넨 지폐를 접어 한쪽 주머니에 쑥 집어넣고 잔돈은 반대편 주머니에서 꺼내어 거슬러 주었다.

"느긋하게 있다 가렴, 제이크. 이왕 들어왔으니 카운터에서 커피라도 한 잔 해. 에런 디프노가 쳐놓은 엉터리 방어진이 나한테 박살

나는 꿀을 보면 눈이 휘둥그레질걸."
"꿈도 꾸지 마셔."
『페스트』를 읽고 있던, 필시 에런 디프노일 법한 남자가 말했다.
"저도 그러고 싶지만 안 되겠어요. 저기…… 어디 갈 데가 좀 있어서요."
"좋아. 학교로 돌아가는 것만 아니라면 말이야."
제이크가 씩 웃었다.
"아뇨, 학교는 안 가요. 거기 갔다간 미쳐버릴 거예요."
타워가 너털웃음을 터뜨리며 안경을 다시 머리 위로 올려 썼다.
"거 괜찮구나! 아주 괜찮아! 어쩌면 우리 미래의 주역들이 말세를 불러올까 봐 걱정 안 해도 되겠어. 안 그런가, 에런?"
"아, 말세는 틀림없이 올 거야. 앤 그냥 예외일 뿐이지. 아마도."
"저 냉소적인 영감탱이는 신경 쓰지 마라. 길을 나설지어다, 하이퍼보리아의 방랑자여. 나도 열 살이나 열한 살 적으로 돌아가고 싶구나, 이렇게 아름다운 날이 앞에 펼쳐져 있으니 말이다."
"책 싸게 주셔서 고맙습니다."
"별 소리를. 이 서점이 그러라고 있는 거란다. 다음에 또 들르렴."
"그럴게요."
"그래, 가게가 어디 있는지도 아니까 말이야."
'예.'
제이크는 속으로 생각했다.
'이제 제가 어디 있는지만 알면 좋겠어요.'

14

제이크는 서점을 나서자마자 걸음을 멈추고 수수께끼 책을 다시 펼쳤다. 이번에는 맨 앞 쪽을 펴고 글쓴이 이름이 없는 짤막한 서문을 보았다.

'수수께끼는 사람들이 오늘날에도 즐기는 여러 가지 오래된 놀이 가운데 가장 오래된 놀이일 거예요.' 서문은 이렇게 시작되었다. '그리스 신화에 나오는 신과 여신들도 수수께끼로 서로를 골탕 먹였고, 고대 로마에서는 교육 수단으로 이용하기도 했어요. 성서에도 멋진 수수께끼가 몇 가지 들어 있답니다. 그중에 가장 유명한 것은 삼손이 델릴라와 결혼한 날에 냈던 수수께끼예요.'

먹는 자에게서 먹는 것이 나오고,
강한 자에게서 단 것이 나왔다!
(『표준새번역 한글 성서』 사사기 14장 14절 참조 — 옮긴이)

'삼손은 자기 결혼식에 참석한 청년 몇 명에게 이 수수께끼를 내면서 그들이 답을 못 맞힐 거라고 자신만만했어요. 하지만 청년들은 델릴라를 한쪽으로 불러내어 몰래 답을 들었지요. 삼손은 화가 난 나머지 속였다는 이유로 그 청년들을 죽이고 말았어요. 자, 봤죠? 이처럼 옛날에는 수수께끼를 요즘보다 훨씬 진지하게 여겼답니다!

그건 그렇고, 삼손이 낸 수수께끼의 답은 이 책 맨 뒤에 있는 해답편에서 볼 수 있어요. 책에 나오는 다른 수수께끼의 답도 전부 다 거기에 있지요. 다만 부탁이 하나 있어요, 답을 들춰보기 전에 각각

의 문제를 충분히 생각해 보세요!'

책 뒤쪽으로 넘어가면서, 제이크는 어째서인지 보기도 전에 무엇이 보일지를 알았다. *해답편*이라고 적힌 낱장 뒤에는 찢기고 남은 자국과 뒤표지뿐이었다. 해답편은 뜯겨나가고 없었다.

제이크는 오도카니 서서 생각했다. 그러다가 전혀 충동이라는 느낌이 안 드는 충동에 이끌려 맨해튼 마음의 양식 레스토랑으로 다시 들어갔다.

체스판을 들여다보던 캘빈 타워가 고개를 들었다.

"하이퍼보리아의 방랑자 아니신가, 마음을 돌려 커피 한 잔 하러 오셨나?"

"아뇨. 혹시 수수께끼의 답을 아시는지 여쭤보려고요."

"뭐든 물어보렴."

타워가 대답하며 체스판의 폰을 움직였다.

"삼손이 낸 수수께끼예요, 성서에 나오는 그 힘 센 사람 말이에요. 그러니까 이렇게 시작하는……"

"'먹는 자에게서 먹는 것이 나오고,'" 에런 디프노가 다시 의자를 빙 돌려 제이크를 보며 말했다. "'강한 자에게서 단 것이 나왔다!' 맞지?"

"예, 맞아요. 아저씬 그걸 어떻게……"

"음, 소싯적에 쌓은 경륜이라고나 할까. 잘 들어보렴."

에런이 고개를 뒤로 젖히더니 크고 유들유들한 목소리로 노래를 불렀다.

"'삼손과 사자가 맞붙어 싸우다가

삼손이 사자 등에 올라탔네.
사자가 앞발로 사람을 죽인 이야기는 다들 아실 테지,
그런데 삼손은 두 손으로 사자 아가리를 졸랐지 뭔가!
삼손은 사자가 죽어 자빠질 때까지 녀석의 등을 탔고,
벌 떼는 사자 대가리 속에서 꿀을 만들었네.'"

에런은 눈을 찡긋하고 나서 제이크의 놀란 표정을 보고 웃었다.
"어때, 친구. 이 정도면 답이 됐겠지?"
제이크의 눈은 동그래져 있었다.
"우와! 진짜 멋진 노래예요! 어디서 들으셨어요?"
"후후, 에런은 모르는 노래가 없지." 타워가 말했다. "밥 딜런이 하모니카를 뿜빠거리기도 전에 이미 블리커 스트리트에서 날리던 양반이시거든. 믿을 수만 있다면 말이지만."
"오래된 복음성가란다." 에런은 제이크에게 가르쳐주고 나서 타워에게 말했다. "그건 그렇고 장군이나 받으셔, 이 뚱보 양반아."
"금방 깨드리지요."
타워가 대꾸하고 자기 비숍을 움직였다. 에런이 냉큼 그 말을 채 갔다. 타워가 나지막이 뭐라고 구시렁거렸다. 제이크가 듣기에 쌍욕이 아닌가 의심스러웠다.
"그럼 답은 사자네요."
제이크의 말에 에런이 고개를 저었다.
"그건 반쪽짜리 답이지. 삼손이 낸 수수께끼는 두 겹이잖아, 이 친구야. 답의 나머지 반쪽은 꿀이란다. 이제 알겠니?"
"예. 알 것 같아요."

"좋아, 그럼 이걸 한번 풀어보렴."
에런은 잠시 눈을 감고 있다가 이렇게 읊었다.

"내달릴 수는 있어도 걷지는 못하고,
드나드는 입이 있어도 말은 못하고,
바닥이 있어도 몸을 뉘지 못하고,
머리가 있어도 울지 못하는 것은?"

"하여튼 잔머리하고는."
타워가 에런에게 투덜거렸다.
제이크는 곰곰이 생각하다가 이내 고개를 흔들었다. 더 오래 고민해 볼 수도 있었다. 알고 보니 수수께끼 풀기는 흥미진진하고 매력적인 놀이였다. 그러나 그곳을 떠나야 한다는 느낌, 이날 아침 2번 대로에서 해야 할 일이 있다는 느낌이 강하게 들었다.
"기권할래요."
"아니, 기권 같은 건 없어. 기권은 *현대식* 수수께끼에나 할 수 있는 거야. 하지만 *진짜* 수수께끼는 그냥 심심풀이가 아니란다, 꼬마야. 무척이나 풀기 힘든 문제지. 머리를 다시 굴려보렴. 그래도 모르겠거든 답을 핑계 삼아 나중에 또 들르면 돼. 그것 말고도 핑계가 필요하면, 이 뚱보 양반이 커피 만드는 솜씨 하나는 기가 막히니까 그걸 핑계로 삼든가."
"예, 고맙습니다. 그렇게 할게요."
그러나 가게를 나서는 동안 확신 하나가 제이크를 뒤덮었다. 다시는 맨해튼 마음의 양식 레스토랑에 들어서지 못하리라는 확신이었다.

15

 방금 산 책들을 왼손에 들고서, 제이크는 2번 대로를 천천히 걸어 내려갔다. 처음에는 수수께끼를 풀려고 끙끙댔지만('바닥이 있어도 눕지 못하는 게 뭘까?') 그 생각은 점점 커지는 기대감에 밀려 머릿속에서 사라져갔다. 이제껏 살아온 날들 중 그 어느 때보다도 오감이 예민해진 듯싶었다. 제이크는 보도에 반짝이는 수억 개의 광채를 보았다. 숨을 들이쉴 때마다 수천 가지 복잡한 향기를 맡았다. 또 소리 하나하나를 들을 때마다 거기에 깃든 다른 소리를, 어떤 비밀스러운 소리를 듣는 듯했다. 제이크는 혹시 뇌우가 퍼붓거나 지진이 일어나기 전에 개들이 느끼는 기분이 이럴까 하고 궁금해하다가 아마도 그럴 거라고 거의 확신했다. 그런데도 곧 일어날 사건이 나쁜 일이 아니라 좋은 일이라는 느낌, 3주 전 자신이 겪었던 끔찍한 일에 대한 보상일 거라는 느낌은, 쉬지 않고 커져만 갔다.
 그리고 이제, 길이 시작되려는 곳에 가까워지면서, 시간을 앞당겨 아는 느낌이 또 다시 제이크를 엄습했다.
 '웬 부랑자가 나더러 적선하라고 손을 내밀 거야, 그럼 난 타워 아저씨가 준 잔돈을 건네겠지. 그다음엔 음반 가게가 나와. 환기하려고 열어놓은 가게 문 앞을 지나갈 때 롤링 스톤스 노래가 들릴 거야. 그다음엔 수많은 거울에 비친 내 모습이 보여.'
 2번 대로의 교통량은 아직 한산했다. 굼뜬 승용차와 트럭 사이로 택시들이 경적을 울리며 요리조리 빠져나갔다. 봄날 햇살이 택시의 유리창과 노란 차체에 부딪혀 산산이 흩어졌다. 제이크는 신호등이 바뀌기를 기다리다가 2번 대로와 52번가 교차점에 있는 부랑자를 발견했다. 작은 식당의 벽돌 벽에 등을 기대고 앉은 그에게 다가가다 보니 식당 이름이 눈에 들어왔다. *지지고볶고 아줌마네 식당*이었다.

'지지고볶고, 칙칙폭폭.' 제이크는 생각했다. '그것은 진실.'

"잔돈 좀 있냐아?"

부랑자가 피곤에 전 목소리로 묻자 제이크는 고개도 돌리지 않은 채 서점에서 받은 거스름돈을 그의 무릎에 떨어뜨렸다. 뒤이어 미리 정해진바 그대로 롤링 스톤스의 노래가 들려왔다.

"빨간 문이 보여, 검게 칠하고 싶어,
다른 색은 절대 안 돼, 시커멓게 칠하고 싶어……"

제이크가 지나가면서 본(또한 조금도 놀라지 않은) 음반 가게의 이름은 *타워 오브 파워 레코드*였다.

요즘은 탑이 꽤 헐값에 팔리는구나 싶었다.

제이크는 계속 걸었고, 거리 표지판들은 왠지 꿈처럼 몽롱하게 흘러갔다. 49번가와 48번가 사이 블록에서 아이는 *거울 속의 당신*이라는 가게 앞을 지나갔다. 고개를 돌리자 거울에 비친 제이크 여남은 명이 보였고, 이는 이미 알았던바 그대로였다. 또래보다 몸집이 작은 소년들, 통학용 복장을 한 소년들이었다. 감색 블레이저, 흰 셔츠, 진홍색 넥타이, 회색 정장 바지. 파이퍼스쿨에는 정해진 교복이 없었지만 사복을 입는다고 해봐야 이 정도가 고작이었다.

이제는 파이퍼스쿨도 먼 옛일처럼 아득했다.

불현듯 제이크는 자기가 어디로 가는지를 깨달았다. 깨달음이 마치 지하의 샘에서 솟아오른 달콤하고 시원한 물처럼 의식 위로 솟구쳐 올라왔다. '식료품점이야. 일단 겉으로 보기엔 그래. 실은 다른 건데, 다른 세상으로 가는 통론데. 그 세상이야. *그 아저씨*가 있는 세상. 내가 *있어야 할* 세상.'

제이크는 간절한 마음으로 앞만 보며 달리기 시작했다. 47번가의 신호등이 막아섰으나 무시한 채 길모퉁이에서 차도로 뛰어들었다. 건성으로 왼쪽을 한 번 쳐다본 다음 굵직한 흰색 선 두 줄로 표시된 횡단보도를 쏜살같이 달려갔다. 배관공사업체의 밴이 끼익 소리를 내며 급히 멈춰 섰다. 제이크는 그 앞을 눈 깜짝할 새에 지나갔다.

"야 인마! 무 무 무슨 짓이야!"

운전수가 고함을 쳤으나 제이크는 그 역시 무시했다.

남은 거리는 딱 한 블록.

이제 제이크는 온 힘을 다해 달리기 시작했다. 넥타이가 왼쪽 어깨 너머로 펄럭였다. 머리가 뒤로 흩날려 이마가 훤히 드러났다. 통학용 구두가 보도를 두들겨댔다. 행인 몇몇이 즐거운 듯 흥미로운 듯 쳐다보았으나 앞서 밴 운전수의 노기 띤 고함을 무시했듯이 제이크는 이 또한 무시했다.

'저기야, 저 앞의 모퉁이만 돌면 돼. 문방구 다음이야.'

암갈색 작업복을 입은 유피에스 배달 직원이 소포가 쌓인 수레를 밀며 이쪽으로 걸어왔다. 제이크는 멀리뛰기 선수처럼 팔을 쳐들고 수레를 뛰어넘었다. 흰 셔츠 뒷자락이 바지에서 삐져나와 블레이저 아래에서 슬립 밑단처럼 펄럭거렸다. 보도에 착지하고 나서 이번에는 젊은 푸에르토리코계 여인이 밀던 유모차와 부딪힐 뻔했다. 제이크는 수비진의 허점을 포착하고 골대를 향해 달리는 하프백처럼 유모차 옆으로 방향을 틀었다. "잘생긴 총각, 어디 불이라도 났대?" 여인이 물었으나 이 또한 무시했다. 펜과 공책과 탁상용 계산기가 전시된 *페이퍼 패치*(종이 쪼가리) 문방구의 진열창을 지나 냅다 달렸다.

'문이야!' 제이크는 무아지경에 빠져 있었다. '문이 보일 거야! 내가 문 앞에서 멈출 것 같아? 천만에, 말도 안 돼! 난 곧바로 쳐들어갈 거야, 잠겨 있어도 상관없어, 당장 때려부수고 들어갈······'

그러나 2번 대로와 46번가 교차점에 무엇이 있는지 보고 나서, 제이크는 결국 멈춰 설 수밖에 없었다. 실은 미끄러지는 구두창을 간신히 멈춰 세웠다. 주먹을 꼭 쥐고, 숨을 거칠게 몰아쉬며, 땀에 젖어 엉겨붙은 머리카락이 이마에 달라붙은 채로, 제이크는 보도 한복판에 서 있었다.

"안 돼." 제이크는 하마터면 울 뻔했다. "*안 돼!*"

그러나 발광이라도 할 것처럼 부정해봤자 눈앞에 보이는 것은, 아무것도 없는 그 광경은 바뀌지 않았다. 보이는 것이라고는 야트막한 판자 울타리와 그 너머의 쓰레기투성이 잡초 공터뿐이었다.

공터에 서 있던 건물은 이미 철거되고 없었다.

16

제이크는 울타리 바깥에 서서 거의 2분 동안 꼼짝도 않은 채 멍한 눈으로 공터를 훑어보았다. 한쪽 입꼬리가 제멋대로 경련을 일으켰다. 희망이, 그 확고한 신념이, 스르르 흘러나가는 기분이 들었다. 그 자리를 대신 채운 것은 제이크가 처음으로 겪어보는 깊고도 비통한 절망감이었다.

'이번에도 가짜 경보였어.' 다만 뭐라도 생각할 수 있을 만큼 충격이 가라앉고 나서 제이크는 이렇게 생각했다. '이번에도 가짜였어, 막다른 골목이야, 바닥난 우물이야. 이제 목소리들이 다시 들리겠지, 그럼 난 비명을 지를 테고. 그래도 괜찮아. 이렇게 버티는 것도 지쳤으니까. 미쳐가는 것도 이젠 질렸으니까. 만약 이런 게 미쳐가는 거라면 난 그냥 서둘러 미쳐버리고 싶어, 그럼 누군가 날 병원에 데려다줄 테고 그럼 무슨 약이든 먹고 쭉 뻗어버릴 수 있잖아. 난 기권할래. 여기가 끝이야…… 난 끝났어.'

그러나 목소리는 다시 들리지 않았다. 적어도 아직은. 그리고 눈앞에 보이는 것을 생각하기 시작하면서 제이크가 깨달은 바는, 공터가 아주 텅 비어 있지는 않다는 것이었다. 쓰레기와 잡풀이 널린 황량한 토지 한복판에 간판이 서 있었다.

```
밀스 건설과 솜브라 부동산이 만나
맨해튼의 새얼굴을 만들어 갑니다!
지금 보고 계신 부지에 곧 들어설 건물은
터틀베이 호화 콘도미니엄 입니다!
투자 문의 전화 : 555-6712
기쁜 소식이 여러분을 기다립니다!
```

곧 들어선다고? 어쩌면 그럴지도 모르지만…… 그러나 제이크가 보기에는 의심스러웠다. 광고 문구는 빛이 바랬고 간판 자체도 기울어가는 중이었다. 게다가 어느 담벼락 예술가가 *터틀베이 호화 콘*

도미니엄 위에 선명한 파란색 스프레이 페인트로 '뱅고 스컹크'라는 자기 이름까지 적어놓았다. 제이크는 개발 계획이 연기되었는지 아니면 아예 취소되었는지 궁금했다. 채 2주도 되지 않은 얼마 전에 아버지가 투자 상담사와 전화 통화하는 소리를 들었던 기억이 떠올랐는데, 그때 아버지는 이제 콘도미니엄에 투자할 생각은 깨끗이 접으라고 고래고래 소리를 질렀다. '절세 효과가 얼마나 크든 내 알 바 아니야!' 아버지는 거의 비명을 지르다시피 했다(제이크가 아는 한 일 문제를 논할 때의 아버지에게 이런 목소리는 일상 대화체였다. 어쩌면 책상 서랍 안의 코카인이 무슨 상관이 있는지도 모를 일이었다.). '와서 *청사진*만 구경해도 텔레비전을 주겠다고 선전하는 데라면 뭔가 구린 구석이 있는 거잖아!'

공터를 둘러싼 판자 울타리의 높이는 제이크의 턱에 찰 정도였다. 울타리에 전단이 덕지덕지 붙어 있었다. 올리비아 뉴턴존의 라디오시티 뮤직홀 콘서트, 이스트빌리지의 어느 클럽에서 열리는 'G. 고든 리디와 그로츠'라는 악단의 공연, 지난 초봄에 이미 상영이 끝난 영화 「좀비 전쟁」의 포스터 등등. 울타리에는 일정한 간격을 두고 출입 금지 표시도 붙어 있었으나 대부분 요란한 포스터에 가려 보이지 않았다. 조금 더 떨어진 울타리에 스프레이 페인트로 쓴 낙서가 하나 더 있었다. 처음 쓸 때에는 분명히 선명한 빨간색이었을 테지만 이제는 볕에 바래어 늦여름의 장미 같은 탁한 분홍빛이었다. 낙서를 소리 내어 중얼거리던 제이크의 눈이 홀린 듯 동그래졌다.

"보라, 거북이의 거대한 몸통을!"

등딱지에 지고 있네 이 대지를.
너도 함께 뛰어놀고 싶으면
오늘 *밤*의 길을 따라오도록 해."

제이크는 이 짤막하고 기묘한 시의 출처를(그 의미는 제쳐두고) 명확히 알았다. 어쨌거나 맨해튼의 이스트사이드에서도 이 부근은 터틀베이('거북이 만'이라는 뜻—옮긴이)로 알려진 곳이기 때문이었다. 그럼에도 등줄기 한복판을 따라 소름이 우둘투둘 돋는 까닭은, 또 눈에 보이지 않는 멋진 고속도로의 이정표를 또 하나 발견했다는 느낌이 또렷이 드는 까닭은 설명할 수 없었다.

제이크는 셔츠 단추를 끄르고 아까 산 책 두 권을 안에 집어넣었다. 뒤이어 주위를 살피다가 이쪽을 보는 사람이 아무도 없음을 확인하고 울타리 꼭대기를 움켜잡았다. 폴짝 뛰어 한쪽 다리를 울타리에 걸친 다음, 반대편으로 뛰어내렸다. 왼발이 착지한 곳에 있던 엉성한 벽돌 더미가 대번에 발밑에서 주르륵 무너졌다. 발목이 몸무게에 눌려 접질리는 바람에 찌릿한 통증이 다리를 타고 치솟았고, 제이크는 그 자리에 자빠졌다. 마저 무너진 벽돌이 우락부락한 주먹처럼 갈비뼈를 두드리자 아픔과 놀라움이 뒤섞인 비명이 터져나왔다.

제이크는 그 자리에 한동안 가만히 누운 채로 숨을 골랐다. 심하게 다친 것 같지는 않았으나 접질린 발목이 아마도 부을 듯싶었다. 집에 도착할 때까지 절뚝거리며 걸어야 할 판이었다. 그러나 씩 웃고 참아 넘겨야 했다. 탈탈 털어도 택시비가 나올 리 없었으므로.

'설마 집에 갈 생각은 아니겠지? 엄마 아빠가 가만 안 둘 거야.'

글쎄, 그럴 수도 있고 안 그럴 수도 있었다. 제이크가 아는 한 어차피 선택의 여지는 별로 없었다. 게다가 그것은 나중 일이었다. 당장은 쇳가루를 끌어당기는 자석처럼 자신을 끌어당긴 이 공터를 살펴볼 참이었다. 그 힘이 아직도 자신을 감싸고 있다는 느낌이 들었다. 그 느낌이 어느 때보다도 강력했다. 그냥 공터 같지가 않았다. 무언가가 일어나는 중인 듯싶었다, 무언가 굉장한 일이. 마치 세상에서 제일 큰 발전소에서 전류가 새어나오는 듯, 공기가 둥둥 울리는 느낌이 들었다.

몸을 일으키면서, 제이크는 자신이 실은 운 좋게 떨어졌음을 알았다. 바로 옆에 깨진 유리가 너저분하게 깔려 있었다. 만일 그리로 떨어졌더라면 끔찍하게 베었을지도 모를 일이었다.

'저건 진열창이었어. 식료품 가게가 없어지기 전엔 보도에 서서 구경하면 고기랑 치즈가 보였을 거야. 줄에 묶여서 주렁주렁 걸어놨어.' 어찌된 영문인지는 몰라도 제이크는 이를 알았다. 한 점 의심할 바 없이 알았다.

제이크는 주위를 찬찬히 살피다가 공터 안쪽으로 조금 더 나아갔다. 공터 한복판 근처, 바닥에 나동그라진 채 무성하게 자란 봄 잡초에 반쯤 파묻혀 있는 것은, 또 다른 간판이었다. 제이크는 그 옆에 무릎을 굽히고 앉아 간판을 바로 세운 다음 흙을 털어냈다. 글씨는 색이 바래기는 했지만 읽을 수는 있었다.

톰과 제리의 끝내주는 식료품점!
파티 출장요리 전문!

그 아래에 아까와 똑같이 분홍색으로 바래어가는 빨간색 스프레이 페인트로 수수께끼 같은 문장이 적혀 있었다. *모두를 품고 있어 그 마음속에.*

'바로 여기야.' 제이크는 생각했다. '틀림없어.'

제이크는 간판을 내려놓고 일어선 다음 천천히 움직이며, 하나하나 살피며, 공터 안쪽으로 더 깊숙이 들어갔다. 앞으로 나아갈수록 그 힘이 더욱 강하게 느껴졌다. 눈에 보이는 모든 것이, 잡풀이, 유리조각이, 벽돌 덩어리들이, 일종의 경이로운 힘을 띠고 우뚝 서 있는 듯 보였다. 심지어 감자칩 봉지마저도 아름다워 보였고 버려진 맥주병은 햇빛의 힘을 빌려 갈색 불길을 담은 원통으로 보였다.

제이크는 자신의 숨소리를, 또 주위의 온 사물에 금괴처럼 쏟아져 내리는 햇빛을 몹시도 생생하게 느꼈다. 불현듯 자신이 거대한 수수께끼의 가장자리에 서 있음을 깨달았다. 전율이, 두려움과 궁금증이 반씩 섞인 전율이 온몸으로 퍼져나가는 기분이 들었다.

'다 여기에 있어. 전부 다. 전부 다 아직 여기에 있어.'

잡풀이 바지에 스쳤다. 우엉 씨앗이 양말에 들러붙었다. 링딩 풍선껌 포장지가 바람을 타고 제이크 앞으로 날아왔다. 은종이에 햇빛이 부딪혀 반짝이자 한순간 그 안에 아름답고도 끔찍한 광채가 가득 차올랐다.

"전부 다 아직 여기에 있어."

제이크는 혼자서 되뇌었다. 자신의 얼굴이 안에서 솟아나온 광채로 가득한 줄도 모른 채로.

"전부 다."

어떤 소리가 들렸다. 실은 제이크가 공터에 들어올 때부터 들리던 소리였다. 멋진 고음의 허밍 소리, 이루 형용할 수 없이 쓸쓸하면서도 사랑스러운 소리였다. 인적 없는 평원에 몰아치는 바람 소리 같은 것일 수도 있었으나 다만 그 소리는 살아 있었다. 제이크는 웅장한 화음에 맞추어 합창하는 수천 명의 목소리 같다고 생각했다. 아래를 내려다본 제이크는 우거진 잡풀과 키 작은 덤불과 벽돌 더미 속에 얼굴이 있음을 깨달았다. 얼굴들이.

"너희들 뭐야?" 제이크가 소곤거렸다. "누구야?"

대답이 없었으나 제이크는 들은 것 같았다. 합창 소리 아래로 흙길을 달리는 말발굽소리를, 총소리를, 천사들이 그늘 속에서 부르는 찬송가 소리를. 제이크가 지나가자 폐허 속의 얼굴들도 고개를 돌리는 듯 보였다. 제이크의 걸음을 따라가는 듯 보였으나 악의를 품고 있지는 않았다. 46번가와 1번가 반대편에 서 있는 국제연합 건물이 보였으나 건물은 아무래도 상관없었다. 뉴욕 자체가 상관없었다. 도시는 이미 유리창처럼 투명했다.

허밍 소리가 커졌다. 이제 수천이 아니라 수백만 명의 노랫소리가 우주의 가장 깊은 우물 밑바닥으로부터 하나가 되어 솟아올랐다. 제이크는 그 수많은 목소리들 가운데 몇몇 이름을 들었으나 확실히 분간할 수는 없었다. 어떤 이름은 마튼 같았다. 어떤 이름은 커스버트 같았다. 또 다른 이름은 롤랜드 같았다. 길르앗의 롤랜드.

이름들이 들렸다. 웅얼거리는 대화 소리는 만 겹으로 얽히고설킨 듯 복잡했다. 그러나 그 모든 소리를 뒤덮은 것은 단아하고 영롱한 허밍 소리, 제이크의 머릿속을 밝고 새하얀 빛으로 물들이고자 진동하는 소리였다. 제이크는 온몸이 터질 듯 벅찬 기쁨과 함께 깨달았다. 그것은 긍정의 목소리였다. 순백의 목소리였다. 영원의 목소리였다. 웅장한 긍정의 합창 소리가 공터에 울려퍼졌다. 제이크를 위하여 울려퍼졌다.
 뒤이어, 초라한 우엉 덤불 속에서, 제이크는 열쇠를 발견했고…… 그 열쇠 뒤에, 장미가 피어 있었다.

17

 두 다리가 제멋대로 휘청거린 탓에 제이크는 풀썩 무릎을 꿇었다. 어렴풋이 흐느끼는 느낌이 들었고, 그보다 더 어렴풋이 바지를 적신 느낌이 들었다. 제이크는 우엉 덤불 속에 놓인 열쇠를 향하여 무릎으로 엉금엉금 기어갔다. 열쇠의 단순한 모양이 예전 꿈에서 본 것인 듯싶었다.

 제이크는 생각했다. '끄트머리의 조그만 에스 자. 비밀은 거기에 있어.'
 손으로 열쇠를 감싸자 목소리들은 아름다운 승리의 함성으로 높아졌다. 제이크 자신의 흐느낌은 그 합창 소리에 가려 들리지 않았다. 손 안에서 새하얗게 반짝이는 열쇠를 보며 제이크는 자신의 팔을 타고 강력한 전류가 치솟는 느낌을 받았다. 고압 전선을 움켜쥔 기분이었으나 조금도 아프지 않았다.
 제이크는 『칙칙폭폭 찰리』를 펼치고 책 사이에 열쇠를 끼웠다. 뒤이어 또다시 장미를 바라보며 제이크는 깨달았다. 그것이야말로 진짜 열쇠…… 모든 것을 여는 열쇠였다. 장미를 향해 기어가는 동안 제이크의 얼굴은 밝게 타오르는 태양이었고, 두 눈은 푸른 불길이 이글거리는 우물이었다.

장미는 낯선 자줏빛 풀포기 위에 피어 있었다.

이 낯선 풀포기에 가까이 다가간 제이크의 눈앞에서, 장미가 피어나기 시작했다. 장미가 드러낸 진홍색 용광로 속에서, 겹겹이 포개진 비밀스러운 꽃잎들이 저마다 은밀한 분노를 품고 불타올랐다. 제이크는 태어나서 이때껏 그토록 격렬하고 압도적인 생명력을 본 적이 없었다.

마침내 이 불가사의를 향하여 지저분한 손을 내뻗는 사이에 목소리들이 제이크의 이름을 노래하기 시작했고…… 섬뜩한 공포가 제이크의 마음 한복판으로 슬며시 파고들었다. 공포는 얼음처럼 차갑고 돌처럼 무거웠다.

무언가 잘못되어 있었다. 제이크는 울렁거리는 불협화음을 감지했다. 그것은 흡사 귀중한 예술품에 나 있는 깊숙하고 추한 균열, 또는 병든 이의 차가운 이마 아래서 스멀거리는 치명적인 열기 같았다.

그것은 벌레와 비슷한 무엇이었다. 몸속으로 침입하는 벌레. 또한 유령 같기도 했다. 이 다음번 길모퉁이 뒤에 숨어 있는.

뒤이어 장미의 꽃심이 제이크를 향해 열리자 눈부시게 노란 빛이 쏟아져 나왔고, 제이크는 파도처럼 밀려온 경이감에 온 생각이 쓸려가 버렸다. 한순간 제이크는 자신이 보고 있는 것이 단지 꽃가루일 뿐이라고, 또 이 버려진 공터에 있는 모든 사물이 저마다 자신의 심장부에 살아 있는 초자연적인 광채를 그 꽃가루에 바쳤다고 생각했다. 장미에 꽃가루가 있다는 말은 들어본 적이 없는데도 그렇게 생각했다. 제이크는 몸을 가까이 숙이고 나서야 깨달았다. 동그랗게 응축되어 이글거리는 노란 빛은 결코 꽃가루가 아니었다. *그것은 태양이었다.* 자줏빛 풀 속에 핀 장미의 꽃심에서 불타오르는, 거대한 풀무였다.

다시 공포가 찾아왔다. 다만 이번에는 명백한 두려움이었다. '옳아.' 제이크는 생각했다. '여기 있는 모든 것이 옳아. 하지만 잘못될 수도 있어…… 이미 잘못되기 시작했어, 내 생각엔 그래. 난 내가 견딜 수 있는 만큼만 그 잘못됨을 느끼고 있는데…… 그런데 그게 도대체 뭐지? 또 내가 할 수 있는 일은 뭐야?'

그것은 벌레와 비슷한 무엇이었다.

제이크는 느낄 수 있었다. 병들고 추잡한 심장처럼 두근거리는 그것이 단아하고 아름다운 장미와 싸우는 중이었다. 제이크에게 그토록 커다란 위안과 용기를 준 합창 소리에 맞서 거친 모욕을 퍼붓는 중이었다.

제이크는 장미에 더 가까이 몸을 숙이고 나서 깨달았다. 장미의 꽃심에 있는 태양은 하나가 아니었다. 수많은 태양이…… 아마도 모든 태양이, 그 사나우면서도 연약한 껍질 속에 담겨 있었다.

'그치만 잘못됐어. 모두 위험에 처했어.'

그 빛나는 소우주를 만졌다가는 틀림없이 죽게 될 줄 알면서도 자신을 억제할 힘이 없었기에, 제이크는 손을 앞으로 뻗었다. 이 몸짓에는 호기심도 두려움도 없었다. 오로지 장미를 보호하고 싶다는 말할 수 없이 강렬한 욕구뿐이었다.

18

다시 제정신으로 돌아왔을 때 제이크가 처음 알아차린 사실은 몹시도 긴 시간이 흘렀다는 것, 또 머리가 끔찍하게 아프다는 것뿐이었다.
'어떻게 된 거지? 강도를 당했나?'
제이크는 몸을 일으키고 앉았다. 또 한 차례 지독한 통증이 머리를 꿰뚫었다. 왼쪽 관자놀이에 손을 댔다가 떼어보니 손가락에 끈적한 피가 묻어났다. 아래를 내려다보니 잡풀 사이로 빼꼼히 나온 벽돌이 눈에 띄었다. 동그란 모서리가 무척이나 빨갰다.
'모서리가 뾰족했더라면 아마 죽었을 거야, 아님 혼수상태에 빠졌거나.'
제이크는 손목을 확인하고 깜짝 놀랐다. 시계가 그대로 남아 있었다. 세이코 시계가 까무러치게 비싼 것은 아니었지만, 그래도 이 도시에서 공터에 들어가 빈둥거리다가 소지품을 잃어버리지 않기란 불가능했다. 비싸든 안 비싸든 누군가는 몹시도 기쁜 마음으로 털어가게 마련이었다. 이번에는 운이 좋았던 것 같았다.
오후 4시에서 15분이 지난 시각이었다. 제이크가 세상만사를 까맣게 잊고 이 자리에 누워 있는 사이에 적어도 다섯 시간이 흐른 셈이었다. 아마도 아버지의 신고를 받고 경찰들이 지금쯤 자신을 찾아다닐 것 같지만, 그런 것은 별 문제가 아니었다. 제이크가 보기에 파이퍼스쿨에서 걸어나온 지 한 1000년은 지난 것 같았다.
제이크는 공터와 2번 대로의 보도를 경계 짓는 울타리까지 반쯤 걸어가고 나서 걸음을 멈췄다.

정확히 무슨 일이 일어났던 것일까?

조금씩 조금씩 기억이 돌아왔다. 울타리를 뛰어넘었다. 미끄러져 발목이 접질렸다. 몸을 숙이고, 발목을 만지다가, 기절했다. 그랬다. 그런 일들이 일어났다, 확실했다. 그러고 나서는?

무언가 마술 같은 일이 있었다.

제이크는 어두운 방에서 더듬더듬 걷는 노인처럼 그 무언가를 더듬더듬 떠올렸다. 앞서 이곳의 온 사물이 본연의 빛으로 가득했다. 온 사물이, 심지어 알맹이 없는 껌종이와 버려진 맥주병마저도. 여러 목소리가 들렸다. 목소리들이 노래를 부르고 서로 얽히고설킨 수천 가지 이야기를 들려주었다.

"그리고 얼굴도."

제이크가 중얼거렸다. 그 기억 때문에 근심스레 주위를 둘러보았다. 아무 얼굴도 안 보였다. 벽돌 더미는 그냥 벽돌 더미였고, 풀포기는 그냥 풀포기였다. 아무 얼굴도 없었다. 없었지만······

'······그치만 여기 있었어. 상상한 게 아니었어.'

제이크는 그 생각을 믿었다. 기억의 본질을, 그 아름다움과 초월성을 포착할 수는 없었지만, 그럼에도 완벽하게 진짜인 것만 같았다. 정신을 잃기 전의 몇몇 순간을 담은 기억은 마치 인생 최고의 날에 찍은 사진 같았다. 그날이 어떠했는지는 기억할 수 있어도(어쨌거나 비슷하게라도) 정작 그날을 담은 사진은 평평하고 거의 아무 힘도 없는 법이다.

이제 늦은 오후의 보랏빛 그림자가 메워가는 쓸쓸한 빈터를 둘러보며, 제이크는 생각했다. '네가 다시 돌아가면 좋겠어. 아까 그 모습으로 돌아가면 좋겠어.'

뒤이어 제이크는 장미를 보았다. 아까 쓰러졌던 자리에서 지척에 있는 자줏빛 풀포기에 피어 있었다. 심장이 입으로 튀어나올 것처럼 두근거렸다. 제이크는 한 걸음 옮길 때마다 뻗쳐오르는 발목의 통증도 무시한 채 장미를 향해 휘청휘청 걸어갔다. 제단에 기도를 올리는 참배자처럼 그 앞에 무릎을 꿇었다. 몸은 앞으로 숙여졌고, 눈은 휘둥그레 커졌다.

'그냥 장미야. 그냥 장미일 뿐이야. 그리고 풀은……'

제이크는 보았다. 풀은 결코 자줏빛이 아니었다. 풀잎에 자줏빛 얼룩이 있기는 했지만, 사실이었지만, 그 밑의 색은 더할 나위 없이 평범한 초록색이었다. 아이는 조금 더 살펴보다가 다른 잡풀 포기에서 파란색 얼룩을 발견했다. 오른편의 구불구불한 우엉 덤불에는 빨간색과 노란색 자국이 남아 있었다. 그리고 덤불 위에 소복이 쌓인 것은 쓰고 버린 페인트 깡통들이었다. '글리든 스프레드 새틴'이라고 씌어진 상표가 보였다.

'결국 저거였어. 그냥 페인트 얼룩이야. 전처럼 머리가 완전히 뒤죽박죽이 돼서 그러는 것뿐이야, 넌 봤다고 생각할지 몰라도……'

허튼소리.

제이크는 그때 자신이 무엇을 봤는지 알았다. 또 지금 무엇을 보고 있는지도 알았다.

"위장한 거야." 제이크는 소곤거리듯 말했다. "전부 바로 여기에 있었어. *전부 다.* 그리고…… 지금도 있어."

그러자 머리가 맑아졌고, 다시 그 장소에 깃든 그윽하고 조화로운 힘이 느껴졌다. 합창 소리가 아직도 그곳에 있었다. 비록 희미하고 아득하기는 했으나 여전히 노래하고 있었다. 제이크는 벽돌과 부서진 회반죽 더미로 눈을 돌렸다. 그 속에 겨우 알아볼 수 있는 얼굴이 숨어 있었다. 이마에 흉터가 진 여인의 얼굴이었다.

"앨리?" 제이크가 중얼거렸다. "혹시 이름이 앨리 아니에요?"

대답은 없었다. 얼굴은 사라져버렸다. 흉한 벽돌과 회반죽 더미가 다시 보였다.

제이크는 다시 장미를 보았다. 타오르는 용광로의 심장부에 살아 있는 진홍색이 아니라 생기 없는 얼룩투성이 분홍색이었다. 무척 아름다웠으나 완벽하지는 않았다. 꽃잎 몇 장이 뒤로 말려 있었다. 꽃잎의 가장자리는 모두 갈색으로 시들어 있었다. 꽃집에 가면 볼 수 있는 재배된 꽃이 아니었다. 제이크는 그 꽃이 들장미일 거라고 짐작했다.

"너 진짜 아름답구나."

제이크는 이렇게 말하고 다시 한 번 장미를 만지려고 손을 뻗었다.

바람 한 점 안 불었는데도, 장미가 제이크를 향하여 고개를 숙였다. 벨벳처럼 보드랍고 놀랍도록 생생한 꽃잎에 손끝이 닿은 찰나, 합창 소리가 온 사방에서 커다래지는 듯싶었다.

"장미야, 어디 아파?"

물론 대답은 들리지 않았다. 제이크가 빛바랜 분홍색 꽃부리에서 손을 떼자 장미는 고개를 쳐들고 원래 자리로 돌아갔다. 페인트가 튄 잡풀 틈에서 피어나 소리 없이 잊힌 영광을 간직한 모습으로.

'장미가 이맘때 피는 꽃인가?' 제이크는 궁금했다. '들장미일까? 근데 왜 공터에 들장미가 피어 있지? 만약 들장미라면, 왜 다른 꽃은 한 송이도 안 보일까?'

제이크는 땅에 양 손과 두 무릎을 댄 채로 조금 더 있다가 이내 깨달았다. 날이 저물 때까지(아니면 생이 끝날 때까지) 여기 머물며 장미를 들여다본다고 해도 수수께끼의 해답에는 조금도 가까이 갈 수 없었다. 제이크는 앞서 잠깐 동안 장미의 진면목을 보았고, 사람들에게 잊힌 채 쓰레기투성이가 된 이 도시의 한구석에 있는 다른 모든 것 또한 마찬가지였다. 제이크는 그 모든 것이 가면을 벗고 위장막을 걷은 광경을 보았다. 그 광경을 다시 한 번 보고 싶었다. 그러나 바란다고 해서 이루어질 일이 아니었다.

이제 집에 갈 시간이었다.

제이크가 보니 맨해튼 마음의 양식 레스토랑에서 산 책 두 권이 근처에 떨어져 있었다. 책을 주워드는데 『칙칙폭폭 찰리』에서 은빛으로 빛나는 물체가 빠져나와 북슬북슬한 잡풀 덤불로 떨어졌다. 제이크는 욱신거리는 발목에 유념하며 몸을 굽히고 그 물체를 주웠다. 그러자 합창 소리가 탄식하며 커지는 듯하다가, 다시 전처럼 거의 안 들리는 허밍 소리로 작아졌다.

"그럼 그 기억도 진짜였던 거구나."

제이크가 중얼거렸다. 도톰한 엄지손가락 살로 열쇠의 우둘투둘한 표면과 어설프게 새긴 브이 자 모양 홈을 만져보았다. 손가락으로 죽 훑다가 세 번째 홈 끝에 붙은 느슨한 에스 자 모양 곡선까지 만져보았다. 그러고 나서 바지 오른쪽 앞주머니에 깊숙이 쑤셔넣고 울타리 쪽으로 절뚝거리며 돌아가기 시작했다.

울타리에 도착한 제이크가 뛰어오를 채비를 할 때, 별안간 끔찍한 생각이 의식을 사로잡았다.

'장미! 누가 와서 장미를 꺾어버리면 어떡하지?'

희미한 신음소리가 새어나왔다. 제이크는 뒤로 돌아서서 금세 장미를 발견했다. 이제는 옆 건물의 그늘에 깊숙이 가려져 있었는데도 그랬다. 어둠 속의 자그마한 분홍색 형체는 가냘팠고, 아름다웠으며, 또 처연했다.

'그냥 가면 안 돼…… 장미를 지켜야 해!'

그러나 머릿속에서 누군가의 목소리가 들렸다. 틀림없이 제이크가 저 기묘한 다른 삶을 살다가 간이역에서 만났던 남자의 목소리였다. ⟨아무도 장미를 꺾지 않을 게다. 또한 어떤 무뢰한도 짓밟지 못할 게다, 왜냐하면 놈들의 우둔한 눈은 그 꽃의 아름다움을 견디지 못하므로. 그런 것은 위험하지 않다. 장미는 그러한 위험으로부터 스스로를 지킬 수 있단다.⟩

깊은 안도감이 제이크를 뒤덮었다.

'나중에 또 보러 와도 돼요?' 제이크가 환청 같은 목소리에게 물었다. '마음이 울적할 때나, 아니면 목소리들이 또 싸우기 시작할 때요. 다시 와서 장미를 보고 위로받아도 돼요?'

목소리는 대답하지 않았다. 제이크는 한동안 가만히 귀를 기울이다가 목소리가 사라졌다고 결론지었다. 제이크는 먼지와 우엉 씨앗이 들러붙어 지저분해진 『칙칙폭폭 찰리』와 『알쏭달쏭 수수께끼』를 바지 허리춤에 집어넣고 판자 울타리를 붙잡았다. 몸을 훌쩍 날려 꼭대기를 넘은 다음, 말짱한 발로 착지하려고 조심하며 2번 대로 보도 위로 뛰어내렸다.

대로의 교통량은 차도, 인도 할 것 없이 저녁을 맞아 귀가하는 사람들로 부쩍 붐볐다. 제이크가 울타리에서 엉거주춤 뛰어내리자 행인 몇 명이 쳐다보기는 했지만, 이 찢어진 블레이저에 삐져나와 펄럭이는 셔츠 차림의 소년을 본 사람은 그리 많지 않았다. 뉴욕 시민들은 별스러운 짓을 하는 사람을 보는 데 익숙했으므로.

제이크는 상실감을 느끼며 잠시 그 자리에 서 있다가, 다른 무언가를 깨달았다. 다투는 목소리들이 여전히 들리지 않았다. 적어도 그것 하나는 의미 있는 일이었다.

제이크가 울타리로 흘깃 눈을 돌렸다. 스프레이 페인트로 쓴 엉터리 시구절이 달려들 듯 보인 까닭은 아마도 장미와 같은 색깔로 씌어졌기 때문이리라.

"보라, 거북이의 거대한 몸통을." 제이크가 중얼거렸다. "등딱지에 지고 있네 이 대지를." 몸이 으스스 떨렸다.

"어휴! 정말 굉장한 하루였어!"

제이크는 뒤로 돌아선 다음 천천히 절룩거리며 집 쪽으로 걷기 시작했다.

19

제이크가 로비에 들어서자마자 경비원이 인터폰을 걸었음이 분명했다. 5층에서 열린 승강기 문 앞에 아버지가 서 있었기 때문이었다. 엘머 체임버스는 물 빠진 청바지에 175센티미터인 키를 180센티미터로 껑충 키워주는 카우보이 장화 차림이었다. 해병대처럼 짧게 친 머리카락이 바싹 곤두서 있었다. 제이크가 기억하는 한 아버지는 늘 방금 막 끔찍한 감전 사고를 당한 듯 보이는 사람이었다. 승강기를 나서자마자 체임버스가 아들의 팔을 붙잡았다.

"꼴 한번 볼만하구나!"

제이크 아버지는 아들의 지저분한 얼굴과 손을, 이마와 뺨에 말라붙은 피를, 흙투성이 바지를, 찢어진 블레이저를, 또 괴상하게 생긴 클럽처럼 넥타이에 달라붙은 우엉 씨앗을 위아래로 훑어보았다.

"당장 들어와! 도대체 어디 있었던 거냐? 네 엄만 아주 정신이 나갈 지경이야!"

아버지는 대답할 틈도 주지 않고 아들을 아파트 현관문으로 끌고 들어갔다. 식당과 주방 사이에 서 있던 그레타 쇼가 아이의 눈에 띄었다. 여인은 아이에게 조심스레 동정하는 눈길을 보내고 나서 '바깥어른' 눈에 띄기 전에 모습을 감추었다.

제이크의 어머니는 흔들의자에 앉아 있었다. 제이크를 보고 자리에서 일어서기는 했지만, 벌떡 일어서지는 않았다. 아들을 껴안고 입맞춤을 퍼부으며 야단치려고 현관 앞으로 뛰어오지도 않았다. 제이크는 가까이 다가오는 어머니의 눈을 자세히 살피고 그녀가 한낮부터 발륨을 최소한 세 알은 먹었으리라고 짐작했다. 어쩌면 네 알일지도. 아이의 양친은 약물로 더 나은 삶을 살 수 있다고 굳게 믿는 사람들이었다.

"피 나잖니! 너 어디 있다 온 거니?"

어머니는 바사 대학교 출신답게 무슨 시라도 낭송하듯 교양 있는 억양으로 물었다. 꼭 가벼운 교통사고를 당한 지인에게 안부를 묻는 사람 같았다.

"바깥에요."

제이크가 대답했다.

아버지가 제이크를 홱 흔들었다. 제이크가 미처 예상도 못한 일이었다. 제이크는 휘청거리다가 그만 아까 삔 발목에 무게가 실렸다. 다시금 통증이 확 치솟았고, 그러자 별안간 화가 치밀었다. 제이크가 생각하기에 아버지가 화가 난 이유는 아들이 정신 나간 작문 과제만 남겨두고 학교를 빠져나갔기 때문이 아니었다. 아들이 감히 겁도 없이 자신의 일정을 망쳤기 때문이었다.

제이크가 태어나서 이날 이때까지 아버지에게 품은 감정은 오직 세 가지, 당혹감과 공포와 미적지근하고 헛갈리는 애정뿐이었다. 이제 넷째와 다섯째 감정이 모습을 드러냈다. 하나는 분노, 다른 하나는 혐오였다. 이 불쾌한 감정들과 한데 섞인 것은 저쪽 세상에 대한 그리움이었다. 이때 아이의 마음을 가장 크게 차지한 감정은 바로 그리움이었고, 그것은 마치 연기처럼 다른 모든 감정에 배어 있었다. 아버지의 벌게진 뺨과 바싹 치솟은 머리카락을 보며 아이는 다시 공터로 돌아갔으면 하고 바랐다. 장미를 바라보며 합창 소리를 듣고 싶었다. '여긴 내가 있을 곳이 아니야.' 아이는 생각했다. '더 이상은 아니야. 난 할 일이 있어. 그게 뭔지만 알면 좋을 텐데.'

"이거 놔요."

"뭐가 어째?"

아버지의 파란 눈이 휘둥그레졌다. 이날따라 유난히 핏발이 서 있었다. 아버지는 마술 가루를 듬뿍 퍼마신 상태 같았고 따라서 대들기에는 상황이 안 좋았지만, 그럼에도 제이크는 자신이 대들 작정임을 깨달았다. 잔인한 수꿩이한테 물린 생쥐처럼 흔들리지는 않을 작정이었다. 이날 밤에는 그러지 않을 터였다. 어쩌면 영원히. 제이크는 문득 자신의 분노가 한 가지 단순한 사실에서 비롯되었음을 깨달았다. 제이크는 어떤 일이 일어났는지, 또 어떤 일이 일어나고 있는지, 부모에게 얘기할 수가 없었다. 그들이 문을 모조리 닫아버렸기 때문이었다.

'그치만 나한텐 열쇠가 있어.' 제이크는 속으로 생각하며 바지 천 위로 열쇠의 형상을 만졌다. 그러자 머릿속에 예의 그 기묘한 시구절의 나머지 부분이 떠올랐다. '너도 함께 뛰어놀고 싶으면,/ 오늘 밤의 길을 따라오도록 해.'

"놓으라고 했잖아요." 제이크가 되뇌었다. "발목을 삐었는데 아빠 때문에 아프단 말이에요."

"이 녀석, 발목이 아니라 아주 그냥……"

제이크는 불현듯 힘이 치솟는 기분이 들었다. 어깨 바로 아래를 붙잡은 손을 쥐고 거세게 뿌리쳤다. 아버지의 입이 쩍 벌어졌다.

"난 아빠 밑에서 일하는 사람 아니에요. 아빠 *아*들이라고요, 기억 안 나요? 기억 못하겠으면 책상에 있는 사진을 봐요!"

아버지가 윗입술을 확 일그러뜨리자 완벽하게 교정한 치열이 드러났다. 으르렁거리는 표정에 밴 감정 가운데 3분의 2는 경악이었고 나머지는 분노였다.

"이 녀석이 누구한테 그딴 말버릇을…… 부모를 공경하는 마음은 어디다 팔아먹은 거냐!"

"몰라요. 아마 집에 오다가 잃어버렸나 봐요."

"수업을 빼먹고 종일 쏘다니다가 기어 들어온 주제에, 어디서 주둥이를 삐죽 내밀고 건방지게……"

"그만해요! 둘 다 그만하란 말이에요!"

제이크 어머니가 소리를 질렀다. 진정제가 이미 신경에 퍼졌을 텐데도 거의 울음을 터뜨릴 듯한 목소리였다.

제이크 아버지가 또 아들의 팔을 붙들려다가 마음을 바꿨다. 어쩌면 앞서 그의 손을 뿌리쳤던 놀라운 힘 때문인 듯도 싶었다. 아니면 단지 제이크의 눈빛 때문이었거나.

"어디 있었는지 얘기해."

"바깥에요. 아까 말했잖아요. 할 말은 그게 *다*예요."

"집어치워! 교장 선생이 전화를 하고 네 프랑스어 선생은 아예 왔다갔어, 둘 다 네 일 때문에 질문 보따리가 한가득이더라! 그건 나도 마찬가지야, 그러니 *대답* 좀 하란 말이다!"

"옷이 지저분한데." 제이크 어머니가 말하고 나서 머뭇거리며 덧붙였다. "조니, 혹시 강도당한 거니? 수업을 빼먹고 나갔다가 강도당한 거야?"

"강도 따위 당했을 리가 있나." 엘머 체임버스가 호통치듯 말했다. "시계를 그대로 차고 있잖아, 안 보여?"

"하지만 이마에 피가 묻었잖아요."

"괜찮아요, 엄마. 그냥 부딪혔어요."

"그래도……"

"그만 가서 잘래요. 저 정말로 정말로 피곤해요. 내일 아침에 얘기하고 싶거든 그렇게 하세요. 어쩜 그땐 좀 차분하게 얘기할 수 있을지도 모르니까요. 그렇지만 지금은 아무 말도 하기 싫어요."

제이크 아버지가 성큼 따라나서며 팔을 뻗었다.

"엘머, 그러지 마요!"

제이크 어머니는 비명을 지르다시피 했다.

엘머 체임버스는 아내의 말을 무시했다. 그는 제이크의 블레이저 등판을 움켜쥐었다.

"아빠 앞에서 그렇게 가버리다니 이게 무슨……"

엘머 체임버스가 입을 열었으나 제이크는 몸을 획 틀며 그의 손에 잡힌 블레이저를 빼냈다. 잔뜩 당겨졌던 오른쪽 겨드랑이의 솔기가 투두둑 소리를 내며 뜯어졌다.

제이크 아버지는 아들의 이글거리는 눈을 보고 뒤로 물러섰다. 이제껏 노기를 띠었던 그의 얼굴에 두려움 비슷한 것이 가득 배어 있었다. 이글거린다는 말은 단순히 비유가 아니었다. 제이크의 두 눈은 실제로 불타는 듯 보였다. 제이크 어머니는 가녀린 비명을 흘리며, 한 손으로 입을 가린 채로, 휘청거리는 발로 크게 두 걸음 물러선 다음 조그맣게 털썩 소리를 내며 흔들의자에 주저앉았다.

"날…… 건드리지…… 마요."

제이크가 말했다.

"너 어떻게 된 거냐?" 제이크 아버지가 물었다. 이제 거의 애처로운 말투였다. "도대체 무슨 일이 있었던 거야? 기말고사 첫날에 말 한 마디 없이 학교를 빠져나가더니, 머리부터 발끝까지 엉망인 꼴로 돌아와서는…… 하는 짓이 꼭 미친놈 같잖아."

자, 드디어 그 말이 나왔다. '하는 짓이 꼭 미친놈 같잖아.' 3주 전 목소리를 듣기 시작한 이래 제이크가 줄곧 두려워한 말이었다. 섬뜩한 고발장이었다. 그러나 막상 듣고 보니 조금도 무섭지 않았다. 어쩌면 마음속에서 편히 놓아버린 덕분인지도 몰랐다. 그랬다. 제이크에게는 어떤 일이 일어났다. 이때에도 일어나는 중이었다. 그러나 아니었다. 제이크는 미치지 않았다. 적어도 아직은.

"내일 아침에 얘기해요."

제이크가 되뇌었다. 식당을 지나 걸어가는데도 이번에는 아버지가 잡으려 하지 않았다. 걱정스러운 듯 묻는 어머니의 목소리를 들고 멈춰 섰을 때, 제이크는 거의 복도에 이르러 있었다.

"조니…… 너 괜찮은 거니?"

제이크가 뭐라고 대답해야 할까? 그렇다고? 아니라고? 둘 다라고? 둘 다 아니라고? 하지만 목소리는 그쳤고, 그것만으로도 의미 있는 일이었다. 실은 아주 굉장한 일이었다.

"나아졌어요."

마침내 제이크가 말했다. 그러고는 자기 방으로 가서 등 뒤로 문을 꼭 닫았다. 문이 자신과 나머지 온 세계 사이에서 굳게 닫히며 들려준 철컥 소리에, 제이크는 몹시도 안도했다.

20

아이는 잠시 방문 옆에 서서 귀를 기울였다.

어머니의 목소리는 다만 중얼거리는 소리였고, 아버지의 목소리는 그보다 조금 더 컸다.

어머니가 피가 어쩌니 의사가 어쩌니 얘기했다.

아버지는 아이가 괜찮다고 했다. 아이의 유일한 문제는 입에서 나오는 쓰레기 같은 소리인데 자신이 고쳐줄 거라고 했다.

어머니가 진정하라느니 어쩌니 했다.

아버지는 진정하고 있다고 했다.

어머니가 말하길……

아버지가 말하고, 어머니가 말하고, 어쩌고저쩌고. 제이크는 여전히 부모님을 사랑했다. 어쨌거나 그렇다고 확신했다. 그러나 이미 사정은 달라졌고, 달라진 사정 때문에 반드시 일어나야 할 일들이 또 있었다.

어째서? 장미에 무언가 문제가 있기 때문이었다. 또한 제이크가 뛰어놀고 싶었기 때문이었고…… 그 남자의 눈을 다시 보고 싶었기 때문이기도 했다. 간이역 위의 하늘처럼 파랗던 그의 눈을.

제이크는 책상으로 천천히 걸어가며 블레이저를 벗었다. 옷이 꽤나 망가져 있었다. 한쪽 소매는 다 찢어지다시피 했고 안감은 축 쳐진 돛처럼 늘어져 있었다. 제이크는 의자 등판에 옷을 걸쳐두고 자리에 앉아 책상 위에 책을 내려놓았다. 지난 열흘간은 끔찍이도 잠을 이루기 힘들었지만 이날 밤은 푹 잠들 것 같았다. 이토록 피곤한 적이 있었던지 기억조차 나지 않았다. 자고 아침에 일어나면 할 일이 떠오를 듯싶었다.

노크소리가 조그맣게 들리자 제이크가 조심스레 문 쪽을 돌아보았다.

"존, 쇼 아줌마야. 잠깐 들어가면 안 될까?"

제이크는 빙그레 웃었다. 쇼 아줌마였다. 당연한 일이었다. 그녀는 엄마 아빠가 선발한 중재자였다. 어쩌면 통역이라는 표현이 더 적합할지도.

'당신이 가서 좀 들여다봐요.' 제이크의 어머니가 이렇게 말했으리라. '당신한텐 뭐가 문젠지 얘기할 거예요. 알아요, 난 걔 엄마고 눈이 벌게져서 콧물을 질질 흘리는 저 양반은 개 아빠고 당신은 그냥 가정부죠. 하지만 걔 우리한테는 안 하는 얘기도 당신한텐 할 거예요. 왜냐면 우리 두 사람보다 당신이 걔를 더 오래 지켜보니까요. 어쩌면 말이 통할지도 모르잖아요.'

'쟁반을 들고 계실 거야.' 제이크는 이렇게 생각했고, 문을 열고 나서는 빙그레 웃었다.

쇼 부인이 정말로 쟁반을 들고 있었다. 쟁반에 샌드위치 두 조각과 사과 파이 한 조각, 초콜릿 우유 한 잔이 담겨 있었다. 아이가 더럭 달려들어 물지도 모른다고 생각했는지, 쇼 부인은 살짝 겁먹은 눈빛으로 제이크를 보았다. 부인의 어깨 너머를 살펴봐도 엄마 아빠의 기척은 보이지 않았다. 제이크는 거실에 앉아 조심스레 귀를 기울이고 있을 두 사람의 모습을 상상했다.

"뭘 좀 먹고 싶어 할 것 같아서."

"예, 고맙습니다."

사실 제이크는 굶주릴 대로 굶주려 있었다. 아침을 먹고 나서는 아무것도 못 먹었던 것이다. 제이크가 문 옆으로 비켜서서 길을 터주자 쇼 부인이 들어와(아이 옆을 지나가면서 한 번 더 겁먹은 눈으로 쳐다보고) 책상에 쟁반을 내려놓았다.

"어머, 이게 웬 거니?" 쇼 부인이 『칙칙폭폭 찰리』를 집어들며 물었다. "나도 아이였을 때 이 책이 있었는데. 조니, 이거 오늘 산 책이니?"

"예. 아줌마, 제가 뭐 하고 다녔는지 알아보라고 엄마 아빠가 부탁했나요?"

쇼 부인이 고개를 끄덕였다. 연기도 가식도 없는 표정이었다. 쓰레기 버리기와 마찬가지로 잡일일 뿐이었다. 부인의 표정은 이렇게 말하는 듯 보였다. '얘기하고 싶으면 얘기하렴. 싫으면 가만히 있어도 되고. 난 네가 맘에 든단다, 조니. 그치만 사정이 어찌됐든 간에 나하곤 아무 상관도 없는 일이야. 난 그냥 이 집에서 일하는 사람이

잖니, 게다가 퇴근 시간이 지난 지 벌써 한 시간이나 됐고 말이야.'

제이크는 쇼 부인의 얼굴에 씌어진 말에 상처를 입지 않았다. 반대로 마음이 더욱 차분해졌다. 부인 역시 친구는 아니고 그냥 아는 사람들 중 한 명일 따름이었지만…… 그래도 학교에서 보는 어떤 아이보다도 좀 더 친구에 가까웠고, 부모님과 비교하면 둘 중 누구보다도 훨씬 더 가까운 사람이었다. 쇼 부인은 적어도 솔직했다. 빤한 소리는 하지 않았다. 어차피 월말이 되면 전부 다 급여 명세서에 올라갈 일이었기에 부인은 '늘상' 호의적이었다.

제이크는 샌드위치를 들고 크게 한 입 베어물었다. 제일 좋아하는 볼로냐소시지와 치즈가 들어 있었다. 이것 역시 쇼 부인의 호의 가운데 하나였는데, 부인은 제이크가 무엇을 좋아하는지 죄다 알았다. 아이 어머니는 아직도 아들이 통옥수수를 좋아하고 양배추를 싫어한다는 생각에 사로잡혀 있었건만.

"전 괜찮다고 전해주세요. 그리고 아빠한텐 버릇없이 굴어서 죄송하다고 전해주시고요."

제이크는 진심이 아니었지만 그 사과야말로 아버지가 진정 원하는 바였다. 일단 쇼 부인에게서 그 말을 전해 들으면 아버지는 한숨 돌리고 나서 스스로에게 오래된 거짓말을 늘어놓으리라. 자신은 아버지로서 해야 할 바를 다했으며 이로써 다 잘된 거라고, 다 잘된 거라고, 만사가 형통할 거라고.

"저 시험공부 진짜 열심히 했어요." 제이크는 샌드위치를 우물거리며 말했다. "근데 오늘 아침에 뭔가가 빵 터져버린 거예요, 제 생각엔 그래요. 뭔가가 고장나버린 느낌이랄까. 당장 나가지 않으면 숨막혀 죽을 것 같더라고요." 제이크는 피가 굳어 딱지가 진 이마를 만졌다. "엄마한테 이건 진짜 아무것도 아니라고 좀 전해주세요. 강도를 당하거나 그런 게 아니라, 그냥 바보 같이 실수한 거예요. 유피에스 배달원 아저씨가 손수레를 밀고 있는데 제가 걸어가다 그만 똑바로 부딪혔지 뭐예요. 상처는 별 거 아니에요. 물건이 두 개로 보이지도 않고 두통도 이제 다 가셨어요."

쇼 부인이 고개를 주억거렸다.

"어떻게 된 일인지 알겠구나. 그 학교야 워낙 수준이 높다 보니까 별 일이 다 있겠지. 넌 그냥 좀 겁먹은 거야. 부끄러워할 것 없단다, 조니. 그래도 요 몇 주 동안 정말로 너답지 않긴 했어."

"이제 괜찮을 것 같아요. 그치만 영어 작문 숙제는 다시 해야 할지도……"

"참!"

쇼 부인이 말했다. 얼굴에 놀란 표정이 스치고 지나갔다. 부인은 『칙칙폭폭 찰리』를 제이크의 책상에 도로 내려놓았다.

"하마터면 잊을 뻔했네! 너희 프랑스어 선생님이 너한테 주라고 뭘 두고 가셨어. 금방 가서 가져올게."

쇼 부인이 방에서 나갔다. 비셋 선생이 꽤 좋은 사람이었기에 제이크는 그를 걱정시키고 싶지 않았건만, 직접 들렀다고 하니 아무래도 걱정시키고 만 것 같았다. 제이크는 파이퍼스쿨의 교사가 직접 학생 집을 방문하는 일이 흔치 않을 거라 생각했다. 비셋 선생이 무엇을 남겼는지도 궁금했다. 한껏 고민한 끝에 떠올린 것은 교내 정신상담사인 호치키스 선생과 얘기를 나누도록 초대하는 편지였다. 이날 아침이었더라면 더럭 겁을 먹었을 테지만, 저녁에 들으니 그렇지도 않았다.

이날 저녁에는 오직 장미만이 중요해 보였다.

제이크는 남은 샌드위치를 베어먹었다. 쇼 부인이 열어놓고 간 방문 틈새로 그녀와 부모님의 대화 소리가 들려왔다. 두 사람 다 이제 조금 진정한 듯했다. 제이크는 우유를 마신 다음 사과 파이 접시를 집어들었다. 잠시 후에 쇼 부인이 돌아왔다. 눈에 익은 파란 서류철을 들고서.

제이크는 자신의 두려움이 전부 다 사라지지는 않았음을 깨달았다. 당연히 지금쯤은 학생이고 교직원이고 모두 다 알 터였고, 뭘 어떻게 해보기에도 너무 늦은 상황이었지만, 그렇다고 해서 자신이 미쳤다는 사실을 모두에게 들키고도 희희낙락한다는 뜻은 아니었다. 사람들의 입에 오르내리지 않도록 막기에는 너무 늦었다는 뜻이었다.

서류철 앞에 조그마한 봉투 하나가 종이 클립으로 끼워져 있었다. 제이크는 봉투를 꺼내어 열며 쇼 부인을 올려다보았다.

"우리 엄마 아빤 좀 어떠세요?"

쇼 부인이 참지 못하고 피식 웃음을 터뜨렸다.

"너희 아빠가 나더러 물어보라시더라, 시험 불안증에 걸렸으면 그렇다고 얘기를 하지 왜 아무 말도 안 했냐고 말이야. 아빠도 어릴 적에 한두 번 그랬던 적이 있대."

제이크는 이 말을 듣고 깜짝 놀랐다. 아버지는 '나도 한때는 어쩌고저쩌고' 하는 옛 무용담을 절대로 안 꺼내는 사람이었다. 제이크는 지독한 시험 불안증에 걸린 아이의 모습을 한 아버지를 상상해보려 했으나 잘 되지가 않았다. 제일 그럴 듯한 모습이라고 해봐야 파이퍼스쿨의 체육복을 입은 싸움꾼 난장이, 맞춤 카우보이 장화를 신은 난장이, 또 검은 머리카락이 이마 위로 삐죽 솟은 난장이가 고작이었다.

봉투에 든 것은 비셋 선생이 쓴 편지였다.

존에게

보니 에이버리한테 들었는데 네가 오늘 일찍 갔다더구나. 이런 일이야 우리 둘 다 전에도 겪은 적이 있고 기말고사 주간에는 특히 더 그렇지만, 그래도 보니가 네 걱정을 많이 하더라. 물론 나도 그렇고. 내일 학교에 오거든 제일 먼저 나한테 오렴, 알았지? 네가 겪는 문제는 다 해결할 수 있는 것들이야. 만약 시험 때문에 부담이 되면 나중으로 미뤄도 돼(다시 말하지만 그건 참 흔한 일이란다.). 우리한텐 무엇보다도 네 건강이 가장 소중하니까.

괜찮으면 오늘 저녁에 전화해 주렴. 내 전화번호는 555-7661이야. 자정까지 안 자고 깨어 있을게.

기억해 주렴. 우리 모두 널 무척 좋아한다는 걸, 또 우린 네 편이라는 걸 말이야.

아 <u>보트르</u> 상테

(건강을 기원하며)

Len Bisette

렌 비셋

제이크는 울 것 같은 심정이었다. 걱정하는 마음이 그대로 씌어져 있었고 그것만으로도 감동할 일이었는데, 편지에는 그것 말고도 다른 것들이 또 있었다. 썩어져 있지 않은 것들, 훨씬 더 멋진 것들 이었다. 따스함, 보살핌, (문제의 원인을 턱없이 잘못 짚었다고 해도) 헤아리고 달래주려는 마음 씀씀이였다.

편지 맨 아래에 비셋 선생이 그려둔 작은 화살표가 보였다. 제이크가 뒤집어보니 뒷면에 이렇게 적혀 있었다.

그건 그렇고, 보니가 나더러 이것도 함께 전해달라고 하더구나. 축하한다!

'축하한다고? 이건 또 무슨 소리야?'

제이크가 서류철을 펼쳤다. 기말 작문 과제 표지에 종이 한 장이 클립으로 끼워져 있었다. 맨 위에 *보니타 에이버리 보냄*이라고 적혀 있었다. 그 종이에 만년필로 쓴 깐깐한 서체의 글을 읽으며 제이크의 놀라움은 점점 커져만 갔다.

존에게

우리 모두 널 얼마나 걱정하는지는 레너드가 틀림없이 잘 설명했으리라 믿어. 그 사람은 그쪽으론 전문가니까. 그래서 난 수업이 비는 시간에 읽으면서 채점한 네 기말 작문 과제에 관해서만 얘기할까 해. 네 글은 놀랍도록 독창적일 뿐 아니라 내가 최근 몇 년간 읽은 학생 과제 중에 가장 우수했단다. 네가 사용한 점증 반복법('……그리고 그것은 진실이다')은 무척 고무적이었지만, 물론 실제로는 하나의 기교에 불과할 거야. 네 글의 진가는 바로 상징성이야. 넌 그걸 표지에 붙인 기차와 문 사진에서 시작하여 본문에서도 멋지게 이어갔어. 그 상징성이 논리적 귀결에 이르는 '검은 탑' 사진 말인데, 내 생각에 넌 그 사진을 통해 틀에 박힌 야심은 그릇된 것일 뿐 아니라 위험하다고 말하려 했던 것 같아.

　난 네가 사용한 상징들을(이를 테면 '그늘 속의 여인'이나 '총잡이'를) 모조리 이해한 척할 생각은 없단다. 하지만 (학교나 사회, 또는 기타 다른 조직에) '사로잡힌 남자'가 너 자신을, 또 '예언하는 악마'가 교육제도를 가리키는 것만은 분명해 보여. '롤랜드'와 '총잡이'가 동일한 권위적 인물을…… 어쩌면 네 아버님을 가리킨다고 봐도 될까? 난 그 가능성이 너무나 마음에 걸린 나머지 네 신상기록에서 아버님 성함을 찾아보기까지 했단다. 아버님 함자는 엘머인데 자세히 보니 가운데 함자의 머리글자가 알(R)이었어.

　내 생각에 이건 정말로 도발적이야. 혹시 그 이름이 아버님 함자와 로버트 브라우닝의 시「롤랜드 공자 암흑의 탑에 이르다」에서 함께 따온 이중 상징이니? 난 웬만하면 학생들한테 이런 질문 안 한단다, 네가 얼마나 폭넓게 책을 읽는지 당연히 아니까 이러는 거야!

　여하간, 난 정말로 감명받았어. 이른바 '의식의 흐름'이라는 기법에 끌리는 어린 학생들이 간혹 있긴 하지만 그 기법을 능수능란하게 구사하는 경우는 드물어. 그런데 넌 의식의 흐름과 상징 언어를 하나로 아우르는 멋진 일을 해낸 거야.

　브라보!

　'평소 모습으로' 돌아오면 곧장 나한테 들르렴. 내년에 출판될 학생 문예지 제1호에 이 글을 실을 수 있을지 논의하고 싶구나.

B. 에이버리

　추신. 혹시라도 네가 오늘 학교를 떠난 이유가 이토록 상상도 못할 만큼 훌륭한 기말 작문을 이해할 능력이 나한테 있는지 불현듯 의심스러워서였다면, 그 의심이 풀렸기를 바랄게.

제이크가 종이를 클립에서 빼내자 이른바 놀랍도록 독창적이고 상징성이 풍부한 기말 작문 과제의 표지가 드러났다. 에이버리 선생이 빨강 사인펜으로 써넣고 동그라미까지 쳐놓은 표시는 에이 플러스(A⁺)였다. 그 아래에는 이렇게 씌어져 있었다. *참 잘했어요!!!*

제이크는 웃음을 터뜨렸다.

크고 요란한 흐느낌 같은 웃음소리 속에는 이날 하루가, 길고 무섭고 혼란스러웠던, 또 두근거렸던, 끔찍했던, 신비로웠던 이날 하루가 고스란히 담겨 있었다. 제이크는 의자에서 미끄러져 머리를 뒤로 벌렁 젖힌 채 두 손으로 배를 끌어안았다. 얼굴에는 눈물이 흘러내렸다. 제이크는 목이 쉬도록 웃어댔다. 거의 멈출 뻔도 했지만 그때마다 에이버리 선생의 호의적인 비평 몇 줄이 눈을 사로잡는 바람에 다시 박장대소할 수밖에 없었다. 아버지가 방 문 앞에 다가와 아리송한 듯 걱정되는 듯 바라보다가 머리를 절레절레 흔들며 돌아갔지만, 아들은 이를 보지 못했다.

그러다 마침내 제이크는 쇼 부인이 아직 침대에 앉아 있는 줄을 눈치 챘다. 아이를 바라보는 부인의 표정은 다정하면서도 초연했고 또 약간은 호기심이 어려 있었다. 아이는 말을 하려고 애썼으나 자꾸만 웃음이 먼저 터져나왔다.

'멈춰야 해.' 제이크는 생각했다. '안 멈추면 죽을지도 몰라. 뇌졸중이나 심장마비 같은 게 일어나면 어떡해.'

그러고 나서 이렇게 생각했다. '에이버리 선생님이 '칙칙폭폭, 칙칙폭폭'은 뭐라고 생각하셨을까?' 그러자 다시금 요란하게 웃음이 터져나왔다.

발작 같던 웃음이 결국에는 킥킥대는 소리로 줄어들었다. 제이크는 눈물이 줄줄 흐르는 눈을 팔로 닦으며 말했다.

"죄송해요, 쇼 아줌마. 전 그냥…… 그게…… 기말 작문으로 에이 플러스를 받았거든요. 제 글이 무척…… 엄청…… 훌륭하고…… 굉장히 상…… 상징……"

그러나 말을 맺을 수가 없었다. 제이크는 또다시 욱신거리는 배를 부여잡고 허리가 끊어져라 웃어댔다.

쇼 부인이 웃으며 자리에서 일어섰다.

"참 잘됐다, 존. 일이 다 잘 끝났다니 나도 기쁜데. 분명히 너희 부모님도 기뻐하실 거야. 시간이 너무 늦었으니 경비원한테 택시를 불러달라고 해야겠다. 그럼 잘 자렴."

"안녕히 가세요, 쇼 아줌마." 제이크는 웃음을 참으려고 기를 쓰며 말했다. "고마웠어요."

부인이 나가자마자 제이크는 다시 폭소를 터뜨렸다.

21

뒤이은 30분 동안 제이크의 부모는 따로따로 아들의 방에 들렀다. 정말로 마음을 가라앉힌 두 사람은 아들의 기말 작문에 적힌 에이 플러스 덕분에 더욱 차분해진 듯했다. 아이는 책상 위에 프랑스어 교과서를 펴놓고 부모를 맞았지만 실은 교과서를 보고 있지 않앉고, 아예 교과서를 보고 싶은 마음이 눈곱만큼도 없었다. 다만 두 사람이 빨리 자리를 떠서 그날 낮에 산 책들을 읽을 수 있기만 바랄 따름이었다. 아이는 *진짜* 기말고사가 아직 지평선 너머에서 기다리는 중이라고 생각했다. 또한 그 시험을 간절히 통과하고 싶었다.

10시 15분경, 그러니까 제이크의 방에 들른 어머니가 별 존재감도 없이 금세 나가고 나서 20분쯤 후에 아버지가 문틈으로 머리를 디밀었다. 엘머 체임버스는 한 손에 담배를, 다른 손에는 스카치위스키 잔을 들고 있었다. 차분해진 정도가 아니라 아예 취한 듯 보였다. 제이크는 아버지가 어머니의 발륨을 몰래 털어먹었을까 하고 잠시 대수롭잖게 생각했다.

"좀 괜찮으냐?"

"예."

제이크는 다시 완벽한 자제력을 지닌 조그맣고 단정한 소년으로 돌아가 있었다. 아버지를 보는 눈빛은 이글거리는 대신 덤덤했다.

"아까는 미안했단 말을 하고 싶어서 말이지."

제이크 아버지는 사과를 자주 하는 사람이 아니었고 하는 방식도 무척 서툴렀다. 제이크는 아버지에게 조금 미안한 마음이 들었다.

"괜찮아요."

"힘든 하루였어." 제이크 아버지가 말했다. 그러고는 빈 잔을 들어 보였다. "그냥 없었던 셈 치고 잊어버리면 안 되겠냐?"

그는 마치 이 멋지고 논리 정연한 생각이 이제 막 떠올랐다는 듯이 말했다.

"벌써 잊었는걸요."

"좋아." 안도감이 밴 목소리였다. "이제 잘 시간 아니냐? 내일 가서 해명도 해야 할 테고, 시험도 봐야 하잖아."

"그래야겠어요. 엄마는 괜찮으세요?"

"괜찮아. 괜찮다. 난 서재에 가봐야겠다. 오늘밤에 처리할 서류가 수북하거든."

"아빠."

제이크 아버지가 조심스레 아들을 돌아보았다.

"아빠 가운데 이름이 뭐예요?"

제이크는 아버지의 표정 한구석을 보고 알아차렸다. 아버지는 기말 작문 성적만 봤을 뿐, 굳이 글 자체나 에이버리 선생의 비평까지 읽을 생각은 안 했던 것이다.

"난 가운데 이름 없다. 그냥 머리글자뿐이야, 해리 에스(S.) 트루먼 대통령처럼 말이다. 다만 내 경우에는 알이지. 뭐 때문에 그러는데?"

"그냥 궁금해서요."

제이크는 아버지가 나갈 때까지 간신히 평정을 유지했으나…… 방 문이 닫히자마자 침대로 뛰어들었고, 또다시 미친 듯 터져나오는 웃음소리를 죽이려고 베개에 얼굴을 파묻었다.

22

발작 같은 웃음이 가라앉았을 때(비록 지진의 여파 같은 웃음이 여전히 간헐적으로 목구멍을 비집고 치솟기는 했지만), 또 아버지가 담배와 스카치위스키와 서류와 조그마한 마법 가루 병을 챙겨 서재에 안전하게 틀어박혔으리라는 확신이 들었을 때, 제이크는 책상으로 돌아가 전등을 켜고 『칙칙폭폭 찰리』를 펼쳤다. 책의 판권이 인쇄된 쪽을 훑어보니 초판이 발행된 때는 1942년이었고 제이크가 산 책은 4쇄였다. 책 뒤표지를 확인했지만 지은이 베릴 에번스에 관한 정보는 전혀 씌어져 있지 않았다.

제이크는 다시 처음으로 돌아가서 증기기관차 조종실에 앉아 씩 웃고 있는 금발 남자의 그림을 보았고, 그의 자랑스러워하는 웃음을 가만히 관찰한 다음 책을 읽기 시작했다.

밥 브룩스는 세인트루이스와 토피카 사이를 운행하는 중간 세계 철도 주식회사의 기관사였어요. 기관사 밥은 중간 세계 철도 주식회사에서 제일가는 기차 승무원이었고, 찰리는 제일가는 기관차였답니다!

찰리는 '402 빅 보이'식 증기기관차였고, 기관사 밥은 찰리의 조종석에 앉아 기적을 울리도록 허가받은 유일한 사람이었어요. *빠아아앙* 하고 울리는 찰리의 기적 소리를 모르는 사람은 아무도 없었어요. 평탄한 캔자스 들녘에 그 소리가 메아리치면 사람들은 이렇게 말했지요.

"저기 찰리와 기관사 밥이 지나가는구나. 그 둘은 세인트루이스와 토피카 구간에서 가장 빠른 단짝이야!"

소년 소녀들은 마당으로 달려나와 멀리 지나가는 찰리와 기관사 밥을 구경했어요. 기관사 밥은 웃으며 손을 흔들어주곤 했답니다. 아이들도 웃으며 마주 손을 흔들었어요.

기관사 밥한테는 특별한 비밀이 하나 있었어요. 그 비밀을 아는 사람은 밥 한 사람뿐이었고요. 바로 칙칙폭폭 찰리가 정말로, 정말로 살아 있다는 것이었어요. 토피카와 세인트루이스 구간을 달리던 어느 날, 기관사 밥의 귀에 아주 부드럽고 나지막하게 부르는 노랫소리가 들려왔어요.

"기관실에 있는 사람 누구요?"

기관사 밥이 매서운 목소리로 물었어요.

"밥 아저씨 정신과 상담 좀 받으셔야겠네요."

제이크가 중얼거리며 책장을 넘겼다. 다음 장의 그림 속에서 밥은 몸을 숙이고 칙칙폭폭 찰리의 자동 아궁이 밑을 살펴보는 중이었다. 제이크는 대체 누가 기차를 조종하면서 철로에 올라온 소 떼를(소년 소녀들은 말할 것도 없고) 살펴볼지가 궁금했고, 지은이 베릴 에번스가 기차에 관해 아는 바가 별로 없으리라고 짐작했다.

"걱정 마세요. 여기엔 저밖에 없어요."

누군가가 걸걸한 목소리로 조그맣게 말했어요.

"저가 누구요?"

기관사 밥이 물었어요. 어느 때보다 우렁차고 무서운 목소리였어요. 왜냐하면 누가 장난치는 중이라고 생각했거든요.

"찰리예요."

걸걸한 목소리가 조그맣게 대답했어요.

"뭐가 어쩌고 저째! 기차는 말을 못 해! 난 만물박사는 아니지만 그 정도는 다 알아! 만약 네가 정말 찰리라면, 혼자서도 기적을 울릴 수 있어야 해!"

"물론이죠."

걸걸한 목소리가 조그맣게 말하자마자 우렁찬 기적 소리가 온 미주리 주 들녘에 퍼져나갔어요. *빠아아앙!*

"맙소사! 너 정말 찰리구나!" 기관사 밥이 말했어요.

"제가 그랬잖아요." 칙칙폭폭 찰리가 말했어요.

"네가 살아 있는 줄 내가 왜 여태 몰랐을까? 그런데 넌 왜 진작 얘기를 안 했니?"

기관사 밥이 물었어요. 그러자 찰리는 걸걸한 목소리로 기관사 밥에게 조그맣게 노래를 불러주었어요.

> 어리석은 질문은 하지 마세요,
> 난 어리석은 놀이는 하지 않아요.
> 난 다만 칙칙폭폭 기차일 뿐
> 난 늘 똑같을 거예요.
>
> 난 다만 달리고 싶을 뿐이에요
> 저 새파란 하늘 아래,
> 행복한 칙칙폭폭 기차이고 싶어요
> 내가 죽는 그날까지요.

"달리는 동안 좀 더 얘기해 주지 않으련? 네 얘길 듣고 싶구나."

"저도 그러고 싶어요. 기관사 밥 아저씨, 난 아저씨가 좋아요."

"나도 널 좋아한단다, 찰리."

기관사 밥은 이렇게 말하고 기적을 울렸어요. 자기가 얼마나 행복한지 보여주고 싶었거든요.

빠아아앙! 찰리는 어느 때보다 더 크게 기적을 울렸고, 그 소리를 들은 사람들은 모두 다 몰려나와 구경했답니다.

이 부분을 묘사한 그림은 책 표지에 있는 그림과 비슷했다. 앞서 본 그림들(제이크가 유치원생 시절에 제일 좋아했던 『마이크 멀리건과 증기 삽』이 떠오르는 조잡한 그림들)에서는 기관차가 단순히 기관차로 그려져 있었다. 그 활기찬 모습은 책의 대상 독자인 1940년대 소년들에게라면 틀림없이 흥미로웠을 테지만, 그래봤자 기계에 지나지 않았다. 그러나 마지막 그림에서 찰리는 분명히 사람 얼굴을 하고 있었고, 제이크는 찰리의 미소와 대놓고 귀여운 척하는 이야기 때문에 뼛속까지 오싹해지는 기분이었다.

제이크는 그 미소를 믿지 않았다.

제이크는 기말 작문을 펼치고 죽 훑어보았다. *나는 블레인이 위험하다고 확신한다.* 이렇게 적혀 있었다. *그리고 그것은 진실이다.*

제이크는 서류철을 덮고 잠시 생각에 잠긴 채 손가락으로 톡톡 두드리다가, 다시 『칙칙폭폭 찰리』로 눈을 돌렸다.

기관사 밥과 찰리는 함께 오랫동안 행복하게 지내며 여러 가지 이야기를 나눴어요. 오래전 뉴욕에서 아내가 죽은 후로 기관사 밥은 혼자 살았고, 찰리는 그에게 처음 생긴 진짜 친구였답니다.

그러던 어느 날, 찰리와 기관사 밥이 세인트루이스에 있는 차고에 돌아왔을 때였어요. 찰리가 주차할 자리에 신형 디젤 기관차가 서 있지 뭐예요! 게다가 그 디젤 기관차는 정말로 굉장했어요! 출력은

5000마력! 스테인리스스틸 차량 연결 장치! 뉴욕 주 유티카에 있는 유티카 엔진 워크스 회사에서 만든 견인 모터! 그리고 지붕 위의 발전기 뒤에는 샛노란 방열기 냉각 팬 세 개가 달려 있었답니다.
"뭐야, 이건?"
기관사 밥이 걱정스러운 듯 말했지만, 찰리는 그저 걸걸한 목소리로 조그맣게 노래만 부를 뿐이었어요.

어리석은 질문은 하지 마세요,
난 어리석은 놀이는 하지 않아요.
난 다만 칙칙폭폭 기차일 뿐
난 늘 똑같을 거예요.

난 다만 달리고 싶을 뿐이에요
저 새파란 하늘 아래,
행복한 칙칙폭폭 기차이고 싶어요
내가 죽는 그날까지요.

차고 감독인 브리그스 씨가 다가왔어요.
"참 멋진 디젤 기관차네요." 기관사 밥이 말했지요. "하지만 브리그스 씨, 여긴 찰리 자리니까 치워주세요. 당장 오늘 오후에 기름을 쳐줘야 하거든요."
"기관사 밥, 이제 찰리한테 기름 쳐줄 필요 없네."
브리그스 씨의 목소리는 울적했어요. "이 녀석은 찰리 후임이야. 최신형 '벌링턴 제퍼'식 디젤 기관차라네. 찰리가 한때는 세상에서 제일가는 기관차였지만, 이젠 나이가 들어서 보일러가 다 샐 지경이 잖나. 유감이네만 이제 찰리는 은퇴할 때가 됐어."

"말도 안 돼요!" 기관사 밥은 불같이 화를 냈어요! "찰리는 아직도 팔팔하다고요! 제가 중간 세계 철도 주식회사 본부에 전보를 칠 게요! 제가 직접 레이먼드 마틴 사장님께 보낼 거예요! 저는 사장님을 알아요, 예전에 우수 사원 표창을 받았거든요. 수상식이 끝난 후에는 사장님 딸을 찰리에 태워주기까지 했어요. 제가 그 아이한테 기적 끈을 당기게 해줬더니 찰리가 어느 때보다도 우렁차게 외쳤다고요!"

"미안하게 됐네, 밥. 하지만 신형 디젤 기관차를 주문한 사람이 바로 사장님 본인이셔."

이 말은 사실이었어요. 그리하여 칙칙폭폭 찰리는 중간 세계 철도 주식회사의 세인트루이스 조차장에서 가장 외진 구석으로 밀려나 잡풀에 뒤덮인 채 녹슬었답니다. 이제 세인트루이스와 토피카 구간에서는 벌링턴 제퍼의 기적 소리만 *빠앙! 빠앙!* 하고 울릴 뿐, 찰리 소리는 전혀 들리지 않았어요. 기관사 밥이 그토록 의기양양하게 앉아 있던 조종석은 생쥐 가족의 보금자리가 되었고, 굴뚝에는 제비 가족이 둥지를 틀었지요. 찰리는 외로웠고 무척이나 슬펐어요. 철로와 새파란 하늘과 탁 트인 들녘이 그리웠거든요. 가끔은 밤늦게 이런 기억을 떠올리고 새카만 기름 눈물을 흘렸어요. 눈물 때문에 멋진 스트래덤 전조등이 녹슬었지만 찰리는 상관하지 않았어요. 왜냐하면 이제 스트래덤 전조등도 낡아서 항상 캄캄했거든요.

중간 세계 철도 주식회사의 사장인 마틴 씨가 기관사 밥에게 편지를 써서 신형 벌링턴 제퍼를 몰아달라고 부탁했어요. 마틴 씨는 이렇게 적었지요.

"기관사 밥, 그 녀석은 근사한 기관차라네. 기운이 펄펄 넘치는 녀석이야. 다른 누구도 아니야, 자네가 몰아줘야 해! 중간 세계 철도 주식회사의 기관사들 중에 자네가 최고잖나. 우리 딸 수재나도 자네가 찰리의 기적을 울리게 해준 일을 똑똑히 기억한다네."

하지만 기관사 밥은 만일 찰리를 몰 수 없다면 자신의 승무원 생활은 끝났다며 이렇게 답장했어요.

"전 그렇게 근사한 신형 디젤 기관차는 이해하지도 못할 겁니다. 녀석도 절 이해 못할 테고요."

기관사 밥은 세인트루이스 조차장에서 엔진 청소하는 일을 맡게 되었어요. 기관사 밥이 청소부 밥이 된 셈이었지요. 신형 디젤 기관차를 모는 다른 기관사들은 가끔 그를 비웃곤 했어요.

"저 멍청한 늙다리 좀 보라지! 세상은 이미 변질했는데 그걸 이해 못해!"

기관사 밥은 가끔 밤늦게 조차장 한구석을 찾곤 했어요. 외따로 떨어진 측면 선로의 녹슨 철로 위, 바로 칙칙폭폭 찰리의 집이 된 곳이었지요. 찰리의 바퀴는 잡풀에 뒤덮였고, 전조등은 녹이 슬어 어두웠어요. 기관사 밥은 늘 찰리에게 말을 걸었지만 찰리는 갈수록 말수가 줄었어요. 아예 한 마디도 안 하는 날도 많았답니다.

어느 날 밤, 기관사 밥의 머릿속에 무서운 생각이 떠올랐어요.

"찰리, 너 혹시 죽어가는 것 아니냐?"

기관사 밥이 물었어요. 그러자 찰리는 어느 때보다도 나지막하게 걸걸한 목소리로 대답했답니다.

어리석은 질문은 하지 마세요.
난 어리석은 놀이는 하지 않아요.
난 다만 칙칙폭폭 기차일 뿐
난 늘 똑같을 거예요.

이제 달릴 수가 없네요
저 새파란 하늘 아래
난 그냥 여기 앉아 있을래요
내가 끝내 죽는 그날까지요.

제이크는 딱히 의외랄 것도 없이 전개된 이 대목의 그림을 한참 동안 들여다보았다. 조잡하게 그리기는 했어도 확실히 손수건이 세 장은 필요할 만큼 슬픈 그림이었다. 찰리는 낡고 망가져 사람들의 기억에서 사라진 듯 보였다. 기관사 밥은 친구를…… 이야기에 따르면 하나뿐인 친구를 잃어버린 듯 보였다. 제이크는 미국 전역의 아이들이 이 대목에서 엉엉 통곡하는 광경을 떠올렸고, 그러자 이와 비슷하게 아이의 감정에 확 불을 지르는 내용을 담은 동화가 *무척이나* 많다는 생각이 떠올랐다. 결국 숲으로 들어간 헨젤과 그레텔, 사냥꾼의 손에 죽은 밤비 엄마, 광견병에 걸려 주인의 총에 죽은 개 올드 옐러 이야기 등등. 어린애를 마음 아프게 하고 울리기가 식은 죽 먹기라서 그런지 이야기꾼들 중에는 이상할 정도로 잔인한 경향을 보이는 이들이 많았는데…… 베릴 에번스 또한 그중 한 명인 듯싶었다.

그러나 제이크는 이내 깨달았다. 제이크 *자신*은 중간 세계 철도 주식회사의 조차장 한구석으로, 그 잡풀투성이 황무지로 좌천당한 찰리 때문에 슬퍼하지 않았다. 오히려 정반대였다. '꼴 좋게 됐네.' 제이크는 생각했다. '찰리한텐 그 자리가 딱이야. 그 자리가 딱이라고, 왜냐면 위험한 녀석이거든. 그냥 거기서 썩게 놔둬. 녀석의 눈물 따위 믿으면 안 돼. 악어의 눈물이란 말도 있잖아.'

제이크는 서둘러 나머지를 읽었다. 이야기는 물론 행복한 결말로 끝났다. 비록 아이들이 그 행복한 결말을 까맣게 잊은 후에도 길이 길이 기억할 장면은 바로 조차장 구석에서 펼쳐진 절망적인 순간일 테지만.

중간 세계 철도 주식회사의 사장인 마틴 씨가 운행 상황을 시찰하고자 세인트루이스에 왔다. 그는 벌링턴 제퍼를 타고 그날 오후 딸의 첫 피아노 연주회가 열리는 토피카에 갈 계획이었다. 그런데 그만 제퍼가 시동이 걸리지 않았다. 디젤 연료에 물이 들어간 듯했다.

('밥 아저씨, 아저씨가 디젤에 물 탔어요?' 제이크는 궁금했다. '보나마나 아저씨가 그랬겠죠, 교활한 양반 같으니!')

다른 기차는 죄다 운행 중! 이 일을 어쩐다?

누군가가 마틴 씨의 팔을 잡아당겼어요. 바로 청소부 밥이었는데, 그는 더 이상 엔진 청소부처럼 보이지 않았어요. 기름때 묻은 작업복을 벗어던지고 깨끗한 멜빵바지를 입고 있었거든요. 머리에는 예전에 쓰던 기관사용 줄무늬 모자를 썼고요.

"찰리가 바로 저기 있어요. 저쪽 측면 선로에요. 사장님, 찰리는 토피카까지 달릴 수 있을 겁니다. 따님의 피아노 연주회에 늦지 않게 사장님을 모셔다드릴 거예요."

"저 낡은 증기기관차가?" 브리그스 씨가 코웃음을 쳤어요. "해가 저물도록 달려도 토피카 100킬로미터 앞까지밖에 못 갈걸!"

"찰리는 할 수 있어요." 기관사 밥은 뜻을 굽히지 않았어요. "뒤에 열차만 안 달면 할 수 있어요, 전 안다고요! 보세요, 제가 틈 날 때마다 찰리의 엔진과 보일러를 청소해 뒀어요."

"그래, 내 자네 둘한테 기회를 주겠네." 마틴 씨가 말했어요. "수재나의 첫 연주회를 놓쳤다간 후회할 테니까 말이지!"

찰리는 출발할 준비가 다 되어 있었어요. 탄수차는 기관사 밥이 채워놓은 새 석탄으로 가득했고, 아궁이는 어찌나 뜨겁게 달아올랐는지 옆이 벌걸 정도였지요. 기관사 밥은 마틴 씨가 조종실로 올라오도록 도와준 다음, 녹이 슨 채로 사람들에게 잊힌 측면 선로에서 찰리를 빼내어 몇 해 만에 처음으로 간선 철로에 들어섰어요. 뒤이어 변속장치를 전진 1단에 놓고 기적 끈을 잡아당기자, 찰리가 예전처럼 우렁차게 외쳤어요. *빠아아앙!*

온 세인트루이스의 아이들이 그 소리를 들었어요. 아이들은 녹슨 고물 증기기관차가 지나가는 광경을 구경하려고 마당으로 달려나왔답니다.

"저기 봐!" 아이들이 외쳤어요. "찰리야! 칙칙폭폭 찰리가 돌아왔어! 만세!"

아이들이 손을 흔들어주는 가운데 연기를 뿜으며 도시 외곽으로 나온 찰리가 속도를 높였어요. 그러고는 스스로 기적을 울렸어요, 예전 그 시절에 그랬던 것처럼요. *빠아아아아아앙!*

크르릉크르릉, 찰리의 바퀴가 굴러갔어요.

슈욱슈욱, 찰리의 굴뚝에서 연기가 솟아났어요!

철컹철컹, 급탄기가 아궁이에 석탄을 밀어넣었어요!

이리 봐도 멀쩡! 저리 봐도 쌩쌩! 기운차게 힘차게, 쏜살같이! 찰리가 이렇게 빨리 달린 적은 없었어요! 들녘이 어찌나 빨리 흘러갔던지 뿌옇게 보였어요! 지나가면서 본 41번 도로의 자동차들은 멈춰 있는 것 같았지요!

"얼씨구, 좋구나!" 마틴 씨는 모자를 벗어 흔들며 외쳤어요. "밥, 이거 정말 대단한 기관차 아닌가! 도대체 왜 퇴역시켰는지 영문을 모르겠구먼! 자네 어떻게 급탄기를 이렇게 빨리 움직이나?"

기관사 밥은 빙그레 웃기만 했어요. 왜냐하면 찰리가 스스로 석탄을 먹는 줄 다 알았거든요. 크르릉크르릉, 슈욱슈욱, 철컹철컹 하는 소리 아래로 찰리가 나지막하고 걸걸한 목소리로 부르는 예전 그 노래가 들려왔어요.

어리석은 질문은 하지 마세요,
난 어리석은 놀이는 하지 않아요.
난 다만 칙칙폭폭 기차일 뿐
난 늘 똑같을 거예요.

난 다만 달리고 싶을 뿐이에요
저 새파란 하늘 아래,
행복한 칙칙폭폭 기차이고 싶어요
내가 죽는 그날까지요.

찰리는 딸의 피아노 연주회에 늦지 않게(당연한 얘기지만) 마틴 씨를 데려다주었고, 옛 친구 찰리를 다시 만난 수재나는 무척이나 기뻐했으며(당연한 얘기였으며), 다 함께 세인트루이스로 돌아가는 동안 내내 찰리의 기적을 우렁차게 울려댔다. 마틴 씨는 캘리포니아 주에 새로 지은 '중간 세계 놀이공원' 개장 박람회에서 찰리와 밥이 아이들을 태우고 돌아다니도록 허락해 주었다. 그리고……

빛과 음악과 아낌없는 선의로 가득한 그 세상에서는 오늘도 깔깔 웃는 아이들을 싣고 이리저리 돌아다니는 두 친구가 보일 거예요. 기관사 밥은 이제 백발이 되었고 찰리도 예전보다 말수가 줄었지만, 둘은 아직도 팔팔해요. 아이들은 가끔 찰리가 자그맣고 걸걸한 목소리로 부르는 예전 그 노래를 듣곤 한답니다.

〈끝〉

"어리석은 질문은 하지 마세요, 난 어리석은 놀이는 하지 않아요."
제이크는 마지막 장의 그림을 들여다보며 중얼거렸다. 거기에는 천으로 지붕을 씌운 객차 두 대에 아이들을 싣고 롤러코스터에서 회전식 관람차까지 태워다주는 칙칙폭폭 찰리가 그려져 있었다. 찰리의 조종석에 앉아 기적 줄을 당기는 기관사 밥은 똥밭에서 뒹구는 돼지만큼이나 행복해 보였다. 기관사 밥의 웃는 얼굴은 지극히 행복해 보여야 마땅했건만, 제이크 눈에는 씩 웃는 미치광이의 얼굴로 보였다. 찰리와 기관사 밥 둘 다 미치광이로 보였고…… 아이들의 표정은 보면 볼수록 겁에 질려 일그러진 듯싶었다. 아이들의 표

정은 이렇게 말하는 듯했다. '내려주세요, 제발요, 살아서 내리게만 해주세요.'

'행복한 칙칙폭폭 기차이고 싶어요, 내가 죽는 그날까지.'

제이크는 책을 덮고 곰곰이 생각하며 내려다보았다. 그러다가 다시 펼치고 책장을 넘기며 눈길을 사로잡는 듯 보이는 구절에 동그라미를 쳐보았다.

'중간 세계 철도 주식회사…… 기관사 밥…… 자그맣고 걸걸한 목소리…… 빠아아앙…… 오래전 뉴욕에서 아내가 죽은 후로 처음 생긴 진짜 친구…… 마틴 씨…… 세상은 이미 변질했는데…… 수재나…….'

제이크는 펜을 내려놓았다. 이 구절들이 눈길을 사로잡는 이유가 뭘까? 뉴욕을 언급하는 부분은 충분히 그럴 만도 하지만, 그 나머지는? 그렇게 따지자면 왜 하필 이 책이었을까? 이 책을 살 작정이었음은 말할 것도 없었다. 만일 수중에 돈이 없었더라면 틀림없이 그냥 움켜쥐고 가게에서 튀어나갔으리라. 하지만 어째서? 제이크는 나침반 바늘이 된 기분이었다. 나침반 바늘은 자북이 뭔지에 대해서는 아무것도 모른다. 그저 좋든 싫든 특정한 방향을 가리켜야 한다는 것만 알 뿐.

제이크가 확실히 아는 것이라고는 다만 자신이 너무너무 피곤하다는 것, 그래서 당장 침대로 기어들지 않으면 책상에 엎어진 채로 잠들리라는 것뿐이었다. 제이크는 셔츠를 벗고 나서 다시금 『칙칙폭폭 찰리』의 표지를 쳐다보았다.

저 미소. 제이크는 도저히 저 미소를 믿을 수 없었다.

조금도.

23

잠은 제이크가 바란 만큼 금세 찾아오지 않았다. 또다시 제이크가 죽었느니 살았느니 하며 다투기 시작한 목소리들 탓에 잠들 수가 없었다. 결국 침대에서 일어나 앉았다. 두 눈은 감은 채였고, 꼭 쥔 두 주먹은 관자놀이를 꾹 누른 채였다.

'그만해!' 목소리들에게 외쳤다. '그만 좀 하란 말야! 오늘은 종일 잠잠했잖아, 다시 사라져버려!'

〈내가 죽었다고 저 녀석이 인정하기만 하면 사라져주마.〉 한 목소리가 부루퉁하니 말했다.

〈저 녀석이 제발 한 번만이라도 주위를 둘러보고 내가 똑똑히 살아 있다고 인정하면, 그렇게 하마.〉 다른 목소리가 되받아쳤다.

제이크는 버럭 소리를 지를 작정이었다. 도저히 참을 수가 없었다. 욕지기처럼 목구멍으로 차오르는 고함소리가 느껴졌다. 그러다 눈을 뜨자 책상 의자에 벗어둔 바지가 보였고, 어떤 생각이 떠올랐다. 제이크는 침대에서 나와 의자로 가서 바지 오른쪽 앞주머니를 만져보았다.

은빛 열쇠가 아직 그 안에 있었다. 그리고 제이크의 손가락이 열쇠를 감싸는 순간, 목소리들이 그쳤다.

'그 아저씨한테 말해.' 제이크는 생각했다. 누구를 위해 생각하는지도 모른 채로. '아저씨한테 열쇠를 쥐라고 말해. 열쇠가 목소리들을 쫓아줄 거야.'

제이크는 침대로 돌아가 열쇠를 슬며시 움켜쥔 채로 잠들었다. 베개에 머리를 누인 지 3분 만이었다.

제3장
문과 악마

1

 귓속에서 말하는 목소리가 또렷이 들렸을 때, 에디는 거의 잠들다시피 한 상태였다.
 '그 아저씨한테 말해. 열쇠가 목소리들을 쫓아줄 거야.'
 에디는 벌떡 일어나 앉아서 정신없이 두리번거렸다. 수재나가 곁에서 곤히 잠들어 있었다. 그녀 목소리가 아니었다.
 누구의 목소리도 아닌 듯싶었다. 숲을 통과하여 빔의 길을 따라온 지 8일째 되던 이날 밤, 일행은 조그마한 골짜기로 깊숙이 들어가 야영하는 중이었다. 바로 왼편에서 널따란 개울이 우렁찬 소리를 내며 일행이 향하는 쪽으로 흘러갔다. 동남쪽이었다. 오른편에는 가파른 경사면에 자란 전나무들이 보였다. 침입자는 없었다. 잠든 수재나와 깨어 있는 롤랜드뿐이었다. 롤랜드는 개울가에 웅크리고 앉아 담요를 뒤집어쓴 채로 어둠 속을 응시하고 있었다.

'그 아저씨한테 말해. 열쇠가 목소리들을 쫓아줄 거야.'

에디가 망설인 시간은 잠깐뿐이었다. 롤랜드의 정신이 당장은 균형을 잡고 있었지만, 그래봤자 점점 안 좋은 쪽으로 기우는 중이기 때문이었다. 롤랜드 본인이 누구보다도 이를 더 잘 안다는 사실이 무엇보다도 끔찍했다. 에디는 아무리 가느다란 지푸라기라도 붙들고 싶은 심정이었다.

에디는 이때껏 네모꼴로 접은 사슴 가죽을 베개로 사용했다. 에디가 그 베개 아래에 손을 넣더니 가죽으로 싼 작은 꾸러미를 꺼냈다. 그러고는 롤랜드 쪽으로 걸어갔고, 마음이 심란해졌다. 무방비한 등에서 네 걸음 떨어진 곳까지 다가갔는데도 총잡이가 눈치를 못 챘던 것이다. 한때(그것도 그리 멀지 않은 한때)는 에디가 일어나 앉기도 전에 깨어난 줄 알아차리던 롤랜드였다. 아마도 호흡이 변하는 낌새까지 눈치 챘으리라.

'바닷가에 있을 때에도 이보단 더 예민했어. 가재괴물한테 물려 죽어갈 때 말이야.'

에디는 오싹한 기분이 들었다.

마침내 고개를 돌린 롤랜드가 에디를 흘긋 쳐다보았다. 두 눈이 고통과 피로로 번득였으나 에디는 알 수 있었다. 그 빛은 빙산의 일각에 지나지 않았다. 그 빛 아래로 느껴지는 혼란스러움은 점점 커지는 중이었고, 들키지 않고 자라났다가는 틀림없이 광기로 변할 터였다. 에디는 그것이 사무치게 안쓰러웠다.

"잠이 안 오나?"

롤랜드가 물었다. 취한 사람처럼 느릿느릿한 목소리였다.

"거의 잠들 뻔하다가 깼어. 있잖아, 저기……"

"난 죽을 채비를 하는 기분이 든다."

롤랜드가 에디를 바라보았다. 두 눈의 번득이는 빛은 사라졌고, 이제 그 눈을 바라보고 있으려니 바닥을 알 수 없이 깊고 컴컴한 우물을 들여다보는 것 같았다. 에디는 롤랜드가 한 말보다 그 공허한 눈빛 때문에 더욱 소름이 끼쳤다.

"에디, 내가 이 길이 끝나는 공터에 무엇이 놓여 있기를 바라는지 아나?"

"롤랜드……"

"침묵이다."

롤랜드가 말했다. 그러고는 묵직한 한숨을 토했다.

"그저 침묵뿐이다. 그거면 충분하다. 이것에…… 종지부를 찍을 수만 있다면."

롤랜드가 두 주먹으로 관자놀이를 짚었다. 에디는 속으로 생각했다. '난 저 짓을 하는 사람을 본 적이 있어, 게다가 오래전 일도 아니야. 그런데 누구였더라? 어디서 봤지?'

이는 물론 말도 안 되는 소리였다. 에디는 거의 두 달 가까이 롤랜드와 수재나 말고는 아무도 보지 못했다. 그러나 진짜 같기는 매한가지였다.

"롤랜드, 나 이때껏 뭘 좀 만들고 있었어."

에디의 말에 롤랜드가 고개를 주억거렸다. 희미한 웃음이 그의 입가를 스쳤다.

"나도 안다. 대관절 뭔데 그러나? 이제야 말할 준비가 된 건가?"

"이게 그 *카텟*의 일부인지도 모르겠단 생각이 들어."

롤랜드의 멍한 눈빛이 바뀌었다. 그는 에디를 유심히 바라보았으나 말은 한 마디도 하지 않았다.

"봐."

에디가 가죽을 펼치기 시작했다.

〈그딴 건 아무 짝에도 쓸모 없어!〉별안간 헨리 형이 빽 소리를 질렀다. 소리가 어찌나 컸던지 에디는 저도 모르게 움찔했다.〈그냥 바보 같은 목각 나부랭이일 뿐이야! 저치는 그저 흘깃 쳐다보고 비웃어버릴 거다! 널 비웃을 거란 말이다! 이렇게 씨불대겠지. '어이구, 이게 뭐야. 우리 암사내 자식이 나무로 뭘 깎았나보지?'〉

"닥쳐."

에디가 중얼거렸다.

총잡이의 눈썹이 쫑긋 올라갔다.

"댁한테 안 그랬어."

롤랜드는 놀랄 것도 없다는 듯 고개를 끄덕였다.

"네 형이 자주 찾아오는가 보구나. 안 그런가, 에디?"

조각한 작품은 네모난 가죽 안에 내버려둔 채로, 에디는 잠시 롤랜드를 물끄러미 응시하기만 했다. 그러다가 빙그레 웃었다. 그리 유쾌한 웃음은 아니었다.

"그래도 예전처럼 자주 오는 건 아니야, 이 양반아. 주님께서 작은 소원이나마 들어주시니 고마울 따름이지."

"그래. 마음속에 너무 많은 목소리가 들리면 그 무게를 감당하기가 벅찬 법이지…… 그게 뭐냐, 에디? 좀 보여다오."

에디가 물푸레나무 도막을 꺼냈다. 거의 다 완성된 모습으로 나무 도막에 붙어 있는 열쇠는 흡사 범선 뱃머리의 여인상처럼…… 또는 바위덩이에 꽂힌 검의 자루처럼 보였다. 에디는 불속에서 본 열쇠의 모양을 얼마나 똑같이 복제했는지 알 길이 없었지만(또한 영원히 모르리라고 짐작했다. 딱 맞는 자물쇠를 찾아 실험해 보지 않는 한), 그래도 꽤 비슷하리라고 생각했다. 다만 한 가지, 그가 깎은 작품 중에서 최고라는 것만큼은 확신할 수 있었다. 적어도 아직까지는.

"이럴 수가, 에디, 이것 참 멋지구나!"

롤랜드의 목소리는 더 이상 무덤덤하지 않았다. 거기에는 에디가 한 번도 들어본 적 없는 경외감이 배어 있었다.

"다 완성한 건가? 아직 아니로군, 그렇지?"

"응…… 아직 멀었어."

에디가 엄지손가락으로 열쇠의 세 번째 홈을 만지다가 끄트머리에 달린 에스 자 모양을 슥 훑었다.

"이 부분을 좀 더 다듬어야 해, 끄트머리의 곡선도 아직 안 끝났고. 그걸 어떻게 아는지는 모르지만, 어쨌든 난 알아."

"이게 네 비밀이었구나."

이 말은 질문이 아니었다.

"그래. 이제 어디다 쓰는 건지만 알면 돼."

롤랜드가 눈을 돌렸다. 에디는 그의 눈길을 따라갔다가 수재나를 발견했다. 그는 수재나의 낌새를 롤랜드가 먼저 눈치 챘다는 사실에 안도감을 느꼈다.

"우리 어린이들 안 자고 뭐 해요? 수다 떠는 건가요?"

수재나는 에디가 손에 든 나무 열쇠를 보고 고개를 끄덕였다.

"언제 보여줄 생각인지 궁금했는데. 멋지네요. 어디다 쓸 건지는 몰라도 정말 근사해요."

"에디, 그걸로 어떤 문을 열게 될지 전혀 모르나? 네 '케프'에 그건 안 들어 있던가?"

"응…… 하지만 어딘가 쓸 데가 있을 거야. 아직 완성하진 않았지만."

에디가 롤랜드에게 열쇠를 내밀었다.

"내 대신 당신이 갖고 있어줘."

롤랜드는 열쇠를 받으려고 움직이지 않았다. 그는 에디를 유심히 바라보았다.

"어째서?"

"어째서긴…… 그냥…… 당신이 갖고 있어야 한다고 누구한테 들은 것 같아서 그래."

"누구한테서?"

'당신이 말한 그 아이.' 에디는 불쑥 이렇게 생각했고, 그 생각이 머릿속에 떠오르자마자 진실임을 알았다. '그 지긋지긋한 애 녀석이 가르쳐줬어.' 그러나 입 밖에 내고 싶지는 않았다. 아예 아이의 이름도 꺼내고 싶지 않았다. 그랬다가는 롤랜드가 또 발광을 일으킬지도 몰랐다.

"나도 몰라. 하지만 당신이 한번 시도는 해 봐야 할 것 같아."

롤랜드가 열쇠를 향해 천천히 손을 뻗었다. 그의 손가락이 열쇠의 몸통에 닿자 환한 빛이 반짝인 것 같았다. 그러나 어찌나 빨리 사라졌던지 에디는 제대로 보았는지조차 확신하지 못했다. 어쩌면 그냥 별빛인지도 몰랐다.

롤랜드는 가지에서 솟아나온 열쇠를 손으로 감쌌다. 잠시 동안 얼굴에 아무 표정도 없었다. 그러다가 무언가에 귀를 기울이듯 이마를 찌푸렸고, 머리를 번쩍 쳐들었다.

"왜 그래요?" 수재나가 물었다. "무슨 소리라도······"

"*쉿!*"

롤랜드의 얼굴에 떠올랐던 아리송한 표정이 놀란 표정으로 바뀌었다. 에디를 보고 있던 그가 수재나에게 눈을 돌렸다가, 다시 에디를 쳐다보았다. 마치 샘에 담가 물을 가득 담은 주전자처럼, 두 눈이 벅찬 감정으로 가득했다.

"롤랜드?" 에디가 불안한 듯 물었다. "괜찮아?"

롤랜드가 뭐라고 속삭였다. 에디는 알아듣지 못했다.

수재나는 겁에 질린 표정이었다. 다급하게 에디를 돌아보는 눈빛이 흡사 이렇게 묻는 듯싶었다. '에디, 저 사람한테 무슨 짓을 한 거예요?'

롤랜드가 나무 도막을 어찌나 세게 움켜쥐었던지 에디는 한순간 저러다 열쇠를 두 동강 내지 않을까 두려워졌다. 그러나 물푸레나무는 단단했고 에디가 깎은 열쇠도 두꺼웠다. 총잡이의 목이 울컥거렸다. 말을 꺼내려고 버둥거리는 듯 울대뼈가 오르락내리락했다. 그러다 갑자기, 그가 하늘을 올려다보며 우렁차게 외쳤다.

"*사라졌다! 목소리들이 사라졌어!*"

롤랜드가 고개를 돌렸을 때, 에디는 자신이 죽기 전에 볼 거라고는 꿈에도 생각 못했던 것을 보았다. 1000년을 산다고 해도 못 볼 것 같았던 그것을 보았다.

바로 길르앗의 롤랜드가 흐느끼는 모습이었다.

2

그날 밤 총잡이는 몇 달 만에 처음으로 꿈도 꾸지 않고 곤히 잤고, 아직 완성되지 않은 열쇠는 잠든 그의 손 안에 꼭 쥐어 있었다.

3

세상은 다르지만 같은 카텟의 그늘 아래에서는, 제이크 체임버스가 평생 가장 생생한 꿈을 꾸는 중이었다.

제이크는 엉망진창이 된 오래된 숲의 잔해를 걷는 중이었다. 그곳은 쓰러진 나무와 텁수룩한 나뭇가지가 얽히고설켜 발목을 찌르고 신발을 벗겨내려 하는 죽은 땅이었다. 이윽고 어린 나무들이 가느다랗게 늘어선 곳에 이르렀고(오리나무 같았지만 어쩌면 너도밤나무인지도 몰랐다. 제이크는 도시에서 자란 아이였고 나무에 관하여 확실히 아는 것이라고는 어떤 나무에는 넓적한 잎이, 또 어떤 나무에는 바늘 모양 잎이 달린다는 것뿐이었다.), 그 사이로 난 길을 발견했다. 제이크는 이 길을 따라 걸음을 재촉했다. 저 앞에 공터 비슷한 곳이 보였다.

제이크는 공터에 도착하기 전에 한 차례 멈춰 섰다. 오른편에 돌로 된 이정표 같은 것이 눈에 띄었기 때문이었다. 글이 새겨져 있었지만 너무 심하게 닳아서 알아볼 수가 없었다. 결국 제이크는 눈을 감고(전에는 꿈에서 이런 적이 한 번도 없었는데) 점자를 읽는 맹인 소년처럼 손가락으로 글자를 더듬었다. 글자들이 눈꺼풀 뒤편의 어둠 속에서 저마다 형체를 띠더니, 이윽고 파란 빛으로 도드라지게 쓴 문장을 이루었다.

> 여행자여, 여기서부터 중간 세계이니라.

 침대에 누워 잠든 채로, 제이크는 두 무릎을 가슴에 바짝 끌어당겼다. 열쇠를 쥐고 베개 밑에 들어가 있던 손에 더욱 힘이 들어갔다. '중간 세계.' 제이크는 생각했다. '당연히 그렇겠지. 세인트루이스에서 토피카 구간도, 이상한 나라 오즈도, 세계 박람회도, 칙칙폭폭 찰리도 있겠지.'
 꿈속에서 제이크는 눈을 뜨고 꿋꿋이 나아갔다. 나무 뒤편의 공터는 오래되어 갈라진 아스팔트로 뒤덮여 있었다. 바닥 한가운데에 퇴색한 노란색 원이 그려져 있었다. 공터 반대편 끝에 있는 아이를 보기도 전에 제이크는 이곳이 놀이터 겸 농구장임을 깨달았다. 아이는 파울선을 밟고 서서 오래되어 빛이 바랜 윌슨 농구공으로 림을 향해 슛을 쏘는 중이었다. 아이가 던진 공은 그물도 없는 림에 차례로 쏙쏙 들어갔다. 골대가 달린 곳은 밤을 맞아 문을 닫은 지하철 가판대처럼 보였다. 닫힌 문은 노랑과 검정 사선으로 번갈아가며 칠해져 있었다. 그 문 너머에서, 어쩌면 그 문 아래에서, 강력한 기계가 윙윙대는 소리가 쉬지 않고 제이크의 귀에 들려왔다. 그 소리가 왠지 귀에 거슬렸다. 무서웠다.
 〈로봇을 밟으면 안 돼.〉 농구공을 던지던 아이가 뒤도 돌아보지 않고 말했다. 〈다 죽은 것 같긴 한데, 그래도 내가 너라면 모험을 하진 않을 거야.〉
 제이크가 주위를 둘러보니 바닥에 널린 부서진 기계장치들이 눈에 띄었다. 한 놈은 생쥐 모양이었고 다른 놈은 박쥐 모양이었다. 바로 발치에 있는 놈은 두 동강이 난 기계 뱀이었다.

〈너…… 혹시 나야?〉 제이크는 농구에 열중해 있는 아이에게 다가서며 이렇게 물었지만, 아이가 돌아보기도 전에 그렇지 않음을 알았다. 아이는 제이크보다 덩치가 컸고 적어도 열세 살은 됨 직했다. 머리는 검은색이었고, 고개를 돌렸을 때 보인 눈 색깔은 연갈색이었다. 제이크 자신의 눈은 파란색이었다.

〈네 생각은 어때?〉

낯선 소년이 묻더니 공을 바닥에 튕겨 제이크에게 패스했다.

〈아냐, 당연히 아니겠지.〉 제이크가 대답했다. 말투가 꼭 사과하는 사람 같았다. 〈그냥, 한 3주 동안 두 쪽으로 갈라져 있다 보니까 그런 생각이 들었나 봐.〉

제이크가 농구장 한복판에서 몸을 날려 슛을 쏘았다. 높다란 포물선을 그린 공이 소리도 없이 림을 꿰뚫었다. 제이크는 기뻤지만…… 동시에 이 낯선 소년이 무슨 말을 들려줄지 두렵기도 했다.

〈나도 알아. 꽤 힘들었지, 그치?〉

소년은 물 빠진 무명 반바지에 노란 티셔츠 차림이었는데 티셔츠에 이렇게 씌어져 있었다. '중간 세계에서는 한순간도 심심하지 않아요.' 이마에는 머리카락이 눈을 찌르지 않도록 초록색 손수건을 동여매고 있었다.

〈앞으로 더 힘들어질 거야, 그다음엔 편해지겠지만.〉

〈여긴 어디야? 넌 누구고?〉

〈여긴 곰의 관문인데…… 동시에 브루클린이기도 해.〉

말도 안 되는 소리 같았으나 한편으로는 왠지 그럴듯했다. 제이크는 꿈속에선 원래 이런 식이라고 자신을 타일렀지만, 딱히 꿈이라는 느낌은 들지 않았다.

〈사실, 그런 건 별 상관도 없어.〉

소년은 이렇게 말하고 한손으로 농구공을 휙 던졌다. 공이 위로 치솟더니 부드럽게 림을 꿰뚫었다.

〈내가 할 일은 널 안내하는 거야, 그게 다야. 난 네가 가야 하는 곳으로 널 데려갈 거고, 네가 봐야 하는 걸 너한테 보여줄 거야. 하지만 조심해야 해, 왜냐면 난 널 모를 테니까. 게다가 헨리 형은 낯선 사람을 보면 불안해져. 또 불안해지면 되게 야비해지는 데다가, 너보다 덩치도 커.〉

〈헨리 형이 누구야?〉

〈신경 쓰지 마. 그냥 헨리 형한테 안 들키기만 하면 돼. 넌 그냥 집 밖으로 나와서…… 우리를 따라오기만 하면 돼. 그다음에, 우리가 떠난 후엔……〉

소년이 제이크를 바라보았다. 눈빛에 안쓰러움과 두려움이 함께 배어 있었다. 제이크는 문득 그 소년이 사라지기 시작했음을 깨달았다. 소년의 노란 티셔츠 너머로 문에 칠해진 노랑과 검정 사선이 보였다.

〈어떻게 하면 널 찾을 수 있어?〉

제이크는 자신이 들어야 할 말을 다 해주기도 전에 소년이 완전히 녹아 없어지지나 않을까 더럭 겁이 났다.

〈그건 일도 아냐.〉

소년이 말했다. 목소리가 마치 종 치는 소리처럼 기묘하게 울려 퍼졌다.

〈코업 시티로 가는 전철을 타. 날 찾을 수 있을 거야.〉

〈안 돼, 난 못해! 코업 시티는 엄청 넓잖아! 거기 사는 사람만 해도 수십만 명은 될 거야!〉

이제 소년의 모습은 뿌연 윤곽선에 지나지 않았다. 다만 연갈색 눈만이 『이상한 나라의 앨리스』에 나오는 체셔 고양이처럼 완전하게 그 자리에 남아 있었다. 연민과 걱정을 담은 두 눈이 제이크를 응시했다.

〈일도 아니라니깐. 넌 열쇠와 장미를 찾아냈잖아, 안 그래? 나도 같은 방식으로 찾을 수 있어. 제이크, 오늘 오후야. 3시쯤이 좋겠어. 조심해야 해, 그리고 서둘러야 해.〉

소년이 말을 멈췄다. 유령 같은 소년의 투명한 발 한쪽에 낡은 농구공이 놓여 있었다.

〈난 이제 가야 해……. 그래도 만나서 반가웠어. 넌 좋은 애 같아, 그러니 그 양반이 널 아끼는 것도 놀랄 일은 아냐. 하지만 잊지 마, 거기엔 위험이 도사리고 있어. 조심해…… 그리고 서둘러.〉

〈기다려!〉

제이크가 외쳤다. 그러고는 사라져가는 소년을 향해 농구장을 가로질러 달려갔다. 한쪽 발이 애들 장난감 트랙터처럼 생긴 부서진 로봇에 걸렸다. 휘청거리다가 무릎을 꿇는 바람에 바지가 찢어졌다. 제이크는 은근하게 욱신거리는 아픔을 무시한 채 소리쳤다.

〈기다려! 이게 다 어떻게 된 일인지 설명해 줘야지! 나한테 왜 이런 일이 일어나는지 가르쳐 줘야 할 거 아냐!〉

〈빔 때문이야.〉 이제 둥둥 떠 있는 눈 한 쌍밖에 안 보이는 소년이 대답했다. 〈탑 때문이기도 하고. 결국엔 세상 만물이 암흑의 탑

을 섬기기 때문이야. 빔마저도 그래. 넌 안 그럴 줄 알았어?〉

제이크는 발버둥을 치며 일어섰다.

〈내가 아저씨를 찾을 수 있을까? 총잡이를 찾을 수 있을까?〉

〈그건 나도 몰라.〉 소년이 대답했다. 목소리가 이제 수백만 킬로미터 떨어진 곳에서 들려오는 듯했다. 〈내가 아는 건 네가 도전해야 한다는 것뿐이야. 그 점에 있어선, 넌 선택할 여지가 없어.〉

소년은 사라지고 없었다. 숲 속의 농구장은 텅 비어 있었다. 들리는 소리는 희미하게 윙윙대는 기계음뿐이었고, 제이크는 그 소리가 마음에 안 들었다. 그 소리에는 무언가 옳지 않은 구석이 있었고, 제이크 생각에 그 기계의 옳지 않은 무언가가 장미에 영향을 미치는 듯싶었다. 아니면 그 반대이든가. 모든 것이 어떤 식으로든 한데 얽혀 있었다.

제이크는 낡아서 해진 농구공을 주워 슛을 던졌다. 공이 림을 산뜻하게 통과하더니…… 사라졌다.

〈강이야.〉

소년이 한숨 쉬듯 말했다. 휙 하고 부는 바람결 같았다. 소년의 목소리는 어딘지 모를 곳에서, 그러나 사방에서 들려왔다.

〈답은 강이야.〉

4

제이크는 새벽의 첫 어스름 속에서 깨어나 방 천장을 올려다보았다. 맨해튼 마음의 양식 레스토랑에서 만났던 남자를 생각하는 중이었다. 에런 디프노, 밥 딜런이 하모니카를 뿜빠거리기도 전에 이미 블리커 스트리트에서 날리던 양반. 에런 디프노는 제이크에게 수수께끼를 냈다.

내달릴 수는 있어도 걷지는 못하고,
드나드는 입이 있어도 말은 못하고,
바닥이 있어도 몸을 뉘지 못하고,
머리가 있어도 울지 못하는 것은?

제이크는 이제야 답을 알았다. 강은 내달린다. 강에는 어귀가 있다. 강에는 바닥도 있다. 강에는 물머리도 있다. 소년이 답을 가르쳐 주었다. 꿈속에서 본 그 소년이.
불현듯 디프노가 들려준 다른 얘기가 떠올랐다.
'그건 반쪽짜리 답이지. 삼손이 낸 수수께끼는 두 겹이잖아, 이 친구야.'
머리맡의 시계를 보니 6시 20분이었다. 부모님이 일어나기 전에 집을 나서려면 움직여야 할 때였다. 이날 제이크는 학교에 안 갈 생각이었다. 어쩌면 자신의 처지에서는 학교는 영원히 끝인지도 몰랐다.
제이크가 이불을 걷고 바닥에 발을 디디자 양 무릎의 긁힌 자국이 눈에 띄었다. 갓 생긴 상처였다. 전날 벽돌 더미를 밟고 미끄러지는 바람에 몸 왼편에 멍이 들었고 장미 근처에서 기절했을 때에는 머리를 찧기도 했지만, 무릎은 멀쩡했다.
"꿈속에서 다친 거야."

제이크는 이렇게 소곤거렸다. 그런데 조금도 놀랍지가 않았다. 제이크는 부랴부랴 옷을 걸치기 시작했다.

5

옷장 뒤편에 수북이 쌓인 낡고 끈 없는 운동화와 『스파이더맨』 만화책 아래에서, 제이크는 전학 오기 전 초등학교에 다닐 때 매던 배낭을 찾아냈다. 파이퍼스쿨 아이들은 죽어도 메려 하지 않는('그건 너무너무 흔하잖니.') 배낭을 쥐면서 제이크는 인생이 너무나도 순탄했던 옛 시절의 추억이 파도처럼 밀려오는 기분이 들었다.

제이크는 배낭에 깨끗한 셔츠 한 장과 깨끗한 청바지 한 벌, 속옷 몇 장, 양말 몇 켤레를 챙겨넣고 『칙칙폭폭 찰리』와 『알쏭달쏭 수수께끼!』도 함께 넣었다. 낡은 배낭을 찾아 옷장을 뒤지기 전에 열쇠를 책상에 올려놓았던 탓에 또다시 목소리들이 들렸지만, 이번에는 멀리서 들리는 듯 희미했다. 게다가 다시 열쇠를 쥐면 목소리가 완전히 사라지리라는 확신이 있었기에 마음이 가라앉았다.

'좋았어.' 제이크는 배낭을 들여다보며 생각했다. 책 두 권을 넣고도 자리가 넉넉했다. '또 뭘 넣지?'

제이크는 잠시 아무것도 필요 없다고 생각하다가…… 이내 깨달았다.

6

아버지의 서재에서는 담배와 야망의 냄새가 났다.
서재에는 거대한 티크 책상이 떡 하니 자리 잡고 있었다. 방 건너편 벽은 미쓰비시 텔레비전 수상기 석 대만 빼면 온통 책으로 가득했다. 저마다 경쟁 방송국 채널에 고정된 텔레비전들은 아버지가 서재에 있는 밤이면 각각 소리를 죽인 채 황금시간대 영상을 보여주었다.
커튼이 내려져 있었던 탓에 앞을 분간하려면 책상등을 켜야 했다. 제이크는 발소리가 안 나는 운동화를 신고 있었는데도 이곳에 있다는 이유만으로 마음이 불안했다. 아버지가 잠에서 깨어 서재에 들어왔다가는(그럴 수도 있었다. 엘머 체임버스는 아무리 늦게 자든 또 아무리 술을 많이 마시든 선잠을 자고 일찍 일어나는 사람이었다.) 화를 버럭 낼 터였다. 그랬다가는 깔끔하게 빠져나가기가 훨씬 힘들어질 터였다. 제이크는 이곳에서 나가는 시간이 이르면 이를수록 기분이 좋아질 것 같았다.
책상 서랍이 잠겨 있었다. 그러나 아버지는 열쇠 두는 곳을 조금도 숨기지 않는 사람이었다. 제이크는 깔판 아래를 쏠다가 열쇠를 찾아 꺼냈다. 셋째 서랍을 열고 수북한 서류철을 더듬던 제이크의 손에 차가운 금속이 만져졌다.
복도에서 판자가 삐걱 소리를 내는 바람에 제이크의 몸이 딱 굳었다. 몇 초가 흘러갔다. 삐걱 소리가 다시 들리지 않자 제이크는 아버지가 '가정 방위용'으로 놓아둔 무기를 꺼냈다. 44구경 루거 자동권총이었다. 이 총을 사던 날 아버지는 제이크에게 보여주며 무척이나 자랑스러워했다. 2년 전 일이었다. 걱정스러워진 어머니가 사람 다치기 전에 얼른 치우라고 아무리 사정해도 아버지는 들은 척도 하지 않았다.

제이크는 총 옆면에 붙은 탄창멈치를 찾아 눌렀다. 탄창이 손바닥으로 떨어지면서 낸 철컥 하는 쇳소리가 조용한 아파트 안에 몹시도 크게 울렸다. 제이크는 불안한 눈으로 다시금 문 쪽을 흘깃 쳐다보았고, 이내 탄창으로 눈을 돌렸다. 총알이 가득 장전되어 있었다. 제이크는 탄창을 도로 총에 밀어넣었다가 다시 빼냈다. 장전된 총을 잠긴 책상 안에 보관하는 것과 장전된 총을 들고 뉴욕 시내를 쏘다니는 것은 천지차이였다.

제이크는 권총을 배낭 바닥에 쑤셔넣고 다시금 서류철 뒤쪽을 뒤졌다. 이번에 꺼낸 것은 반쯤 차 있는 총알 상자였다. 아버지가 총에 흥미를 잃기 전에는 1번 대로변의 경찰 사격장에 표적 사격을 하러 가던 기억이 떠올랐다.

판자가 또 삐걱거렸다. 제이크는 여기서 나가고 싶었다.

제이크는 배낭에 챙겼던 셔츠를 꺼내어 아버지의 책상 위에 편 다음, 44구경 총알 상자와 탄창을 셔츠에 내려놓고 둘둘 말았다. 그러고 나서 다시 배낭에 집어넣고 죔쇠를 조여 배낭을 단단히 여몄다. 막 자리를 뜨려던 찰나, 아버지의 서류 출납함 옆에 쌓인 편지지가 눈길을 잡아끌었다. 편지지 맨 위에 아버지가 즐겨 쓰던 거울렌즈가 달린 레이밴 선글라스가 놓여 있었다. 제이크는 종이 한 장을 챙긴 다음 곰곰이 생각하다가 선글라스도 함께 챙겼다. 선글라스는 셔츠 주머니에 꽂아두었다. 그러고는 펜대에서 가느다란 금색 펜을 뽑아 편지지 맨 위에 '아빠 엄마께'라고 적었다.

제이크가 손을 멈추더니, 그 인사말을 보며 얼굴을 찌푸렸다. 그 다음에는 뭐라고 써야 할까? 딱히 쓸 말이 있기나 할까? 사랑한다고? 진심이기는 했으나 그것이 다는 아니었다. 그 진심에는 갖가지 불편한 진심들이 마치 실타래에 꽂힌 바늘처럼 꽂혀 있었다. 그리워한다고? 진심인지 아닌지 알 수 없었으나 어딘가 끔찍한 감정이었다. 그럼 부모님이 *자신*을 그리워하길 바란다고 써야 할까?

제이크는 불현듯 무엇이 문제인지를 깨달았다. 만약 이날 하루만 떠날 작정이라면 뭐라고든 쓸 말이 있었다. 그러나 단순히 이날 하루, 또는 이번 주, 이번 달, 그해 여름만이 아니라는 예감은 거의 확신에 가까웠다. 제이크는 이번에 아파트를 나서면 그걸로 끝이라는 생각이 들었다.

제이크는 하마터면 종이를 구겨버릴 뻔했지만 이내 마음을 고쳐먹었다. 그러고는 이렇게 적었다. '부디 잘 지내세요. 사랑해요, 제이(J)가.' 꽤나 맥 빠지는 말이었지만 그래도 없는 것보다는 나았다.

'됐어. 운에 기대는 건 이쯤 하고 여기서 나가야겠지?'

제이크는 그렇게 했다.

아파트는 거의 죽은 듯 고요했다. 발끝으로 살금살금 걸어 거실을 지나는 동안 제이크의 귀에 들린 것은 부모님의 숨소리뿐이었다. 어머니는 조그맣고 부드럽게 코를 골았고, 아버지는 코로 숨을 들이쉴 때마다 가늘고 또랑또랑한 휘파람소리를 냈다. 현관에 다다를 무렵, 냉장고 모터가 시동을 거는 바람에 가슴이 철렁했다. 뒤이어 현관문에 도착했다. 제이크는 가능한 한 조용히 문을 열었고, 바깥으로 나간 다음 조심스레 등 뒤의 문을 닫았다.

자물쇠가 철컥 하고 잠기자 가슴을 짓누르던 바위가 다른 곳으로 굴러가는 기분이 들었다. 뒤이어 벅찬 기대감이 제이크를 사로잡았다. 앞에 무엇이 기다리는지 알지 못했고 위험할지도 모른다는 근거 또한 충분했으나, 그래도 제이크는 열한 살이었다. 삽시간에 벅차오른 낯선 쾌감을 부정하기에는 너무나 어렸다. 앞에 놓인 것은 고속도로였다. 미지의 땅 깊숙한 곳으로 이어진 비밀의 고속도로였다. 비밀들은 스스로 답을 드러낼 터였다. 제이크가 똑똑하기만 하다면…… 또 운이 좋기만 하다면. 길게 드리운 새벽 햇살 속에서 집을 나선 아이 앞에, 장대한 모험이 기다리고 있었다.

'내가 버텨낸다면, 내가 진실하다면, 난 장미를 보게 될 거야.' 승강기 버튼을 누르며 제이크는 생각했다. '난 알아…… 그리고 아저씨도 보게 될 거야.'

머릿속을 가득 채운 이 생각은 간절하다 못해 거의 황홀할 정도였다.

이로부터 3분 후, 제이크는 태어나서 이때껏 살아온 건물의 출입구 위에 드리운 차양 아래로부터 걸어나왔다. 잠시 걸음을 멈추었다가 왼쪽으로 돌아섰다. 아무렇게나 내린 결정 같지는 않았고, 실제로도 그렇지 않았다. 일찍이 방해받았던 암흑의 탑을 향한 원정을 재개하고자, 제이크는 빔의 길을 따라 동남쪽으로 나아갔다.

7

에디가 롤랜드에게 아직 다 못 깎은 열쇠를 주고 나서 이틀 후, 덥고 땀에 절고 지친 데다 풀죽기까지 한 세 여행자는 지독히도 빽빽한 덤불과 아직 어린 수풀을 힘겹게 통과했고, 언뜻 보면 희미한 두 줄기 오솔길처럼 보이는 곳에 이르렀다. 나란히 뻗은 두 오솔길 위로 양편 길가의 나이 든 나무에서 뻗어나온 가지들이 서로 포개지듯이 얽혀 있었다. 에디는 잠시 찬찬히 들여다보고 나서 오솔길이 아니라 발길이 끊긴 지 오래된 도로의 흔적이라고 결론지었다. 도로 한복판이었을 곳에 덤불과 키 작은 나무들이 성긴 깃털처럼 죽 자라나 있었다. 움푹 패어 풀이 우거진 두 줄기 오솔길은 바퀴 자국이었고, 둘 다 수재나의 휠체어 바퀴가 들어갈 만큼 넓었다.

"할렐루야!" 에디가 외쳤다. "건배합시다!"

롤랜드가 고개를 끄덕이고 허리에 동여맨 가죽 물통의 끈을 풀었다. 그러고는 먼저 멜빵에 들어가 그의 등에 타고 있던 수재나에게 물통을 건넸다. 그가 몸을 움직일 때마다 가죽끈으로 묶어 목에 건 에디의 열쇠가 셔츠 아래에서 흔들렸다. 수재나가 한 모금 들이켜고 에디에게 물통을 넘겼다. 에디는 물을 마시고 나서 수재나의 휠체어를 풀어놓기 시작했다. 에디는 이 크고 투박한 장치를 혐오하기에 이르렀다. 그것은 숫제 일행의 발목을 묶어놓는 쇠덫 같았다. 부러진 바퀴살 한두 개만 빼면 상태는 아직 양호했다. 에디가 그들 셋보다 휠체어가 더 오래 살아남으리라고 생각한 날도 많았다. 그런데 이제 휠체어를 유용하게 써먹을 날이 왔고…… 적어도 당분간은, 그럴 듯싶었다.

에디는 수재나가 멜빵을 벗고 휠체어에 앉도록 거들었다. 그녀는 허리 뒤쪽 움푹 들어간 곳에 손을 얹고 등을 쭉 펴면서 흐뭇한 듯 얼굴을 찌푸렸다. 그녀가 등을 펼 때 조그맣게 울린 뚜둑 소리를 에디와 롤랜드 둘 다 들었다.

저 앞에서 오소리와 너구리의 잡종처럼 생긴 큼지막한 짐승이 숲으로부터 느릿느릿 기어나왔다. 짐승은 테두리가 금색인 커다란 눈으로 일행을 바라보다가 '허! 대단하구먼!' 하고 말하듯 수염이 돋은 뾰족한 주둥이를 씰룩거리더니, 도로 건너편까지 마저 어슬렁어슬렁 기어간 후에 다시 모습을 감추었다. 에디는 짐승이 모습을 감추기 전에 그 꼬리를 눈여겨보았다. 털가죽을 씌운 매트리스 스프링처럼 기다랗고 촘촘하게 꼬여 있었다.

"롤랜드, 방금 그거 뭐였어?"

"개너구리다."

"못 먹는 거야?"

롤랜드가 고개를 저었다.

"질기다. 시큼하고. 저걸 먹느니 차라리 개를 먹겠다."

"먹어봤어요?" 수재나가 물었다. "저기, 개 말이에요."

롤랜드는 고개만 끄덕일 뿐, 더 말하지 않았다. 에디는 저도 모르게 폴 뉴먼이 나왔던 옛날 영화 한 대목이 떠올랐다. '그렇소, 아가씨…… 먹어도 봤고, 놈들처럼 살기도 했소.'

숲 속에서 새들이 즐겁게 지저귀었다. 도로를 따라 산뜻한 바람이 불어왔다. 에디와 수재나는 감사하는 표정으로 바람이 불어오는 쪽을 향해 고개를 돌렸고, 이내 서로 얼굴을 마주보며 빙긋 웃었다. 에디는 그녀에게 감사하는 마음을 깨닫고 새삼 놀랐다. 사랑하는 누군가를 갖기란 무서운 일이었다. 그러나 동시에 무척 흐뭇한 일이기도 했다.

"이건 누가 만든 길이야?"

"오래전에 사라진 사람들이 만들었다."

"우리가 찾은 컵과 그릇을 만든 그 사람들인가요?"

"아니…… 그들이 아니오. 내 생각에 이 길은 마찻길이었소. 또 그토록 오랫동안 내버려뒀는데도 아직 남아 있는 걸 보면 무척이나 커다란 길…… 아마도 '위대한 길'이었을 테지. 밑을 파보면 아래에 깔린 자갈과 배수로가 나올 거요. 여기 머무는 동안 요기를 하는 게 좋겠소."

"요리!" 에디가 외쳤다. "당장 대령하시오! 시금치를 채운 피렌체식 닭 요리! 폴리네시아식 새우 요리! 버섯을 넣고 살짝 지진 송아지고기에……"

수재나가 팔꿈치로 에디를 쿡 찔렀다.

"적당히 해두셔, 흰둥이 총각."

"내가 또 상상력이 폭주하면 멈출 수가 없걸랑요."

에디의 목소리는 쾌활했다.

롤랜드가 걸낭을 풀고 쭈그려 앉더니 올리브색 나뭇잎으로 싼 육포로 간소한 점심을 차리기 시작했다. 에디와 수재나는 이 나뭇잎에서 시금치와 비슷한, 그러나 훨씬 더 강한 맛이 나는 줄을 이미 알고 있었다.

에디가 수재나의 휠체어를 밀고 롤랜드 쪽으로 다가갔다. 롤랜드는 수재나에게 에디가 '총잡이표 부리토(고기나 치즈 등을 밀전병으로 싼 멕시코 음식—옮긴이)'로 부르는 것을 세 개 건넸다. 수재나가 그것을 먹기 시작했다.

에디가 뒤로 돌아섰을 때 롤랜드는 나뭇잎으로 싼 고기 세 덩이를 내밀고 있었는데…… 무언가가, 하나 더 있었다. 열쇠가 붙은 물푸레나무 도막이었다. 롤랜드가 나무 도막을 떼어낸 가죽끈은 이제 끝이 터진 채로 그의 목에 걸려 있었다.

"뭐야, 이거 없어도 돼?"

"몸에서 떼어놓으면 목소리가 다시 들린다, 허나 몹시 아득하게 들리지. 그쯤은 견딜 수 있다. 실은 목에 걸고 있을 때에도 들리더구나. 꼭 무슨…… 산 너머에서 조그맣게 얘기하는 목소리처럼 말이다. 내 생각엔 열쇠가 아직 덜 완성돼서 그런 듯하다. 네가 나한테 주고 나서는 깎질 않았으니."

"그거야…… 댁이 차고 있었으니까 그랬지. 또 나도 별로……"

롤랜드는 말이 없었다. 그러나 연청색 두 눈은 느긋한 스승의 눈빛을 띠고 에디를 지그시 바라보았다.

"그래, 실은 망쳐버릴까 봐 겁났어. 이제 속이 후련해?"

"당신 형 말에 따르면 뭐든 망쳐버렸죠…… 아닌가요?"

"아, 수재나 딘, 우리 여류 심리학자 선생님. 그 길로 나가셨어야 하는 건데 말이죠, 선생님."

수재나는 이 비꼬는 말에 상처를 받지 않았다. 대신 날품팔이꾼이 술동이를 들이켜듯 물통을 잔뜩 기울여 양껏 물을 마셨다.

"그래도 사실이잖아요, 안 그래요?"

수재나가 말했다. 에디는 미처 완성하지 못한(적어도 아직은) 그 새총을 떠올리고 어깨를 으쓱했다.

"완성하지 않으면 안 된다." 롤랜드가 말했다. "네가 그걸 써야 할 때가 닥쳐오는 것 같다."

에디는 뭐라고 말을 하려다 입을 다물었다. 그런 식으로 말하면 마치 간단한 일 같았지만, 에디의 동료들은 핵심이 무엇인지 조금도 이해하지 못했다. 핵심은 바로 이것이었다. 70퍼센트나 80퍼센트로는, 심지어 98.5퍼센트로도 부족했다. 이번에는 아니었다. 만의 하나라도 망쳤다가는, 어깨 너머로 휙 던지고 휘적휘적 걸어갈 수 있는 일이 아니었다. 무엇보다 이 나무 도막을 잘라낸 날부터 이때까지 물푸레나무가 한 그루도 보이지 않았다. 그러나 에디를 지긋지긋하게 괴롭히는 가장 큰 문제는 바로 이것이었다. 에디가 조금이라도 실수했다가는, 열쇠가 반드시 돌아가야 할 바로 그 순간에 돌아가지 않을지도 몰랐다. 게다가 끄트머리의 짤따란 곡선이 점점 더 마음에 걸렸다. 보기에는 단순해 보이는 곡선이었지만 정확히 깎아내지 못하면······

'하지만 지금 이대로는 못 써. 너도 그 정돈 알잖아.'

한숨을 내쉬며, 에디는 열쇠를 바라보았다. 그랬다, 그 정도는 알고 있었다. 기를 쓰고 완성해야만 했다. 어쩌면 실패를 두려워한 나머지 필요 이상으로 애를 먹는지도 몰랐지만, 어쨌거나 두려움을 이기려고 기를 써야만 했다. 어쩌면 멋지게 해낼지도 몰랐다. JFK 공항행 델타 여객기 안에서 롤랜드가 의식 속으로 들어온 그때 이후로 에디는 수많은 일을 멋지게 해냈고, 이는 하늘도 다 아는 바였다. 여태껏 살아서 제정신을 유지하는 것 자체가 대단한 업적이었다.

에디가 롤랜드에게 열쇠를 도로 건넸다.

"일단은 차고 있어. 밤에 야영할 때 다시 깎을게."

"약속하는 건가?"

"그래."

롤랜드는 고개를 주억거리고 열쇠를 받아 다시 생가죽끈으로 묶었다. 손놀림이 굼떴지만, 에디는 총잡이의 오른손에 남은 손가락이 얼마나 섬세하게 움직이는지를 놓치지 않고 보았다. 총잡이는 정말이지 적응력을 빼면 시체나 다름없는 사내였다.

"무슨 일이 일어나는 거군요, 그렇죠?"

수재나가 불쑥 묻자 에디가 흘깃 쳐다보았다.

"왜 그런 말을 하죠?"

"에디, 난 당신이랑 같이 자잖아요. 당신이 밤마다 꿈을 꾸는 거 다 알아요. 가끔은 잠꼬대도 하고요. 딱히 악몽을 꾸는 것 같진 않지만, 그래도 당신 머릿속에서 무슨 일이 벌어지는 것만은 확실해요."

"맞아요, 일이 있긴 하죠. 내가 몰라서 그렇지."

"꿈에는 강력한 힘이 있다." 롤랜드가 말했다. "무슨 꿈을 꿨는지 전혀 기억이 안 나나?"

에디가 잠시 망설이다가 대답했다.

"조금은, 하지만 혼란스러워. 꿈속에서 다시 어린애로 돌아갔던 건 기억나. 학교가 파한 후였어. 지금은 소년 법원이 들어선 옛날 마키 가의 운동장에서 헨리 형이랑 농구를 하고 있었지. 난 헨리 형이 나랑 같이 더치힐에 있는 어떤 장소를 구경하러 갔으면 하고 바랐어. 거긴 오래된 집이야. 아이들이 저택이라고 부르는 집이었는데, 누구나 다 귀신이 나온다고 했어. 어쩌면 진짜 나왔는지도 몰라. 그 집이 으스스했다는 것만은 기억나니까. 진짜 으스스했어."

에디는 기억을 떠올리며 고개를 절레절레 흔들었다.

"곰이 지키던 공터에서 그 괴상한 상자에 귀를 댔을 때, 정말이지 까마득히 오랜만에 그 저택이 생각났어. 나도 잘은 모르지만…… 어쩌면 그래서 그런 꿈을 꿨는지도 몰라."

"하지만 정말로 그렇게 생각하는 건 아니잖아요."

"맞아요. 내 생각에, 지금 벌어지는 일이 뭐든 간에 단순히 기억을 떠올리는 것보다는 훨씬 더 복잡한 일 같아요."

"실제로 형과 함께 그곳에 갔나?"

롤랜드가 물었다.

"어…… 형을 꼬드겨서 같이 갔어."

"그래서 뭔가가 일어났나?"

"아니. 그치만 무서웠어. 우린 길에 서서 잠깐 그 집을 바라보고 있었는데, 형이 날 놀렸어. 날 안에 들여보내서 기념품 같은 걸 가져오라고 시킬 거랬어. 하지만 진심이 아닌 줄 나도 다 알았어. 형도 나만큼이나 그 집을 무서워했으니까."

"그게 다예요? 그 저택에 갔던 꿈밖에 기억 안 나요?"

"다른 것도 조금은 기억나요. 누군가가 와서는…… 그냥 서성거리기만 했어요. 꿈속에서 그 사람을 눈치 채긴 했는데, 그냥…… 곁눈으로 살짝 봤던 것 같아요. 내가 아는 거라곤 그 사람이나 나나 서로 모르는 척했다는 것뿐이에요."

"그 누군가는 그날 정말로 거기에 있었나?"

롤랜드가 에디를 집요하게 응시하며 물었다.

"아니면 그냥 꿈에 나오는 사람인가?"

"진짜 오래전 일이야, 내가 겨우 열세 살밖에 안 됐을 때라고. 그런 걸 어떻게 확실히 기억해?"

롤랜드는 아무 말도 하지 않았다.

"알았어." 에디가 결국 다시 입을 열었다. "그래, 거기 있었던 것 같아. 운동용 가방 아니면 배낭을 멘 사내아이였어, 어떤 가방이었는지는 기억 안 나. 또 얼굴에 안 어울리게 큰 선글라스를 끼고 있었어. 거울렌즈가 달린 선글라스였어."

"그래서 그 아이가 누군가?"

롤랜드가 물었으나 에디는 한참 동안 말이 없었다. 손에 총잡이 표 부리토 한 개가 남아 있었으나 식욕은 이미 사라지고 없었다.

"당신이 간이역에서 만났던 아이 같아." 에디가 마침내 입을 열었다. "내가 헨리 형이랑 같이 더치힐에 간 날 오후에, 당신 옛 친구 제이크가 우리 곁에서 어슬렁거리며 지켜봤던 것 같아. 우리 뒤를 따라왔을 거야. 왜냐하면 그 애도 롤랜드 당신하고 똑같이 목소리를 들었기 때문이야. 게다가 그 앤 내 꿈을 꾸고, 난 그 애 꿈을 꾸기 때문이기도 해. 내 생각에 내가 기억하는 일이 바로 지금 일어나는 중이야, 그 애가 사는 시대에서는 말이야. 그 애는 기를 쓰고 이쪽 세상으로 돌아오려고 해. 그리고 만일 그 애가 행동을 개시할 때 이 열쇠가 완성되어 있지 않으면, 또는 내가 열쇠를 잘못 깎으면⋯⋯ 그 앤 아마도 죽고 말 거야."

"어쩌면 그 아이는 제 몫의 열쇠를 지니고 있을지도 모른다. 그럴 가능성은 없나?"

"있어. 있을 거야. 하지만 그걸론 부족해."

에디는 한숨을 쉬고 나서 마지막 남은 부리토를 나중을 위하여 주머니에 집어넣었다.

"*게다가 제이크는 그런 줄도 모를 거야.*"

8

일행은 계속 길을 따라 나아갔다. 롤랜드와 에디가 번갈아 수재나의 휠체어를 밀었다. 그들은 왼쪽 바퀴자국을 택했다. 휠체어는 이리저리 흔들렸고, 오래된 이빨처럼 여기저기 돋아난 자갈에 부닥칠 때마다 번번이 에디와 롤랜드가 들고 넘어가야 했다. 그러나 일주일 전에 비하면 한결 빠르고 수월하게 이동했다. 땅이 점점 높아진 탓에 등 뒤를 돌아본 에디의 눈에 완만한 계단처럼 낮아지는 숲이 보였다. 서북쪽 저 멀리, 갈라진 암벽 위로 쏟아지는 물줄기가 눈길을 끌었다. 에디는 그가 인형 사격장이라고 불렀던 곳임을 깨닫고 경이로움에 젖었다. 이 꿈결 같은 여름날 오후의 아지랑이 속에서 보니 이제 어디인지 거의 알아보지도 못할 지경이었다.

"잠깐만요, 잠깐만, 멈춰요!"

수재나가 날카롭게 외쳤다. 다시 앞으로 고개를 돌린 에디는 휠체어로 롤랜드를 받을 뻔하다가 가까스로 멈췄다. 총잡이가 멈춰 서서 길 왼편에 우거진 덤불을 응시하는 중이었다.

"어디 또 그래봐요, 면허증을 몰수해 버릴 테니까."

수재나가 쏘아붙였다. 에디는 그 말을 무시하고 롤랜드의 눈길을 좇았다.

"왜 그래?"

"저길 좀 들여다봐야겠다." 롤랜드가 돌아서더니 수재나를 휠체어에서 들어올려 자기 허리춤에 앉혔다. "다 함께 가서 봅시다."

"내려놔요, 나 혼자 갈 수 있어요. 댁들보다 훨씬 빠를걸요."

수재나가 말했다. 롤랜드가 풀이 우거진 바퀴자국에 수재나를 살며시 내려놓는 동안 에디는 숲속을 바라보았다. 늦은 오후 햇살이 드리운 그림자가 어지럽게 교차했지만, 에디는 롤랜드의 눈길을 잡아끈 것이 무엇인지 알 것 같았다. 높다란 회색 돌이었다. 무성한 덤불에 뒤덮여 거의 완전히 가려져 있었다.
 수재나가 뱀장어처럼 유연하게 움직이며 도로변의 숲으로 모습을 감추었다. 롤랜드와 에디가 그 뒤를 따랐다.
 "이정표네요. 맞죠?"
 수재나는 두 손으로 땅을 짚은 채 네모난 돌덩이를 살펴보았다. 한때는 똑바로 서 있었을 돌이 이제는 오래된 묘비인 양 오른쪽으로 휘청 기울어 있었다.
 "그렇소. 에디, 내 칼을 다오."
 에디는 칼을 건네고 나서 롤랜드가 덩굴을 잘라내는 동안 수재나 곁에 쭈그리고 앉아 기다렸다. 덩굴이 떨어지자 돌에 새긴 희미한 글자들이 보였고, 에디는 롤랜드가 전체 글의 반도 드러내기 전에 이미 무엇이 새겨져 있는지를 알았다.

여행자여, 여기서부터 중간 세계이니라.

9

"저게 무슨 말이에요?"
 한참 만에 수재나가 물었다. 나긋나긋하고 주눅 든 목소리였다. 두 눈은 쉬지 않고 회색 돌을 이리저리 살폈다.
 "우리가 이 첫 단계의 막바지에 가까워졌다는 말이오."
 에디에게 칼을 돌려주는 롤랜드의 표정은 엄숙하고 사색에 잠긴 듯했다.

"우린 이제 이 오래된 마찻길을 쭉 따라갈 거요…… 아니, 차라리 이 길이 우리를 따라온다고 해야 할지도 모르겠소. 빔의 길 위에 나 있으니 말이오. 숲은 머잖아 끝날 거요. 그리고 커다란 변화가 일어날 거요."

"'중간 세계'는 또 뭐야?"

에디가 물었다.

"지금 시대가 오기 전에 지상을 지배했던 거대한 왕국들 가운데 한 곳이다. 그 왕국에는 희망과 학문과 빛이…… 암흑이 덮쳐오기 전, 내 나라 사람들이 지키려 애썼던 것들이 있었다. 나중에 짬이 나면 옛 이야기를 모두 들려주마…… 적어도 내가 아는 한도에서는 말이다. 그 이야기들을 한데 엮으면 장대한 그림이 될 게다. 아름답고도 무척이나 슬픈 그림이지.

옛이야기에 따르면, 오래전 중간 세계 변두리에 거대한 도시가 있었다고 한다. 아마도 네가 살던 뉴욕만큼이나 커다란 도시였을 게다. 지금은 폐허가 되었을 테지만, 그것도 아직 남아 있을 때 얘기겠지. 허나 그곳에는 사람들이…… 아니면 괴물들이 있을 게다…… 어쩌면 둘 다 있을지도 모르지. 우리는 경계를 늦추면 안 된다."

롤랜드는 두 손가락만 남은 오른손을 뻗어 돌에 새겨진 글씨를 어루만졌다.

"중간 세계라." 나지막한, 상념에 젖은 목소리였다. "설마 이럴 거라고는……" 말끝은 이어지지 않았다.

"흠, 다른 길은 없는 거군, 안 그래?"

에디가 묻자 총잡이가 고개를 저었다.

"다른 길은 없다."

"'카'군요."
수재나가 불쑥 내뱉었다. 두 사람이 그녀를 돌아보았다.

10

해가 지려면 아직 두 시간쯤 남았기에 일행은 다시 길을 나섰다. 도로는 빔의 길을 따라 동남쪽으로 계속 이어졌고, 풀이 우거진 좁은 길 두 줄기가 일행이 나아가던 길에 합류했다. 두 번째 길 한쪽을 따라 무너진 채 이끼가 낀 돌벽이 서 있었는데 한때는 분명 높다란 벽이었을 듯싶었다. 근처에는 투실투실한 개너구리 여남은 마리가 무너진 잔해 위에 앉아 테두리가 금색인 기묘한 눈으로 순례자들을 지켜보는 중이었다. 에디 눈에는 교수형을 염두에 둔 배심원들처럼 보였다.

도로는 갈수록 더 넓어졌고 윤곽도 뚜렷해졌다. 일행은 오래전에 버려진 건물의 잔해 두 군데를 지나쳤다. 나중 것은 풍차였을지도 모른다고 롤랜드가 말했다. 수재나가 귀신이 나올 것 같다고 했다.

"나온다고 해도 이상할 것 없소."

총잡이가 대꾸했다. 두 사람은 그의 덤덤한 말투에 오히려 섬뜩함을 느꼈다.

더는 못 갈 만큼 날이 어두워졌을 무렵, 나무는 점점 듬성듬성해졌고 그날 내내 일행을 쫓아오듯이 불던 강풍도 잔잔한 훈풍으로 바뀌었다. 앞에 보이는 땅은 여전히 위쪽으로 경사져 있었다.

"하루나 이틀만 더 가면 산등성이에 올라설 게다. 그럼 볼 수 있을 테지."

"보다뇨, 뭘요?"

수재나가 물었으나 롤랜드는 어깨만 으쓱할 뿐이었다.

그날 밤 에디는 다시 조각을 시작했지만, 영감이 조금도 떠오르지 않았다. 열쇠가 처음 모습을 갖추기 시작할 때 느꼈던 자신감과 흐뭇함은 이미 사라지고 없었다. 손가락이 서툴고 둔해진 느낌이 들었다. 몇 달 만에 처음으로, 에디는 헤로인이 있으면 얼마나 좋을까 하고 간절히 바랐다. 많이도 필요 없었다. 딱 5달러어치만, 거기에 동그랗게 말아서 빨대로 쓸 지폐 한 장만 있으면 이까짓 조각쯤이야 순풍에 돛 단 듯 단숨에 해치울 수 있을 듯싶었다.

"왜 실실 웃고 있나, 에디?"

롤랜드가 물었다. 그는 모닥불 건너편에 앉아 있었다. 둘 사이에서 키 작은 불꽃이 바람에 날려 어지러이 춤을 추었다.

"내가 웃었어?"

"그래."

"그냥, 어떤 인간들을 생각하느라 그랬어. 그 인간들이 얼마나 멍청해질 수 있는지…… 그치들은 말이지, 문이 여섯 개나 달린 방에다 집어넣어도 벽 쪽으로만 걸어가서 꽈당 할 종자들이야. 그러고도 뻔뻔하게 지랄지랄한단 말이지."

"문 저편에 뭐가 있을지 두렵다면, 차라리 벽에 부딪치는 쪽이 더 안전해 보일지도 모르죠."

수재나의 말에 에디가 고개를 주억거렸다.

"어쩌면 그럴지도."

나무 속에 깃든 형상을, 특히 그 조그마한 에스 자 모양을 보려고 애쓰면서, 에디는 천천히 칼을 놀렸다. 그는 모양이 점점 희미해짐을 깨달았다.
'하느님, 제발, 망치지 않게 도와주세요.' 이렇게 생각하면서도 에디는 자신이 벌써 망치지 않았을까 하고 끔찍이도 두려워했다. 그러다 끝내는 단념하고 (거의 변하지 않은) 열쇠를 총잡이에게 돌려준 다음, 가죽을 한 장 덮고 몸을 웅크렸다. 이로부터 5분 후, 소년과 오래전 마키 가에 있던 운동장이 나오는 꿈이 다시 스멀스멀 펼쳐지기 시작했다.

11

7시 15분경에 아파트를 나선 제이크는 앞으로 죽여야 할 시간이 8시간 넘게 남아 있었다. 제이크는 곧장 브루클린행 전철을 탈까 하고 곰곰이 생각하다가 이내 형편없는 생각이라고 결론지었다. 학교를 빼먹은 어린아이는 도심 한복판보다 변두리에서 오히려 더 눈에 띌 듯싶었고, 만약 자신이 정말로 어떤 장소와 거기서 만나기로 되어 있는 소년을 *찾아야* 한다면, 일은 일사천리로 진행될 터였다.
〈일도 아니라니깐.〉 노란 티셔츠를 입고 초록색 손수건을 이마에 동여맨 소년은 그렇게 말했다. 〈넌 열쇠랑 장미를 찾아냈잖아, 안 그래? 나도 같은 방식으로 찾을 수 있어.〉
다만 제이크는 열쇠와 장미를 어떻게 찾았는지 더 이상 기억해 낼 수가 없었다. 기억나는 것이라고는 마음속과 머릿속을 가득 채웠던 기쁨과 확신뿐이었다. 그저 그 일이 다시 일어나기만 바라는 수밖에 없었다. 동시에 계속 움직여야만 했다. 뉴욕에서 남의 이목을 끌지 않으려면 그 방법이 최고였다.

제이크는 1번 대로에 이르는 길을 거의 끝까지 걸어간 다음, 걸음을 돌려 왔던 길로 다시 돌아갔다. 다만 이번에는 *가세요* 신호등이 켜질 때마다 건널목을 건너며 주택가 쪽으로 조금씩 조금씩 다가갔다(어쩌면 무의식의 깊숙한 곳에서는 알았으리라, 신호등마저도 밤을 섬기는 줄을.). 10시경에 제이크는 자신이 5번 대로의 메트로폴리탄 미술관 앞에 있음을 깨달았다. 더웠고, 힘들었고, 기운도 빠졌다. 탄산음료를 마시고 싶었지만 수중에 있는 얼마 안 되는 돈으로 될 때까지 버텨야 했다. 침대 머리맡에 숨겨둔 상자를 탈탈 털었으나 전부 보태도 겨우 8달러가 될까 말까 했다.

초등학생 한 무리가 미술관 견학차 줄을 서 있었다. 공립학교 학생들이라고, 제이크는 거의 확신했다. 자신과 다름없이 편한 복장이기 때문이었다. 폴 스튜어트 상표가 붙은 블레이저도, 넥타이도, 원피스도, 단순해 보이지만 실은 '미스 소 프리티'니 '트위니티'니 하는 가게에서 125달러에 파는 짧은 치마도 보이지 않았다. 하나같이 케이마트표 옷을 입은 아이들이었다. 제이크는 충동적으로 줄 맨 끝에 서서 아이들을 따라 미술관으로 들어갔다.

미술관을 견학하는 데 1시간 15분이 걸렸다. 제이크는 즐겁게 둘러보았다. 미술관 안은 조용했다. 냉방이 되어 있어서 더욱 좋았다. 그림들도 근사했다. 그중에서도 옛 서부를 그린 프레더릭 레밍턴의 그림 몇 점과 토머스 하트 벤턴의 거대한 풍경화가 특히 매력적이었다. 벤턴의 그림 속 들녘에서 밀짚모자와 멜빵바지 차림으로 서 있는 통통한 농부들은 대평원을 가로질러 시카고로 향하는 증기기관차를 바라보는 중이었다. 학생들을 인솔하던 교사 둘 모두 견학이 다 끝날 때까지 제이크를 알아보지 못했다. 그러던 중에 엄격해 보이는 파란색 정장을 입은 예쁘장한 흑인 여성이 제이크의 어깨를 톡톡 두드리고 누구냐고 물었다.

여인이 오는 줄도 몰랐던 제이크는 한순간 머리가 딱 굳었다. 저도 모르게 주머니에 들어간 손이 열쇠를 꼭 쥐었다. 대번에 머릿속이 맑아졌고, 다시 침착해졌다.

"우리 반은 위층에 있는데요." 제이크가 멋쩍게 웃으며 말했다. "현대미술 작품들을 보기로 했는데, 전 이 아래층에 있는 그림들이 훨씬 더 맘에 들어요. 왜냐면 진짜 그림이니까요. 그래서 그냥……어……"

"살짝 빠진 거구나?"

여교사가 제이크를 떠보았다. 웃음을 참고 있어서인지 양쪽 입꼬리가 움찔거렸다.

"음, 말없이 자리를 떴다고나 할까요. 프랑스식으로요."

이 말이 제이크의 입에서 불쑥 튀어나왔다.

학생들은 그저 아리송한 표정으로 제이크를 바라보았지만, 제이크의 말을 들은 여교사는 끝내 웃음을 터뜨리고 말았다.

"네가 아직 못 들었는지, 아니면 듣고도 잊어버렸는지는 모르지만 말이지, 프랑스 외인부대에서는 말없이 자리를 뜨면 총살당했단다. 그러니까 학생, 지금 바로 자기 반으로 돌아가요."

"예, 고맙습니다. 어차피 거의 끝났을 거예요."

"어느 학교에서 왔니?"

"마키 아카데미요."

제이크가 대답했다. 이 또한 불쑥 튀어나온 말이었다.
위층으로 올라가는 동안 널따란 원형 홀에 울려퍼지는 주인 모를 발소리와 나지막한 목소리들을 들으며, 제이크는 자신이 왜 그런 말을 했는지 의아해했다. 제이크는 태어나서 이때껏 마키 아카데미라는 학교를 들어본 적이 없었다.

12

제이크는 위층 로비에서 잠시 기다렸다. 그러다가 점점 더 주의 깊게 자신을 지켜보는 경비원의 눈길을 알아차리고 더 이상 기다리는 것은 바보 같은 짓이라고 마음을 굳혔다. 앞서 잠시 몸담았던 그 반이 떠나기를 바라는 길밖에 없었다.
제이크는 시계를 들여다보았다. 그러고는 사람들 눈에 '앗! 시간이 벌써 이렇게!'라고 보이기를 바라는 표정으로 종종거리며 다시 아래층으로 내려갔다. 아까 그 반은 물론이고 프랑스식 예법 이야기에 웃음을 터뜨렸던 예쁘장한 흑인 여교사도 이미 가고 없었다. 제이크는 자신도 가는 편이 낫겠다고 마음먹었다. 조금 더 걷다가(더위를 감안하여 천천히) 지하철을 탈 생각이었다.
브로드웨이와 42번가 교차점의 핫도그 가판대 앞에서 멈춘 제이크는 얼마 안 되는 현금을 달착지근한 소시지 한 개, 니하이 탄산음료 한 병과 맞바꾸었다. 그러고는 은행 앞 계단에 앉아 점심을 먹었는데, 이것이 지독한 실수였다.
경찰관 한 명이 손에 쥔 경봉을 현란하게 돌려가며 제이크가 앉은 쪽으로 걸어왔다. 경찰관은 온 정신을 경봉 돌리기에 쏟은 듯 보였으나, 제이크가 앉은 곳 바로 앞에 이르자 경봉을 고리에 꽂고 아이 쪽으로 돌아섰다.

"안녕하신가, 선생. 오늘은 학교 안 가시나?"

소시지를 우적우적 먹어치우다가, 마지막 한 입이 그만 목에 턱 걸리고 말았다. 그야말로 끔찍한 운이었다…… 그것도 운이라면 말이지만. 두 사람이 있던 곳은 타임스스퀘어, 이른바 미국의 소돔이었다. 사방에 널린 것이 약팔이, 약쟁이, 창녀, 좀도둑이었는데도…… 경찰관은 제이크가 어찌나 마음에 들었던지 그들을 무시했다.

제이크는 소시지를 간신히 삼키고 대답했다.

"이번 주가 기말고사 기간이거든요. 오늘은 시험이 한 과목밖에 없었어요. 그래서 일찍 왔어요."

제이크가 말을 멈췄다. 뭔가 캐내려고 번들거리는 경찰관의 눈빛이 마음에 안 들었다.

"허락받고 왔는데요."

말끝을 맺는 목소리가 불안하게 들렸다.

"흠. 신분증 같은 게 있으면 좀 보여주련?"

제이크는 가슴이 철렁 내려앉았다. 엄마 아빠가 벌써 경찰에 신고를 했을까? 그랬으리라, 어제 그 난장판을 감안하면 충분히 그럴 법했다. 여느 때 같으면 아이 하나쯤 실종됐다고 해도 뉴욕 시경에서 별 신경을 쓸 것 같지 않았고 없어진 지 겨우 반나절 된 아이라면 더욱 그럴 듯싶었지만, 제이크 아버지는 방송국의 거물이었던 데다 줄이 닿는 사람 수를 자랑거리로 여기는 위인이었다. 제이크 생각에 이 경찰관한테 자기 사진이 있을 것 같지는 않았지만…… 이름을 알고 있을 공산은 무척이나 컸다.

"그게요." 제이크가 미적미적 말을 꺼냈다. "중간 세계 볼링장에서 받은 학생 할인증이 있는데, 근데 그게 다예요."

"중간 세계 볼링장? 처음 듣는 곳인데. 어디 있는 거냐? 퀸스?"

"그게, 중간 지대 볼링장 말이에요." 제이크는 생각했다. '맙소사, 이건 정반대 방향으로 달려가는 꼴이잖아, 그것도 전속력으로.'

"거기 아세요? 33번가에 있는 건데."

"그래. 그거라도 보자."

경찰관이 손을 내밀었다.

가닥가닥 땋은 머리를 샛노란 양복 어깨에 늘어뜨린 흑인 남자가 이쪽을 스윽 건너다보았다.

"순경 아쒸, 확 잡아넣어!" 유령 같은 몰골을 한 그 남자가 신이 나서 소리쳤다. "쪼꼬만 흰둥이 자식 확 쳐넣어버려! 밥값을 해야지, 아쒸!"

"닥치고 꺼져, 엘리."

경찰관은 돌아보지도 않고 쏘아붙였다.

엘리는 금니가 다 보이도록 껄껄 웃으며 멀어졌다.

"왜 저 사람한테는 신분증 보여달라고 안 하세요?"

"지금은 너한테 볼일이 있거든. 자, 어서 꺼내."

경찰관은 제이크의 이름을 알았거나 뭔가 이상한 낌새를 챈 듯싶었는데…… 실은 그리 놀랄 일도 아니었던 것이, 그 일대에서 그저 지나가는 보행자가 아닌 백인은 제이크가 유일했기 때문이었다. 어느 쪽이든 결과는 똑같았다. 거기 앉아 점심을 먹기로 한 것은 어리석은 결정이었다. 그러나 제이크는 다리가 아팠고, 배도 고팠고……

젠장, 배가 고파서 그만.

'아저씬 날 막을 수 없어요.' 제이크는 생각했다. '내가 가만있지 않을 거예요. 오늘 오후에 브루클린에서 만날 사람이 있단 말이에요. 난…… 난 거기 갈 거예요.'

지갑으로 손을 뻗는 대신, 제이크는 바지 앞주머니에 손을 넣어 열쇠를 꺼냈다. 경찰관의 얼굴 앞에 열쇠를 높이 쳐들었다. 늦은 아침의 햇살이 열쇠에 부딪혀 경찰관의 뺨과 이마에 동그스름한 빛무리를 되튕겼다. 경찰관의 눈이 휘둥그레졌다.

"이야아! 꼬마야, 이게 뭐냐?"

경찰관이 손을 내밀자 제이크가 열쇠를 뒤로 살짝 물렸다. 동그랗게 반짝이는 빛무리가 마치 최면을 걸듯이 경찰관의 얼굴에서 일렁거렸다.

"가져갈 필요 없잖아요. 그냥 제 이름만 보세요, 아셨죠?"

"아, 아무렴."

경찰관의 표정에서 호기심이 사라졌다. 눈길은 오직 열쇠에만 머물렀다. 휘둥그레져서 뚫어지게 바라보기는 해도 넋이 나간 눈빛은 아니었다. 제이크는 경찰관의 표정에서 경탄과 예상치 못한 행복감을 알아차렸다. '제가 이런 사람이에요.' 제이크는 생각했다. '어딜 가든 기쁨과 선의를 전파하는 사람이죠. 근데 문제는, 이제 도대체 어떡하면 좋을까요?'

젊은 여성 한 명이(초록색 실크 핫팬츠에 속이 다 비치는 블라우스를 보아하니 아무래도 사서는 아니지 싶었는데) 날 좀 어떻게 해달라고 호소하는 듯한 굽높이 8센티미터짜리 자주색 하이힐을 신고 비틀비틀 보도를 걸어왔다. 아가씨는 먼저 경찰관을 힐긋 쳐다보더니 뒤이어 경찰관이 뭘 보고 있는지 확인하려고 제이크를 쳐다보았다. 열쇠를 알아본 아가씨가 우뚝 멈춰 섰다. 아가씨한테 부딪힌 남자가 눈 똑바로 뜨고 다니라고 구시렁거렸다. 아무래도 사서로는 안 보이던 그 아가씨는 눈도 깜짝하지 않았다. 이제 아가씨와 마찬가지로 걸음을 멈춘 너덧 명이 제이크의 눈에 들어왔다. 모두 열쇠를 바라보고 있었다. 가끔 길모퉁이에 카드 맞히기 판을 벌인 솜씨 좋은 야바위꾼을 구경할 때처럼, 사람들이 모여들고 있었다.

'제이크, 너 사람들 눈에 안 띄려고 발악을 하는구나? 어이구.' 경찰관의 어깨 너머를 힐긋 쳐다보니 길 저편에 달린 간판이 눈에 띄었다. 덴비스 할인 약국이라고 씌어져 있었다.

"제 이름은 톰 덴비예요." 제이크가 경찰관에게 말했다. "볼링장 할인증에 또박또박 적혀 있잖아요, 맞죠?"

"그래, 그렇구나."

경찰관이 속삭이듯 중얼거렸다. 이제 그는 제이크한테는 아무 관심도 없었다. 오로지 열쇠에만 홀려 있었다. 경찰관의 얼굴에 비친 동그란 빛무리가 빙글빙글 돌았다.

"톰 덴비라는 아이를 찾고 계신 건 아니죠, 그렇죠?"

"아니. 그런 이름 들어본 적도 없어."

이제 경찰관 주위에 모여든 사람이 예닐곱 명은 되었다. 한결같이 감탄한 표정으로 입도 뻥긋하지 않고 은빛 열쇠를 멍하니 바라보는 중이었다.

"그러니까 가도 되죠, 그렇죠?"

"응? 아! 그래…… 가거라, 네 아버님의 명예를 위하여!"

"고맙습니다."

말은 이렇게 했지만 제이크는 한순간 어떻게 빠져나가야 좋을지 알 수가 없었다. 입을 꾹 다문 좀비 떼가 이미 주위를 둘러싼 후였고, 또 계속해서 몰려드는 중이었다. 사람들은 그저 무슨 구경거리인지 보러 올 뿐이었으나 일단 열쇠를 보면 딱 굳은 채로 멍하니 바라보았다.

제이크는 자리에서 일어나 천천히 뒷걸음치며 널찍한 은행 앞 계단을 올라갔다. 은빛 열쇠는 의자를 쳐든 사자 조련사처럼 앞으로 내민 채였다. 계단을 다 올라가서 은행 앞 콘크리트 광장에 이르렀을 때, 제이크는 열쇠를 호주머니에 넣고 돌아서서 냅다 도망쳤다.

제이크는 광장 끝까지 가서 딱 한 번 걸음을 멈췄고, 뒤를 돌아보았다. 아까 그 자리에 모여들었던 몇몇 사람들이 서서히 제정신으로 돌아오는 중이었다. 그들은 몽롱한 표정으로 서로 돌아보다가 이윽고 걸음을 옮겼다. 경찰관은 멍하니 왼쪽을 보았고, 오른쪽을 보았고, 뒤이어 자신이 그곳에 어떻게 왔으며 무엇을 할 생각이었는지 떠올리려는 듯 하늘을 똑바로 올려다보았다. 제이크는 더 볼 것이 없었다. 이제 괴상한 일이 또 벌어지기 전에 지하철역을 찾아 브루클린으로 떠날 시간이었다.

13

그날 오후 2시 15분, 제이크는 지하철역 계단을 느릿느릿 올라가 캐슬 가와 브루클린 대로의 교차점에 서서 코업 시티의 높다란 사암 아파트를 올려다보았다. 예전의 그 확실한 방향 감각이, 시간을 앞당겨 기억하는 듯한 그 느낌이 다시 휘몰아치기를 기다렸다. 그 느낌은 오지 않았다. 아무 느낌도 들지 않았다. 제이크는 그저 지친 애완동물 같은 짤따란 그림자를 발치에 거느리고 무더운 브루클린 거리에 오도카니 서 있는 어린애에 지나지 않았다.
'자, 다 왔어…… 근데 이제 어떡하면 좋지?'
제이크는 당최 아무 생각도 떠오르지 않았다.

14

롤랜드의 단출한 여행단은 이때껏 오르던 길고 평탄한 산길의 꼭대기에 이르렀고, 그곳에 서서 동남쪽을 바라보았다. 한참 동안 아무도 말을 하지 않았다. 수재나가 두 번 입을 달싹거렸으나 번번이 꽉 다물었다. 여성으로서 한평생을 살아온 수재나가 말문이 턱 막히기는 이번이 처음이었다.
여름날 오후의 기다란 금빛 햇살 아래, 거의 끝이 보이지 않는 평원이 그들 눈앞에 펼쳐져 있었다. 평원에 무성한 풀은 에메랄드빛 초록색이었고 무척이나 키가 컸다. 높다랗고 가느다란 줄기에 위로 갈수록 무성해지는 가지가 달린 나무가 수풀을 이루고 평원을 점점이 수놓았다. 수재나는 언젠가 오스트레일리아 여행 다큐멘터리에서 본 나무와 비슷하다고 생각했다.
일행이 따라온 길은 산등성이를 넘어 한 가닥 실처럼 동남쪽으로 곧게 뻗어 있었다. 풀 사이로 난 새하얀 선을 보는 듯했다. 수재나는 서쪽으로 몇 킬로미터 떨어진 곳에서 한가로이 풀을 뜯는 커다란 짐승 무리를 보았다. 들소 떼처럼 보였다. 동쪽으로는 숲의 끝자락이 둥그렇게 휘어져 초원으로 이어졌다. 툭 튀어나온 짙푸른 덤불이 흡사 주먹을 불쑥 치켜든 팔뚝처럼 보였다.

수재나는 깨달았다. 일행이 이때껏 본 시내와 개울은 모두 그 길을 따라 흘러갔다. 그 물줄기들은 모두 저 툭 불거진 팔뚝 같은 숲에서 솟아나와 세상의 동쪽 가장자리를 향하여 여름 태양 아래 꿈꾸듯 잔잔하게 흘러가는 널따란 강의 지류였다. 강은 무척이나 넓었다. 아마도 이쪽 기슭에서 저쪽 기슭까지 3킬로미터가 넘을 듯했다.

그리고 수재나는 그 도시를 보았다.

도시는 저 앞쪽에 죽은 듯 자리 잡고 있었다. 아득한 지평선을 따라 솟아 있는 뾰족지붕과 탑들이 뿌옇게 보였다. 하늘 높이 솟은 성벽까지 200킬로미터, 300킬로미터, 어쩌면 500킬로미터는 가야 할 듯싶었다. 이쪽 세상은 공기가 어찌나 맑던지 거리를 가늠해 봤자 골탕 먹기 십상이었다. 수재나가 확실히 안 것은 다만 흐릿한 저 탑들을 보고 말문이 막힐 만큼 경탄했다는 것과…… 고향인 뉴욕이 사무치도록 그립다는 것뿐이었다. 수재나는 생각했다. '트라이버러 다리에서 맨해튼의 스카이라인을 다시 볼 수만 있다면 난 무슨 짓이든 할 수 있을 것 같아.'

뒤이어 빙긋 웃을 수밖에 없었다. 왜냐하면 그 생각은 진실이 아니기 때문이었다. 진실은, 수재나가 롤랜드의 세계를 무엇과도 바꾸지 않으리라는 것이었다. 이쪽 세상의 숨죽인 수수께끼와 광막한 공간에는 중독성이 있었다. 수재나의 연인 또한 이곳에 있었다. 뉴욕에서라면, 적어도 수재나가 살던 시대의 뉴욕에서라면 두 사람은 경멸과 분노의 대상이자 모든 얼간이들의 저열하고 잔인한 농담거리가 되었으리라. 스물여섯 살 먹은 흑인 여성과 그녀보다 세 살 연하인 데다 흥분하면 금세 근본이 드러나는 말본새를 지닌 흰둥이 연인. 수재나의 흰둥이 연인은 겨우 8개월 전까지만 해도 찌들대로 찌든 약쟁이였다. 이곳에는 야유할 사람도, 비웃을 사람도 없었다. 이곳에서는 아무도 손가락질하지 않았다. 이곳에는 롤랜드와 에디와 수재나 자신, 세상 마지막 세 총잡이뿐이었다.

수재나는 에디의 손을 쥐었고, 자신의 손을 꼭 감싸는 기운을 느꼈다. 따뜻하게 안심시키려는 듯이.

롤랜드가 손을 뻗어 가리키며 나지막이 말했다.

"저건 필시 센드 강일 게다. 생전에 저 강을 보게 될 줄은 생각도 못했거늘…… 실제로 있으리라고는 믿지도 않았다, 지킴이들처럼 말이다."

"정말 아름다워요."

수재나가 중얼거렸다. 그녀는 눈앞의 광활한 풍경으로부터, 요람처럼 따사로운 여름 햇살 속에서 흡족한 꿈을 꾸는 듯한 그 정경으로부터 눈을 뗄 수가 없었다. 문득 정신을 차려보니 지평선으로 기울어가는 태양을 따라 평원에 몇 킬로미터나 이어진 나무 그림자를 바라보는 중이었다.

"미국의 대평원도 사람이 자리를 틀기 전에는 아마 저랬을 거예요…… 원주민조차도 없던 시절에는요."

수재나가 빈손을 쳐들어 위대한 길이 자그마한 점으로 보이는 곳을 가리켰다.

"저기가 롤랜드 당신이 말한 도시군요. 그렇죠?"

"그렇소."

"내가 보기엔 괜찮은데, 뭐. 그럴 가능성은 없을까, 롤랜드? 아직까지 꽤 멀쩡하게 남아 있을 가능성 말이야. 옛사람들이 튼튼하게 지었으려나?"

"요즘은 무슨 일이 일어나도 이상할 것 같지 않구나." 롤랜드가 대꾸했지만 왠지 미심쩍은 목소리였다. "허나 에디, 너무 기대하진 마라."

"응? 에이, 안 해."

그러나 에디는 이미 기대하고 있었다. 저 스카이라인의 흐릿한 윤곽이 수재나 마음속에서는 향수병의 불씨를 지핀 반면, 에디 마음속에서는 무모한 상상력의 불길에 화르륵 불을 댕겼던 것이다. 만약 도시가 아직 그곳에 있다면(그런데 분명히 있었고) 사람들도 아직 살고 있을 터였고, 롤랜드가 산맥 지하에서 만났던 인간 이하의 괴물들만 있으라는 법도 없었다. 도시에 거주하는 사람들

('미국인들.' 에디의 무의식이 속삭였다.)

은 똑똑하고 싹싹할 터였다. 사실 그이들이 순례자한테 가르쳐줄지도 몰랐다. 원정의 성패와…… 어쩌면, 생사마저도. 에디 머릿속에서 찬란한 환상이(그중 일부는 「최후의 스타화이터」나 「암흑의 수정 구슬」 같은 영화에서 멋대로 가져온 장면이었는데) 펼쳐졌다. 주름이 쭈글쭈글하기는 해도 위엄 있는 도시 원로원의 현자들이 아직 약탈당하지 않은 가게에서(어쩌면 인공 돔 안에 조성한 특별 정원에서) 가져온 성찬을 내놓을지도 몰랐고, 에디와 롤랜드와 수재나가 먹고 마시며 희희낙락하는 동안 일행 앞에 무엇이 기다리고 또 그 의미는 무엇인지 그들이 자세히 설명해 줄지도 모를 일이었다. 작별 선물로는 미국자동차협회에서 인증한 여행안내지도를 줄 텐데 거기에는

암흑의 탑으로 가는 가장 빠른 길이 빨간색으로 표시되어 있을지도 모를 일이었다.
 에디는 비록 '데우스 엑스 마키나'라는 표현은 몰랐지만, 그토록 현명하고 친절한 사람들이 대개는 만화책 아니면 비(B)급 영화에나 나온다는 것 정도는 알았다(알 만큼은 나이를 먹었다.). 그럼에도 떨쳐내기 힘든 환상이었다. 이 위험스럽고 거의 텅 비다시피 한 세상에 문명인들의 부락이 있었다. 현명한 난쟁이들이 앞으로 도대체 어떻게 해야 할지 가르쳐줄 터였다. 게다가 저 아른거리는 스카이라인 아래 드러난 도시의 장대한 모습으로 미루어보아 적어도 가능성은 있지 싶었다. 설령 오래전에 역병이 돌았거나 화학전이 일어나 주민들이 깡그리 죽는 바람에 도시가 철저히 비어 있다 하더라도, 거대한 공구상자로 이용할 수 있을 듯싶었다. 에디 생각에 자신들 앞에는 틀림없이 고된 길이 놓여 있었고, 그렇다면 저 도시는 그 고된 길에 대비할 장비를 챙길 어마어마하게 큰 중고 군용품 판매장이었다. 게다가 에디는 도시에서 나고 자란 도시 토박이였기에 높다란 탑을 보면 저절로 신바람이 났다.
 "좋았어!" 에디는 흥분한 나머지 하마터면 낄낄대고 웃을 뻔했다. "야호, 가는 거야! 똘똘한 난쟁이들 다 나오라고 해!"
 수재나가 어리둥절한 표정으로 웃으며 그를 보았다.
 "이봐요 흰둥이 총각, 뭐가 그렇게 신나요?"
 "아니, 아무것도 아녜요. 그냥 얼른 가고 싶어서요. 어때, 롤랜드? 당신은 가기 싫……"
 그러나 롤랜드의 얼굴에, 또는 그 아래에 깃든 무언가를(멍하니 꿈꾸는 듯한 어떤 기운을) 보고 에디는 입을 꾹 다물었고, 수재나의 어깨를 한쪽 팔로 감쌌다. 흡사 그녀를 보호하려는 듯이.

15

 도시의 스카이라인을 께름칙한 눈으로 흘깃 쳐다보고 나서, 롤랜드는 일행이 있는 곳으로부터 훨씬 더 가까운 어떤 곳에 눈길을 고정시켰다. 그곳의 무언가가 불안과 불길함으로 마음을 물들였다. 롤랜드는 전에도 그런 곳을 본 적이 있었고, 마지막으로 들렀을 때에는 제이크와 함께였다. 사막에서 빠져나오던 기억, 검은 옷의 남자가 남긴 흔적을 따라 산맥을 지나던 기억이 떠올랐다. 힘든 길이었지만 적어도 물은 찾을 수 있었다. 그리고 풀도.
 어느 날 밤, 잠에서 깨어보니 제이크가 사라지고 없었다. 실개울 가에 우거진 버드나무 숲에서 목이 졸린 듯 다급한 비명소리가 들려왔다. 롤랜드가 나무를 헤치고 숲 한복판의 공터에 이르렀을 때, 제이크는 이미 비명을 그친 후였다. 그때 제이크는 지금 롤랜드의 눈앞 저 아래에 보이는 곳과 똑같은 곳에 서 있었다. 돌로 지은 곳. 제물을 바치는 곳. 그곳에서 살아가는 신탁은 말하도록 강요당할 때에는 말을 했고…… 할 수 있을 때면 언제든, 살인을 저질렀다.
 "롤랜드, 왜 그래? 뭐 잘못됐어?"
 "저게 보이나?" 롤랜드가 손가락으로 가리켰다. "저건 예언의 원이다. 여기서 눈에 보이는 것들은 높이 서 있는 돌이다."
 롤랜드는 자신도 모르는 새에 에디를 보고 있었다. 롤랜드 눈앞에 서 있는 에디는 처음 만났을 때의 그 에디였다. 총잡이들이 파란

제복을 입고 설탕과 종이와 아스틴처럼 멋진 약을 끝도 없이 구할 수 있는 희한한 저쪽 세상에서, 그곳의 무서우면서도 한편으로는 근사한 공중 마차 안에서 처음 만났을 때의 에디였다. 그런 에디의 얼굴에 무언가를 예지하듯 기묘한 표정이 서서히 떠올랐다. 도시를 살펴보는 동안 두 눈을 환히 밝혔던 눈빛은 바람처럼 사라졌고, 남은 것은 암울하고 쓸쓸한 눈빛뿐이었다. 머잖아 자신이 목매달릴 교수대를 뜯어보는 사내의 표정이었다.

'처음에는 제이크, 이번에는 에디인가.' 총잡이는 생각했다. '우리 삶을 돌리는 바퀴에 자비 따위는 없단 말인가. 언제고 제자리로 돌아올 뿐인가.'

"이런 염병할." 에디가 뇌까렸다. 무뚝뚝하고 겁에 질린 목소리였다. "그 애가 기를 쓰고 건너오려는 곳이 바로 저기 같은데."

총잡이가 고개를 주억거렸다.

"필시 그럴 게다. 불쾌한 곳이지만 동시에 매혹적인 곳이니 말이다. 전에도 한 번 그 아이를 따라 저 비슷한 곳에 간 적이 있다. 그곳을 지키던 신탁은 하마터면 아이를 죽일 뻔했지."

"에디, 당신이 그걸 어떻게 알아요? 꿈에서 본 건가요?"

수재나가 물었으나 에디는 그저 고개만 저었다.

"나도 몰라요. 하지만 롤랜드가 저 망할 곳을 손가락으로 가리켰을 때……" 에디가 말을 끊고 총잡이에게 눈을 돌렸다. "저기로 가야 해, 가능한 한 빨리."

"그 일이 오늘 벌어질 것 같나? 오늘 밤에?"

에디는 다시 고개를 젓고 혀로 입술을 축였다.

"그것도 모르겠어, 확실치가 않아. 오늘 밤? 그럴 것 같진 않은데.

시간이…… 이쪽 세상의 시간은 아이가 있는 곳이랑 달라. 걔가 사는 시대와 장소에서는 시간이 더 천천히 흘러. 아마 내일일 거야."

억누르려고 기를 쓰던 공포가 마침내 고삐를 벗어던졌다. 에디는 돌아서서 땀에 젖은 축축한 손으로 롤랜드의 셔츠를 부여잡았다.

"그치만 내가 열쇠를 완성해야 하는데, 근데 다 못 끝냈단 말야, 게다가 그것 말고 할 일이 또 있는데 그게 뭔지 도대체 알 길이 없어. 그 애가 죽으면 그건 *내 잘못이라고!*"

총잡이는 에디의 손을 꽉 움켜쥐고 셔츠에서 떼어냈다.

"마음 굳게 먹어라."

"롤랜드, 내 말이 무슨 뜻인지 이해가……"

"난 이해한다, 네 문제는 질질 짠다고 해결될 것이 아니다. 또 네가 부친의 존안을 잊어버린 것도 이해한다."

"개수작 떨지 마! 아버지고 좆이고 내 알 바 아니야!"

에디가 발작하듯 악을 쓰자 롤랜드가 그의 얼굴을 후려쳤다. 손에서 나뭇가지 부러지는 소리가 났다.

에디가 고개를 획 돌렸다. 두 눈이 충격으로 휘둥그랬다. 총잡이를 가만히 응시하던 에디가 천천히 손을 들어 붉게 달아오르는 뺨의 손자국을 어루만졌다.

"이런 개새끼가!"

에디가 속삭였다. 왼쪽 허리춤의 리볼버로 손이 스르륵 내려갔다. 수재나가 두 손을 뻗어 막으려 했으나 에디는 뿌리쳤다.

'이제 다시 가르쳐야 하는가.' 롤랜드는 생각했다. '다만 이번에는 내 목숨을 보전하려고 가르치는 거다. 이 녀석 목숨이야 말할 것도 없고.'

저 멀리 어딘가에서 거친 까마귀 소리가 정적을 찢었고, 그러자 롤랜드는 한순간 자신이 기르던 매 데이비드를 떠올렸다. 이제는 에디가 그의 매였으며…… 데이비드와 마찬가지로, 에디 역시 롤랜드가 한 치만 물러서면 주저 없이 그의 눈을 찢어발길 터였다.

아니면 목을.

"날 쏠 텐가? 네가 바라는 결말이 그건가, 에디?"

"난 당신의 허풍에 아주 씨발 질릴 대로 질렸어."

에디가 말했다. 두 눈이 눈물과 분노로 뿌옇게 보였다.

"네가 열쇠를 완성치 못한 까닭은 완성을 두려워하기 때문이 아니다. 완성하지 *못할까 봐* 두려워하기 때문이다. 네가 저 돌이 늘어선 곳에 들어가기를 두려워하는 까닭은 들어갔을 때 무엇이 나올지 두렵기 때문이 아니다. 그곳에서 *안 나올지도 모르는* 무언가를 두려워하기 때문이다. 네가 두려워하는 것은 넓은 세상이 아니다, 에디. 넌 네 안에 있는 조그만 세상을 두려워한다. 넌 네 부친의 존안을 잊지 않았다. 자, 해봐라. 쏠 테면 쏴라. 난 질질 짜는 네 꼴을 보는 데 질렸다."

"그만해요!" 수재나가 롤랜드를 향해 악을 썼다. "이 사람이 진심이란 거 몰라요? 당신 지금 이 사람한테 쏘라고 몰아붙이는 거예요!"

롤랜드가 수재나에게 휙 눈을 돌렸다.

"난 에디에게 *결단을 내리라고* 몰아붙이는 중이오."

롤랜드가 다시 에디를 돌아보았다. 주름진 얼굴의 표정이 몹시도 숙연했다.

"벗이여, 자네는 헤로인의 그늘과 자네 형님의 그늘에서 이미 벗어났네. 용기가 있거든 이제 자네 자신의 그늘에서도 벗어나게. 지금 당장 거기서 나오게. 나오기 싫거든 나를 쏘고 그것으로 모두 끝내버리게."

한순간 롤랜드는 에디가 그렇게 하리라고 생각했다. 바로 이곳에서, 이 높은 산등성이 위에서, 구름 한 점 없는 여름 하늘 아래 도시의 뾰족지붕들이 시퍼런 유령처럼 가물거리는 지평선을 앞에 두고, 모두 끝나리라고 생각했다. 이윽고 에디가 볼을 씰룩거렸다. 굳게 다물었던 입가가 스르륵 풀리더니, 떨리기 시작했다. 손은 롤랜드가 준 리볼버의 백단향 손잡이에서 미끄러졌다. 가슴이 벌렁거렸다. 한 번…… 두 번…… 세 번. 에디가 총잡이를 향해 비틀비틀 다가가는 동안, 벌어진 그의 입에서는 모든 절망과 두려움이 한 줄기 신음이 되어 터져나왔다.

"무섭다고, 씨발! 모르겠어? 무서워 죽겠단 말이야!"

두 발이 서로 얽혔다. 에디가 앞으로 쓰러졌다. 롤랜드는 에디를 붙들고 꼭 껴안으며 그의 몸에 밴 땀내와 흙내를, 눈물과 두려움의 냄새를 맡았다.

총잡이는 한동안 에디를 껴안고 있다가 수재나 쪽으로 돌려세웠다. 에디는 고개를 푹 숙인 채 휠체어 앞에 무릎 꿇었다. 수재나가 에디의 목덜미를 한 손으로 감싸고 그의 머리를 자기 무릎 위에 꼭 댄 다음, 롤랜드를 보며 쏘아붙였다.

"난 가끔 당신이 미워 죽겠어요, 백인 두목 아저씨."

롤랜드는 손바닥의 두툼한 부분으로 이마를 짚고 세게 눌렀다.

"가끔은 나도 내가 밉소."

"하지만 스스로도 멈출 수가 없죠, 안 그래요?"

롤랜드는 대답하지 않았다. 수재나의 다리에 뺨을 댄 채 눈을 질끈 감고 있는 에디를 내려다보았다. 오로지 비참으로 물든 표정이었다. 롤랜드는 어찌나 피곤했던지 이 신나는 토론회의 다음 단계를 훗날로 미루고 싶었지만, 애써 마음을 다잡았다. 만약 에디 말이 옳다면 훗날 따위는 없었다. 이제 곧 제이크가 행동을 개시할 참이었다. 에디는 아이를 이쪽 세계로 데려오는 산파로서 점지되어 있었다. 에디가 준비를 마치지 않으면 아이는 건너오는 순간에 죽고 말리라. 산모가 진통을 시작할 때 아기의 목에 탯줄이 감겨 있으면 여지없이 질식하고 말듯이.

"일어서라, 에디."

잠시 동안 롤랜드는 에디가 여인의 무릎에 얼굴을 파묻은 채 마냥 거기 주저앉아 있으리라고 여겼다. 그러면 모든 것이 끝장이었으나…… 그것 또한, *카*였다. 그러나 이내 천천히, 에디가 일어섰다. 손이고 어깨고 머리고 머리카락이고 온통 축 늘어져 멀쩡한 상태는 아니었지만, 에디는 일어섰다. 그리고 거기가 바로 출발선이었다.

"나를 봐라."

롤랜드가 말했다. 수재나는 불안한 듯 몸을 뒤척였지만 이번에는 아무 말도 하지 않았다.

천천히, 에디는 고개를 들고 눈앞의 머리카락을 떨리는 손으로 쓸어넘겼다.

"이건 네 거다. 고통이 아무리 깊다 한들 내가 독차지한 것은 옳지 않은 일이었다."

롤랜드가 목에 건 가죽끈을 움켜쥐고 확 잡아당겨 끊었다. 그러고는 열쇠를 에디에게 내밀었다. 에디가 꿈꾸는 사람처럼 몽롱한 표정으로 손을 뻗었으나 롤랜드는 곧바로 손을 펴지는 않았다.
"해야 할 일을 끝마치도록 애쓸 텐가?"
"그래."
대답하는 소리는 거의 들리지 않을 만큼 작았다.
"나한테 할 말이 있나?"
"겁먹어서 미안해."

에디의 목소리에는 무언가 끔찍한 것이, 롤랜드의 가슴을 에는 무언가가 있었다. 롤랜드는 무엇인지 알 것 같았다. 바로 이 자리에서 에디의 유년기가 종말을 맞고 있었다. 그들 셋이 지켜보는 가운데 고통스럽게 사라져가는 중이었다. 눈에 보이지는 않았으나 롤랜드의 귀에는 그것이 흐느껴 우는 가녀린 소리가 들렸다. 롤랜드는 귀를 기울이지 않으려고 기를 썼다.

'이 또한 탑의 이름으로 저지른 업보다. 내 빚은 갈수록 늘어만 가는구나, 주정뱅이가 긴 세월 술집에 달아놓은 외상 장부처럼. 그 빚을 다 치를 날이 점점 다가온다. 어찌 갚는단 말인가.'

"사과는 바라지 않는다, 무서워한 것에 대한 사과라면 더더욱 그렇다. 인간이 공포를 모르면 무엇이 되겠나? 주둥이에 거품을 물고 무릎에는 똥이 말라붙은 미친개일진저."

"그럼 어쩌라는 건데?" 에디가 울부짖었다. "당신은 다 챙겼잖아…… 내가 줘야 할 건 전부 다 챙겼잖아! 아니, 그게 다가 아니잖아, 마지막엔 내 손으로 당신한테 줬잖아! 그런데 또 뭘 더 내놓으라는 거야!"

제이크 체임버스를 구원할 두 열쇠 중 하나를 손에 꾹 쥔 채로, 롤랜드는 아무 말도 하지 않았다. 롤랜드의 두 눈이 에디의 눈에 못

박혀 있는 동안에도 드넓은 초록색 평원과 검푸른 센드 강에는 태양이 빛났고, 저 멀리 어딘가에서는 까마귀가 또다시 저물어가는 여름날 오후의 금빛 햇살 속에 울음을 토했다.

이윽고, 에디 딘의 눈에 깨달음의 빛이 밝아왔다.

"나는 아버지의 얼굴을 잊었……"

에디가 입을 다물었다. 고개를 수그렸다. 침을 삼켰다. 다시 고개를 쳐들고 총잡이를 마주보았다. 둘 사이에서 숨이 끊어져가던 무언가가 마침내 변질했다. 롤랜드는 알 수 있었다. 그것은 사라지고 없었다. 다만 그뿐이었다. 이곳에서, 햇빛이 내리쬐고 바람이 몰아치는 이 세상의 끝자락에서, 그것은 영원히 사라지고 말았다.

"나는 아버지의 얼굴을 잊었나이다, 총잡이여…… 울며 용서를 비나이다."

롤랜드는 쥐고 있던 손을 폈다. 그런 다음 카의 명에 따라 열쇠를 지고 가야 할 이에게 그 작은 짐을 돌려주었다.

"그리 말하지 마라, 총잡이여."

롤랜드는 귀족어로 말했다.

"부친께서는 그대를 굳건히 지켜보시며…… 그대를 진정으로 사랑하시느니…… 나 또한 그러하다."

에디는 손에 열쇠를 움켜쥐고 눈물이 채 마르지 않은 얼굴로 돌아섰다.

"가자고."

에디가 말했다. 일행은 저 앞에 펼쳐진 평원을 향하여 기다란 산길을 내려가기 시작했다.

16

제이크는 캐슬 가를 따라 천천히 걸으며 피자 가게와 술집 앞을 지나갔다. 또 나이 지긋한 여인들이 미심쩍어하는 표정으로 감자를 꼬챙이에 꿰고 토마토를 으깨는 식료품 가게 앞도 지나갔다. 팔 안쪽의 살이 배낭 어깨끈에 쓸려 따끔거렸고, 다리도 아팠다. 제이크는 29도로 표시된 디지털 온도계 아래를 지나갔다. 제이크가 느끼기에는 40도 같았다.

앞쪽에서 경찰차 한 대가 방향을 틀어 대로로 접어들었다. 제이크는 대번에 철물점 진열창에 전시된 원예용품에 온 정신이 팔린 척했다. 진열창에 비친 파랗고 하얀 차체를 지켜보며, 차가 완전히 사라질 때까지 꼼짝도 하지 않았다.

'야, 제이크, 야 인마. 너 도대체 지금 어디 가는 거야?'

제이크는 도무지 알 수가 없었다. 자신이 찾는 소년(초록색 손수건을 이마에 묶고 '중간 세계에서는 한순간도 심심하지 않아요*'라고 적힌 노랑 티셔츠를 입은 그 소년)이 가까이에 있다는 확신은 들었지만, 그래서 어쩌면 좋단 말인가? 제이크에게 소년은 아직 브루클린이라는 짚더미 속에 숨은 바늘에 지나지 않았다.

제이크는 스프레이 낙서로 어지럽게 장식된 골목길을 지나갔다. *엘 티안테 91*, *날쌘돌이 곤잘레스*, *트럭맨 마이크* 등등 대개는 이름을 휘갈긴 낙서였지만, 눈썰미 좋은 이라면 알아볼 만한 표어나 글귀가 군데군데 적혀 있었다. 그리고 그중 두 개가 제이크의 눈길을 붙들었다.

장미는 장미는 장미

벽돌 벽에 스프레이 페인트로 씌어진 이 낙서는 탁한 분홍빛으로 퇴색해 있었다. 한때 '톰과 제리의 끝내주는 식료품점'이었던 공터의 장미와 똑같은 색이었다. 그 아래에 누군가가 파랗다 못해 거의 거무튀튀한 스프레이로 휘갈긴 글귀는 이러했다.

울며 용서를 비나이다

'저게 무슨 뜻이지?' 제이크는 의아했다. 어쩌면 성서에 나오는 구절일지도 몰랐으나 알 수가 없었다. 그럼에도 글귀는 새를 옭아맨 뱀의 눈처럼 제이크의 눈길을 사로잡았다. 한참 만에 제이크는 천천히 생각에 잠긴 채로 걸음을 옮겼다. 시간은 2시 30분이 다 된 때였고, 그림자도 점점 길어지기 시작한 터였다.

바로 눈앞에, 이쪽으로 걸어오는 노인이 보였다. 노인은 비비 꼬인 지팡이에 몸을 의지하고 할 수 있는 한 바짝 그늘에 붙어서 걸어오는 중이었다. 두꺼운 안경 뒤에서 갈색 눈이 터무니없이 커다란 달걀처럼 뒤룩뒤룩 움직였다.

"울며 용서를 비나이다, 어르신."

이 말을 제이크는 아무 생각 없이 내뱉었고, 그렇게 말하는 자기 목소리조차 듣지 못했다.

노인이 돌아서서 제이크를 바라보았다. 놀라고 두려운 듯 눈을 끔벅거렸다.

"귀찮게 하지 마라, 이눔아."

노인은 지팡이를 쳐들고 제이크 쪽으로 어색하게 휘둘렀다.

"어르신, 혹시 이 근처에 마키 아카데미라는 곳이 어디 있는지 아시나요?"

순전히 다급해서 내뱉은 말이었으나 제이크가 생각해 낼 수 있는 질문은 그것이 다였다.

노인이 지팡이를 슬그머니 내려놓았다. '어르신'이라는 말의 위력이었다. 노인은 늙어서 정신이 흐려진 사람이 으레 그러하듯 호기심이 지나치게 번들거리는 눈으로 제이크를 바라보았다.

"인석아, 왜 핵교에 안 가고 이러고 있어?"

제이크는 힘없이 웃었다. 정말로 나이 많은 노인이었다.

"기말고사 주간이라서요. 여긴 그냥, 마키 아카데미에 다니는 예전 친구를 만나러 왔어요. 귀찮게 해서 죄송합니다."

제이크는 노인 옆을 빙 돌아(노인이 액땜할 생각으로 지팡이를 들어 엉덩이를 후려갈기지 않기만 바라며) 걸어갔다. 제이크가 길모퉁이에 다 이르렀을 무렵, 노인이 소리쳤다.

"이눔아! 이눔아아!"

제이크가 돌아섰다.

"이 근방에 마키 아카데미라는 핵교는 읎어. 내가 다 알어, 이 동네에 22년째 사니께. 마키 가는 있어도, 마키 아카데미란 덴 읎어."

갑자기 찾아온 흥분에 제이크는 뱃속이 아릴 지경이었다. 제이크가 뒤로 돌아 한 걸음 내딛자 노인이 다시 지팡이를 쳐들고 방어 자세를 취했다. 제이크는 우뚝 멈춰 서서 노인으로부터 안전거리 5미터를 유지했다.

"어르신, 마키 가가 어느 쪽인가요? 좀 가르쳐 주실래요?"

"암먼, 이 동네 22년째 산다고 내 방금 말했잖어? 두 블록만 내려가. 머제스틱 극장에서 왼쪽으로 돌아야 돼. 허지만 내 다시 말해두는데, 마키 아키데미란 덴 읎다."

"고맙습니다, 어르신! 고맙습니다!"

제이크는 돌아서서 캐슬 가를 바라보았다. 정말이었다. 두어 블록 아래쪽 보도 위에 또렷이 튀어나온 머제스틱 극장의 차양이 보였다. 제이크는 냅다 달리기 시작했다. 그러나 곧 남의 눈을 끌지도 모른다고 생각하여 종종걸음으로 속도를 늦췄다.

노인은 아이가 가는 모습을 지켜보았다.

"어르신이라!"

그는 적이 놀란 목소리로 혼잣말을 중얼거렸다.

"요즘 세상에 어르신이라니!"

그러고는 쉰 목소리로 킬킬거리며 걸음을 옮겼다.

17

롤랜드 일행은 황혼녘이 되어 걸음을 멈췄다. 총잡이가 얕은 구덩이를 파고 불을 피웠다. 음식을 조리할 일은 없었지만 어쨌거나 불은 필요했다. 에디에게 필요했다. 그가 조각을 끝마칠 생각이라면 어둠을 밝혀줄 불이 필요했다.

총잡이는 주위를 둘러보다가 퇴색해가는 남청색 하늘을 등진 수재나의 검은 윤곽을 보았다. 그러나 에디는 보이지 않았다.

"어디 간 거요?"

"혼자 저 아래 길에 있어요. 롤랜드, 지금은 그냥 내버려둬요. 그만큼 했으면 됐잖아요."

롤랜드는 고개를 주억거리고 불구덩이에 몸을 숙인 다음, 닳아빠진 부시로 부싯돌을 쳤다. 모아놓은 불쏘시개가 금세 타올랐다. 잔가지를 하나하나 더하며, 롤랜드는 에디가 돌아오기를 기다렸다.

18

일행이 지나온 길을 1킬로미터쯤 거슬러 가서, 에디는 위대한 길 한복판에 다리를 포개고 앉아 한 손에 덜 완성된 열쇠를 쥔 채 하늘을 올려다보는 중이었다. 길 저편을 슬쩍 쳐다본 에디는 그곳에서 튀는 불꽃을 보고 롤랜드가 무엇을 하는지 대번에 알았고…… 왜 그러는지도 알았다. 에디가 이내 다시 하늘로 눈을 돌렸다. 이제껏 이토록 외로웠던 적도, 이토록 무서웠던 적도 없었다.

하늘은 드넓었다. 에디는 그토록 탁 트인 하늘을, 그토록 순전한 공허를 본 기억이 없었다. 그런 하늘을 보니 자신이 몹시도 조그맣게 느껴지면서도 그 느낌에 잘못된 것은 조금도 없는 것 같았다. 세상 만물의 체계 속에서 그는 몹시도 조그마했다.

이제 그 아이가 가까이에 있었다. 에디는 제이크가 어디에 있고 무엇을 하려 하는지 알 것 같았고, 그 생각에 그저 소리 없이 경탄할 뿐이었다. 수재나는 1963년으로부터 건너왔다. 에디는 1987년으로부터 건너왔다. 그 둘 사이에…… 제이크가 있었다. 건너오려고 애쓰는 중이었다. 태어나려고 애쓰는 중이었다.

'난 그 애를 만났어, 틀림없이 만났어. 기억나는 것 같아…… 조금은. 헨리 형이 입대하기 직전이었어, 안 그래? 그때 형은 브루클린 직업학교에 다녔고, 검은색에 완전히 빠져 있었어. 검은 진 바지, 쇠징을 박은 검은 오토바이 장화, 소매를 접어올린 검은 티셔츠까지. 딴에는 제임스 딘 흉내랍시고 그런 거야. 골초들이나 따라할 최신 유행이었지. 난 가끔 그렇게 생각하긴 했어도 입 밖에 내진 않았어, 형한테 봉변당하기 싫었으니까.'

에디는 생각에 잠긴 사이에 자신이 바라던 일이 일어났음을 깨달았다. 노인성이 이미 나와 있었던 것이다. 15분만 있으면, 어쩌면 그 전에라도 외계의 보석으로 수놓은 은하수 전체가 합류할 터였지만, 당장은 어스레한 저녁 하늘에 노인성 홀로 빛나고 있었다.

에디는 열쇠를 천천히 쳐들다가 노인성이 열쇠에서 가장 큰 가운데 홈에 들어가 빛날 때 손을 멈추었다. 그러고 나서 자신이 살던 세상의 오래된 자장가를, 어머니가 그와 함께 침실 창가에 무릎을 꿇고 앉아 가르쳐준 노래를 불렀다. 모자가 나란히 내다본 창밖에서는 브루클린 거리의 수많은 지붕과 비상 사다리를 뒤덮은 땅거미 위로 개밥바라기별이 빛났다.

"밝은 별, 환한 별, 오늘 저녁 처음 본 별…… 들어줬으면, 이뤄줬으면, 오늘 밤에 빈 소원을."

노인성이 열쇠의 홈에서 반짝였다. 물푸레나무에 갇힌 다이아몬드처럼.

"내가 배짱을 갖게 도와줘." 에디가 중얼거렸다. "그게 내 소원이야. 이 빌어먹을 물건을 완성할 배짱을 갖게 해줘."

에디는 그 자리에 잠시 더 앉아 있다가 이내 일어서서 느릿느릿 야영지로 돌아왔다. 그는 모닥불에 할 수 있는 한 바싹 붙어 앉은 다음, 수재나에게도 총잡이에게도 말 한마디 건네지 않고 열쇠를 깎기 시작했다. 얇고 구불구불한 나뭇밥이 열쇠 끄트머리의 에스 자 모양에서 깎여 나갔다. 열쇠를 이쪽저쪽으로 돌려가며, 이따금씩 눈을 감고 엄지로 부드러운 곡선을 만져보기도 하며 에디는 빠르게 깎아 나갔다. 모양이 망가지면 무슨 일이 벌어질지는 생각하지 않으려고 애썼다. 그랬다가는 틀림없이 몸이 굳어버릴 것 같았다.

롤랜드와 수재나는 에디 뒤에 앉아 말없이 지켜보았다. 마침내 에디가 칼을 한쪽에 내려놓았다. 얼굴이 땀범벅이었다.

"당신이 말한 그 꼬마 있잖아." 에디가 말했다. "제이크 말이야. 틀림없이 배짱이 두둑한 녀석일 거야."

"산 지하에서는 용감했다. 겁을 먹기는 했지만 한 치도 물러서지는 않았으니."

"나도 그랬으면 좋겠어."

롤랜드가 어깨를 으쓱했다.

"발라자르의 소굴에서는 옷을 다 벗고도 훌륭하게 싸우지 않았나. 알몸으로 싸우기란 무척 힘든 일이거늘, 너는 잘 해냈다."

에디는 나이트클럽에서 벌어진 총격전을 떠올리려고 기를 썼지만 그 기억은 머릿속의 희미한 얼룩에 지나지 않았다. 연기, 소음, 한쪽 벽을 뚫고 쏟아져 들어온 어지러운 광선들. 누군가 자동소총을 갈겨 그 벽을 갈가리 찢어놓았는데 또렷이 기억나지는 않았다.

에디가 열쇠를 쳐들자 세 개의 홈이 모닥불 불꽃에 비쳐 또렷이 보였다. 에디는 한참 동안 그대로 들고서 에스 자 모양을 주의 깊게 응시했다. 꿈속에서, 그리고 모닥불에 순간적으로 떠오른 환상 속에서 보았던 모양과 완전히 똑같았으나…… 느낌은 그렇지 않았다. 거의 똑같았지만 완전히는 아니었다.

'또 헨리 형 때문이야. 뭐든 잘 하면 안 되었던 그 시절 기억 때문에 그래. 됐어, 난 잘했어. 내 안에 있는 헨리 형이 그걸 인정하기 싫어서 이러는 것뿐이야.'

에디는 네모난 가죽 위에 열쇠를 놓고 가죽의 네 귀퉁이를 조심스레 접었다.

"다 했어. 제대로 했는지 못 했는지는 몰라도, 어쨌든 난 최선을 다했어."

이제 열쇠를 더 깎을 수 없게 된 에디는 묘한 허탈감을 느꼈다. 목적도 방향도 잃어버린 기분이었다.

"에디, 뭐 좀 먹을래요?"

수재나가 조용히 물었다.

'네 목적은 저기 있잖아.' 에디가 생각했다. '네 방향이 저기 있잖아. 바로 저기 앉아 있어, 두 손을 무릎에 포개고서. 네 모든 목적과 방향이, 네가 평생……'

그 순간, 에디의 의식 속에서 무언가가 솟구쳤다. 순식간에 솟아올랐다. 꿈이 아닌…… 환상도 아닌……

'아니, 둘 다 아니야. 그건 기억이야. 그때 그 일이 또 일어나고 있어, 시간을 앞당겨 기억하고 있는 거야.'

"먼저 해야 할 일이 있어요."

에디는 이렇게 말하고 자리에서 일어섰다.

모닥불 건너편에 롤랜드가 땔감을 주워다가 기묘한 모양으로 쌓아둔 더미가 있었다. 에디가 그 더미를 뒤져 찾아낸 마른 나뭇가지는 50센티미터 남짓 되는 길이에 지름은 10센티미터쯤 되어 보였다. 에디는 그 가지를 들고 불 옆 자기 자리로 돌아와 다시 롤랜드의 칼을 손에 들었다. 이번에는 그저 가지를 날카롭게 깎는 일이 다였기에 손이 더욱 빨리 움직였다. 가지는 이윽고 조그마한 천막용 말뚝 비슷한 막대기로 바뀌었다.

"동트기 전에 출발해도 될까? 되도록 빨리 저 원에 도착해야 할 것 같은데."

"그래. 필요하면 더 일찍 출발해도 된다. 예언의 원은 밤에 어슬렁거리기에 안전한 곳이 아니니 동트기 전에 움직이고 싶지는 않다만…… 그리해야 한다면, 할 수밖에 없겠지."

"두목님 표정으로 봐선 의심스럽네요, 저 동그랗게 늘어선 돌기둥이 안전할 때라는 게 있기나 한지 말이에요."

수재나가 말했다.

에디가 다시 칼을 내려놓았다. 롤랜드가 불구덩이를 파려고 퍼낸 흙이 에디 오른쪽 발치에 쌓여 있었다. 에디가 막대기의 뾰족한 끝으로 흙에 물음표 모양을 그렸다. 물음표는 또렷하고 선명했다.

"좋아." 에디가 그림을 쓸어 없애며 말했다. "다 됐어."

"그럼 뭘 좀 먹어요."

에디는 먹어보려고 했지만 그다지 배가 고프지 않았다. 마침내 수재나의 따뜻한 품을 파고들어 잠을 청한 에디는 꿈도 꾸지 않고 잠들었지만, 그 잠은 몹시도 얕았다. 이튿날 새벽 4시에 총잡이가 흔들어 깨울 때까지 에디는 저 아래 평원에서 쉬지 않고 부는 바람의 소리를 들었고, 그 자신마저 온갖 근심으로부터 벗어나 바람을 타고 밤하늘 높이 날아가는 듯싶었으며, 그러는 동안 머리 위에 잔잔히 떠 있는 노인성과 노모성은 에디의 두 뺨을 서리로 물들였다.

19

"시간이 됐다."
롤랜드가 말했다.
에디는 일어나 앉았다. 수재나도 일어나 곁에 앉아서 손바닥으로 얼굴을 문질렀다. 머리가 맑아진 에디는 더럭 조바심이 났다.
"그래. 가야지, 서둘러 가야지."
"아이가 가까이 오는 중이구나. 안 그런가?"
"아주 가까워졌어."
자리에서 일어선 에디가 수재나의 허리를 안고 들어올려 휠체어에 앉혔다.
수재나는 걱정스러운 눈으로 에디를 바라보고 있었다.
"시간은 아직 넉넉하겠죠?"
에디가 고개를 끄덕였다.
"아슬아슬하게 맞출 수 있을 거예요."
3분 후에 일행은 다시 위대한 길을 따라 내려갔다. 눈앞의 길이 유령처럼 희끄무레하게 빛났다. 이로부터 한 시간이 지나 새벽의 첫 햇살이 동녘 하늘에 번질 무렵, 일행 앞쪽 저 멀리서부터 규칙적으로 올리는 소리가 들려왔다.
북소리 같다고, 롤랜드는 생각했다.
기계음 같다고 에디는 생각했다. 무언가 거대한 기계.

'저건 심장이야.' 수재나는 생각했다. '커다랗고, 병든, 박동하는 심장…… 저 도시에 있어. 우리가 가야 할 그곳에.'

두 시간이 지났을 무렵, 그 소리가 처음 들릴 때와 마찬가지로 갑작스레 그쳤다. 일행 머리 위의 하늘에 형체도 없이 모여든 하얀 구름이 아침 해를 슬쩍 가리더니 이윽고 완전히 뒤덮어버렸다. 이제 10킬로미터도 안 남은 길 저편에 동그랗게 늘어선 돌기둥들은, 희끄무레한 빛 속에서 마치 쓰러진 괴물의 이빨인 양 어슴푸레하게 번들거리고 있었다.

20

머제스틱 극장 마카로니웨스턴 특별 주간!

브루클린 대로와 마키 가의 교차점 위로 불쑥 튀어나온 후줄근한 차양에 이렇게 씌어져 있었다.

세르조 레오네 고전 걸작 2편 동시 상영!
황야의 무법자 VS 석양의 무법자!
단돈 99센트에 2편 관람

매표소에는 금발 머리에 롤러를 만 예쁘장한 아가씨가 앉아 껌을 질겅거리고 있었다. 귀로는 라디오에서 나오는 레드 제플린의 노래를 듣고 눈으로는 쇼 부인이 끔찍이도 좋아하는 타블로이드판 신문을 읽는 중이었다. 아가씨 왼편의 극장 광고판에는 클린트 이스트우드가 나온 포스터가 들어가 있었다.

제이크는 3시가 코앞에 닥쳤으니 서둘러야 하는 줄 알면서도 잠시 걸음을 멈췄다. 그런 다음 때 끼고 지저분한 유리 너머의 포스터를 물끄러미 바라보았다. 클린트 이스트우드는 '세라페'로 부르는 멕시코식 숄을 두르고 있었다. 입에는 시가를 질끈 물고 있었다. 세라페 한쪽 자락은 총을 뽑기 쉽도록 어깨 뒤로 넘긴 채였다. 두 눈은 빛바랜 연청색이었다. 폭격수의 눈이었다.

'아저씨가 아니야.' 제이크는 생각했다. '그치만 거의 똑같아. 특히 눈이…… 눈이 거의 똑같아.'

"아저씬 내가 떨어지게 내버려뒀어요."

제이크가 낡은 포스터 속의 남자에게, 롤랜드가 아닌 그에게 말했다.

"내가 죽게 내버려뒀어요. 이번엔 어떻게 되는 거죠?"

"얘, 꼬마야."

금발머리 매표원의 목소리가 제이크를 움직였다.

"들어올 거니? 아님 거기서 혼잣말만 할 거니?"

"전 됐어요." 제이크가 말했다. "두 편 다 봤거든요."

제이크는 다시 걸음을 옮겨 마키 가 쪽으로 돌아섰다.

시간을 앞당겨 기억하는 느낌이 다시 한 번 밀려오기를 바랐지만, 마음대로 되지 않았다. 무더운 햇살이 내리쬐는 길거리에는 제이크 눈에 감옥처럼 보이는 사암 색깔 아파트만이 줄줄이 늘어서 있었다. 유모차를 앞세운 젊은 여성 몇 명이 띄엄띄엄 얘기를 나누며 나란히 걸어갈 뿐, 거리는 인적이 드물었다. 5월 치고는 터무니없이 더운 날이었다. 산책하기에도 너무 더웠다.

'난 도대체 뭘 찾고 있는 거지? 뭘?'

제이크 뒤쪽에서 귀에 거슬리는 남자 웃음소리가 들려왔다. 뒤이어 악에 받친 여자 목소리도 들렸다.

"이리 내놓으란 말이야!"

제이크는 자신에게 소리치는 줄 알고 화들짝 놀랐다.

"그거 당장 내놔, 헨리! 농담하는 거 아냐!"

돌아선 제이크의 눈에 사내아이 둘이 보였다. 한쪽은 적어도 열여덟은 먹은 듯 보였고 다른 쪽은…… 열둘 아니면 열셋으로 보였다. 두 번째 아이를 보자마자 제이크는 가슴 속에서 심장이 공중제비를 도는 기분이 들었다. 무명 반바지 대신 초록색 코르덴 바지를 입기는 했어도 노랑 티셔츠는 똑같았고, 한쪽 팔에는 낡아빠진 농구공을 끼고 있었다. 아이가 이쪽으로 등을 돌리고 있었는데도, 제이크는 깨달았다. 지난밤 꿈에 나왔던 소년을 찾아냈음을.

21

악을 쓴 여자는 매표소에 앉아 껌을 씹던 예쁜이였다. 두 사내아이 가운데(그냥 사내로 불러도 될 만큼) 큰 아이가 예쁜이의 신문을 손에 들고 있었다. 예쁜이가 신문으로 손을 뻗었다. 진 바지에 소매를 말아올린 검은 티셔츠 차림의 큰 아이가 신문을 머리 위로 쳐들고 씩 웃었다.

"뛰어서 잡아봐, 메리앤! 깡총 뛰어, 깡총!"

큰 아이를 쏘아보는 메리앤의 눈에는 분이 가득했고, 뺨은 발갰다.
"내놔! 그만 놀리고 내놓으란 말야! 이 나쁜 새끼야!"
"오오, 에디, 너 방금 들었지! 그렇게 심한 말을 하다니! 못써요, 못써!"

금발 매표원의 손보다 살짝 높이 신문을 흔들며 벙긋벙긋 웃는 큰 아이를 보다가, 제이크는 한순간 어떻게 된 상황인지 알아차렸다. 둘이 함께 걸어서 하교하던 도중에(제이크가 나이를 제대로 짐작했다면 같은 학교에 다닐 리는 없었지만) 큰 아이가 매표소로 다가가 금발에게 무언가 재미난 얘깃거리가 있는 척했으리라. 그래놓고서 매표구에 손을 넣어 신문을 낚아챘으리라.

제이크는 큰 아이의 얼굴과 비슷한 낯짝을 익히 본 적이 있었다. 그것은 고양이 꼬리에 라이터기름을 들이붓거나 낚싯바늘에 빵을 동그랗게 뭉쳐 굶주린 개에게 던져주고 기뻐 날뛰는 꼬맹이의 낯짝이었다. 교실 뒷줄에 앉아 여자아이의 브래지어 끈이나 잡아당기는 꼬맹이, 그런 주제에 누군가가 참다못해 따지고 들면 화들짝 놀라는 척하며 어안이 벙벙한 표정으로 "누구, 나?" 하는 꼬맹이. 파이퍼스쿨에는 그런 꼬맹이들이 많지 않았지만, 그래도 몇 명 있기는 했다. 어느 학교에나 있지 싶었다. 파이퍼스쿨의 꼬맹이들도 입성만 좋다뿐이지 낯짝은 매한가지였다. 제이크 생각에 옛날 사람들이라면 '교수대에서 종칠 상판대기'로 불렀을 법한 얼굴이었다.

메리앤은 검은 진 바지를 입은 아이가 동그랗게 말아 쥔 신문을 잡으려고 폴짝 뛰었다. 아이는 메리앤의 손이 닿으려고 하면 신문을 살짝 위로 쳐들었다가, 메리앤의 머리를 철썩 때렸다. 양탄자에 오줌을 눈 개를 때리듯이. 메리앤은 급기야 울음을 터뜨릴 눈치였는데…… 제이크 생각에는 모멸감 때문인 듯싶었다. 얼굴이 어찌나 빨개졌던지 거의 이글거릴 정도였다.

"됐어, 너 가져!" 메리앤이 큰 아이에게 악을 썼다. "네가 글자도 못 읽는 줄은 나도 알아, 그래도 그림은 구경할 줄 알겠지!"

메리앤이 자리를 뜨려고 돌아섰다.

"그냥 주지그래."

작은 아이가 나직이 말했다. 제이크가 찾던 그 아이였다.

큰 아이가 동그랗게 만 신문을 내밀었다. 메리앤은 신문을 확 낚아챘고, 그러자 길 저편으로 5미터가 넘게 떨어져 있던 제이크한테까지 신문 찢어지는 소리가 들렸다.

"헨리 딘, 넌 똥덩어리야! 진짜 똥덩어리라고!"

"에이, 뭐 이까짓 걸 가지고 난리야?"

헨리의 목소리는 정말로 마음이 상한 듯했다.

"그냥 장난으로 그런 거잖아. 거기다 찢어진 데도 한 군데밖에 없고. 읽는 데는 아무 문제 없네, 뭐. 인상 좀 펴, 응?"

'아니나 다를까.' 제이크는 생각했다. 헨리 같은 녀석들은 아무리 재미없는 장난도 늘 남들보다 세 배 더 열심히 하는 법이었고…… 그만두라고 소리를 치면 상처받고 오해받은 표정을 짓는 법이었다. 그러고는 늘 하는 소리가 '왜 난리야?' 아니면 '넌 농담도 이해 못하냐?' 또는 '인상 좀 펴, 응?'이었다.

'야, 너 지금 뭐 하는 거야?' 제이크는 작은 아이를 보며 의아하게 생각했다. '네가 나랑 같은 편이라면, 그렇다면 왜 이런 얼간이랑 어울리는 거야?'

그러나 작은 아이가 이쪽으로 돌아서서 동행과 함께 걸어오는 동안, 제이크는 깨달았다. 큰 아이 쪽이 덩치가 더 크고 얼굴에 여드름이 덕지덕지 나 있는 점만 빼면 둘의 생김새는 깜짝 놀랄 만큼 비슷했다. 두 소년은 형제 사이였다.

22

 제이크는 뒤로 돌아서서 두 소년보다 앞서 느릿느릿 걷기 시작했다. 떨리는 손으로 가슴 주머니에서 아버지의 선글라스를 꺼낸 다음, 가까스로 얼굴에 걸쳤다.
 마치 라디오 음량을 천천히 높일 때처럼, 등 뒤에서 들려오는 아이들 목소리가 점점 커졌다.
 "헨리 형, 그 누나한테 그렇게 심하게 굴 것까진 없었잖아. 형 진짜 나빴어."
 "걔는 그렇게 해주면 뿅 가게 좋아해, 인마."
 헨리의 목소리는 세상일에 통달한 사람처럼 득의만만했다.
 "좀만 더 크면 너도 알 거야."
 "누나 울고 있던데."
 "분명히 빨간 날이라서 그랬을 거야."
 헨리가 철학자처럼 침착한 말투로 대꾸했다.
 이제 형제가 아주 가까이 다가왔다. 제이크는 건물 벽을 마주보고 몸을 움츠렸다. 고개를 푹 숙인 채로, 손은 바지 주머니에 꽂고서. 까닭은 알 수 없었지만 들키면 안 된다는 생각이 몹시도 간절했다. 헨리한테는 들키든 말든 상관없었다. 그러나……

'작은 애는 날 기억 못할 거야.' 제이크가 생각했다. '이유는 나도 모르겠지만, 어쨌거나 기억 못해.'

형제는 제이크를 거들떠보지도 않고 그냥 지나쳤다. 헨리가 에디로 불렀던 작은 아이가 길가 쪽에서 걸으며 배수로에 농구공을 튀기고 있었다.

"그래도 걔 진짜 웃겼잖아. 인정할 건 인정해, 인마. 폴짝폴짝 메리앤, 신문 물려고 뛰었대요. 멍! 멍!"

에디는 형을 올려다보며 나무라는 표정을 지으려고 했으나…… 포기하고 그냥 웃어버렸다. 제이크는 형을 우러러보는 그 얼굴에서 조건 없는 사랑을 읽었고, 짐작했다. 아이는 아마도 몹시도 많은 것을 포기하고 나서야 비로소 형에 대한 사랑을 쓸데없는 짓으로 여기고 그 사랑을 접게 되리라.

"그래서 우리 가는 거야? 간다 그랬잖아, 학교 파하면."

"갈 수도 있단 말이었지, 내 말은. 굳이 거기까지 걸어가야 되는 건지 영 아리까리한데. 지금쯤 엄마도 퇴근해서 와 있을 테고 말이지. 야, 그냥 잊어버리는 게 낫겠다. 위층에 올라가서 텔레비전이나 보자."

이제 형제는 제이크 3미터 앞에서 멀어지는 중이었다.

"아, 진짜! 간다고 그랬잖아!"

두 소년은 이제 철망 울타리 한편에 입구가 뚫려 있는 건물 앞을 지나가는 중이었다. 울타리 너머로, 제이크는 보았다. 지난밤 꿈에서 본 운동장…… 아니면 그 운동장의 현실판이었다. 주위를 둘러싼 나무는 보이지 않았고 앞면에 검정과 노랑 사선이 쳐진 기묘한 지하철 간판도 없었지만, 갈라진 콘크리트 바닥은 똑같았다. 빛바랜 노란색 파울선도 그대로였다.

"음…… 글쎄. 아리까리한데."

제이크는 헨리가 또 장난질을 치는 중임을 깨달았다. 그러나 에디는 깨닫지 못했다. 어디인지는 몰라도 그곳에 가고 싶어 안달이 난 탓이었다.

"일단 농구나 한 판 하면서 생각해 볼까."

동생한테서 농구공을 빼앗은 헨리가 서툰 솜씨로 공을 몰며 운동장으로 달려가더니, 레이업 슛을 시도했다. 공은 백보드 꼭대기를 때리고 림은 건드리지도 못한 채 튕겨나왔다. 헨리는 십대 소녀한테서 신문 뺏는 데에는 선수였으나 농구장에서는 젬병이라고, 제이크는 생각했다.

에디가 입구로 들어오더니 코르덴 바지의 단추를 끄르고 쑥 끌어내렸다. 속에 제이크가 꿈에서 보았던 물 빠진 무명 반바지를 받쳐 입고 있었다.

"어이구, 우리 동생 반바지 입으셨어요?" 헨리였다. "귀여워서 아주 돌아가시겠다, 응?"

헨리는 에디가 한쪽 다리로 균형을 잡고 바지를 벗을 때까지 기다렸다가, 동생을 향해 농구공을 휙 던졌다. 맞았더라면 십중팔구 코피가 터졌을 그 공을 에디는 가까스로 쳐냈으나, 그만 균형을 잃고 콘크리트 바닥에 털퍼덕 쓰러졌다. 상처가 나지는 않았지만 제이크가 보기에는 다칠지도 모르는 상황이었다. 철망 울타리를 따라 잔뜩 널린 유리조각들이 햇빛에 반짝였으므로.

"아, 진짜. 하지 마, 형."

말은 이렇게 해도 원망하는 빛은 없었다. 제이크 생각에 에디는 형한테 이런 병신 짓을 하도 오랫동안 당한 나머지 다른 사람이 같은 꼴을 당할 때에만 알아차리는 듯싶었다. 아까 그 금발 매표원처럼.

"아잉, 찐짜. 하찌 마, 흥. 히힛."

헨리가 동생 흉내를 내며 이기죽거렸다. 에디가 일어서서 종종걸음으로 운동장에 들어섰다. 공은 철망 울타리에 부딪혔다가 바닥에 튀어 다시 헨리에게 돌아왔다. 헨리가 공을 몰고 동생의 수비를 돌파하려고 달려갔다. 에디는 홱 손을 뻗어 공을 잡아챘다. 손놀림이 번개처럼 빠르고도 신기할 만큼 정확했다. 헨리가 팔을 쭉 뻗어 휘적거려 보았지만 에디는 몸을 숙여 간단히 통과하고 골대를 향해 달렸다. 헨리가 오만상을 찡그리며 따라붙었으나 에디는 여유만만이었다. 둥실 뛰어오른 에디가 무릎을 굽혀 땅을 박차고 레이업 슛을 시도했다. 그러나 헨리가 공을 낚아채 3점슛 선으로 몰고 갔다.

'에디, 그러지 말지 왜 그랬어.'

울타리 끄트머리 너머에 서서 형제를 지켜보며, 제이크가 생각했다. 당분간은 거기 있어도 괜찮을 것 같았다. 아버지의 선글라스도 쓰고 있었고, 두 소년은 공놀이에 어찌나 열중했던지 카터 대통령이 어슬렁거리며 구경하러 와도 몰라볼 듯싶었다. 그러나 헨리가 과연 카터 대통령이 누군지 알기나 할까 의심스럽기는 매한가지였다.

제이크는 헨리가 동생한테 반칙을, 그것도 꽤 더러운 짓을 저지를 거라고 예상했다. 그러나 이는 에디의 꾀를 얕본 탓이었다. 헨리가 머리를 움직여 제이크 어머니도 안 속을 만큼 서투른 페인트를 걸었는데도 에디는 속은 척을 했다. 헨리는 동생의 수비를 뚫고 신이 나서 거의 림 아래까지 공을 몰고 갔다. 제이크 생각에 에디는 분명 너끈히 형을 따라잡아 공을 빼앗을 수 있었건만, 그러는 대신

제3장 문과 악마 347

뒤에서 뭉그적거렸다. 헨리가 서툰 레이업 슛으로 던진 공이 림에 부딪혀 또 튕겨나왔다. 에디가 공을 잡았고…… 손에서 빠져나가도록 내버려두었다. 헨리가 획 낚아채어 돌아서더니 그물도 없는 림에 공을 던져 꽂았다.

"1점 따셨고." 헨리가 헐떡거렸다. "12점 먼저 내기?"

"좋아."

제이크는 이제 더 볼 것도 없었다. 팽팽한 승부일 테지만, 결국에는 헨리가 이기리라. 판을 짜는 쪽은 에디였다. 그러면 형한테 해코지당할 위험을 피할 뿐 아니라 형을 기분 좋게 해줄 수도 있었고, 가고 싶은 곳으로 흔쾌히 데려가게 할 수도 있었다.

'이봐요, 얼간이 아저씨. 내가 보기에 동생 손아귀에서 노신 지 꽤 오래된 것 같은데, 댁은 까맣게 모르셨나봐요? 맞죠?'

제이크는 뒤로 물러났다. 그리고 그대로 운동장 북쪽 끄트머리의 아파트 건물에 가려 딘 형제가 안 보이는 곳까지, 또 형제도 자신을 못 보는 곳까지 움직였다. 그 자리에서 벽에 기대어 농구장 바닥을 때리는 공 소리에 귀를 기울였다. 얼마 안 있어 헨리가 가파른 산길을 오르는 칙칙폭폭 찰리처럼 숨을 헐떡거렸다. 헨리는 흡연자이리라, 당연한 얘기지만. 헨리 같은 놈팡이들은 늘 담배를 피웠다.

10분 가까이 이어진 경기 끝에 헨리가 승리를 선언했을 무렵, 거리는 귀가하는 아이들로 북적였다. 몇몇 아이들이 신기하다는 듯이 제이크를 흘긋거렸다.

"잘했어, 형."

"뭐, 나쁘진 않았어." 헨리가 헐떡거리며 말했다. "근데 너 아직도 머리 페인트에 속아넘어가더라."

'당연히 그래야죠.' 제이크는 생각했다. '몸무게가 한 30킬로그램 더 늘 때까진 계속 그럴걸요. 그때가 되면 댁은 기절초풍할 테고요.'

"내 생각에도 그런 것 같아. 저기, 형, 우리 거기 구경하러 가면 안 될까?"

"뭐, 안 될 것까지야. 가자."

"좋았어!"

에디가 소리쳤다. 살과 살이 부딪치는 짝 소리가 들렸다. 에디가 형과 손바닥을 마주쳤으리라.

"우리 형 최고!"

"너 집에 좀 올라갔다 와. 가서 엄마한테 4시 반까지, 한 45분까지는 돌아온다고 해. 그치만 저택 얘기는 꺼내면 안 돼. 엄마가 난리를 칠 거야. 엄마도 그 집에 귀신이 나온다고 생각하니까."

"그럼 듀이네 집에 간다고 둘러댈까?"

헨리가 이 제안을 놓고 고민하는 동안 침묵이 흘렀다.

"아니. 엄마가 벙코스키 아줌마한테 전화할지도 몰라. 그냥……달버그 상점에 로켓 사러 간다고 해. 그럼 믿을 테니까. 그리고 돈도 좀 타와."

"엄마가 안 주려고 할걸. 월급날까지 이틀 남았잖아."

"좆 까, 새끼야. 넌 타낼 수 있어. 얼른 갔다와."

"알았어."

그러나 에디가 움직이는 기척은 들리지 않았다.

"저기, 형."

"아, 왜?"

짜증 내는 목소리.

제3장 문과 악마 349

"형 생각에도, 저택에 귀신이 나오는 것 같아?"

제이크는 운동장 쪽으로 살짝 다가섰다. 들키고 싶지는 않았지만 듣고 싶은 마음이 너무나 간절했다.

"아니. 진짜 귀신이 나오는 집 같은 건 없어. 그딴 건 씨발 영화에나 나오는 거야."

"아아."

에디의 목소리에 안심하는 기색이 역력했다.

"그치만 만의 하나라도 그런 게 진짜 있다면……"

헨리가 다시 말을 꺼냈다(어쩌면 동생이 너무 안심하길 바라지 않아서일 거라고, 제이크는 짐작했다.).

"……그건 바로 '저택'일 거야. 몇 년 전에 들은 얘긴데 말이지, 노우드 가에 살던 애 둘이 그 집에 떡 치러 들어갔다가 나중에 경찰한테 발견됐는데, 목이 잘리고 온몸의 피가 다 빠져나가 있었대. 근데 옷에도 땅바닥에도 핏자국이 하나도 없었다는 거야. 무슨 말인지 알아? 피가 한 *방울*도 없었단 거야."

"나 겁주려고 그러지?"

에디가 숨을 몰아쉬었다.

"아냐, 새끼야. 근데 거기서 끝이 아냐."

"또 뭔데?"

"걔네들 머리가 하얗게 셌다는 거야."

제이크 귀에 들린 헨리의 목소리는 숙연했다. 이번에는 골려주려고 하는 말이 아니라는, 입에서 나오는 말 한마디 한마디를 헨리 자신도 믿는다는 생각이 들었다(헨리한테 그런 이야기를 꾸며낼 머리가 있을지조차도 의심스러웠다.).

"둘 다 그랬대. 게다가 눈은 세상에서 제일 끔찍한 꼴을 본 것처럼 번쩍 뜨고 있었다지 뭐냐."
"아, 그만 좀 해."
에디가 핀잔을 주었지만 겁을 먹었는지 가냘픈 목소리였다.
"그래도 가고 싶냐?"
"당연하지. 그래도 웬만하면…… 너무 가까이는 가지 말자, 형."
"그럼 가서 엄마한테 말하고 와. 돈도 좀 달라고 해보고, 나 담배 사야 되니까. 저 염병할 공도 갖다놓고 와."
제이크가 뒷걸음질로 종종거리며 제일 가까운 아파트 입구로 들어서자 때마침 에디가 운동장 입구로 나왔다.
제이크는 가슴이 철렁했다. 노랑 티셔츠를 입은 소년이 이쪽으로 발길을 돌렸던 것이다. '맙소사! 쟤네 집이 여기면 어떡해?'
그런데 거기였다. 에디 딘이 곁을 스쳐가기 직전, 제이크는 간신히 돌아서서 초인종 옆에 붙은 이름들을 훑어보는 척했다. 어찌나 가까이 지나갔던지 농구장에서 흘린 땀의 냄새까지 맡을 수 있을 정도였다. 제이크는 신기한 듯 쳐다보는 에디의 기척을 반은 느끼고 반은 보았다. 이내 로비에 들어선 에디가 한쪽 팔에는 바지를, 다른 쪽 팔에는 해진 농구공을 낀 채 승강기로 향했다.
제이크 가슴 속에서 심장이 우레처럼 쿵쾅거렸다. 현실에서 사람을 미행하기란 가끔 읽던 경찰 소설 속 이야기보다 훨씬 더 어려웠다. 제이크는 길을 건너 반 블록 떨어진 아파트 건물 사이에 몸을 숨겼다. 그곳에서는 딘 형제가 사는 아파트의 입구와 운동장이 다 보였다. 운동장은 이제 사람이 꽤 많았는데 대개 어린 아이들이었다. 헨리는 철망에 기대어 담배를 피우며 십대 특유의 불만으로 가득한 표정을 지으려고 애쓰는 중이었다. 이따금씩 서 있는 자리 앞으로 아이들이 있는 힘껏 달려갈 때마다 헨리는 발을 슥 내밀었다. 그런 식으로 에디가 돌아오기 전까지 세 명의 발을 걸어 넘어뜨리는 데 성공했다. 마지막 아이는 대자로 넘어지는 바람에 그만 콘크리트 바닥에 얼굴을 찧었고, 이마에 피를 흘리면서 엉엉 울며 돌아갔다. 헨리는 그 아이 뒤로 담배꽁초를 던지고 흥겹게 낄낄댔다.
'정말 가지가지 하는 망나니라니까.' 제이크가 생각했다.
그 꼴을 보고 교훈을 얻은 아이들은 헨리가 있는 곳을 빙 돌아갔다. 헨리는 어슬렁어슬렁 운동장에서 나와 5분 전에 에디가 들어간 아파트 입구로 걸어갔다. 도착할 즈음에 문이 열리고 에디가 나왔다. 청바지와 새 티셔츠로 갈아입은 차림새였다. 이마에는 제이크의 꿈에 나왔을 때와 똑같이 초록색 수건을 동여맨 채였다. 손에는 지폐 몇 장을 의기양양하게 흔들고 있었다. 헨리가 돈을 낚아채고 뭐라고 물었다. 에디가 고개를 끄덕였고, 뒤이어 함께 걸음을 옮겼다.
반 블록 거리를 유지하며 제이크는 형제의 뒤를 밟았다.

23

롤랜드 일행은 위대한 길 가장자리의 높다란 풀 속에 서서 예언의 원을 바라보았다.
'스톤헨지야.' 수재나는 문득 떠오른 생각에 몸서리를 쳤다. '똑같이 생겼어. 스톤헨지랑 똑같아.'
평원을 빽빽하게 뒤덮은 풀이 회색 거석의 밑동을 뒤덮고 있었지만, 거석으로 둘러싸인 원 안은 맨땅이었고 군데군데 하얀 것이 흩어져 있었다.

"저게 뭐죠?" 수재나가 나지막이 물었다. "돌멩인가요?"

"다시 잘 보시오."

롤랜드 말대로 한 수재나는 그 하얀 것이 뼈다귀임을 알아보았다. 아마도 작은 짐승의 뼈인 듯했다. 수재나는 그러기를 바랐다.

에디는 뾰족하게 깎은 막대기를 왼손으로 옮겨쥐고 오른손을 셔츠에 문질러 땀을 닦은 다음, 다시 막대기를 오른손에 옮겨쥐었다. 입을 벌리기는 했지만 바짝 마른 목구멍에서는 아무 소리도 나오지 않았다. 에디가 헛기침을 하고 다시 입을 열었다.

"나 저기 들어가서 흙바닥에 뭘 좀 그려야 할 것 같아."

롤랜드가 고개를 주억거렸다.

"지금 말인가?"

"조금 있다가."

에디가 롤랜드의 얼굴을 바라보며 대답했다.

"여기엔 뭔가 있어, 안 그래? 눈에 안 보이는 뭔가가."

"지금은 없다, 적어도 내 생각에는 그렇다. 그러나 놈은 온다. 우리 케프가, 즉 우리 생명력이 놈을 끌어당길 것이다. 그리고 놈은 당연히 제 소굴을 지키려고 경계할 게다. 에디, 내 총을 돌려다오."

에디가 총띠를 끌러 롤랜드에게 건넸다. 뒤이어 그는 5미터가 넘는 높이의 거석이 둘러싼 원을 향해 돌아섰다. 그 원 안에는 무언가가 살고 있었다, 틀림없었다. 에디는 그것의 냄새를 알아보았다. 축축한 회벽과 푹 꺼진 소파와 부숭부숭한 곰팡이로 뒤덮인 해먹은 매트리스를 떠올리게 하는 악취였다. 익히 아는 냄새였다.

제3장 문과 악마 353

'*저택*이야…… 거기서 맡았던 냄새야. 헨리 형을 꼬드겨 구경하러 간 날, 더치힐의 라인홀드 가에 있던 저택.'

롤랜드는 총띠의 죔쇠를 조이고 몸을 숙여 허벅지 끈까지 묶었다. 그러는 한편으로 고개를 들어 수재나를 올려다보았다.

"어쩌면 데타 워커가 필요할지도 모르오. 아직 곁에 있소?"

"그년이야 항상 같이 있죠."

수재나가 콧잔등을 찌푸렸다.

"잘됐군. 에디가 제 할 일을 하는 동안 우리 둘 중 한 명은 그를 보호해야 할 거요. 나머지 한 명은 아무 짝에도 쓸모없는 짐짝이나 마찬가지일 테니. 이곳은 악마의 소굴이오. 악마는 인간이 아니지만, 남성과 여성으로 나뉘기는 매한가지요. 섹스는 놈들의 무기이자 약점이기도 하오. 악마의 성별이 무엇이든 간에, 놈은 에디를 노리고 덤벼들 거요. 제 소굴을 지키려고. 이방인에게 이용당하지 않도록 막으려고. 무슨 말인지 알겠소?"

수재나가 고개를 끄덕였다. 에디 귀에는 이야기가 안 들리는 듯싶었다. 에디는 열쇠가 든 네모난 가죽을 셔츠에 쑤셔넣고 나서 홀린 듯 예언의 원을 들여다보는 중이었다.

"점잔 빼가며 우아하게 말할 시간이 없소. 수재나, 우리 둘 중 한 명은……"

"그러니까 그 악마 새끼가 에디한테 손을 못 대게 우리 둘 중 한 명이 그 새끼랑 빠구리를 떠야 한다, 이 말씀이지." 수재나가 롤랜드의 말을 끊고 끼어들었다. "그 악마 새끼가 공짜 씹을 마다할 리는 절대 없을 테고. 댁이 노리는 건 그거잖아, 안 그래?"

롤랜드가 고개를 주억거렸다.

여인의 두 눈이 반짝였다. 이제 그 눈은 데타 워커의 눈이었다. 교활하고 사나운 두 눈은 즐거움에 들떠 번들거렸고, 목소리는 점점 데타의 전매특허나 다름없는 사이비 남부 사투리로 바뀌어갔다.

"악마가 기집년이면 댁이 박는 거지. 사내놈이면 내가 꽉 무는 거고. 맞지?"

롤랜드가 고개를 주억거렸다.

"그 새끼가 남녀 안 가리고 다 따먹으면? 그땐 어떡할 거야, 이 양반아?"

롤랜드가 미소를 지으려는 듯 아주 희미하게 입가를 꿈틀거렸다.

"그땐 떼씹으로 가는 거요. 다만 기억할 것은……"

그들 곁에서, 희미하고 아득한 목소리로, 에디가 중얼거렸다.

"사자의 홀에 오직 적막뿐인 것은 아닐진저. 보라, 잠든 이가 깨어나노라."

에디가 귀신에 홀린 듯 겁에 질린 눈으로 롤랜드를 돌아보았다.

"저기 괴물이 있어."

"악마는……"

"아니야. *괴물*이야. 두 문 사이에…… 두 *세계* 사이에, 뭔가가 있어. 뭔가가 기다리고 있어. *그게 지금 눈을 뜨는 중이야.*"

수재나가 공포에 젖은 눈으로 롤랜드를 흘깃 보았다.

"버텨라, 에디. 진실해야 한다."

에디가 숨을 깊이 들이쉬었다.

"그 자식한테 쓰러질 때까지 버텨볼게. 나 지금 들어가야 해. 벌써 시작됐어."

"한꺼번에 들어가자고."

수재나가 말하더니 몸을 숙여 휠체어에서 내려왔다.
"어떤 악마 새끼가 덤비건 간에 최고의 빠구리를 경험하게 될 거야. 이 몸께서 영영 잊지 못할 떡 맛을 보여주지."

일행이 두 거석 사이를 지나 예언의 원으로 들어가는 동안, 하늘에서 빗방울이 떨어지기 시작했다.

24

그곳을 보자마자 제이크는 두 가지를 이해했다. 첫째, 너무나 끔찍한 나머지 무의식이 스스로도 기억하지 못하도록 통제한 꿈 속에서, 제이크는 그곳을 본 적이 있었다. 둘째, 그곳은 죽음과 살인과 광기의 소굴이었다. 헨리와 에디 형제로부터 50미터 넘게 떨어진 라인홀드 가와 브루클린 대로의 교차점에 서 있었는데도, 제이크는 저택이 자신을 향해 필사적으로 내뻗은 보이지 않는 손을 느낄 수 있었다. 그 손 끄트머리에는 발톱이 달려 있는 것 같았다. 그것도 날카로운 발톱이.

'저 집은 날 원해, 그런데 난 도망칠 수가 없어. 저기 들어갔다간 죽을 텐데……. 하지만, 안 들어가는 건 미친 짓이야. 왜냐면 저 집 안 어딘가에 잠긴 문이 있으니까. 나한텐 그 문을 열 열쇠가 있어, 그리고 나한테 허락된 유일한 구원은 그 문 저편에 있어.'

저택을, 비명 같은 광기를 내뿜는 그 집을 보며, 제이크는 가슴이 철렁 내려앉았다. 그 집은 잠풀이 가득 우거진 마당 한복판에 마치 종양덩어리처럼 우뚝 서 있었다.

딘 형제는 무더운 오후 햇살 아래 브루클린 거리를 아홉 블록이나 느릿느릿 걸은 끝에 주위 가게 이름으로 추측건대 틀림없이 더치힐로 보이는 구역에 들어섰다('더치(Dutch)'에는 네덜란드계라는 뜻이 있으므로 네덜란드계 이민자들이 정착한 고급주택가를 뜻하는 듯 보인다—옮긴이). 반 블록을 더 내려간 형제는 이제 저택 앞에 서 있었다. 그 집은 오랫동안 버려진 듯 보였으나 파손당한 흔적은 극히 적었다. 또한 제이크 생각에 한때는 *진짜* 저택이었을 듯싶었다. 아마도 부유한 상인과 그의 대가족이 살던 집이었으리라. 오래전 그 시절에는 하얀 집이었을 테지만 이제는 색을 구분 못할 만큼 우중충한 회색이었다. 창유리는 박살났고 칠이 벗겨져가는 말뚝 울타리에는 스프레이 페인트로 낙서가 그려져 있었으나, 집 자체는 아직도 멀쩡했다.

땡볕 속에 주저앉아 있는 그 집을, 허물어져가는 슬레이트 지붕을 이고 쓰레기투성이 마당에 자리 잡은 그 몰골을 보고 있노라니, 어째서인지 제이크는 잠든 척하는 맹견이 떠올랐다. 현관 쪽 베란다 위로 가파른 지붕이 드리워져 있었다. 베란다 널빤지는 갈라지고 뒤틀린 몰골이었다. 유리 없는 창문 곁으로 한때 초록색이었을 덧창이 비스듬히 기대어 서 있었다. 창문 몇 군데에는 낡아빠진 커튼이 아직도 남아서 벗겨진 허물처럼 디룽거렸다. 왼편에는 집 벽에서 떨어져 나온 시렁이 못 대신 이름 모를 지저분한 덩굴로 고정된 채 매달려 있었다. 마당 잔디밭과 현관문에 팻말이 하나씩 보였다. 제이크가 서 있는 곳에서는 글씨를 알아볼 수 없었다.

그 집은 살아 있었다. 제이크는 이를 알았다. 느낄 수 있었다. 집의 의식이 널빤지와 주저앉은 지붕으로부터 흘러나왔고, 컴컴하게 입을 벌린 창문에서도 물밀듯이 쏟아져 나왔다. 이 끔찍한 장소에 다가간다고만 생각해도 가슴에 절망이 차올랐다. 그 안에 들어가려고 생각하니 이루 말 못할 공포가 차올랐다. 그럼에도 제이크는 들어가야만 했다. 귓속에서 조그맣고 나른하게 윙윙대는, 마치 찌는 여름날 벌집에서 나는 듯한 소리가 들렸다. 한순간 기절할지도 모른다는 생각에 겁이 더럭 났다. 제이크는 눈을 감았고…… 그러자 그 남자의 목소리가 머릿속을 가득 채웠다.

〈건너와야 한다, 제이크. 이것은 빔의 길이자, 탑의 길이다. 그리고 지금이 바로 너를 끌어당길 시간이다. 진실해야 한다. 버텨야 해. 그리고 내게 건너오렴.〉

공포는 가시지 않았지만, 파국이 곧 들이닥칠 듯 끔찍하던 기분은 사라졌다. 다시 눈을 뜬 제이크는 그 집의 힘과 서서히 깨어나는 의식을 감지한 사람이 자기 혼자가 아님을 깨달았다. 에디가 울타리에서 물러나려고 기를 쓰는 중이었다. 이쪽으로 고개를 돌렸고, 그러자 초록색 머릿수건 아래에서 불안한 듯 휘둥그레진 눈이 보였다. 에디의 형은 동생을 붙들고 녹슨 대문 쪽으로 밀어댔으나 괴롭힌다고 보기에는 너무나 소심한 몸짓이었다. 아무리 아둔하다고는 해도 헨리 역시 에디만큼이나 저택을 께름칙하게 여겼다.

형제는 뒤로 조금 물러서서 한동안 그곳을 바라보았다. 제이크는 둘이 무슨 얘기를 나누는지 알아듣지 못했으나 말투로 보아 둘 다 겁에 질려 불안해하는 것 같았다. 문득 꿈속에서 에디가 들려준 말이 떠올랐다. '하지만 잊지 마, 거기엔 위험이 도사리고 있어. 조심해…… 그리고 서둘러.'

갑자기 진짜 에디가, 거리 맞은편에 있던 그 아이가 제이크도 알아들을 만큼 목소리를 높였다.
"형, 우리 당장 집에 가면 안 돼? 제발, 응? 나 기분이 안 좋아."
애원하는 말투였다.
"씨발 암사내 새끼가."
헨리는 이렇게 대꾸했지만 제이크는 그 목소리에서 관대함뿐 아니라 안도감까지 들은 듯싶었다.
"따라와, 인마."
형제는 기울어가는 울타리 너머에 바짝 웅크린 폐가로부터 등을 돌리고 차도 쪽으로 다가갔다. 제이크는 뒷걸음질 친 다음, 뒤로 돌아서서 '더치힐 중고 가전 매장'이라고 씌어진 옹색한 가게의 진열창을 들여다보았다. 낡아빠진 후버 진공청소기 위로 라인홀드 가를 건너오는 헨리와 에디 형제의 모습이 흐릿하게 겹쳐져 비쳤다.
"형, 저 집에 진짜로 귀신이 안 나온다는 거 확실해?"
에디가 제이크 쪽 보도에 발을 디디며 물었다.
"저기, 그게 말이야, 여기까지 왔으니까 하는 얘긴데, 실은 나도 확실히 아는 건 아냐."
형제는 제이크를 거들떠보지도 않고 뒤쪽으로 곧장 지나갔다.
"형 같으면 저 안에 들어가겠어?"
"100만 달러 준대도 안 가."
헨리가 제꺽 대답했다.
형제가 모퉁이를 돌았다. 제이크는 진열창에서 물러나 둘의 뒷모습을 훔쳐보았다. 형제는 보도에 나란히 서서 왔던 길을 거슬러 돌아갔다. 쇠징이 박힌 장화를 신은 헨리는 훨씬 나이 든 사람처럼 어깨를 축 늘어뜨린 채 어슬렁어슬렁 걸었고, 그 곁의 에디는 의도하지 않았는데도 단정하고 우아한 걸음걸이였다. 이제 차도까지 길게 드리운 둘의 그림자가 사이좋게 하나로 섞였다.

'쟤들은 집에 돌아가는구나.' 이 생각을 하니 고독감이 물밀듯이 밀려왔다. 어찌나 지독하게 외로웠던지 제이크는 고독감에 눌려 그만 짜부라질 것 같았다. '돌아가면 저녁을 먹고 숙제를 하고 텔레비전 채널을 놓고 다투다가 잠들겠지. 헨리가 못살게 굴지도 모르지만, 쟤들한텐 생활이 있어. 저 둘한텐 상식이 통하는 생활이 있단 말야. 그리고 쟤들은…… 이제 그 생활로 돌아가는 중이야. 자기들이 얼마나 운이 좋은지 쟤들은 알까? 에디는 알지도 몰라, 어쩌면.'

제이크는 돌아섰다. 배낭끈을 조였다. 그러고는 라인홀드 가를 건너갔다.

25

수재나는 거석이 둘러싼 원 저편의 텅 빈 풀밭에서 어떤 움직임을 감지했다. 한숨지으며, 속삭이며, 무언가가 몰려드는 중이었다.

"뭔가 오고 있어요." 수재나가 짧게 내뱉었다. "게다가 쏜살같이 빨라요."

"조심해요, 수재나. 그래도 나한테는 못 오게 막아야 해요. 알았죠? 나한테 못 오게 막아줘요."

"알았어요. 당신은 당신 일만 책임져요."

에디가 고개를 끄덕였다. 에디는 예언의 원 한복판에 무릎을 꿇더니 뾰족한 끄트머리를 살펴보려는 듯이 막대기를 앞으로 쳐들었다. 뒤이어 막대기를 아래로 내려 땅바닥에 거무스름한 직선 한 줄을 그었다.

"롤랜드, 부디 수재나를……"

"하는 데까지 해보마, 에디."

"……그래도 그놈이 나한테 못 오게 막아줘. 제이크가 건너올 거야. 그 정신 나간 꼬맹이가 진짜 올 작정이야."

이제 수재나가 보고 있는 가운데, 예언의 원 바로 북쪽 풀밭이 검고 기다랗게 갈라졌다. 풀밭에 생긴 고랑이 돌로 둘러싸인 원을 향하여 똑바로 달려왔다.

"준비하시오, 놈이 에디를 덮칠 게요. 우리 둘 중 한 명이 잠복했다가 덤벼야 하오."

수재나는 광주리에서 튀어나온 인도 마술사의 뱀처럼 상반신을 바짝 곧추세웠다. 꽉 움켜쥔 두 주먹은 얼굴 양옆에 치켜든 채였다. 두 눈이 활활 타올랐다.

"난 준비됐어요."

수재나가 이렇게 말했다. 그러고는 뒤이어 소리쳤다.

"덤벼라 이 잡놈아! 냉큼 덤벼! 한 상 걸게 차려놨으니까 얼른 뛰어와!"

예언의 원에 살던 악마가 제 소굴로 또다시 벼락처럼 쳐들어오는 동안 빗발은 더욱 거세졌다. 수재나가 굵직하고 무자비한(눈물을 쏙 뺄 만큼 독한 술 냄새 같은) 남성성을 느낀 찰나, 놈은 원의 한복판을 향하여 총알처럼 날아갔다. 수재나가 두 눈을 감고 놈을 향해 내뻗었다. 그것은 팔도 의식도 아니었다. 그녀 몸 가장 깊숙한 곳에 사는 여성으로서의 모든 힘이었다. '이 잡놈아! 어딜 가는 거냐? 네가 찾

는 꿀단지는 여기 있다!'

놈이 홱 돌아섰다. 수재나는 놈이 놀란 기색을 느꼈고…… 뒤이어 놈의 육욕을, 맥동하는 핏줄처럼 기운차게 달아오른 놈의 허기를 느꼈다. 놈은 뒷골목 어귀에서 튀어나온 강간범처럼 수재나 위로 올라탔다.

수재나가 악을 쓰며 뒤로 나자빠졌다. 목에 힘줄이 투두둑 불거졌다. 드레스가 가슴과 배에 딱 달라붙었다가 이내 저절로 갈가리 찢어졌다. 수재나의 귀에 어쩔 줄 모르는, 막무가내로 헐떡거리는 소리가 들려왔다. 마치 공기 자체가 발정이 난 듯했다.

"수즈!"

에디가 외치더니 자리에서 일어서려고 했다.

"안 돼!" 수재나가 맞고함을 쳤다. "계속해! 이 개자식은 내가 잡아둘 테니까…… 여기 꼼짝 못하게 묶어둘 테니까! 계속해, 에디! 애를 데려와! 그 애를……"

차가운 기운이 사타구니의 여린 살을 치댔다. 수재나는 으르렁거리며 뒤로 넘어지려다가…… 한쪽 손을 짚고 꿋꿋하게 앞으로, 또 위로 몸을 쳐들었다.

"그 애를 이리 데려와!"

에디가 엉거주춤 돌아보자 롤랜드가 고개를 끄덕였다. 에디는 짙은 고통과 그보다 더 짙은 공포가 밴 눈으로 다시금 수재나를 보았고, 이내 두 사람에게 등을 돌리고 다시 무릎을 꿇었다. 차가운 빗방울이 팔과 목덜미를 두드려도 무시한 채로 에디는 이제 임시 연필이나 다름없는 막대기를 쥐고 땅바닥에 몸을 숙였다. 막대기가 움직이기 시작했다. 선과 모서리를 그렸다. 롤랜드는 땅바닥에 그려진 모양을 대번에 알아보았다.
그것은 문이었다.

26

제이크는 갈라진 대문에 손을 대고 앞으로 밀었다. 녹슨 경첩에서 끼이익 소리가 울리며 문이 천천히 열렸다. 앞에 울퉁불퉁한 벽돌길이 나 있었다. 길 저편은 현관이었다. 현관 너머는 문이었다. 문은 널빤지로 막혀 있었다.
심장이 목구멍으로 보내는 모스 부호를 느끼며, 제이크는 집을 향해 천천히 걸어갔다. 비뚤배뚤한 벽돌 사이에 잡풀이 자라 있었다. 풀이 청바지에 스쳐 사각거리는 소리가 들렸다. 모든 감각을 조절하는 볼륨이 두 눈금 높이 올라간 기분이었다. 〈정말로 들어가려는 건 아니지, 그치?〉 머릿속에서 겁에 질린 목소리가 물었다.
뒤이어 떠오른 대답은 완전히 미쳤으면서도 더없이 합당한 것이었다. '세상 만물은 빔을 섬기는 법이야.'
잔디밭의 팻말에는 이렇게 씌어져 있었다.

출입 엄금
법령에 의거하여 처벌함!

현관문을 비뚤배뚤 가로막은 널빤지에 종이가 붙어 있었다. 누렇게 바래고 녹으로 물든 그 종이에는 한결 더 확실한 문구가 적혀 있었다.

뉴욕 시 주택국의 명령에 의거하여
본 부동산의 몰수를 선고함

제이크는 현관 계단 앞에 멈춰 서서 문을 올려다보았다. 공터에서 들었던 목소리가 또다시 들려왔으나…… 이번에는 저주받은 자들의 목소리, 말도 안 되는 협박과 똑같이 말도 안 되는 기약들이었다. 그러나 제이크 생각에는 모두 같은 목소리였다. 이 집의 목소리였다. 오랜 세월 선잠 속에서 뒤척이다 마침내 눈을 뜬 괴물 같은 문지기의 목소리였다.

제이크는 아버지의 루거 권총을 언뜻 떠올렸고, 배낭에서 총을 꺼낼까 하는 생각도 해보았지만, 총이 무슨 쓸모가 있을까? 등 뒤의 라인홀드 가에서는 차들이 지나다녔고 어느 여인은 딸에게 이제 그만 그 놈팡이의 손을 놓고 빨래나 걷어서 들어오라고 소리치는 중이었지만 이곳에는 다른 세상이, 총으로는 어떻게 해볼 수도 없는 음침한 존재가 다스리는 세상이 있었다.

〈진실해야 한다, 제이크…… 버텨야 해.〉

"알았어요."

제이크의 나지막한 목소리가 흔들렸다.

"알았어요, 해볼게요. 그치만 이번에도 내가 떨어지게 내버려두면 안 돼요."

천천히, 제이크는 현관 계단을 오르기 시작했다.

27

현관문을 막은 널빤지는 낡아서 부패해 있었고, 못은 녹슬어 있었다. 제이크는 맨 위의 널빤지 두 장이 서로 포개진 곳을 붙들고 힘껏 잡아당겼다. 널빤지가 대문과 똑같이 끼이익 소리를 내며 떨어져 나왔다. 현관 난간 너머로 휙 내던진 널빤지는 잡풀만이 무성한 옛 화단에 떨어졌다. 제이크가 몸을 숙여 아래쪽 널빤지를 붙잡았고…… 잠시 움직임을 멈췄다.

문 너머에서 희미한 소리가 들려왔다. 굶주린 짐승이 콘크리트 수도관 깊숙한 곳에서 으르렁거리는 소리 같았다. 제이크는 두 뺨과 이마에서 진땀이 배어나는 아릿한 느낌이 들었다. 어찌나 무서웠던지 이제 딱히 현실이라고 하기도 힘든 기분이었다. 누군가의 꿈속에 나오는 인물이 된 기분이었다.

사악한 합창소리가, 사악한 존재가, 그 문 너머에 있었다. 그것의 소리가 끈적끈적한 시럽처럼 새어나왔다.

제이크가 아래쪽 널빤지를 잡아당겼다. 금세 떨어져 나왔다.

'당연하지. 그놈은 내가 들어오길 바라니까. 배가 고픈 거야, 이번 식사의 주요리는 바로 나고 말이야.'

에이버리 선생이 읽어주었던 시 한 구절이 불쑥 떠올랐다. 모든 뿌리와 전통으로부터 단절당한 현대인의 고난을 그린 시였지만, 제이크는 문득 그 시를 쓴 사람이 틀림없이 이 집을 본 적이 있으리라고 생각했다. '그리하면 나 그대에게 보여주는 것 무엇과도 다르리라/ 아침 햇살 속 그대 뒤 성큼 걷는 그림자 아니라/ 저녁노을 속 그대 만나러 치솟는 그림자 아니라/ 나 그대에게……'

"나 그대에게 먼지 한 줌 속 공포를 보여주리라."

제이크는 이렇게 중얼거리고 문손잡이를 붙잡았다. 그러자 예의 그 선명한 안도감과 확신감이 다시금 물밀듯이 밀려왔고, 제이크는 느낄 수 있었다. 바로 이 문이었다. 이번에야말로 문 저편에 다른 세상이 있으리라, 스모그도 공장 굴뚝의 매연도 닿은 적 없는 하늘이 보이리라, 그리고 아득히 먼 지평선에는 산봉우리가 아니라 어느 우아하고 신비로운 도시의 파란 뾰족지붕들이 아지랑이처럼 일렁이리라.

제이크는 주머니에 든 은빛 열쇠를 그러쥐었다. 문이 잠겨 있기를, 그래서 열쇠를 쓸 수 있기를 바랐다. 잠겨 있지 않았다. 경첩이 비명을 지르고 천천히 돌아가는 자물쇠에서는 녹가루가 눈처럼 흩날리는 가운데, 문이 열렸다. 부패한 냄새가 마치 내지른 주먹처럼 제이크를 덮쳤다. 축축한 나무, 구멍이 숭숭 난 회벽, 썩은 벽널, 오래된 충전재의 냄새였다. 그 냄새에 가려 또 다른 냄새가 풍겨왔다. 맹수의 소굴에서 나는 냄새였다. 눈앞은 습기 차고 어두운 복도였다. 왼쪽에 보이는 계단이 저 위의 어둠 속으로 미친 듯이 구불구불 뻗어 있었다. 계단 난간이 동강난 채로 복도 바닥에 흩어져 있었으나 제이크는 단순히 난간뿐일 거라고 짐작할 만큼 어리석지 않았다. 그 쓰레기 속에는 뼈다귀도 있었다. 작은 짐승의 뼈다귀들이었다. 몇 개는 딱히 짐승 뼈로 보이지 않았는데 제이크는 그것에 눈길을 오래 주고 싶지 않았다. 그랬다가는 더 나아갈 용기가 결코 나지 않을 듯싶었다. 제이크는 문턱에 서서 첫걸음을 내디뎌야 한다고 자신을 몰아붙였다. 희미한 소리가, 몹시도 딱딱하고 바삐 움직이는 소리가 들렸다. 제이크는 자기 이가 부딪히는 소리임을 깨달았다.

'왜 아무도 나를 안 말리는 거지?' 제이크는 다급하게 생각했다. '왜 보도에 지나가는 사람이 외치지 않는 걸까? "야, 꼬마야! 너 거기 있으면 안 돼. 팻말에 뭐라고 적혀 있는지 안 보이냐?" 이렇게 말이야.'

그러나 제이크는 그 이유를 알았다. 행인들은 대개 길 건너편으로만 다녔고, 이 집 가까이 오는 사람은 결코 오래 머물지 않았다.

'만에 하나 이쪽을 본 사람이 있다고 해도 나는 못 봤을 거야. 왜냐면 난 사실 여기 없으니까. 좋든 싫든 간에 난 이미 내가 살던 세상을 등졌어. 건너가기 시작한 거야. 저 앞 어딘가에 아저씨의 세상이 있어. 여기는……'

여기는 두 세상 사이의 지옥이었다.

제이크는 복도로 들어섰고, 등 뒤의 현관문이 마치 거대한 고분의 문인 양 요란한 소리를 내며 닫혔을 때 비명을 지르기는 했지만, 깜짝 놀라지는 않았다.

마음 깊숙한 곳에서는 조금도 놀라지 않았다.

28

옛날 옛적에 선술집과 여관을 즐겨 찾던 데타 워커라는 아가씨가 살았는데 그녀의 주무대는 뉴저지 주 너틀리 시 외곽의 리지라인 도로변, 또는 앰하이 시 외곽의 송전선 근처를 지나는 88번 국도변에 있는 가게들이었다. 그 시절 데타는 두 다리가 있었고, 어느 노래에도 나오듯이 그 다리를 쓰는 법도 알았다. 데타는 실크처럼 보이지만 사실은 가짜인 딱 달라붙는 싸구려 드레스를 입고 악단이 연주하는 「내 애인의 사랑은 진해」나 「미친 듯이 흔들어 봐」 같은 흰둥이 파티 음악에 맞추어 백인 청년들과 춤을 추곤 했다. 그러다가 마지막에는 흰둥이 무리 가운데 한 놈을 골라 주차장에 세워둔 그놈 차로 따라가곤 했다. 거기서 데타는 놈을 달아오르게 했고(데타의 혀 놀림은 세계 정상급이었으며 손놀림 역시 빠지지 않았다.) 놈이 금방이라도 이성을 잃을 지경이 되면…… 그러면 딱 잘라 거절했다. 그다음은 어떻게 됐을까? 사실, 문제는 그다음이잖은가, 아닌가? 그것은 게임이었다. 놈들 중 몇몇은 질질 짜며 애걸했다. 이 경우는 그럭저럭 괜찮았지만, 그리 대단할 것은 없었다. 몇몇은 꼭지가 돌아서 악을 써댔는데 이 경우는 그래도 나았다.

게다가 데타는 머리를 두들겨 맞은 적도 있고 눈두덩을 얻어터진 적도 있었다. 턱 뺄은 침을 맞기도 했는가 하면 한번은 엉덩이를 어찌나 세게 차였던지 '빨간 풍차' 술집의 자갈 깔린 주차장에서 엉금엉금 긴 적도 있었지만, 겁탈을 당한 적은 단 한 번도 없었다. 흰둥이들은 한 놈도 빠짐없이 터질 것 같은 아랫도리를 그대로 유지한 채 집으로 돌아갔다. 데타 워커의 사전에 따르면 이는 곧 그녀야말로 현역 챔피언이라는, 무패의 여왕이라는 뜻이었다. 누구의 여왕이냐고? 놈들의 여왕이었다. 상고머리에 융통성 없는 돌대가리 니미럴 흰둥이놈들의 여왕.

이때까지는 그랬다.

그런데 예언의 원에 사는 악마한테는 맞설 방법이 없었다. 붙잡을 문고리도, 뛰쳐나갈 차도, 뒤에 숨을 건물도, 올려붙일 뺨도, 할퀼 얼굴도, 심지어 개 같은 흰둥이놈이 말귀를 늦게 알아먹을 때 건

어찰 불알도 없었다.

　악마가 데타 위에 올라타더니…… 뒤이어, 눈 깜짝할 새에, 그것(그놈)이 데타 안에 들어가 있었다.

　데타는 그것(그놈)이 보이지 않았는데도 자신을 뒤로 밀어붙이는 그것(그놈)을 느꼈다. 그것(그놈)의 손은 보이지 않았으나 손놀림은 군데군데 거칠게 찢긴 드레스를 보고 알 수 있었다. 뒤이어, 고통이 엄습했다. 저 아래를 찢어발기는 느낌이었다. 데타는 고통과 충격 속에 비명을 내질렀다. 고개를 돌린 에디의 눈이 가느다랬다.

　"난 괜찮아!" 데타가 외쳤다. "에디, 난 신경 쓰지 말고 계속해! 난 괜찮아!"

　그러나 괜찮지가 않았다. 열세 살 나이에 전쟁터 같은 성의 세계에 첫발을 디딘 이래 처음으로, 데타는 지는 중이었다. 께름칙하고 탐욕스러운 냉기가 데타 안으로 파고들었다. 고드름에 겁탈당하는 기분이었다.

　어렴풋이, 이쪽으로 등을 돌리고 다시 흙바닥에 그림을 그리기 시작하는 에디가 보였다. 표정에 배어 있던 애틋한 근심은 소름 끼치도록 철저한 냉정함으로 바뀌어 있었다. 에디 안에서, 또 에디의 얼굴에서 가끔 보이곤 하던 냉정함이었다. 뭐, 그래도 괜찮았다. 아닌가? 데타는 에디에게 계속하라고, 자신은 신경 쓰지 말라고, 소년을 데려오기 위하여 그가 해야 할 일을 하라고 말했다. 눈앞에 닥친 상황은 제이크를 뽑아오기 위하여 데타가 맡아야 할 몫이었고 아무도 데타에게 그 일을 떠맡으라며 팔을(팔뿐 아니라 아무것도) 비틀지 않았기에, 데타에게는 곁에 있는 두 사내를 미워할 자격이 없었다. 그럼에도 몸을 얼리는 냉기를 느끼는 사이에, 또 자신으로부터 등을 돌린 에디를 보는 사이에, 데타는 두 사내 모두 증오하게 되었다. 실은 둘의 허여멀건 불알을 확 잡아 뜯을 수도 있을 것 같았다.

그런데 이제 롤랜드가 곁에 다가와 데타의 어깨에 강인한 두 손을 얹었다. 그가 아무 말도 하지 않았는데도 데타에게는 그의 목소리가 들렸다. '싸우려 하지 마시오. 싸워서는 이길 수 없소……. 그랬다가는 죽음을 맞을 뿐이오. 섹스는 놈의 무기요, 수재나. 허나 동시에 놈의 약점이기도 하오.'

그랬다. 성은 늘 놈들의 약점이었다. 다만 데타가 이번에는 조금 더 줄 작정이라는 점이 달랐으나…… 어쩌면 그것도 괜찮지 싶었다. 어쩌면 결국에는, 데타가 이 보이지 않는 흰둥이 악마로 하여금 조금 더 대가를 치르게 할지도 몰랐다.

데타가 억지로 허벅지의 힘을 뺐다. 두 다리가 대번에 벌어지며 흙바닥에 기다란 부채꼴 곡선을 그렸다. 데타는 퍼붓는 비를 향하여 다시금 얼굴을 쳐들었고, 자기 얼굴 바로 위에 축 늘어진 놈의 낯짝을, 얼굴을 찡그릴 때마다 생겨나는 골 하나하나를 게걸스레 훑어대는 놈의 눈을 느꼈다.

데타는 마치 따귀라도 갈길 것처럼 한 손을 위로 뻗었으나…… 갈기는 대신, 겁탈마의 목덜미를 감쌌다. 묵직한 연기 한 줌을 감싸 쥐는 느낌이었다. 그 순간 데타는 느끼지 않았던가? 놈이 애무에 놀라 움찔 물러서는 기운을? 어쨌거나 데타는 보이지 않는 목을 더욱 힘주어 감싸고 그 반동으로 골반을 치켜들었다. 동시에 두 다리를 더욱 넓게 벌렸다. 그 바람에 남아 있던 드레스의 옆 솔기가 투두둑 터졌다. 맙소사, 그놈의 물건이 어찌나 컸던지!

"오냐, 덤벼봐라." 데타가 헐떡거리며 말했다. "날 따먹을 생각은 하지도 마라. 턱도 없지, 암. 감히 날 따먹겠다고? *내가 널 따먹는다,* 이놈아. 이 데타 님께서 평생 처음 맛보는 빠구리를 선사해 주마! 이건 네놈이 죽어야 끝나는 빠구리다!"

데타는 몸속의 굵직한 물건이 부들부들 떠는 느낌이 들었다. 악마가 잠시 물러나 전열을 가다듬으려고 발악하는 느낌이었다.

"꿈 깨, 이놈아." 데타가 그르렁거렸다. 허벅지를 불끈 조여 놈의 물건을 문 채로. "진짜 꿀맛은 이제부터 시작이야." 데타는 엉덩이에 힘을 꽉 주고 보이지 않는 존재를 향해 치대기 시작했다. 빈손을 마저 치켜들어 열 손가락을 깍지 낀 다음, 엉덩이를 쳐든 채로 뒤로 나자빠졌다. 두 팔이 허공을 끌어안은 것처럼 보였다. 데타는 땀으로 축축해진 머리칼을 눈에서 털어냈다. 씩 웃는 입술 모양이 상어 아가리 같았다.

〈풀어다오!〉 데타 머릿속에서 누군가의 목소리가 외쳤다. 그러나 동시에 데타는 느꼈다. 목소리의 주인은 자기 의지와 상관없이 움직이고 있었다.

"어림도 없다, 이 깜찍한 자식아. 네가 원한 거잖냐…… 이제 받아먹을 시간이야."

데타는 쉬지 않고 몸을 위로 치대며 몸속의 섬뜩한 냉기에 지독할 정도로 집중했다.

"네놈의 고드름을 녹여주마, 이 깜찍아. 그때 가선 뭘로 박을 작정이냐, 응?"

데타의 입술이 치솟았다가 푹 꺼졌고, 다시 치솟았다가 푹 꺼졌다. 허벅지를 사정없이 꽉 조인 채로, 두 눈을 질끈 감은 채로, 보이지 않는 악마의 목덜미를 더욱 깊이 움켜쥔 채로, 데타는 에디가 빨리 끝내기만을 기도했다.

그 짓을 얼마나 더 계속할 수 있을지 알 수가 없었다.

29

제이크 생각에 문제는 간단했다. 이 눅눅하고 소름 끼치는 곳 어딘가에 잠긴 문이 있었다. 바로 그 문이었다. 제이크가 할 일은 문을 찾는 것뿐이었다. 그러나 바로 그 일이 힘들었던 것이, 왜냐하면 집 안에 깃든 존재가 모여드는 느낌이 들었기 때문이었다. 기분 나쁘게 재잘거리는 음성들이 한 가지 소리로 합쳐지기 시작했다. 나직한, 귀에 거슬리는 속삭임이었다.

게다가 그것이 다가오는 중이었다.

오른편에 문 한 짝이 열려 있었다. 문간 벽에 압정으로 붙여놓은 것은 퇴색한 은판 사진이었고, 사진에는 말라비틀어진 나무에 썩은 과일처럼 목매달려 디룽거리는 남자가 찍혀 있었다. 문 안쪽은 오래전 주방이었을 법한 방이었다. 풍로는 사라지고 없으나 불룩 솟은 리놀륨 바닥 저편에 구닥다리 냉장고(위에 원형 냉각장치가 달린 종류)가 서 있었다. 냉장고 문은 활짝 열린 채였다. 안에는 시커멓고 악취를 풍기는 무언가가 들러붙어 있었다. 그 무언가가 이미 오래전에 흘러내린 탓에 바닥에 딱딱하게 굳은 웅덩이가 생겨나 있었다. 찬장 문도 열린 채였다. 찬장 한 곳에 아마도 세상에서 가장 오래되었을 스노 상표 조갯살 통조림이 보였다. 다른 찬장에 불쑥 튀어나온 것은 죽은 쥐의 대가리였다. 쥐의 새하얀 눈이 마치 움직이는 듯 보였는데 제이크는 이내 어찌된 영문인지 알아차렸다. 텅 빈 눈구멍에 구더기가 가득 들어차 꿈틀거리는 중이었다.

제이크의 정수리에 무언가가 후둑 하고 떨어졌다. 제이크는 경악한 나머지 비명을 지르며 손을 머리 위로 뻗었고, 보슬보슬한 털로 뒤덮인 고무공 비슷한 것을 붙잡았다. 떼어내고 보니 거미였다. 통통한 몸뚱이 색깔이 갓 생긴 멍 자국과 비슷했다. 거미는 맹목적인 적의를 담은 눈으로 제이크를 응시했다. 제이크가 거미를 벽에 내던졌다. 벽에 부딪혀 곤죽이 된 거미가 다리를 부르르 떨었다.

제이크의 목에 거미가 또 한 마리 떨어졌다. 갑자기 제비초리 바로 아래를 꽉 깨무는 통증이 느껴졌다. 제이크는 복도로 뒷걸음질 치다가 부서진 난간에 다리가 걸려 벌렁 자빠졌다. 거미가 터지는 느낌이 들었다. 축축하고 뜨끈하고 미끄덩거리는 거미 내장이 어깻죽지 사이로 달걀노른자처럼 흘러내렸다. 이제 주방 문간에 있는 또 다른 거미들이 눈에 들어왔다. 몇 마리는 거의 투명한 명주 실에 매달린 모습이 꼴사나운 추 같았다. 다른 놈들은 후둑후둑 둔탁한 소리를 내며 바닥에 떨어지더니 제이크를 노리고 재빨리 기어왔다.

제이크는 계속 비명을 내지르며, 몸부림을 치며 일어섰다. 머릿속에서 무언가가, 올이 풀린 밧줄 같은 무언가가, 끊어지려 하는 느낌이 들었다. 제이크는 그것이 자기 제정신이라고 생각했고, 그 생각이 떠오르자 샘솟던 용기도 마침내 꺾이고 말았다. 무엇이 걸려 있든 간에 더는 참을 수 없었다. 제이크는 아직 도망칠 수 있을 때 도망칠 작정으로 부리나케 달렸으나 정신을 차리고 보니 이미 엎질러진 물이었다. 현관 쪽이 아니라 반대쪽, 즉 저택 안쪽으로 더 깊이 달려가는 중이었던 것이다.

제이크가 뛰어든 방은 휴게실이나 거실로 보기에는 너무 커다랬다. 아마도 무도회장인 듯싶었다. 벽지에는 난쟁이들이 그려져 있었는데 녀석들은 교활해 보이는 기묘한 미소를 띠고 뾰족한 모자 아래의 눈으로 제이크를 응시했다. 한쪽 벽에 곰팡이로 뒤덮인 소파가 붙어 있었다. 뒤틀린 널빤지 바닥 한복판에 박살 난 채로 널브러진 샹들리에가 보였고, 산산이 흩어진 유리알과 먼지 낀 물방울 모양 장식 사이에 녹슨 샹들리에 사슬이 얼기설기 늘어져 있었다. 제이크는 그 난장판을 피해 옆으로 돌다가 겁에 질린 눈으로 등 뒤를 흘깃 돌아보았다. 거미는 안 보였다. 이때껏 등에서 흘러내리는 징그러운 거미의 잔해가 없었다면 아마도 놈들을 상상 속에서 보았다고 믿었으리라.

다시 앞으로 눈을 돌린 제이크가 갑자기 고꾸라질 듯 멈춰 섰다. 앞쪽에, 닳고 닳은 문턱 위에, 여닫이문 한 쌍이 반쯤 열려 있었다. 그 문 너머에 또 복도가 보였다. 이 두 번째 복도 끝에 금색 손잡이가 달린 문이 있었다. 그 문은 잠겨 있었다. 문 위에 씌어져 있는, 어쩌면 새겨져 있을지도 모르는 한 단어는 다음과 같았다.

소년

문손잡이 아래에 가느다란 선 무늬로 장식한 은색 판과 열쇠 구멍이 보였다.

'찾았어!' 제이크는 머릿속이 흥분으로 터질 것 같았다. '드디어 찾았어! 저거야! 저게 그 문이야!'

등 뒤에서, 마치 집이 저절로 허물어지기 시작하는 듯, 나직하게 끙끙거리는 소리가 들려왔다. 제이크는 돌아서서 무도회장 건너편을 바라보았다. 맞은편 벽이 점점 부풀어 오르며 낡아빠진 소파를 앞으로 밀어냈다. 케케묵은 벽지가 갈가리 찢어지자 난쟁이들이 날뛰며 춤을 추는 듯했다. 벽지가 너무 세게 잡아당긴 창 가리개처럼 돌돌 말려 후다닥 올라간 곳도 군데군데 눈에 띄었다. 벽지 뒤의 회벽이 임신부의 배 같은 곡선을 그리며 불룩 튀어나왔다. 제이크의 귀에 뚜두둑 소리가 들렸다. 벽 속에서 벽널이 부서지는 소리, 벽이 아직 드러나지 않은 어떤 모습으로 변신하며 내는 소리였다. 앞서 들린 소리는 더욱 커지는 중이었다. 다만 이제는 신음 소리가 아니었다. 으르렁거리는 소리였다.

제이크는 넋을 놓고 바라보았다. 눈을 돌릴 수가 없었다.

회벽은 갈라지지 않았다. 대신 덩어리 여러 개가 벽에서 울컥 솟아올랐다. 회벽이 마치 점액질처럼 멈추지 않고 부풀어 오르는 동안 하얀 거품 모양 덩어리들은 벽지 쪼가리를 그대로 단 채 울룩불룩 솟아났고, 벽 표면에 서서히 봉우리와 굽이와 골짜기 모양이 틀을 잡기 시작했다. 제이크는 불현듯 깨달았다. 지금 자신의 눈앞에서, 꿀렁거리는 거대한 얼굴이 벽을 박차고 솟아오르는 중이었다. 흠뻑 젖은 이불보에 머리를 처박고 통과하려는 사람을 보는 듯했다.

물결치듯 울렁거리는 벽에서 요란하게 뚜둑 하는 소리가 나더니 부러진 벽널 한 도막이 튕겨나왔다. 빈자리는 가장자리가 비쭉배쭉한 한쪽 눈의 눈동자가 되었다. 그 아래의 벽은 몸부림을 치다가 으르렁거리는 입으로 변했다. 그 안에 들쑥날쑥한 이빨이 가득했다. 입술과 잇몸에 들러붙은 벽지 쪼가리가 제이크 눈에 띄었다.

회반죽으로 덮인 팔 한 짝이 썩은 전선 다발을 질질 끌며 벽에서 튀어나왔다. 그 팔이 소파를 움켜쥐고 내던졌다. 나동그라진 소파 거죽에 으스스한 흰색 손가락 자국이 남았다. 회반죽 손가락이 꽉 오그라들자 더 많은 벽널이 터져 나왔다. 터져 나온 벽널은 날카롭고 비쭉배쭉한 손톱이 되었다. 이제 예의 그 얼굴은 벽에서 완전히 튀어나와 있었고, 나무로 된 외눈으로 제이크를 노려보고 있었다. 눈 위의 이마 한복판에서는 벽지에 그려져 있던 난쟁이가 여전히 춤추는 중이었다. 마치 괴상한 문신 같았다. 그 괴물이 앞으로 미끄러져 나오기 시작하자 비통한 신음소리가 들렸다. 무도회장의 입구가 부서지더니 구부정한 어깨로 변했다. 괴물이 남은 한쪽 손으로 바닥을 스윽 긁었다. 바닥에 떨어져 있던 샹들리에의 물방울 모양 유리조각들이 흩날렸다.

마비되어 있던 제이크가 정신을 차렸다. 돌아서서 여닫이문을 향하여 냅다 달렸다. 두 번째 복도를 죽어라 달리는 동안 제이크의 오른손은 열쇠를 찾아 주머니를 더듬었고, 배낭은 위아래로 펄떡거렸다. 가슴 속의 심장은 힘차게 돌아가는 공장 기계나 다름없었다. 등 뒤에서는 저택의 나무 뼈대로부터 모습을 드러낸 괴물이 제이크에게 포효했다. 말은 한마디도 들리지 않았으나 제이크는 괴물의 말을 알아들었다. 놈은 제이크에게 가만히 있으라고, 달아나봤자 헛일이라고, 탈출구 따위는 없다고 말하는 중이었다. 이제 집 전체가 살아 있는 듯했다. 나무 쪼개지는 소리와 들보 삐걱거리는 소리가 공기 중에 메아리쳤다. 미치광이처럼 웅얼거리는 문지기의 목소리가 사방에서 들려왔다.

제이크는 열쇠를 꽉 쥐었다. 그러고는 열쇠를 꺼내는 도중에 그만 바지 주머니에 열쇠 홈이 걸리고 말았다. 땀에 젖어 축축한 손가락이 미끄러졌다. 열쇠는 바닥으로 떨어졌고, 튀다가, 뒤틀린 널빤지 틈새로 떨어지더니, 사라져버렸다.

30

"아이한테 문제가 생겼어!"
　수재나 귀에 에디가 지르는 고함 소리가 들렸다. 그러나 그 목소리는 아득히 멀었다. 문제라면 수재나 본인에게도 산더미처럼 쌓여 있었는데…… 그래도 수재나 생각에 자신은 괜찮을 것 같았다.
　'네놈의 고드름을 녹여주마, 깜찍아.' 앞서 수재나는 악마에게 그렇게 말했다. '이 몸께서 스르륵 녹여주마, 그땐 어떡할 거냐, 응?'
　수재나는 고드름을 녹이지는 못했지만 바꾸어놓는 데는 성공했다. 몸속의 고드름은 수재나에게 어떠한 쾌감도 주지 않았으나 이제 적어도 고통은 가라앉았고, 더는 차갑지도 않았다. 그것은 사로잡힌 채 빠져나가지 못했다. 딱히 수재나가 자신의 몸으로 붙들고 있지 않았는데도 그러했다. 섹스가 놈의 무기이자 동시에 약점이라고 했던 롤랜드의 말은 여느 때와 마찬가지로 옳았다. 악마는 수재나를 차지하는 데 성공했으나 수재나 또한 놈을 차지했고, 이제 둘은 중국식 손가락 수갑에 물린 손가락 두 개와 같은 신세였다. 그 장난감은 손가락을 빼려고 당기면 당길수록 오히려 꽉 조여드는 법이었다.
　목숨을 건지기 위하여 수재나는 한 가지 생각에만 몰두했다. 그래야만 했다, 왜냐하면 다른 온전한 생각은 모조리 사라지고 없었으므로. 수재나는 겁에 질려 흐느끼는 이 사악한 악마를 저 스스로도 주체할 수 없는 육욕 속에 가두어야만 했다. 놈은 수재나 몸속에서 꿈틀거리고 쑤셔대고 부르르 떨며 풀어달라고 비명을 질렀다. 그러나 이와 동시에 스스로도 참지 못하고 수재나의 몸을 게걸스럽게 탐했다. 물론, 수재나는 놈을 풀어줄 생각이 없었다.

'이러다 결국 풀어주면 어떻게 되는 거지?' 수재나는 필사적으로 생각했다. '이놈이 나한테 어떤 앙갚음을 하려고 들까?'

수재나는 알 수가 없었다.

31

폭우가 쏟아지자 돌로 둘러싸인 예언의 원은 결국 진흙탕으로 변할 위기에 처했다.

"뭐든 들고 와서 이 문 위에 좀 덮어줘!" 에디가 고함을 쳤다. "비 때문에 문이 지워지면 안 돼!"

롤랜드가 흘깃 돌아보니 수재나는 여전히 악마와 사투 중이었다. 두 눈은 반쯤 감은 채였고 입은 사납게 일그러뜨린 채였다. 롤랜드는 괴물이 보이지도 들리지도 않았으나 놈이 분노와 공포로 펄떡이는 기운은 느낄 수 있었다.

에디가 빗물이 줄줄 흐르는 얼굴로 롤랜드를 돌아보았다.

"내 말 못 들었어? 뭐든 들고 와서 문을 가리란 말이야, 지금 *당장!*"

롤랜드가 자신의 짐에서 가죽 한 장을 꺼내어 양손으로 귀퉁이를 쥐었다. 이어 두 팔을 확 뻗고 에디 위로 몸을 숙여 임시 천막을 만들었다. 에디가 직접 깎아 만든 막대 연필의 끄트머리가 진흙 범벅이 되어 있었다. 에디가 그 끄트머리를 팔에 문질러 닦자 진한 초콜릿색 얼룩이 남았다. 에디는 다시 막대기를 움켜쥐고 그림 위로 몸을 숙였다. 문의 크기는 제이크가 있는 경계 저편의 문과 정확히 일치하지는 않았으나(약 4 대 3의 비율이었다.) 제이크가 빠져나오기에는 충분했다. 만약…… 만약 두 열쇠가 들어맞기만 한다면.

'그 애한테 열쇠가 있기만 하다면 말이지, 안 그래?' 에디가 스스로에게 물었다. '혹시 그 애가 열쇠를 떨어뜨렸다면…… 혹시 그 집이 떨어뜨리도록 만들었다면?'

에디는 문손잡이를 나타내는 동그라미 아래에 네모난 판을 그린 다음, 망설이다가, 이내 그 판 안쪽에 익숙한 열쇠구멍 모양을 그렸다.

에디는 망설였다. 할 일이 하나 더 남아 있었다, 그런데 무슨 일이? 생각하기가 힘들었다. 머릿속에 회오리바람이, 뽑혀나간 외양간과 뒷간과 닭장 대신 두서없는 생각들로 가득 찬 회오리바람이 몰아친 탓이었다.

"덤벼, 이 깜찍한 놈아!" 등 뒤에서 수재나가 외쳤다. "흐물흐물 힘이 빠졌구나! 어떻게 된 거냐? 발딱발딱 잘 서는 대물 애새낀 줄 알았더니!"

'아이.' 바로 그것이었다.

조심스럽게, 에디는 문의 맨 위 널빤지에 막대기로 소년이라고 썼다. 마지막 'ㄴ' 자를 쓰기가 무섭게 그림이 변했다. 비에 젖어 칙칙해진 흙바닥의 동그라미가 갑자기 더욱 어두워졌고…… 땅에서 불쑥 솟아나오더니, 그윽하게 빛나는 검은 문손잡이가 되었다. 열쇠구멍 안쪽에서는 비에 젖은 갈색 흙 대신 희미한 빛이 비쳤다.

등 뒤에서 또다시 수재나가 괴물에게 계속하라고 고함을 질렀으나 이제 목소리에 지친 기색이 묻어났다. 끝내야만 했다, 그것도 서둘러서.

에디는 알라께 절을 올리는 이슬람교도처럼 허리를 넙죽 숙이고 자신이 그린 열쇠구멍에 눈을 갖다댔다. 열쇠구멍 속으로 에디는 자신의 세계를, 1977년 5월에 도시의 다른 구역에서 온 소년이 뒤를 밟는 줄도 모른 채 형과 함께 보러 갔던 그 집을 들여다보았다(사실 에디는 알고 있었다. 아니, 완전히 알지는 못했다.).

복도가 보였다. 제이크가 바닥에 손과 무릎을 짚은 채 널빤지를 죽어라 잡아당기는 중이었다. 무언가가 아이를 향해 다가오고 있었다. 에디는 그것을 보았으면서도 동시에 보지 못했다. 마치 두뇌의 일부가 보기를 거절하는 것 같았다. 보면 무엇인지 이해할 것 같았고, 이해하면 미쳐버릴 것 같았다.

"서둘러, 제이크!"

에디가 열쇠구멍에 대고 소리쳤다.

"제발, 제이크!"

예언의 원 위에서는 포성 같은 천둥소리가 하늘을 찢었고, 비는 우박으로 바뀌었다.

열쇠가 떨어지고 나서 제이크는 잠깐 동안 그 자리에 오도카니 선 채로 널빤지 사이의 좁다란 틈새를 내려다보았다.
터무니없게도, 졸음이 쏟아졌다.
'안 되잖아, 이러면 안 되는 거잖아.' 제이크는 생각했다. '정말 너무해. 난 이제 못 버티겠어. 1분도, 단 1초도 못 버텨. 그냥 저 문에 기대어 웅크릴 거야. 잠들 거야, 당장, 순식간에. 저게 날 붙잡고 입에 처넣으면 다신 못 깨어나겠지.'
곧이어 벽에서 튀어나온 괴물이 으르렁거렸고, 그 소리에 제이크가 고개를 들었을 때, 이제 그만 포기하려던 충동은 불쑥 덮쳐온 공포에 밀려 싹 사라지고 없었다. 괴물은 이제 벽을 완전히 벗어나 비쭉배쭉한 나무 외눈과 기다란 회반죽 손을 지닌 거대한 회반죽 얼굴이 되어 있었다. 대가리 위에 아무렇게나 뻗친 벽널 토막들이 마치 아이가 그린 머리카락처럼 보였다. 놈이 제이크를 보고 아가리를 벌리자 들쑥날쑥한 나무 이빨이 드러났다. 놈이 또다시 으르렁거렸다. 쩍 벌린 아가리에서 횟가루가 시가 연기처럼 흘러나왔다.
제이크는 무릎을 꿇고 틈새를 들여다보았다. 열쇠가 저 아래 어둠 속에서 작고 선명한 은빛 광채로 반짝이고 있었으나, 손을 집어넣기에는 틈새가 너무나 좁았다. 제이크는 널빤지 한 장을 붙들고 온 힘을 다해 잡아당겼다. 못이 끼익 소리를 냈지만…… 뽑히지 않고 버텼다.
쨍그랑 하고 부서지는 소리가 들렸다. 제이크가 뒤를 돌아보니 복도 저편에서 손이, 제이크의 몸뚱이보다 더 커다란 손이 부서진 샹들리에를 쥐고 한쪽으로 내던지려는 참이었다. 한때는 샹들리에를 매달고 고정시키던 사슬이 채찍처럼 공중으로 치솟았다가 육중한 소리와 함께 바닥을 때렸다. 녹슨 사슬에 달린 부서진 전등이 제이크 머리 위에서 덜거덕거렸고, 지저분한 유리가 낡아빠진 놋쇠 장식에 부딪혀 짤그랑거렸다.

구부정한 한쪽 어깨와 기다란 팔만 달린 문지기의 대가리가 바닥 위로 스르르 미끄러지듯 다가왔다. 그 뒤에서는 아직 남아 있던 벽이 무너지며 먼지가 구름처럼 피어올랐다. 잠시 후, 벽의 잔해가 둥글게 솟아오르더니 문지기의 뒤틀리고 앙상한 등이 되었다.

문지기는 자신을 바라보는 제이크를 알아채고 씩 웃는 듯 보였다. 그러자 주름투성이 두 뺨에서 나무 조각이 튀어나왔다. 문지기는 아가리를 뻐끔거리며, 몸을 질질 끌며, 먼지가 자욱한 무도회장을 가로질러 다가왔다. 거대한 손이 무언가 붙잡을 것을 찾아 난장판 속을 더듬다가 여닫이문 한 짝을 뜯어 홀 반대편으로 집어던졌다.

제이크는 쥐어짜는 듯한 비명을 내지르고 다시 널빤지를 당기기 시작했다. 널빤지는 빠져나오지 않았다. 대신 총잡이의 목소리가 나왔다.

"반대쪽이다, 제이크! 반대쪽을 잡아당겨!"

제이크는 그때껏 씨름하던 널빤지를 놓고 틈새 반대편에 있는 널빤지를 붙들었다. 그러는 동안 다른 누군가의 목소리가 말했다. 머릿속이 아니라 귓속에서 들렸다. 제이크는 그 소리가 문 저편에서, 거리에서 차에 치이지 않고 무사했던 그날 이후로 줄곧 찾아온 바로 그 문에서 들려오는 것임을 알아차렸다.

"서둘러, 제이크! 제발, 서둘러!"

제이크가 반대쪽 널빤지를 당겼다. 어찌나 쉽게 빠졌던지 하마터면 뒤로 벌러덩 자빠질 뻔했다.

33

저택 건너편의 길가에 자리 잡은 중고 가전 매장 문간에 두 여인이 서 있었다. 나이 든 여인은 가게 주인이었다. 젊은 여인은 벽이 무너지고 들보가 부러지는 굉음이 들려왔을 때 가게에 있던 유일한 손님이었다. 이제 두 여인은 저도 모르게 서로 허리를 팔로 감쌌고, 어둠 속에서 이상한 소리를 들은 아이들인 양 덜덜 떨었다.

거리 저편에서는 더치힐 어린이 야구팀 경기장으로 향하던 사내아이 셋이 야구용품을 실은 레드볼 플라이어 손수레를 뒤에 내버려둔 채 오도카니 서서 입을 헤 벌렸다. 배달원도 길가에 밴을 세워놓고 구경을 하려고 차에서 내렸다. '헨리스 코너 마켓' 상점과 더치힐 주점을 찾은 손님들도 거리로 쏟아져 나와 정신없이 두리번거렸.

뒤이어 땅이 우르릉대기 시작하더니 라인홀드 가의 지면에 미세한 균열이 퍼져나갔다.

"지진이라도 난 거요?"

배달용 밴을 운전하던 이가 가전 매장 앞에 서 있던 두 여인에게 물었다. 그러나 그는 대답을 기다리는 대신 차에 훌쩍 올라탔고, 급히 차를 출발시킨 다음 진동의 근원지인 폐가를 피하려고 반대편 차로를 침범하여 빙 돌아갔다.

집 전체가 안으로 구부러지는 듯 보였다. 널빤지는 산산이 부서졌고, 벽에서 튀어나왔으며, 마당으로 우수수 쏟아졌다. 지저분한 암회색 슬레이트 지붕이 처마에서 폭포처럼 쏟아졌다. 귀를 찢는 굉음이 울리더니 저택 한복판이 갈지자 모양으로 기다랗게 갈라졌다. 그 속으로 현관문이 모습을 감췄다. 뒤이어 집 전체가 바깥쪽부터 안쪽으로 삼켜지듯 빨려 들어갔다.

젊은 여인이 나이 든 여인의 팔을 탁 뿌리쳤다.

"난 여기서 나갈래요."

여인은 그 말만 남긴 채 뒤도 돌아보지 않고 거리를 내달렸다.

34

제이크가 은빛 열쇠를 움켜쥔 순간, 복도 저편에서 뜨겁고 기묘한 바람이 한숨처럼 사르르 불어와 땀에 젖은 머리칼을 이마 위로 넘겨주었다. 이제 제이크는 이 집이 어떤 장소인지, 또 무슨 일이 일어나는 중인지를 본능적으로 이해했다. 문지기는 단지 이 집 안에 있는 것이 아니라 이 집 자체였다. 널빤지 한 장, 슬레이트 한 장, 창틀 한 짝, 처마 한 개마저도. 이제 그 집이 눈앞에 들이닥치는 중이었다. 동시에 미친 듯한 난장판이 되어 자신의 진정한 모습을 드러내는 중이었다. 집은 제이크가 열쇠를 사용하기 전에 붙잡을 작정이었다. 문지기의 거대한 흰색 대가리와 구부정하고 우람한 어깨 너머로, 제이크는 보았다. 널빤지와 슬레이트와 전선과 유리 쪼가리가, 심지어 현관문과 부서진 계단 난간마저도, 중앙 홀에서 무도회장으로 쏟아져 들어오더니 그곳에 우뚝 선 형체에 들러붙었고, 그리하여 여전히 제이크를 향하여 징그러운 손을 뻗치는 흉측한 회반죽 괴물을 더욱 더 커다랗게 만드는 중이었다.
바닥의 구멍에서 손을 빼낸 제이크는 손에 다닥다닥 붙어 있는 큼지막한 딱정벌레 떼를 보았다. 제이크는 벌레를 떼어내려고 손으로 벽을 치다가 비명을 질렀다. 벽이 쩍 입을 벌리고 손목을 덥석 물려고 했던 것이다. 제이크는 간신히 손을 빼낸 다음 뒤로 돌아서서 금속판에 나 있는 구멍에 열쇠를 꽂았다.
회반죽 괴물이 또다시 으르렁거렸으나 놈의 목소리는 한순간 아름다운 함성에 묻혀 들리지 않았다. 제이크는 그 함성을 알아들었다. 앞서 공터에서 들은 함성이었으나 당시에는 꿈꾸듯 조용한 소리였다. 그런데 이제는 또렷한 승리의 함성으로 울려퍼졌다. 예의 그 확신이, 압도적이고 명백한 그 느낌이 또다시 제이크를 가득 채웠고, 이번에는 결코 실망하지 않으리라는 확실한 느낌이 들었다. 그 목소리에는 제이크에게 필요한 확신의 말이 모두 들어 있었다. 그것은 장미의 목소리였다.
회반죽 팔이 남은 문짝마저 뜯어내고 복도로 꾸역꾸역 들어오자 희미하던 빛조차도 가려지고 말았다. 괴물이 손 위로 얼굴을 들이밀고 제이크를 응시했다. 회반죽 손가락이 거대한 거미의 다리처럼 제이크를 향하여 기어왔다.
열쇠를 돌린 제이크는 강력한 힘이 팔을 타고 불쑥 올라오는 기분을 느꼈다. 문 속에서 잠겨 있던 자물쇠가 열리며 묵직하고 둔탁한 소리가 들렸다. 제이크는 문손잡이를 쥐고 돌린 다음, 홱 당겨 열었다. 문이 활짝 열렸다. 눈앞에 놓인 것을 보고 제이크는 혼돈과 공포에 휩싸여 비명을 질렀다.

꼭대기부터 바닥까지, 또 왼쪽 끝에서 오른쪽 끝까지, 문 안은 흙으로 꽉 차 있었다. 식물 뿌리가 전선 다발처럼 튀어나와 있었다. 벌레들이, 제이크만큼이나 당황한 듯 보이는 벌레들이 문 모양을 한 흙더미 여기저기서 기어다녔다. 몇 마리는 다시 흙 속으로 뛰어들었다. 다른 것들은 방금 전까지 아래에 있던 흙이 어디로 갔는지 모르겠다는 듯 그저 계속 기기만 했다. 한 마리는 제이크의 운동화 위로 떨어졌다.

열쇠구멍 모양은 잠시 그대로 남아 제이크의 셔츠에 하얀 빛을 비추었다. 그 너머에서, 너무나 가깝고도 너무나 먼 그곳에서, 빗소리와 탁 트인 하늘에 울려퍼지는 둔중한 천둥소리가 들려왔다. 이내 열쇠구멍 모양도 사라지고 말았고, 거대한 회반죽 손이 제이크의 종아리를 움켜쥐었다.

35

문을 가리고 있던 롤랜드가 가죽을 내던지고 일어나 수재나가 누운 곳으로 달려갔다. 그 바람에 우박이 들이쳐 따끔거렸는데도, 에디는 느끼지 못했다.

총잡이는 수재나의 겨드랑이를 최대한 부드럽고 조심스럽게 붙든 다음, 에디가 웅크리고 있는 곳으로 그녀를 끌고 왔다.

"수재나, 내가 풀어주라고 할 때 놈을 풀어주시오!" 롤랜드가 외쳤다. "알아들었소? 내가 풀어주라고 할 때 해야 하오!"

에디는 이 상황을 전혀 보지도 듣지도 못했다. 그는 오로지 제이크에게, 문 저편에서 희미하게 비명을 지르는 아이에게 귀를 기울였다.

이제 열쇠를 사용할 때였다.

에디가 셔츠에서 열쇠를 꺼내어 자신이 그린 열쇠구멍에 밀어넣었다. 열쇠를 돌리려고 했다. 돌아가지 않았다. 털끝만큼도 돌아가지 않았다. 에디는 퍼붓는 우박을 향해 얼굴을 쳐들었다. 얼음덩어리가 이마와 뺨과 입술을 때리고 불그스름한 자국을 남겼으나 에디는 알아차리지도 못했다.

"안 돼요!" 에디는 울부짖었다. "*하느님, 제발! 안 돼요!*"

그러나 하느님은 대답하지 않았다. 오직 또 한 번의 천둥소리와 번개 한 줄기만이, 구름이 가득 몰려든 하늘을 가를 뿐이었다.

36

제이크는 폴짝 뛰어 머리 위에 늘어진 전등의 사슬을 붙잡았고, 그리하여 점점 조여드는 문지기의 손아귀에서 벗어났다. 뒤로 붕 몸을 날린 제이크가 문간에 꽉 들어찬 흙더미를 박차더니 덩굴에 매달린 타잔처럼 다시 앞으로 몸을 날렸다. 그러고는 다리를 높이 쳐들어 자신을 향해 다가오는 문지기의 손에 발차기를 날렸다. 회반죽 덩어리가 부서지면서 그 아래에 얼기설기 들어차 있던 나무 골조가 드러났다. 회반죽 괴물이 으르렁거리자 허기와 분노가 한데 섞여 울려퍼졌다. 그 울부짖는 소리 아래로 제이크는 집 전체가 무너지는 소리를 들었다. 에드거 앨런 포의 이야기에 나오는 집 같았다.

제이크는 다시 시계추처럼 몸을 움직여 문간에 꽉 들어찬 흙더미를 박차고 앞으로 붕 움직였다. 괴물의 손이 달려들자 제이크는 두 다리를 가위처럼 휘저으며 무턱대고 걷어찼다. 나무 손가락이 조여드는가 싶더니 발에 찌릿한 통증이 느껴졌다. 뒤로 물러나서 보니 운동화 한 짝이 사라지고 없었다.

제이크는 사슬을 더 높이 쥐려고 낑낑댔고, 마침내 꽉 움켜쥐었으며, 이내 천장을 향해 기어오르기 시작했다. 머리 위에서 삐거덕거리고 쿵쿵거리는 소리가 나지막이 들려왔다. 땀으로 범벅이 된 채 위를 올려다보던 제이크의 얼굴에 미세한 횟가루가 흩날렸다. 천장이 무너질 참이었다. 전등 사슬이 한 마디씩 한 마디씩 천장에서 빠져나오는 중이었다. 회반죽 괴물이 허기진 얼굴을 입구에 들이미는 순간, 복도 저 끝에서 둔중한 파열음이 들려왔다.

제이크는 또다시 별 도리 없이 괴물의 얼굴을 향해 붕 날아갔다. 비명을 지르면서.

37

에디는 불현듯 공포와 혼란에서 깨어났다. 망토 같은 냉기가 에디의 몸을 뒤덮었다. 그 망토는 길르앗의 롤랜드 또한 여러 차례 걸친 바 있는 것이었다. 그것은 진정한 총잡이가 소유한 하나뿐인 갑옷이었고…… 또한 진정한 총잡이에게 필요한 전부이기도 했다. 이와 동시에 머릿속에서 어떤 목소리가 말을 했다. 에디는 지난 3주 동안 그 비슷한 목소리에 시달려왔다. 어머니의 목소리, 롤랜드의 목소리, 그리고 물론, 헨리 형의 목소리도. 그러나 이 목소리는, 에디가 알아듣고 안도한 이 목소리는, 에디 자신의 것이었다. 마침내 침착하고 분별 있고 담대한 목소리가 들려왔다.

'넌 불 속에서 열쇠의 모양을 봤어, 나무 속에서 또 한 번 봤고. 두 번 다 똑똑히 봤잖아. 나중에 너 스스로 두려움이라는 눈가리개를 썼을 뿐이야. 벗어던져. 벗어던지고 다시 봐. 아직 안 늦었을지도 몰라, 아직은.'

에디는 숙연한 얼굴로 자신을 바라보는 총잡이를 희미하게 알아 보았다. 점점 약해지면서도 여전히 당당하게 악마를 향하여 악을 쓰는 수재나의 목소리도 희미하게 알아들었다. 그리고 또 희미하게 알아들었다. 문 저편에서 공포에 사로잡혀 비명을 지르는 제이크의 목소리를. 아니…… 이제 공포가 아니라 고통인지도 몰랐다.

에디는 그 모든 것을 무시했다. 자신이 그린 열쇠구멍에서, 이제 현실이 된 그 문에서 나무 열쇠를 뽑아들고 뚫어지게 바라보며, 에디는 아이였을 적에 가끔 알았던 순수한 환희를 되찾으려고 애썼다. 무심한 상념 속에서 또렷한 형상을 발견했을 때의 환희였다. 그러자 그곳이 보였다. 에디가 잘못 깎은 부분이었다. 어찌나 분명히 보였던지 애초에 왜 놓쳤는지 이해할 수가 없었다. '난 눈가리개를 쓰고 있었던 게 분명해.' 에디는 생각했다. 열쇠 끄트머리의 에스 자 모양이 문제였다, 당연한 얘기지만. 두 번째 곡선이 조금 볼록했다. 아주 조금.

"칼."

에디가 수술실의 집도의처럼 손을 내밀며 말했다. 롤랜드는 아무 말 않고 에디의 손에 칼을 턱 맡겼다.

에디는 오른손 엄지와 검지로 칼날 끄트머리를 잡았다. 열쇠 위로 몸을 숙인 에디는 무방비한 목덜미를 때리는 우박도 괘념치 않았다. 나무 속의 형상이 한결 더 또렷이 드러났다. 저 자신의 사랑스럽고 부정할 수 없는 실재성을 띠고 드러났다.

에디는 나무 열쇠를 깎았다.

단 한 번.

조심스럽게.

물푸레나무의 나뭇밥 한 장이, 너무나 얇아서 거의 투명한 나뭇밥이, 열쇠 끄트머리의 볼록한 에스 자 모양에서 깎여 나왔다.

문 저편에서는 또다시 제이크 체임버스가 비명을 질렀다.

38

사슬이 요란한 소리를 내며 끊어지는 바람에 제이크는 바닥에 쿵 떨어져 무릎을 꿇었다. 문지기가 의기양양하게 으르렁거렸다. 회반죽 손이 제이크의 엉덩이께를 붙잡고 복도 저편으로 끌어당겼다. 제이크는 다리를 앞으로 쭉 뻗고 발에 힘을 주며 버텨봤지만, 소용이 없었다. 회반죽 손이 아귀힘을 더욱 높여 끌어당기자 제이크는 살을 파고드는 나무 파편과 녹슬어 뭉툭해진 못을 느꼈다.

문지기의 얼굴은 마치 병 주둥이를 막은 코르크 마개처럼 복도 입구 바로 안쪽에 박혀 있었다. 덜 여문 몸뚱이가 거기까지 밀고 들어오느라 기를 쓴 탓에 이제 새로운 모습으로, 기괴하고 흉측한 괴물 같은 모습으로 일그러져 있었다. 아가리가 제이크를 받아 먹으려고 쩍 벌어졌다. 제이크는 마지막 부적으로 삼으려고 열쇠를 찾아 미친 듯이 주머니를 더듬었으나 열쇠는 당연히 문에 꽂혀 있었다.

"이 개자식아!"

이렇게 외치고 나서 제이크는 온 힘을 다하여 뒤쪽으로 몸을 날렸다. 올림픽에 출전한 다이빙 선수처럼 등을 한껏 뒤로 젖힌 채로, 부러진 널빤지가 못으로 만든 허리띠처럼 몸을 파고들어도 아랑곳하지 않았다. 청바지가 엉덩이에서 쑥 흘러내리는 느낌이 드는가 싶더니 문지기의 손이 한순간 미끄러졌다.

제이크가 다시 펄쩍 몸을 날렸다. 문지기가 손을 꽉 그러쥐었으나 청바지는 무릎까지 흘러내렸고, 제이크는 배낭을 쿠션 삼아 바닥에 등을 찧었다. 문지기가 먹잇감을 더 꽉 움켜쥐려는 듯 손아귀를 풀었다. 제이크는 그 틈에 무릎을 살짝 끌어당긴 다음 문지기가 다시금 손을 움켜쥐려 할 때 다리를 앞으로 쭉 뻗었다. 문지기가 꽉 쥔 손을 뒤로 홱 잡아당겼고, 이와 동시에 제이크가 바라던 일이 일어났다. 청바지가(남아 있던 운동화 한 짝도 함께) 쑥 벗겨지면서 한순간이나마 다시 자유로워졌던 것이다. 제이크가 보니 문지기의 손이 널빤지와 허물어져가는 회반죽으로 된 손목 끝에서 빙그르르 회전하여 아가리에 청바지를 처넣었다. 뒤이어 제이크는 손과 무릎을 바닥에 짚고 흙으로 막힌 문을 향하여 기어갔다. 떨어진 전등의 유리 파편도 아랑곳없이, 오로지 열쇠를 다시 찾겠다는 생각뿐이었다.

문지기의 손이 맨다리를 붙들고 또다시 뒤로 잡아당겼을 때, 제이크는 문에 거의 도착해 있었다.

39

 이제 열쇠의 형상이 드러났다. 마침내 온전하게 드러났다.
 에디는 열쇠를 다시 열쇠구멍에 꽂고 힘주어 돌렸다. 열쇠가 잠시 버티는가 싶더니…… 에디의 손 안에서 돌아갔다. 잠금장치 돌아가는 소리가 들렸고, 잠금쇠 밀려나는 소리도 들렸으며, 임무를 완수한 열쇠가 곧바로 둘로 쪼개지는 느낌도 들었다. 에디는 검고 반질반질한 문손잡이를 두 손으로 쥐고 잡아당겼다. 보이지 않는 회전축을 중심으로 육중한 중량이 돌아가는 느낌이 들었다. 자신의 팔에 무한한 힘이 깃든 기분이었다. 또한 에디는 분명히 깨달았다. 두 세계가 삽시간에 맞닿았다. 그리고 그 사이에 길이 열려 있었다.
 에디는 한순간 현기증을 느꼈고, 방향 감각을 상실한 느낌도 들었다. 그러고는 문을 들여다보고 이유를 깨달았다. 수직으로 내려다보고 있었는데도 눈앞에 보이는 풍경은 *수평*이었다. 마치 프리즘과 거울로 만든 시각적 환상 같았다. 뒤이어 유리와 회벽의 파편이 가득 널린 복도 저편으로 끌려가는 제이크가 보였다. 팔꿈치가 바닥에 질질 끌렸고, 두 다리는 거대한 손에 딱 붙들린 채였다. 또한 아이를 기다리는 괴물 같은 아가리도 보였다. 연기 아니면 먼지인 듯싶은 허연 안개가 아가리에서 피어올랐다.
 "롤랜드!" 에디가 외쳤다. "롤랜드, 저놈이 아이를……"
 그러고는 옆으로 떠밀려 쓰러졌다.

수재나는 공중으로 떠올라 빙글빙글 도는 기분이 들었다. 세상이 회전목마에서 본 풍경처럼 희뿌옜다. 서 있는 거석들, 잿빛 하늘, 우박이 널린 땅바닥…… 그리고 지하실 들창문처럼 생긴 네모난 구멍까지도. 그 구멍 속에서 비명소리가 들려왔다. 수재나 몸속에서는 악마가 오로지 벗어날 생각만 하며 사납게 발버둥 쳤으나 수재나가 허락하기 전에는 불가능한 일이었다.

"지금이오!" 롤랜드가 외쳤다. "수재나, 놈을 풀어주시오! 그대 부친의 명예를 위하여 놈을 풀어주시오!"

그리고 수재나는 그 말대로 했다.

수재나는 앞서 (데타의 도움을 얻어) 악마를 가두려고 의식 속에 파놓았던 함정을, 골풀을 엮어 만든 그물 같은 그 함정을 끊어버렸다. 악마가 대번에 떨어져 날아가는 느낌이 드는가 싶더니 한순간 끔찍한 공복감이, 끔찍한 공허감이 엄습했다. 그러나 그 느낌은 즉시 찾아온 안도감과 능욕당한 데 대한 불쾌감에 묻히고 말았다.

몸을 뒤덮었던 투명한 중량감이 사라지는 동안 수재나는 어렴풋이 악마의 모습을 보았다. 인간이 아니라 가오리 같았다. 큼지막한 날개가 둥그렇게 말려 있었고, 아랫도리에는 무시무시한 갈고리 같은 것이 튀어나와 위로 휘어져 있었다. 수재나는 땅에 난 구멍 위에서 번쩍 하고 빛나는 악마를 보았다/느꼈다. 휘둥그런 눈으로 올려다보는 에디를 보았다. 악마를 붙잡으려고 팔을 한껏 벌린 롤랜드도 보았다.

총잡이는 보이지 않는 악마의 무게를 못 이기고 곧 자빠질 듯이 비틀거리며 뒷걸음질 쳤다. 그러다가 투명한 허공을 껴안은 모양새 그대로 몸을 다시 앞으로 푹 숙였다.

악마를 붙든 채로, 롤랜드는 문으로 뛰어들어 사라졌다.

41

저택의 복도에 갑자기 하얀 빛이 밀려들었다. 우박이 벽에 우수수 부딪히더니 부서진 바닥에 떨어져 튀어올랐다. 제이크의 귀에 알아듣기 힘든 고함소리가 들렸고, 뒤이어 이쪽 세계로 건너오는 총잡이가 보였다. 마치 위에서 내려오는 사람처럼 이쪽으로 뛰어드는 듯 보였다. 두 팔은 앞으로 쭉 뻗은 채였고 양손은 굳게 깍지 끼고 있었다.

제이크는 얼핏 두 발이 문지기의 아가리 쪽으로 미끄러지는 느낌이 들었다.

"아저씨!" 제이크가 악을 썼다. "아저씨, 살려주세요!"

총잡이가 깍지 낀 손을 놓자 두 팔이 대번에 확 벌어졌다. 총잡이가 비틀거리며 뒷걸음질 쳤다. 제이크는 살갗을 건드리는 비쭉배쭉한 이빨을 느꼈다. 문지기의 이빨이 제이크의 살을 찢고 뼈를 부수려는 찰나, 무언가 거대하고 투명한 것이 제이크의 머리 위를 돌풍처럼 쓸고 지나갔다. 순식간에 문지기의 이빨이 사라졌다. 제이크의 두 다리를 꾹 움켜쥐었던 손도 스르륵 풀렸다. 제이크는 고통과 경악으로 얼룩진 소름 끼치는 비명소리를 들었다. 그 소리는 문지기의 먼지 낀 목구멍을 타고 올라오다가 사그라지더니, 다시 안으로 밀려

들어갔다.

롤랜드가 제이크를 붙들고 일으켜 세웠다.

"오셨군요! 정말로 오셨군요!"

"그래, 내가 왔다. 신들의 은총과 내 친구들의 용기 덕분에, 내가 왔다."

문지기가 다시 으르렁거리자 제이크는 안도감과 두려움이 뒤섞인 눈물을 터뜨렸다. 이제 그 집은 거친 바다 속으로 가라앉는 배 같은 소리를 냈다. 나무토막과 회반죽 덩어리가 온 사방에서 떨어졌다. 롤랜드는 제이크를 팔에 안고 문을 향해 달렸다. 회반죽 손이 미친 듯이 사방을 쓸다가 롤랜드의 장화를 때려 그를 벽으로 밀쳤고, 벽은 또다시 물어뜯으려고 덤벼댔다. 롤랜드는 꿋꿋이 버틴 다음 돌아서서 총을 뽑았다. 무턱대고 휘두르는 손에 두 발을 발사하자 조잡한 회반죽 손가락 한 개가 사라졌다. 그 손 뒤로 보이는 문지기의 얼굴은 흰색에서 생기 없는 검보라색으로 변해 있었다. 마치 목에 무언가가 걸린 듯했다. 보이지 않는 무언가가 어찌나 급히 달아났던지 괴물의 아가리로 뛰어들어 저도 모르는 새에 목구멍을 틀어막은 듯했다.

롤랜드는 돌아서서 문으로 뛰어들었다. 이제 문에는 아무 장벽도 보이지 않았으나, 롤랜드는 투명한 그물에 가로막히기라도 한 듯 한순간 우뚝 멈춰 섰다.

뒤이어 롤랜드는 느꼈다. 에디의 두 손이 그의 머리칼을 틀어쥐고 당기고 있었다. 앞쪽이 아니라 위쪽이었다.

습한 공기와 기세가 누그러진 우박 속으로, 두 사람은 마치 세상에 태어나는 아기들처럼 모습을 드러냈다. 총잡이가 당부한 바대로 에디가 산파를 맡았다. 땅에 넙죽 엎드려 양팔을 문 안쪽으로 뻗은 에디가 롤랜드의 머리칼을 두 손에 한 움큼씩 움켜잡았다.

"수즈! 도와줘요!"

수재나는 엉금엉금 앞으로 기어가 문 안으로 손을 뻗었고, 롤랜드의 턱 아래를 붙잡았다. 롤랜드는 머리를 뒤로 확 젖히고 고통과 피로로 입을 일그러뜨린 채 수재나를 향해 올라왔다.

에디는 무언가가 찢어지는 느낌을 받았다. 뒤이어 한쪽 손이 총잡이의 잿빛 머리칼을 한 움큼 쥐고 스르륵 올라왔다.

"롤랜드가 미끄러지고 있어요!"

"이 망할 것 같으니…… 어림도…… 없다!"

수재나가 숨을 훅 참고 있는 힘껏 잡아당겼다. 롤랜드의 목을 잡아뽑을 기세였다.

예언의 원 한복판에 그린 문 안에서, 자그마한 손 두 개가 튀어나와 문틀을 붙들었다. 롤랜드는 제이크를 밀어올리고 나서 한쪽 팔뚝을 문 바깥으로 내밀었고, 잠시 후에는 스스로 문에서 올라왔다. 롤랜드가 혼자 기를 쓰는 동안 에디는 제이크의 손목을 잡고 위로 끌어올렸다.

제이크는 땅에 드러누워 쭉 뻗은 채로 헐떡거렸다.

에디가 수재나 쪽으로 돌아앉더니 그녀를 껴안고 이마에, 뺨에, 목에 입맞춤을 퍼부었다. 에디는 웃으면서 동시에 울고 있었다. 수재나는 에디에게 매달려 가쁜 숨을 몰아쉬었으나…… 입가가 흡족한 듯 살짝 올라가 있었고, 한 손은 에디의 젖은 머리를 만족스러운 듯 천천히 다독였다.

그들 아래에서 불길한 소리가 한가득 몰아쳤다. 꽥꽥거리는 소리, 투덜거리는 소리, 쿵쿵대는 소리, 부서지는 소리였다.

롤랜드가 고개를 수그리고 구멍으로부터 기어나왔다. 머리카락이 뭉쳐 쭈뼛쭈뼛 서 있었다. 뺨을 타고 가느다란 핏줄기가 흘러내렸다.

"닫아라!"

롤랜드가 에디를 보며 헐떡거렸다.

"닫으란 말이다, 네 부친을 욕되게 하지 말고!"

에디가 문을 획 들어올렸다. 그다음은 보이지 않는 거대한 돌쩌귀가 처리했다. 문이 터무니없이 커다랗고 밋밋한 쿵 소리를 내며 닫히자 아래에서 들려오던 소리가 모조리 사라졌다. 에디의 눈앞에서 문틀을 표시하던 선들이 흙에 그린 흐릿한 자국으로 변해갔다. 문손잡이는 입체감을 잃고 다시금 막대기로 그린 구멍으로 돌아갔다. 열쇠구멍이 있던 자리는 나무토막이 꽂힌 어설픈 동그라미 모양에 지나지 않았다. 나무토막은 바위에 박힌 검의 손잡이 같았다.

수재나가 제이크에게 다가가 부드럽게 일으켜 앉혔다.

"얘, 너 괜찮니?"

제이크는 멍한 눈으로 수재나를 보았다.

"예, 괜찮은 것 같아요. 아저씨 어딨어요? 총잡이 아저씨 말이에요. 저 아저씨한테 물어볼 게 있어요."

"나 여기 있다, 제이크."

롤랜드가 말했다. 그러고는 일어서서 갈지자로 걸어와 제이크 곁에 털썩 주저앉았다. 그는 거의 믿기조차 힘든 듯 아이의 보드라운 뺨을 쓰다듬었다.

"이번엔 제가 떨어지게 놔두지 않으실 거죠?"

"아니. 이번엔 절대 안 그러마, 앞으로 다시는 그러지 않으마."

그러나 마음 밑바닥의 어둠 속에서 롤랜드는 탑을 떠올렸고, 과연 그리할 수 있을지 궁금했다.

43

우박이 거센 비바람으로 바뀌었으나 에디는 북녘 하늘의 성긴 구름 너머로 어렴풋이 푸른 하늘을 보았다. 비바람은 머잖아 멈출 터였지만, 동시에 일행은 흠뻑 젖을 터였다.

에디는 아무렇지도 않은 느낌이었다. 이토록 차분하고 이토록 편안하며 이토록 녹초가 된 기분을 얼마 만에 느껴보는지 헤아릴 수조차 없었다. 이 미친 모험길은 아직 끝나지 않았지만(실은 이제 막 시작하지 않았나 하는 의심이 들었지만), 이날 그들이 거둔 승리는 무척이나 값진 것이었다.

"수즈?"

에디는 수재나의 얼굴을 가린 머리칼을 한쪽으로 치우고 그녀의 검은 눈을 들여다보았다.

"괜찮아요? 안 다쳤어요?"

"조금요, 하지만 괜찮아요. 그 망할 데타 워커 년은 아직도 챔피

언인가 봐요. 상대가 악마든 뭐든 간에."

"무슨 소리예요?"

수재나가 짓궂게 씩 웃었다.

"별 거 아니에요, 이제 됐어요…… 다행히도 말이죠. 당신은 어때요, 에디? 괜찮아요?"

에디는 헨리의 목소리에 귀를 기울였으나 들리지 않았다. 그 목소리가 영원히 사라졌다는 생각이 들었다.

"괜찮은 정도가 아니에요."

에디가 말했다. 그러고는 웃으며 다시 수재나를 껴안았다. 수재나의 어깨 너머로 문의 흔적이 보였다. 희미한 선과 모서리 몇 개가 다였다. 그마저도 머지않아 비에 씻겨 사라질 터였다.

44

"이름이 뭐예요?"

무릎 바로 위에서 다리가 잘린 여인에게 제이크가 물었다. 아이는 문득 문지기와 싸우다가 바지를 잃어버렸음을 깨닫고 셔츠 자락을 내려 속옷을 가렸다. 옷으로 따지면 여인의 드레스도 남은 부분이 별로 없기는 마찬가지였다.

"수재나 딘이라고 해. 네 이름은 벌써 알고 있단다."

"수재나란 말이죠." 제이크가 골똘히 생각하며 말했다. "아버지께서 혹시 철도회사 사장은 아니시겠죠? 그쵸?"

수재나는 잠시 놀란 표정을 짓더니 머리를 한껏 젖히고 깔깔 웃

제3장 문과 악마 399

었다.

"얘는, 별 말을 다 하는구나! 우리 아버진 치과 의사야. 몇 가지 발명을 한 덕분에 부자가 됐지. 그건 왜 물어보는데?"

제이크는 대답하지 않았다. 대신 에디 쪽으로 주의를 돌렸다. 아이의 표정에서 두려움은 이미 사라지고 없었다. 두 눈에는 서늘하고 또랑또랑한 빛이 돌아와 있었다. 롤랜드가 간이역 시절부터 너무나 또렷이 기억하고 있는 눈빛이었다.

"안녕, 제이크. 만나서 반갑다, 야."

에디가 말했다.

"안녕하세요. 저 오늘 낮에도 아저씨를 만났어요. 그땐 훨씬 어렸는데."

"10분 사이에 그만 팍 늙어버렸지 뭐야. 너 괜찮아?"

"예. 그냥 좀 긁힌 것뿐이에요."

제이크가 주위를 두리번거리다가 말했다.

"기차는 아직 못 찾으셨군요."

질문이 아니었다.

에디와 수재나는 아리송한 눈길을 주고받았으나 롤랜드는 그저 고개만 저을 뿐이었다.

"아직 못 찾았단다."

"목소리는 이제 사라졌나요?"

롤랜드가 고개를 주억거렸다.

"모조리 사라졌다. 너는?"

"저도요. 다시 멀쩡해졌어요. 우리 둘 다요."

둘은 동시에 똑같은 충동을 느끼고 서로 마주보았다. 롤랜드가 제이크를 끌어안았다. 그러자 제이크는 여태껏 아이답지 않게 냉정했던 마음이 스르르 풀린 나머지 울음을 터뜨렸다. 그것은 오랫동안 길을 잃고 크나큰 고통을 겪은 끝에 마침내 안전한 곳을 찾은, 그리하여 맥이 풀리고 안도한 나머지 울음을 터뜨리고 만 아이의 흐느낌이었다. 롤랜드가 허리를 팔로 감싸자 제이크는 두 팔을 롤랜드의 목에 두르고 강철 고리처럼 꽉 끌어안았다.

"다시는 널 버리지 않으마."

롤랜드가 말했다. 이제는 그마저도 울고 있었다.

"내 모든 선조들의 이름을 걸고 맹세하마. 다시는 버리지 않으마."

그러나 롤랜드의 마음은, 그 조용하고 눈치 빠른 카의 영원한 포로는, 이 언약을 지킬 수 있을지 궁금해할 뿐 아니라 의심하기까지 했다.

〈하권에서 계속〉

부록
『알쏭달쏭 수수께끼! 다 함께 도전하는 난공불락 퍼즐!』 해답편

「다크 타워 시리즈」의 제3부『황무지』에 등장하는 수수께끼는 대개 비슷한 발음을 이용한 말놀이입니다. 힘 닿는 데까지 우리말로 옮기려 하였으나 미처 옮기지 못한 부분도 있고, 원래 뜻을 변형한 부분도 적지 않습니다. 아래에 원래 수수께끼와 답을 준비하였으니 아무쪼록 즐겁게 읽어주시기 바랍니다.

★ 196쪽

문이 문이 아닐 때는 언제일까?

▶ 답은 문이 아니라 무닐 때.

(When is a door not a door? When it's a jar.)

＊ 원래 문제의 'jar'는 항아리를 가리키지만 'a jar'와 똑같이 발음하는 'ajar'는 '(문 등이) 살짝 열려 있다'라는 뜻을 지닌 형용사입니다. 원래 뜻대로 풀이하면 다음과 같습니다. '문이 문이 아닐 때는 언제일까? 답은 항아리일 때.'

네 바퀴로 가는데 날개가 달린 것은 무엇일까?

▶ 답은 파리 꼬인 쓰레기 차.

(What has four wheels and flies? A garbage truck, and that is the truth.)

온통 까맣고 하얗고 빨간 것은 무엇일까?

▶ 답은 온몸이 홍당무가 된 얼룩말.

(What is black and white and red all over? A blushing zebra, and that is the truth.)

★ 234쪽

내달릴 수는 있어도 걷지는 못하고, 드나드는 입이 있어도 말은 못하고, 바닥이 있어도 몸을 뉘지 못하고, 머리가 있어도 울지 못하는 것은?

▶ 답은 강.

(What can run but never walks, has a mouth but never talks, has a bed but never sleeps, has a head but never weeps? A river.)

옮긴이 | 장성주

고려대 동양사학과를 졸업하고 출판 편집자로 일했다. '스티븐킹교'의 평신도를 자처하며 묵묵히 신앙 생활에 정진해 왔으나, 앞으로는 '스티븐킹교' 포교 활동에도 힘쓸 생각이다. 번역서로는 『아돌프에게 고한다』, 『다크타워 시리즈』, 『언더 더 돔』, 『워킹데드 시리즈』 등이 있다.

다크타워 3 [상]

1판 1쇄 펴냄 2010년 1월 8일
1판 3쇄 펴냄 2020년 2월 13일

지은이 | 스티븐 킹
옮긴이 | 장성주
발행인 | 박근섭
편집인 | 김준혁
펴낸곳 | 황금가지

출판등록 | 2009. 10. 8 (제2009-000273호)
주소 | 06027 서울 강남구 도산대로 1길 62 강남출판문화센터 5층
전화 | 영업부 515-2000 편집부 3446-8774 팩시밀리 515-2007
홈페이지 | www.goldenbough.co.kr

도서 파본 등의 이유로 반송이 필요할 경우에는 구매처에서 교환하시고
출판사 교환이 필요할 경우에는 아래 주소로 반송 사유를 적어 도서와 함께 보내주세요.
06027 서울 강남구 도산대로 1길 62 강남출판문화센터 6층 민음인 마케팅부

© ㈜민음인, 2010. Printed in Seoul, Korea

ISBN 978-89-6017-214-2   04840
ISBN 978-89-6017-210-4   04840 (세트)

㈜민음인은 민음사 출판 그룹의 자회사입니다.
황금가지는 ㈜민음인의 픽션 전문 출간 브랜드입니다.